戰爭與和平

·第二部·

1869

Война и миръ

Leo Tolstoy

列夫·托爾斯泰——著　婁自良——譯

目錄

第二部

第二部

第一章

一

一八〇六年初，尼古拉．羅斯托夫返家度假。連長傑尼索夫上尉也要回到沃羅涅日，途中尼古拉邀請他和自己先到莫斯科，在他家暫住。在前一站，傑尼索夫碰到一個朋友，和他喝了三瓶酒，因此在臨近莫斯科時，儘管一路顛簸，他卻醉酒未醒，緊靠著尼古拉躺在驛站的雪橇上。離莫斯科愈近，尼古拉愈是心煩。

「快點，快點！噢，這些令人厭煩的街道、小店、麵包坊、路燈、出租馬車！」尼古拉心想，這時他們已在關卡上辦好休假登記的手續，駛進莫斯科。

「傑尼索夫，到了！還睡。」他說，整個身子往前傾，一副想用這姿勢加快雪橇的速度似的。傑尼索夫完全沒有反應。

「這就是札哈爾出租馬車停靠的十字路口轉角，你看，那就是札哈爾，還是那匹馬！這就是我們買蜜餅的店！快了嗎？喂！」

「是哪一戶啊？」車夫問。

「最後那一戶，那棟高大的房舍，你怎麼沒看見呢？那是我家的房子。」尼古拉說，「那就是我家的房子啊！」

「傑尼索夫！傑尼索夫！快到了。」

傑尼索夫抬起頭，咳了一聲，沒有開口。

「德米特里，」尼古拉轉向車夫座位上的僕人。「這就是家裡的燈吧？」

「是的，少爺，老爺書房裡的燈也亮著。」

「都還沒睡吧？啊？你說呢？」

「別忘了，立刻拿驃騎兵的新制服給我。」尼古拉撫著新長出的鬍子加上一句，「喂，走呀，」他朝車夫叫道。「醒醒吧，傑尼索夫。」他對又垂下頭的傑尼索夫說。「喂，走呀，給你三個盧布買酒喝，走呀！」在雪橇離正門僅三棟房舍時，尼古拉叫了起來。他覺得，馬匹好像都站著不動。雪橇終於朝右轉向正門；尼古拉看見上方熟悉的灰泥剝落屋簷、臺階和人行道上的圓柱。雪橇未停他便跳了下來，奔向門廊。房子周圍依舊死氣沉沉，好像誰進來都無所謂。門廊裡一個人也沒有。「我的天啊！沒事吧？」尼古拉想，揪心地站了好一會兒，接著，他邁開腳步沿著門廊和熟悉的微彎梯級奔跑起來。同樣的門把，伯爵夫人曾為門把不乾淨而生氣，同樣是輕輕一轉門就開了。前廳裡點著一根蠟燭。

米哈伊洛老頭睡在大木櫃上。力大無比的跟班普羅科菲正在編鞋。他望向被推開的門，原本淡漠的矇矓睡意赫然又驚又喜。

「我的天老爺！是小伯爵！」他認出了少爺，高聲叫道。「這是你嗎？親愛的少爺！」普羅科菲激動得渾身顫抖，衝向客廳門口，應該是要去通報，可是看來又改變了主意，折回來撲在少爺肩上。

「身體都好嗎？」尼古拉問，一邊掙開手臂。

「謝天謝地！都很平安！剛吃過飯！讓我看看你吧，少爺！」

「一切都好嗎？」

「謝天謝地，謝天謝地！」

尼古拉完全忘了傑尼索夫，他不想讓任何人趕在自己前面，他脫掉皮大衣，踮腳向昏暗的大廳跑去。一切還是老樣子——還是那幾張鋪綠呢面的牌桌，還是那盞帶罩的水晶吊燈；可是已經有人看到少爺了，他還沒跑到客廳，只覺得有什麼像風暴從一扇側門飛撲過來，摟著他親。又有第二個、第三個同樣的生物從第二扇、第三扇門裡鑽了出來；又是擁抱，又是親，又是叫喊和喜悅的眼淚。他分不清，誰是爸爸、誰是娜塔莎、誰是彼佳，所有人都同時在叫喊、說話、親他。唯有母親不在其中——這一點他是確定的。

「我完全不知道……尼古拉……我的朋友，親愛的！」

「瞧他……我們的……變了！不！拿蠟燭來！備茶！」

「來親我呀！」

「親愛的……還有我呢。」

索尼婭、娜塔莎、彼佳、德魯別茨基公爵夫人、薇拉、老伯爵紛紛前來擁抱他；男女僕人擠滿房間，邊說話邊驚歎。

彼佳掛在他的大腿上。

「還有我呢！」他叫道。

娜塔莎把他的頭轉過來，親遍他的臉，然後從他身邊跳開，抓住他制服的衣襟，像隻小山羊在原地蹦跳，發出刺耳的尖叫。

四面八方閃耀著喜悅的淚水、溢滿愛意的眼睛，四面八方都是尋求親吻的嘴唇。

索尼婭臉紅得像一塊大紅布，炯炯有神的幸福目光注視著他，期待他的青睞。索尼婭已經過了十六歲，她非常美麗，尤其是在這個熱情洋溢的幸福時刻。她目不轉睛地看著他，嫣然微笑，屏息凝神。他感激地看了她一眼；但他仍在等待著、尋覓著誰。老伯爵夫人還沒有露面。這時傳來門口的腳步聲。腳步如此匆促，這不可能是母親。

然而這就是她，身穿他未曾見過的連身裙，想必是在他離家後縫製的。所有人放開他，他向母親奔去。他們走到一起了，母親倒在他胸前號啕大哭。她無力抬起臉來，只是用臉緊貼著驃騎兵制服的冰冷繩帶。誰也沒有發覺，傑尼索夫走進房間，他就站在原處望著他們，頻頻擦拭眼睛。

「我是傑尼索夫，令郎的朋友。」他向伯爵自我介紹道，伯爵正詢問地望著他。

「歡迎光臨。知道，我知道，」伯爵說，擁抱並親他。「尼古拉在信裡提過……娜塔莎、薇拉，這就是他，傑尼索夫。」

那些幸福的、熱情洋溢的臉一一轉向頭髮蓬鬆的黑鬍子傑尼索夫，並圍繞著他。

「親愛的，傑尼索夫！」娜塔莎尖聲叫道，興奮得忘乎所以地跳到他面前，擁抱他、親他。在場所有人無不為娜塔莎的行為感到尷尬。傑尼索夫也面色泛紅，不過他微微一笑，握著娜塔莎的手親了親。

傑尼索夫被帶到為他準備的房間，而羅斯托夫一家人則前往休息室，待在尼古拉身邊。

老伯爵夫人和兒子並肩坐著，且未鬆開他的手並時刻親吻；其餘人都聚集在他們周圍，關注他的每一個動作、每一句話、每一個眼神，熱情洋溢的愛戀目光一刻也不離開他。弟弟和姊妹們彼此爭相坐離他近些，還爭搶著為他端茶、拿手絹、送菸斗。

尼古拉看到大家如此愛他而備感幸福；可是迎接他的最初瞬間是那麼令人難忘，他竟覺得此刻的幸福仍不夠，他期待更多、更多。

第二天，遠道而來的兩人直睡到上午十點。

屋外散亂著馬刀、肩包、行李、打開的手提箱和骯髒的皮靴。兩雙乾淨的馬刺皮靴剛剛拿來放在牆邊。僕人們取來臉盆、刮鬍子的熱水和乾淨衣物。屋裡散發著一股菸草和男人氣味。

「喂，格里什卡，菸斗！」嗓音嘶啞的瓦西卡．傑尼索夫喊道。「尼古拉，起來了！」

尼古拉揉著惺忪的睡眼，自溫暖的枕頭上抬起蓬亂的頭。

「怎麼，很晚了？」

「很晚了，十點啦。」娜塔莎答道，隔壁的房裡響起漿洗過的衣裳窸窣聲和少女的嬉笑低語聲。微啟的房門外閃過藍色身影、緞帶、黑髮和喜滋滋的臉。那是娜塔莎、索尼婭和彼佳來確認他是否起床了。

「尼古拉，起來！」門口又傳來娜塔莎的聲音。

「馬上！」

此時，彼佳在外屋一見馬刀便抓了起來，他感到一陣狂喜——那是男孩子看到威武的兄長時都會有的心情——忍不住推開房門，他全然忘了，讓姊姊們看到赤裸的男人是極為失禮的。

「這是你的馬刀嗎？」他高聲問道。女孩們急忙閃開。傑尼索夫瞪眼直視，一雙毛茸茸的大腿旋即藏進被子裡，求援似地看向同伴。彼佳進去後，門又關上了。門外響起咯咯笑聲。

「尼古拉，你穿睡衣出來吧。」娜塔莎說道。

「這是你的馬刀嗎？」彼佳問。「要麼這是您的？」他討好且恭敬地轉向留著髭鬚、面色黝黑的傑尼索夫問道。

尼古拉急忙穿上鞋子和睡衣出來。娜塔莎已穿上一隻帶馬刺的皮靴，把腳伸進另一隻。索尼婭轉了一個圈迎接他。兩個女孩身穿同樣嶄新的天藍色連身裙，顯得朝氣蓬勃，面色紅潤，滿臉喜悅。然而，索尼婭卻跑開了，娜塔莎挽起哥哥的手臂，領他到休息室去，兄妹倆便聊了起來。他們急切地彼此詢問、回答只有他們才會感興趣的千百件小事。娜塔莎在他和她說每一句話時都忍不住笑了起來，不是因為他們的話好笑，而是因為她滿懷喜悅，忍不住要以笑聲來表達她的快樂。

「噢，多好啊，太好了！」她對一切都如此回應。尼古拉感到，在娜塔莎這熱切、充滿愛的光芒下，在這一年半以後，第一次在他的內心和臉上綻開了天真、純潔的微笑，自從離家，他還從未如此笑過。

「不，你聽我說，」她說，「你現在完全是個成熟的男人了。我好開心，有你這麼棒的哥哥。」她輕撫他的鬍子。「我很想知道，男人到底是什麼樣的人，和我們一樣嗎？」

「不一樣。索尼婭為什麼跑掉了？」尼古拉問。

「是啊。說來話長！你和索尼婭談話是以『你』或是以『您』相稱呢？」

「看情況。」尼古拉說。

「請你對她以『您』相稱吧，我以後再向你解釋。」

「解釋什麼？」

「好吧，我現在就說。你知道，索尼婭是我的朋友，非常要好的朋友，我可以為她不惜燙傷自己的手臂。你看。」她拉起薄紗衣袖，在她瘦長嬌嫩的手臂上，在肩膀之下比手肘高上許多的部位（這部位晚宴服還能遮住）有一道鮮紅的印記。

「這是我燙的，以向她表示我對她的愛。很簡單，把鐵尺放在火上燒紅了，然後往手臂上一按。」

在自己就學期間的書房，坐在扶手上有軟墊的沙發上，看著娜塔莎那雙熱情洋溢的眼睛，尼古拉又回到自己家庭的兒童世界，除了他，這個世界對任何人而言徒具意義，但這個世界，賦予他一生中一些最美好的樂趣；為了表示友愛而以鐵尺燙傷手臂，他覺得不是什麼無聊的舉動：他能理解，且未感驚訝。

「那又如何？」他隨意問了問。

「啊，我們非常相愛、非常相愛！拿鐵尺燙手臂，這不過是荒唐行為；但意味著我們是終生不渝的朋友，也意味著，她愛上誰，就會愛一輩子。這件事是我唯一無法理解，畢竟，我總是輕易忘掉許多事。」

「那又如何？」

「是的，她就是如此愛著我和你。」娜塔莎不覺臉紅了，「嗯，你記得嗎？在你離開之前……她就這麼說過，要你把這一切都忘掉……但她對我說，她要永遠愛你，並讓你自由。真的，她說得真好，太好了，而且多麼高尚！是的，是吧？很高尚？是吧？」娜塔莎嚴肅又激動地問道，看得出來，她曾經含著淚水訴說此刻這些話。尼古拉不禁沉思了起來。

「我說過的話絕不反悔，」他說。「何況索尼婭那麼令人傾倒，哪個傻瓜會放棄自己的幸福呢？」

「不，不。」娜塔莎高聲叫道。「這一點我和她已經談過了。我們知道，你一定會這麼說。可是不行，因為你要明白，如果你這麼說，就是認為自己受到諾言的束縛，那麼她的話反而像是故意說給你聽的。你終究還是被迫娶她為妻，這就完全是另一回事了。」

尼古拉認為，她們這些觀念很好。昨天他便對索尼婭的美貌感到驚豔。今天匆匆一瞥，覺得她更美了。她是非常可愛的十六歲少女，顯而易見地正熱戀著他（對這一點他從來沒有懷疑過）。為什麼他不能愛她，甚至娶她為妻呢，尼古拉暗忖，不過現在不是時候。現在還有那麼多令人開心以及要做的事！「是的，她們的想法太好了，」他想，「應該保持自由。」

「這樣太好了，」他說。「我們以後再談。啊，見到妳我真開心！」他補上一句。「哎，妳最近如何，沒有對鮑里斯變心吧？」

「你亂說！」娜塔莎笑咯咯叫道。「無論是他還是別人，我誰都不想，也不想理會。」

「是嗎？那妳想怎麼樣？」

「我？」娜塔莎反問道，幸福的微笑使她容光煥發。「你看過迪波[1]嗎？」

「沒有。」

「有名的迪波，舞蹈家，你沒見過？那你是不會明白的。我要這樣。」娜塔莎提起裙襬，雙臂圍成環形，以舞姿奔跑幾步，轉過身來，做了一個騰躍的動作，兩腳一拍，以足尖立地走了幾步。「我站住了吧？就這樣！」她說；可惜她腳步不穩。「我就是要這樣！我永遠不結婚，我要成為女舞蹈家。不過，不准你對任何人說。」

尼古拉響亮而愉快地大笑出聲，以致傑尼索夫在房裡不覺嫉妒了起來，娜塔莎也忍不住笑了。「不，你說好嗎？」她還在繼續。

「好。妳已經不想和鮑里斯結婚了？」

娜塔莎脹紅了臉。

「我誰也不想嫁。等見到他我也會這麼說。」

「原來如此！」尼古拉說。

「是的，這都是小事，」娜塔莎仍然絮絮不休。「那麼，傑尼索夫這個人好嗎？」她問。

「好。」

「那就再見了，你去換外出服吧。他很可怕嗎，這個傑尼索夫？」

「有什麼可怕的？」尼古拉問道。「不，瓦西卡是很好的人。」

「你稱他瓦西卡？……好怪。那麼，他真的很好嗎？」

「很好。」

「好吧，快點來用茶。和大家一起用茶。」

於是娜塔莎以足尖站了起來，像舞蹈演員般飄然而去，卻嫣然微笑，那是只有幸福的十五歲少女才有的微笑。尼古拉在客廳裡遇到索尼婭，臉上泛起一陣紅暈，他不知道，該如何和她相處。昨天他們在最初相見的快樂瞬間曾互吻對方，可是今天他覺得不能再那麼做了；他覺得，母親和妹妹們都盯著他，期待他對索尼婭表現出應有的態度。他親她的手，稱呼她「您」和「索尼婭」。但是他們的眼睛交會時，正以「你」相稱，並溫柔地親吻。她用自己的目光請求他，原諒她竟然透過娜塔莎向他提起他的承諾，並感謝他對她的愛。他用自己的目光感謝她給予他自由，並且對她說，無論如何，他永遠愛她，因為他是不可能不愛她的。

「哎呀，真怪，」薇拉選在所有人沉默之際說，「現在索尼婭和尼古拉相遇，竟然以『您』相稱，好像陌生人。」薇拉一開口，就像她所有的話一樣，是合情合理的；然而也像她所說的大部分的話語，無不令所有人都感到尷尬，而且不僅索尼婭、尼古拉和娜塔莎，連擔心兒子對索尼婭的愛情會使他失去美滿婚

---

1 迪波（一七八一—一八五三），法國巴黎著名舞蹈家和芭蕾舞劇導演，曾在一八〇八年和法國女演員韋默前往俄國，而非作者於此處所言一八〇六年。迪波曾被譽為巴黎和歐洲的「首席舞蹈家」，甚至被譽為「舞蹈藝術的拿破崙」。

姻的老伯爵夫人也像女孩一樣，羞愧得滿臉通紅。傑尼索夫則令尼古拉大為驚訝，他身穿一套嶄新制服，頭髮油光閃亮，還灑了香水，他一走進客廳，便如走上戰場時一樣神采飛揚。對夫人、女士們猶如騎士般地殷勤有禮，尼古拉怎麼也料想不到他會出現這般舉動。

二

自部隊回到莫斯科後，尼古拉在家人的眼裡便是優秀的兒子、英雄以及百看不厭的尼古拉；在親友的眼裡是可親、可愛、謙恭有禮的青年；在熟人的眼裡是帥氣的驃騎兵中尉、舞蹈高手和莫斯科最優秀的擇婿人選之一。

羅斯托夫的熟人遍及莫斯科；今年老伯爵更是富有，因為所有莊園都抵押掉了，尼古拉購置了馬匹和最時髦的馬褲，這款式新穎的馬褲在莫斯科還沒有人穿過，還有最時髦的皮靴上，尖尖的靴頭帶有細緻的銀質馬刺，他的日子過得很快活。自返家後，尼古拉對原有的生活環境經過一段時間的適應，體驗到一種愉悅的感覺。他覺得，他是個大男人了。未能通過神學考試的絕望，為僱用馬車而向加夫里拉借錢，和索尼婭偷偷接吻——這一切他回想起來，都是孩子氣的往事，和眼前的他早已格格不入。現在的他——是披著毛皮鑲邊的銀色披肩、佩戴士兵聖喬治勳章的驃騎兵中尉，他和已過中年、受人敬重的專家一起訓練馬匹。他有一名相識的女人住在林蔭大道上，晚上常去她住處。他在阿爾哈羅夫[2]家族的舞會上指導瑪祖卡舞，與卡緬斯基元帥談論戰爭，他是英國俱樂部[3]的常客，和傑尼索夫為他介紹的一名年屆四十的上校以

2 阿爾哈羅夫家族是莫斯科有名望的貴族，以慷慨好客著稱。
3 英國俱樂部成立於葉卡捷琳娜二世時代，其性質相當於早在十六世紀出現的英國貴族俱樂部，是高官顯貴聚會的場所。

「你」相稱。

他對皇上的熱情在莫斯科稍退，因為在此期間從未見過他。不過他還是經常提起皇上，提起自己對他的愛戴，並讓人覺得他言猶未盡，在他對皇上的情感中具有某種並非人人都能理解的情懷；他由衷贊同當時的莫斯科對亞歷山大．巴甫洛維奇皇帝普遍懷有的崇拜之情，他在莫斯科被稱為「天使的化身」。

尼古拉在莫斯科短暫停留期間，在他返回部隊之前，從未親近索尼婭，甚至和她疏遠了。她非常美麗動人，而且顯然熱戀他；然而他正值青春年華，總覺得要做的事情很多，哪顧得上這些，而且這個年輕人深恐受到束縛——他珍惜自由，需要自由地從事其他活動。這次在莫斯科停留期間，每當想起索尼婭，他便對自己說：「唉！不管現在或未來，我都會在各地遇到很多女孩，只要我願意，隨時可以談情說愛，但現在沒時間。」此外，他覺得和婦人混在一起，有損男子漢氣概。他參加舞會、出席婦人的社交場合，都假裝是不得已。不過賽馬、英國俱樂部、與傑尼索夫暢飲，到那種地方去則又是另一回事了，這才和年輕驃騎兵的身分所相稱。

三月初，羅斯托夫老伯爵為在英國俱樂部設宴招待巴格拉季翁公爵而費盡心機。

伯爵身穿睡衣在大廳裡來回奔走，吩咐俱樂部管事和著名的英國俱樂部廚師長費奧克季斯特，為宴請巴格拉季翁公爵準備龍鬚菜、新鮮黃瓜、草莓、牛肉和鮮魚。伯爵從俱樂部成立之日起便是會員和董事。他受俱樂部委託，為巴格拉季翁舉辦慶功酒宴，因為很少人能出手如此大方、慷慨好客地舉辦酒席，尤其是很少人能夠且願意付錢貼補酒席的花費。俱樂部的廚師和管事都滿臉笑意地聆聽伯爵的吩咐，因為他們知道，在他手下辦酒席最有利可圖，而這次宴請的花費達數千盧布之多。

「別忘了，甲魚湯裡要放扇貝，扇貝，知道嗎？」

「冷盤要三道嗎？」廚師問。

「不能再少了，三道。第一道是蛋黃醬野味[4]……」他扳著手指說。

「那麼要多買些大鰟魚吧？」管事問。

「有什麼辦法呢，人家不打折也得買。哎呀，我的老天爺，我差點忘了。還得上另一道開胃菜呢。噢，我的天哪！」他抱頭驚呼。「誰會送花來呢？德米特里！德米特里！你趕快，德米特里，到莫斯科郊外的莊園去，」他對應聲而來的管家說，「你趕快到莫斯科郊外的莊園去，吩咐花匠馬克沁卡指派工作，把整個溫室都搬到這裡來，要蓋上毯子。反正星期五之前我這裡一定要有兩百盆花。」

他一再發出各式各樣的命令之後，本想到伯爵夫人房裡休息一會兒，可是又想起要處理的事，又把廚師和管事再叫了回來，發號施令了起來。門口傳來男人輕快的腳步聲、馬刺的鏗鏘聲，小伯爵進來了，他長相俊美、面色紅潤、留著黑鬍子，看來在莫斯科平靜的生活中得到完善的休息和保養。

「啊，孩子！我忙得暈頭轉向，」在兒子面前，老頭一副不好意思地微笑說道。「你來幫幫我也好啊！還得有些演唱者才行呢。樂隊我找好了，是不是應該找吉卜賽人來？你們軍人都喜歡這一套。」

「說真的，爸爸，我想，巴格拉季翁公爵在準備申格拉伯恩戰役時，也沒有你現在這麼忙。」兒子微笑道。

老伯爵假裝生氣了。

「是啊，你就說吧，你來試試看！」

4 這道冷盤是野味（或魚），以澆上蛋黃醬的蔬菜為配菜；蛋黃醬用蛋黃、橄欖油、檸檬汁等調製而成。

於是伯爵轉向廚師，廚師帶著善解人意和謙恭的神情，細心而親切地望著父子倆。

「看看這些年輕人，啊，費奧克季斯特？他嘲笑我們這些老頭呢。」

「也是，大人，他們只要吃得好，至於擺好餐具、端上菜肴這些，根本沒有他們的事。」

「對，對！」伯爵叫道，他用力抓住兒子的雙手叫道：「這下子可讓我逮到了！你立刻去要一輛雙駕雪橇，到皮埃爾住處，告訴他，羅斯托夫伯爵會派人去向他要新鮮草莓和鳳梨。這些水果在別處是弄不到的。要是他本人不在，你就對公爵小姐說，之後你再去拉茲古利亞依——車夫伊派特卡知道這地方，你在那裡找到吉卜賽人伊柳什卡，就是曾在奧爾洛夫伯爵宅邸跳舞的人，記得嗎？當時他穿的是白色卡薩金[5]，你把他帶到這裡來見我。」

「要把那些吉卜賽女人和他都帶來嗎？」尼古拉笑問道。

「沒錯，沒錯……」

這時德魯別茨基公爵夫人一臉幹練、關切的神情以及從未消失的基督徒溫順態度，悄無聲息地走進了房間。儘管德魯別茨基公爵夫人每天都會看到一身睡衣的伯爵，他也每一次都在她面前感到抱歉，請她原諒自己衣衫不整。眼下的他也是一如往常。

「沒關係，伯爵，親愛的，」她說，溫順地閉上眼。「我去找皮埃爾吧。」她說。「皮埃爾回來了。伯爵，您需要的東西在他的溫室裡都有。我本來就打算去見他。他為我寄來鮑里斯的信。謝天謝地，鮑里斯被調進參謀部了。」

伯爵非常高興，德魯別茨基公爵夫人能承擔他的一些工作。他吩咐為她套上一輛小型四輪轎式馬車。

「您告訴皮埃爾，請他來赴宴。我把他列入來賓名單。什麼，他也帶妻子回來了？」他問。

德魯別茨基公爵夫人閉上眼，臉上流露出深切的悲哀……

「噢，我的朋友，他非常不幸，」她說。「若傳聞屬實，那就太可怕了。當初為他的幸運而高興的時候，我們何曾想到！皮埃爾是那麼高尚、純潔的人！是的，我由衷地憐憫他，我將竭盡所能安慰他。」

「他怎麼了？」羅斯托夫父子異口同聲問道。

德魯別茨基公爵夫人長嘆了一聲。

「多洛霍夫，他是瑪麗亞．伊萬諾夫娜．多洛霍夫的兒子。」她神祕地悄聲說道，「聽說，他讓母親名聲掃地。皮埃爾為了幫他擺脫困境，便請他到彼得堡宅邸暫住，結果……她到彼得堡來了，這個亡命之徒就盯上了她。」德魯別茨基公爵夫人說，本想表示自己對皮埃爾的同情，卻不由自主地在語調和似笑非笑中流露出對她稱之為亡命之徒的多洛霍夫的同情。「聽說，皮埃爾悲痛欲絕。」

「好吧，您還是告訴他，請他到俱樂部來——一切都會煙消雲散。酒席是很豐盛的。」

第二天，三月三日午後一點多，英國俱樂部的兩百五十名會員和五十位來賓在等待貴賓和奧地利戰爭中的英雄巴格拉季翁公爵赴宴。得知奧斯特利茨會戰的消息，最初莫斯科深感困惑。當時，俄國人只習於聽聞捷報，因此聽到戰敗的消息，有些人不相信，有些人則為了這個如此離奇的事件而以非同尋常的原因來緩頰。在英國俱樂部聚會的，多是擁有準確消息和舉足輕重的名流，在十二月消息傳開之際，他們對戰爭和最近的會戰一律絕口不提，彷彿約定好對會戰三緘其口。為談話定調的那些人，如拉斯托普欽伯爵、尤里．弗拉基米羅維奇．多爾戈魯基公爵、瓦盧耶夫、瑪律科夫伯爵、維亞澤姆斯基公爵[6]，都未在

5 卡薩金，一種後身打褶的立領男上衣。

俱樂部露面，而是在各自的住所、在私人聚會裡見面，因而人云亦云的莫斯科人（羅斯托夫伯爵也是其中之一），一時間對戰事失去明確的見解，也不再是意見領袖。莫斯科人感到情況不妙，要討論這些壞消息很難，還是沉默最好。但過了一段時間，在俱樂部裡左右輿論的重要人物，猶如走出會議室的陪審團成員一般再次出現了，於是大家又有了明確且肯定的說法。對俄軍戰敗這個不可思議、前所未聞、無法容忍的事實終於找到原因，一切都清楚了，莫斯科處處口徑一致地談論起來。戰敗的原因便是，奧地利人背信棄義，部隊的伙食太惡劣，波蘭人普爾熱貝舍夫斯基和法國人朗熱隆叛變，庫圖佐夫無能以及（人們悄聲說道）皇上年輕、缺乏經驗、信任壞蛋和小人。但是，人人異口同聲說，俄國的軍隊是無與倫比的，他們創造英勇戰鬥的奇蹟。士兵、軍官和將軍們都是英雄。而最傑出的莫過於巴格拉季翁公爵，他在申格拉伯恩一戰成名，而且只有他率領自己的縱隊順利撤離奧斯特利茨戰場，整整一天多次擊退兩倍於己的強敵。巴格拉季翁在莫斯科被認定是英雄的另一個原因是，他在莫斯科沒有上層關係，他不過是個外人。把榮譽給他，就是給予一個英勇抗戰、沒有上層關係和陰謀的俄國軍人，他的名字也在往事的回憶中和義大利遠征中的蘇沃洛夫的名字聯繫在一起，巴格拉季翁是蘇沃洛夫最有軍事才能的戰友之一。不僅如此，給他這般榮耀，是對庫圖佐夫表示不滿和責難的最好方式。

「假如沒有巴格拉季翁，必須虛構一個出來。」詼諧的申升模仿伏爾泰[7]的話說。誰也不提庫圖佐夫，有些人小聲罵他，稱他為宮廷的風向球，還說他是酒色之徒。

整個莫斯科都在重複多爾戈魯基公爵的話：「久在江邊站，沒有不濕的鞋呀。」他這是在回憶以往的勝利，為我們的失敗尋求安慰；也在重複拉斯托普欽的話，他說，法國士兵需要用詞藻華麗的話以激勵他們去對戰，對德國人要用邏輯推理去說服，使他們相信逃跑比進攻更危險；但是俄國士兵卻要加以約束並請求他們：慢一點！到處都聽得到，我們的士兵和軍官在奧斯特利茨戰場上所表現的眾多英雄事蹟。某某保住了軍旗，某某打死了五個法國人，某某人獨自為五門大砲裝填砲彈。人們也談到貝格，他們都不認識他，說他右臂受傷，左手拿起馬刀就往前衝。關於安德烈倒是沒有人說什麼，只有很熟悉他的人為他感到惋惜，說他死得太早了，把懷孕的妻子留在脾氣古怪的父親身邊。

6 以上列舉的人物在歷史上確有其人，且都曾在莫斯科的社交圈中舉足輕重。拉斯托普欽伯爵，即羅斯托普欽伯爵（一七六三—一八二六），一八一二至一八一四年任莫斯科總督。多爾戈魯基公爵，即多爾戈魯科夫公爵（一七四〇—一八三〇），俄國將軍，保羅一世在位時曾任莫斯科總司令。瓦盧耶夫（一七四三—一八一四），克里姆林宮收發處處長和莫斯科兵器陳列館館長。瑪律科夫（一七五三—一八二八），葉卡捷琳娜時代戰功卓著的將軍。維亞澤姆斯基公爵（一七五〇—一八〇七），參政員，英國俱樂部的常客。

7 伏爾泰（一六九一—一七七八），法國作家，他曾說：「假如沒有上帝，必須虛構一個出來。」

三

三月三日，英國俱樂部的各個房裡一片談話嘈雜聲，俱樂部的會員和來賓穿著制服、燕尾服，有些人髮上撲粉、身穿長衫，他們好像春季遷徙的蜜蜂，來來去去、或立或坐、分分合合。身穿僕役制服、髮上撲粉、腳穿長襪和皮鞋的僕人們站在每一扇門旁，留神注意俱樂部會員和來賓的每一個動作，以便及時提供需求。在場多數人年高望重，寬大的面龐充滿自信，手指粗厚，言談舉止穩重且果斷。這一類來賓和會員坐在慣常的座位，聚集在固定的圈子裡。在場一小部分人則屬偶然來的客人——主要是年輕人，其中包括傑尼索夫、尼古拉和多洛霍夫，多洛霍夫又是謝苗諾夫團的軍官了。年輕人，特別是年輕軍人的臉上有一種對老者既輕視又恭敬的表情，彷彿不時對老一輩的人說：「我們願意尊重你們，對你們彬彬有禮，可是你們要記住，未來終究是屬於我們的。」

安德烈的朋友涅斯維茨基也在這裡，他是俱樂部資深會員。皮埃爾則遵從妻子的囑咐，留起長髮、摘下眼鏡、衣著時髦，可惜面有愁容、神情沮喪，在大廳裡來回踱步。正如在任何場所一樣，他被一群拜倒在他的財富面前的人們所圍繞，而他以慣常高高在上的態度和漫不經心的蔑視對待這些人。

依年齡他理應和年輕人在一起，可是就財富和上流社會的關係而言，他屬於年高望重的社交圈，因而他便在這兩個圈子之間遊走。最具威望的那些老年人成為一些小圈子的核心，甚至不相識的人也紛紛湊近這些小圈子，想聽聽名人的高見。在拉斯托普欽、瓦盧耶夫和納雷什金身旁形成了幾個人數較多的圈子。

拉斯托普欽正在說的是，俄國人受到逃跑的奧地利人所衝擊，不得不用刺刀在逃兵中為自己開闢道路。

瓦盧耶夫則神祕透露，彼得堡派遣烏瓦羅夫前來了解莫斯科人對奧斯特利茨會戰的看法。

在第三個圈子裡，納雷什金談到奧地利軍事會議，在軍事會議上，蘇沃洛夫一聽到奧地利將軍們的蠢話，便像公雞一樣咯咯叫作為回答。申升就站在一旁，想好好表現說句俏皮話，他說，看來庫圖佐夫連蘇沃洛夫學公雞咯咯叫這麼簡單的本領也學不會；老頭子們卻嚴厲地瞪了他一眼，他不住感覺到，今天在這裡提到庫圖佐夫是非常不合時宜的。

羅斯托夫老伯爵足蹬軟靴，不時關切且匆忙地自餐廳來到客廳，對所有認識的人，無論是重要或不重要的人一律殷勤地打招呼，偶爾游目四顧，尋找意氣風發的兒子，滿足地把視線停留在他身上，對他眨眨眼睛。尼古拉和多洛霍夫站在窗前，他們是不久前才認識的，尼古拉相當重視與他的交往。老伯爵走到他們面前，握了握多洛霍夫的手。

「歡迎你來，你和我的孩子已經認識了……你們一同上戰場，一同英勇作戰……啊！瓦西里．伊格納季奇……你好，老朋友。」他轉向自身旁經過的一個老頭，可是他還沒來得及問候，便掀起了一陣騷動，一個僕人跑了過來，神色慌張地稟報道：「貴客駕臨！」

鈴聲響了起來；管事人員一一向前奔去；分散在各個房間的客人們，如用鐵鍋抄起來晃一晃的黑麥一樣擠成一堆，站在大客廳的門口。

巴格拉季翁在前廳門口現身了，他未戴帽子也未帶佩劍，依俱樂部的規矩，他把帽子和佩劍留在守衛處。他並非尼古拉在奧斯特利茨會戰前夜所看到的，頭戴羔皮帽、皮鞭搭在肩上，而是身穿嶄新的緊身制服，左側胸前佩戴俄國和外國勳章以及一枚聖喬治星章。顯然他在赴宴前剪了頭髮和落腮鬍，這有損於他的容貌。他的臉上流露出一種天真、愉悅的神采，在他那剛強英武面容的陪襯下，他臉上的表情稍顯不協調。和他一起來的別克列紹夫和費多爾．彼得羅維奇．烏瓦羅夫在門口站定，禮讓這位主客走在前面。巴格拉季翁猶豫了起來，不願接受他們的禮讓；一時三人皆堵在門口，最後巴格拉季翁終究走到最前面。他走在會客室的鑲木地板上時，顯得異常無措：他在申格拉伯恩曾衝在庫爾斯克軍團的最前面，他覺得，在野上冒著槍林彈雨前進才是輕鬆自在。重要人物都站在第一道門旁迎接他，對他表達歡迎之意，卻未等他答話，一副隨意擺布他似的，便將他圍在中間帶往客廳。到客廳門口就走不過去了，群聚的會員和賓客好像在觀賞珍稀動物，彼此簇擠著，竭力越過彼此的肩膀細細打量巴格拉季翁。羅斯托夫老伯爵最起勁，一邊笑呵呵地說：「讓開，親愛的，讓開，讓開！」一邊推開人群，引領這幾位賓客進客廳後，請他們在中間沙發上坐下。知名人士和俱樂部最受尊重的會員們再次圍繞來賓。羅斯托夫老伯爵再次擠過人群離開客廳，片刻後他捧著大銀盤和另一個管事進來，把銀盤遞給巴格拉季翁公爵。銀盤上安放著獻給英雄的頌詩。巴格拉季翁一看到銀盤，求援似的驚慌失措。無奈所有目光都在要求他收下。巴格拉季翁覺得自己受到這些目光的驅使，索性伸出雙手，接過銀盤，氣惱而又責備地看了看端來銀盤的老伯爵。有人殷勤地從巴格拉季翁的手裡接過銀盤（否則他似乎會就這麼端著銀盤直到晚上，並且端著入席），請他細看詩稿。「那我就讀吧。」巴格拉季翁似乎在說，一雙疲倦的眼睛盯著那張紙，專注且嚴肅地讀了起來。一會兒，創作者自行拿起詩稿，朗誦了起來。巴格拉季翁公爵一味低頭傾聽。

你為亞歷山大時代增光，
你捍衛我們皇位上的台塔斯[8]，

你既是非凡的領袖人物，又為人善良，
你是戰場上的凱撒、祖國的屏障。
一帆風順的拿破崙
親身領教了巴格拉季翁，
從此不敢冒犯俄羅斯的阿爾喀得斯[9]們……

他還沒讀完，大嗓門的管家便宣布：「宴席擺好了！」門敞開了，餐廳裡響徹波蘭舞曲：「勝利的雷聲響起來，歡樂吧，勇敢的羅斯人！」[10]羅斯托夫老伯爵悻悻地看了一眼仍繼續朗讀詩作的作者，便在巴格拉季翁面前深深鞠躬。所有人站了起來，深感宴會比詩歌更重要，於是巴格拉季翁又在眾人之前走向餐桌。巴格拉季翁被讓在首席，坐在兩名亞歷山大——亞歷山大·別克列紹夫和亞歷山大·納雷什金之間，這也是有用意的，因為他們與皇上同名；餐廳裡其他三百人皆依官銜和地位入座，地位高的便離主客近些：這是很自然的，就像水總是往低處流一樣。

就在開席之前，羅斯托夫老伯爵向巴格拉季翁公爵介紹自己的兒子。巴格拉季翁認出他，寒暄了幾句不大得體的話，而這一天他所說的話皆是如此。羅斯托夫老伯爵在巴格拉季翁和他兒子說話之際，得意且驕傲地環視大家。

---

8 台塔斯（三九—八一），古羅馬皇帝。
9 阿爾喀得斯（海克力斯），希臘神話中的英雄，半神半人，父親是宙斯，母親是底比斯王安菲特力翁之妻阿爾克美娜。
10 這是俄國作曲家科茲羅夫斯基（一七五七—一八三一）所作的〈波洛涅茲舞曲〉，用於樂隊演奏和合唱。

尼古拉、傑尼索夫以及新結識的多洛霍夫緊隣而坐在餐桌中間。皮埃爾和涅斯維茨基公爵並肩坐在他們對面。羅斯托夫老伯爵帶著其他管事人員坐在巴格拉季翁對面，他殷勤地款待巴格拉季翁公爵，展現了莫斯科好客的傳統。

他的努力沒有白費。葷素菜肴盡皆精緻，然而在宴會結束之前，他總是無法全然放下心。他朝餐廳管事使眼色，對僕人們小聲吩咐，不無激動地等候他所熟悉的每一道菜。一切都很圓滿。第二道菜為巨大的鱘魚，一上桌（他一見到這條魚興奮得滿臉脹紅）僕人便忙著開酒瓶、倒香檳酒。在讓賓客們留下深刻印象的鱘魚之後，羅斯托夫老伯爵和其他管事人員再次互相使了個眼色。「要舉杯祝酒的次數很多，可以開始了！」他悄聲說道，於是端起酒杯，站起身來。所有人靜了下來，等著他開口。

「祝皇帝陛下聖體安康！」他高聲叫道，激動的淚水當下使他和善的眼濕潤了。樂隊立刻奏起〈勝利的雷聲響起〉。所有人都從座位上站起來高呼「烏拉！」巴格拉季翁也像他在申格拉伯恩戰場上吶喊那般高呼「烏拉！」在這三百人的呼喊聲中也能聽見尼古拉興奮的聲音。

「祝皇帝陛下聖體安康，」他叫道，「烏拉！」他一口喝乾杯中酒，把杯子摔在地板上。很多人也如法炮製。人們響亮的呼喊聲久久不絕於耳。聲音總算沉寂了下來，僕人們開始收拾摔碎的酒杯，接著大家紛紛入座，想起自己適才的呼喊便忍俊不禁，並彼此暢談起來。羅斯托夫老伯爵再次站起來，看一眼放在他碟子邊的字條，舉杯祝我們最近一次戰役中的英雄彼得·伊萬諾維奇·巴格拉季翁公爵身體安康，此時，淚水再次濕潤了伯爵的藍眼。「烏拉！」三百位客人又呼喊起來，這時沒有奏樂，只聽聞演唱者唱起帕維爾·伊萬諾維奇·庫圖佐夫[11]所作的頌歌：

俄羅斯人不可阻擋，
勇敢是勝利的保障，
我們有將軍如巴格拉季翁，
敵人必將屈膝投降……

演唱者一唱完，接著是一次又一次的祝酒，祝酒時，伯爵愈來愈激動，更多的酒杯摔碎了、更多的呼喊聲此起彼伏。人們為別克列紹夫、納雷什金、烏瓦羅夫、多爾戈魯科夫、阿普拉克辛、瓦盧耶夫的健康乾杯，為管事人員的健康乾杯，為主持者的健康乾杯，為俱樂部所有會員的健康乾杯，為俱樂部所有來賓的健康乾杯，最後，特地為宴會的籌辦者羅斯托夫老伯爵乾杯。在這次祝酒時，老伯爵取出手絹捂著臉，禁不住放聲大哭。

11 帕維爾·伊萬諾維奇·庫圖佐夫（一七六七—一八二九），參政員，曾任莫斯科大學督學；是莊嚴頌歌的作者。但此處的歌詞，則是作者托爾斯泰取自日哈列夫的《雜記》。

四

皮埃爾坐在多洛霍夫和尼古拉對面。他像平時一樣貪吃，不但吃得多，酒也喝得多。但和他熟識的人都看得很清楚，今天的他相當反常。在餐桌上，他始終一言不發，瞇眼、雙眉緊鎖，顧盼四周，或者眼神定定的，一副完全心不在焉的樣子，手指不時撫摸鼻梁。他的面色沮喪而陰沉。他對周圍所發生的一切似乎視而不見、充耳不聞，心裡只想著一件事，一件令他心情沉重而又無法解決的心事。

這個令使他心煩意亂的問題，起因是莫斯科的公爵小姐向他暗示，多洛霍夫和他的妻子關係曖昧，而且今天上午他接到一封匿名信，信裡用所有匿名信所慣用的下流玩笑口吻說，他戴著眼鏡卻什麼也看不見，還說他的妻子和多洛霍夫的私情只有對他一人才是祕密。皮埃爾對公爵小姐的暗示和匿名信一概斷然不信，然而，眼前的他就是不敢直視面前的多洛霍夫。每當他的目光無意中與多洛霍夫那漂亮、忝然無恥的眼神交會之際，皮埃爾覺得，他的心裡就會湧起某種可怕的、醜陋的情景，於是趕緊別開眼。他不由自主地回憶妻子的過去以及她和多洛霍夫的關係，皮埃爾清楚看到，信裡所說的情況可能是真的，至少很像是真的，如果不是涉及他的妻子的話。皮埃爾無意中回想起，多洛霍夫在那次戰役後恢復軍職，回到彼得堡來找他。利用和皮埃爾酒肉朋友的關係，多洛霍夫直接來到他的住處，皮埃爾安排他留下，又借錢讓他花用。皮埃爾想起，海倫對多洛霍夫住在家裡曾表達不滿，卻是面帶笑容，多洛霍夫曾對他厚顏無恥地誇獎海倫的美貌，從那時起，直到來莫斯科之前，他和他們就片刻不離。

「是的，他很好看，」皮埃爾想，「我了解他的為人。玷汙我的名譽並嘲笑我，對他來說想必是特殊的樂趣，而這正是因為我曾為他奔走，收留了他，幫助過他。我知道，我了解，這在他的心目中會令他的欺騙更顯得有趣，假如此事屬實的話。不錯，假如此事屬實的話；可是我不相信，我沒有理由相信也無法相信。」他想起多洛霍夫最冷酷無情的時候，例如在他把分局長捆在熊背上拋進水裡，或無緣無故向人單挑決鬥，或用手槍把車夫的馬打死的時候，他臉上所流露的表情。多洛霍夫在看他時，臉上往往流露出同樣的神情。「是的，他是個惡棍，」皮埃爾想，「對他來說，殺人根本不算一回事，他一定覺得，人人恐懼他，想必也因此感到得意。他一定以為我也怕他。不錯，我是怕他的。」皮埃爾想，這麼想的時候，他又感到心裡湧起一幕駭人的醜陋景象。多洛霍夫、傑尼索夫和尼古拉就坐在皮埃爾對面，看起來都很快樂。尼古拉和兩個朋友愉快地交談著，其中一人是剽悍的驃騎兵，一人是惡棍和浪子，尼古拉偶爾嘲弄般地看一眼皮埃爾，在這次宴會上他那心事重重、失魂落魄、身軀碩大的樣子令人深感好奇。尼古拉之所以極不友善地看向皮埃爾，一是因為在他這個驃騎兵看來，皮埃爾不過是有個漂亮老婆的普通富翁、十足的懦夫；其次是因為皮埃爾只顧想心事，未認出尼古拉，向他點頭示意，皮埃爾也不回禮。大家為皇上的安康祝酒時，他沒有站起來，也沒有舉杯祝賀。

「您是怎麼了？」尼古拉曾問他，一雙眼惡狠狠地緊盯著他。「我們提起皇帝陛下的安康，難道您沒聽見！」皮埃爾嘆了口氣，順從地站起來乾了杯中的酒，等到大家都坐下了，便帶著和善的微笑轉向尼古拉。

「我沒認出來是您呢。」他說。可是尼古拉完全顧不上他，他正在高呼「烏拉！」

「你怎麼不和他敘敘舊呢？」多洛霍夫問尼古拉。

「別理他，一個傻瓜。」尼古拉說。

「對待漂亮女人的丈夫，你應該討好對方才是。」傑尼索夫說。

皮埃爾聽不見他們在說什麼，但知道是在談論他。

「好吧，現在祝漂亮的女人們健康。」多洛霍夫舉起酒杯對皮埃爾說，他神情嚴肅，嘴角卻掛著淡淡的笑容。「皮埃爾，為漂亮女人和她們的情夫乾杯。」他說。

皮埃爾垂下眼喝酒，對他不理不睬。分送庫圖佐夫頌歌的僕人也為相對尊貴的賓客皮埃爾留下一份。他正想拿起來看，未料多洛霍夫竟探過身來，從他手裡搶過讀了起來。皮埃爾抬頭看了眼多洛霍夫，他的眼睛再次垂了下來：席間一直使他心煩意亂的某種可怕而醜陋的景象湧上心頭，並且控制他的情緒。他肥胖的身軀探過餐桌。

「不許您拿！」他高聲喝斥。

一聽到這喝斥聲，並看到他正對誰發火，涅斯維茨基和他右邊的鄰座大吃一驚，連忙轉向皮埃爾。

「好了，好了啦，您怎麼了？」他們驚慌地輕聲說道。多洛霍夫則是一臉既揶揄又兇狠的看看皮埃爾，臉上的微笑彷彿在說：「啊，我就喜歡這樣。」

「我不還。」他清楚說道。

皮埃爾面色蒼白，嘴唇顫抖，將頌詞一把奪了過來。

「您……您……混蛋！……我要求和您決鬥。」他說，並推開椅子，從桌旁站了起來。就在他這麼做並說出這句話的瞬間，皮埃爾感覺到，關於妻子是否行為不端這個最近使他日夜煩惱不堪的問題，徹底而不容質疑地得到肯定的答案。他憎恨她，決心從此與她決裂。儘管傑尼索夫要求尼古拉不要介入，尼古拉仍同意當多洛霍夫的助手，餐後和皮埃爾的助手涅斯維茨基談定決鬥的條件。皮埃爾回家去了，尼古拉、多洛霍夫和傑尼索夫則在俱樂部待得很晚，聽吉卜賽人和演唱者唱歌。

「那麼明天見，在索科爾尼基。」多洛霍夫在俱樂部門口與尼古拉分手時說。

「你安心嗎？」尼古拉問。

多洛霍夫停住了腳步，說：

「你聽我說，我可以用三言兩語就把決鬥不可言說的技巧告訴你。如果你在決鬥前寫下遺囑以及給父母親的溫情信件，或者你只想著你會被打死，那麼你這個笨蛋就死定了；要是你拿定主意，要盡可能快而準地打死對方，那當然一切順利，這是科斯特羅馬的一個獵熊高手對我說的。他說，碰到熊怎能不怕？但只要一看到熊，恐懼便消失了，唯恐牠逃跑！我也是這樣。明天見，親愛的！」

第二天早上八點鐘，皮埃爾和涅斯維茨基來到索科爾尼基樹林，發現多洛霍夫、傑尼索夫和尼古拉已經到了。皮埃爾如一個置身事外的人，想著什麼不相關的事。他形容憔悴，面色蠟黃。看來他一夜無眠。他漫不經心地望望四周，彷彿害怕見到明亮的陽光似的皺起眉頭。他心裡只有兩個想法：妻子行為不端，經過不眠之夜，他對此已毫不懷疑，而多洛霍夫是無辜的，他沒有任何理由要維護一個不相關的外人的名譽。「設身處地想，也許我也會那麼做。」皮埃爾想。「甚至也一定會那麼做。至於，決鬥、殺人又有什麼意義？或許我殺了他，或許他擊中我的腦袋、胳膊、膝蓋。離開這裡吧，跑到哪裡躲起來吧，」他不由地這麼想。然而，就在他這麼想的時候，他以一種令人肅然起敬的平靜口吻問道：「準備好了嗎？」

一切準備就緒，兩把馬刀插在雪地上表示雙方接近的界線，手槍也裝上了子彈，這時涅斯維茨基走到皮埃爾面前。

「在這個重要的、非常重要的時刻，伯爵，」他怯生生說，「如果不對您說出真相，我就是未盡到自己的義務，也對不起您選擇我當助手從而給予我的信任和榮幸。我認為，決鬥缺乏足夠的理由，不值得為之流血……是您不對，是您太急躁了……」

「是呀，真荒唐……」皮埃爾說。

「那麼請允許我去轉達您的悔意，我相信對方會接受您的道歉的。」涅斯維茨基說（正如其他參與決鬥的人在類似的情況下一樣，還不相信事情會鬧到真的要決鬥的地步）。「您知道，伯爵，承認自己的錯誤，比起造成不可挽回的後果是遠為高尚的。任何一方都沒有受到屈辱。請允許我去談一談……」

「不，有什麼好談的呢！」皮埃爾說，「絕對不行……準備好了嗎？」他又問。「您只要告訴我，怎麼走，往哪兒走，朝什麼方向射擊？」他說，不自然地溫和微笑。他拿起手槍，詳細地問起開槍的方法，他從來沒有拿過槍，就是不願承認。「啊，對了，是這樣，我知道，只是忘了。」他說。

「不道歉，絕不。」多洛霍夫對同樣試圖調解的傑尼索夫回答道，傑尼索夫也來到指定地點。

決鬥的地點選在離停放雪橇的大路約八十步之處，在松樹林裡一片不大的空地上，地面覆蓋著最近幾天因天氣轉暖而融化的雪。敵對雙方站立的地點靠近空地邊緣，相距約四十步。兩名助手以腳步測量距離，從他們站立的地方到涅斯維茨基和尼古拉的馬刀處，在深深的濕雪中留下了足跡，兩把代表界線的馬刀插在雪地裡，相距十步。仍然是霧濛濛的融雪天氣；相距四十步彼此都看不清對方。兩、三分鐘一切就緒，不過仍遲遲未動手。所有人盡皆一言不發。

五

「好了，開始吧！」多洛霍夫說。

「好。」皮埃爾說，還是微笑著。

情況相當危急。顯然，如此輕鬆開始的事已經無法制止，事件將自行發展下去，且未取決於人的意志，一定會持續到最後。傑尼索夫率先走到界線處，他宣布：

「既然雙方拒絕和解，那就開始吧：拿起手槍，我數到三，便朝前走。」

「一！二！三！……」傑尼索夫惱怒地喊道，隨即走到一旁。雙方各自沿著踩出來的小路距離愈來愈近，在濃霧中彼此辨認著。他們有權在走到界線之前隨時開槍。多洛霍夫槍也不舉，慢慢朝前走，以炯炯有神的明亮藍眼瞅著對方。他的嘴一如往常，似笑非笑。

皮埃爾一聽到「三」便快步向前，他偏離踩出來的小路，在積雪中邁開步伐。皮埃爾緊握手槍，右手直直朝前，深恐槍枝走火似的不慎打死自己。他竭力把左手放在後面，因為他很想用左手扶住右手，而他知道這是不允許的。在小路旁的積雪中走了大約六步，皮埃爾回頭望腳下，又很快地瞥了多洛霍夫一眼，於是像涅斯維茨基教他的那樣手指一勾，開了一槍。他怎麼也沒料到槍聲如此響亮。皮埃爾被自己的槍聲嚇了一跳，他對自己的感受自嘲地一笑，便停住了腳步。由於霧氣太重，硝煙特別濃，在最初的瞬間他什麼也看不見；不過他等待的另一聲槍響並沒有聽到。聽到的至多是多洛霍夫急促淩亂的腳步聲，硝煙中出現了他的身影。他隻手捂著左肋，另一手緊握垂下的手槍。他的面色蒼白。尼古拉夫跑上前去，對他說了什麼。

「不……不，」多洛霍夫自齒縫間擠出話，說，「不，不算結束。」他又踉蹌地走了幾步，在貼近馬刀處跌倒在雪地上。他的左手滿是鮮血，他在常禮服上擦拭左手並支撐起身子。他的臉蒼白、陰沉，不住地抽搐。

「請……」多洛霍夫開始說，但沒有力氣說完……「請注意。」他使勁地把話說完了。皮埃爾強忍著未痛哭失聲，向多洛霍夫跑去，幾乎要跨越過兩條界線之間了，這時多洛霍夫叫道：「到界線那邊去！」皮埃爾明白是怎麼回事，便站在馬刀旁。他們相距僅十步。多洛霍夫把頭俯向雪地，貪婪地啃了一口雪，又抬起頭，他覺得好些了，盤腿坐了起來，尋找穩定的重心。他吞嚥著、吮吸著冰冷的雪；他的嘴唇在顫抖，但仍在微笑；眼睛閃現拚盡全力的神情和仇恨。他舉起手槍，開始瞄準。

「側身站著，用手槍擋著身子。」涅斯維茨基說道。

「擋著身子！」甚至傑尼索夫也忍不住對自己的對手叫道。

皮埃爾帶著遺憾和悔恨的溫順微笑，無助地攤開雙腿和雙臂，索性展開自己寬闊的身軀站在多洛霍夫面前，憂傷地望著他。傑尼索夫、尼古拉和涅斯維茨基都皺起了眉頭。與此同時，他們聽見多洛霍夫的槍聲和惱怒的吼聲。

「打偏了！」多洛霍夫叫道，無力地俯撲在雪地上。皮埃爾抱住腦袋，轉身朝後方的樹林走去，全然不顧是在積雪中行走，喃喃說著一些令人不解的話語。

「荒唐……荒唐！死亡……謊言……」他皺著眉頭反覆說道。涅斯維茨基攔住他，送他回家。

尼古拉和傑尼索夫則送走了受傷的多洛霍夫。

多洛霍夫默默閉上眼，躺在雪橇上，對別人的問題一言不發；不過在雪橇駛入莫斯科時，他赫然驚醒過來，艱難地微微抬起頭，握著坐在他身旁的尼古拉的手。令尼古拉大驚失色的是，多洛霍夫臉上的表情完全變了，驀然變得那麼動情而溫柔。

「哎，怎麼了？你還好嗎？」尼古拉問他。

「很糟糕！不過問題不在這裡。我的朋友，」多洛霍夫斷斷續續地說，「我們在哪裡？我們在莫斯科，我知道。我沒事，可是我害慘她了、害慘她了……這是她無法忍受的。她是無法忍受的啊……」

「誰？」尼古拉反問。

「母親。我的母親，我的天使，我敬愛的天使，母親。」多洛霍夫哭了，緊緊握住尼古拉的手。他略微平靜一些，便向尼古拉說明，他是和母親住在一起，要是母親親眼見他就要死了，她是無法忍受的。他懇求尼古拉去見她，讓她有心理準備。

尼古拉於是先離開去執行他的託付，而令他極為震驚的是，原來多洛霍夫，這個惹事生非的傢伙，這個惡棍多洛霍夫，在莫斯科是和年邁的母親、駝背的姊姊住在一起，而且是個非常溫柔的兒子和弟弟。

六

皮埃爾最近很少和妻子單獨見面。無論在彼得堡或莫斯科，他們的住處總是賓客盈門。決鬥當天晚上，一如往常，他沒有去臥室，而是留在父親寬敞的書房裡，老伯爵別祖霍夫便是在這裡去世的。不論在昨天的不眠之夜；他的內心有多麼痛苦，此時此刻，他更是備感痛苦。

他躺在沙發上想睡一覺，把他所遭遇的一切全忘掉，可是，他怎麼也睡不著。暴風雨似的情感、思緒、回憶在他的心裡驀地湧起，以致他不僅無法入睡，也無法一直待在同一個地方，他不得不從沙發上起身，在屋裡快步地來回走動。有時他想起她在婚後初期的情景，雙肩裸露、目光慵懶而充滿情欲，然而她身邊卻又立即浮現多洛霍夫那英俊、無恥、分明在嘲笑的臉，也就是他在宴席上的那張臉，以及多洛霍夫那張蒼白、顫抖、痛苦不堪的臉，那是當他轉身撲倒在雪地上時的面容。

「到底怎麼了？」他反問自己。「我殺了情夫，是的，我開槍射殺妻子的情夫。不錯，這是事實。因何而起？我怎麼會做出這種事？」內心的聲音回答道：「因為你娶她為妻。」

「可是我有什麼錯呢？」他問。「你的錯在於你不愛她，卻娶了她，在於你既欺騙了自己，也欺騙了她。」於是他回憶起瓦西里公爵家庭晚宴後的光景，當時他說了那句言不由衷的話：「我愛您」。「這就是一切的開端！我當時就覺得，那時我就覺得，這是不對的，我沒有理由那麼做。果然引發惡果。」他回憶起兩人的蜜月，一旦想起，他不覺臉紅了起來。對他來說，特別鮮明，也特別難堪和羞愧的一段回憶是，婚後不久，某天中午十一點多，他身穿絲綢睡衣從臥室來到書房，在書房裡碰到總管，總管恭敬鞠躬，盯著皮埃爾的臉和他的睡衣，又微微一笑，彷彿要用這微笑對自己主人的福氣大為讚賞。

「多少回，我為她而驕傲，」他想，「為她雍容華貴的美、她在上流社會的風度而驕傲；為她接待彼得堡嘉賓的這座府邸而驕傲，為她的高傲和美貌而驕傲。然而，我感到驕傲的都是些什麼？我那時以為，我是不理解她的。在深思她的性格時，我常對自己說，不理解她是我的錯，我不理解那種永遠不變的平靜、滿足和沒有任何愛好和追求，而所有謎底就在於一個恐怖的評語：她是淫婦。」他對自己說出這個評語，一切也都清楚了！

「阿納托利來向她借錢，親吻她裸露的肩膀。她給他錢，讓他親吻。他的父親戲謔地想激起她的妒意，她卻平靜笑道，她才不蠢呢，絕不會吃醋：他想做什麼就做什麼，她這是在說我。有一次我問她是否有任何懷孕的跡象，她鄙夷地笑了起來，說她沒有傻得想要孩子，還說她是不會為我生兒育女的。」

然後，他回想起她的淺薄庸俗以及談吐的粗鄙，儘管她出生在高尚的貴族環境中。「我不是什麼蠢貨……你自己去試試看，滾你的蛋……」這些話都是出自她口中。看到她在長輩和青年男女心目中的聲望，皮埃爾往往無法理解，他怎麼會不愛她。「可是我從來沒有愛過她，」皮埃爾自言自語道。「我知道她是淫婦，」他反覆對自己說，「可是，我就是沒有勇氣承認。」

「再說多洛霍夫坐在雪地上，勉強地微笑面對死亡，他是硬充好漢，做為對我悔恨的回答！」

這就是皮埃爾的個性，儘管看似性格軟弱，卻從來不找人傾訴痛苦。他獨自消化內心的苦澀。

「一切的一切都是她一個人的錯，」他自言自語道。「那又如何？為什麼我要把自己和她結合在一起，為什麼我要對她說這句『我愛您』，這是謊言，甚至比謊言更糟。」他自言自語道。「我有錯，應當承擔……可是承擔什麼？承擔被玷汙的名譽和生活的不幸？唉，淨是廢話，」他想，「被玷汙的名譽和顯赫的聲望都是相對的，一切都不取決於我。」

「路易十六被人處死，因為他們說他失去信譽，成了叛徒（皮埃爾忽而想到），從他們自身的觀點來看，他們是對的，而那些為他赴死、尊他為聖徒的人也是對的。後來，羅伯斯比爾[12]被處死，因為他是暴虐的獨裁者。誰對誰錯？誰也說不準。得過且過吧：也許你明天就會死，就像我在一個小時前可能死去一樣。有必要折磨自己嗎？既然與永恆相比，人生不過是短暫的一瞬？」可是就在他認為這些議論已經使自己平靜下來時，突然又想起她，正是在他最強烈地向她表達自己虛假的愛情的時刻，他一時怒火中燒，逼不得已又站起來走動，隨手碰到什麼就是一陣又揉又扯。「為什麼我要對她說『我愛您』？」他如此反覆自問。第十次提出這個問題後，他忽然想到莫里哀筆下的一句話，「我怎麼不知不覺地被捲進這種事情呢？」他不禁自嘲地苦笑起來。

夜裡他叫來近侍，吩咐他收拾行裝，準備前往彼得堡。他不能和她同住在一個屋簷下。他無法想像，現在怎麼有辦法和她說話。他決定明天就離開，留下一封信給她，向她宣布自己決意和她永遠分手。

一早，近侍端著咖啡走進書房，皮埃爾躺在土耳其式沙發上，手裡拿著一本打開的書睡著了。

他醒了，滿臉震驚、久久環視四周，不明白他在哪裡。

「伯爵夫人吩咐我問一下，大人在不在。」近侍問道。

可是，皮埃爾還沒來得及決定如何回答，伯爵夫人就進來了。她身穿銀絲線繡花的白緞睡衣，未戴頭巾（兩條粗大的髮辮在美麗的頭上盤了兩圈，成了花環狀王冠髮型），神態平靜且高傲；只是在她微微隆起大理石般的前額上，有一道細細的憤怒皺紋。她保持著不受干擾的平靜，未當著近侍的面開口。她聽聞決鬥的事了，她來的目的就是要談這件事。她在等待近侍放下咖啡出去。皮埃爾透過眼鏡膽怯地看她，如被獵犬包圍的兔子，仍抿著耳朵躺在敵人的眼皮底下，他也試著繼續看書；不過他覺得，這是毫無意義，也是不可能的，於是，他又膽怯地看了她一眼。她沒有坐下，帶著鄙夷的冷笑望著他，只等近侍出去。

「又是怎麼一回事？我問您，您做了什麼？」她嚴厲地問道。

「我……怎麼了？我……」皮埃爾說。

「看啊，出了個勇士了！好吧，請您回答，為什麼要決鬥？您想證明什麼？我在問您。」皮埃爾在沙發上笨重地轉過身來，張嘴卻回答不出。

「既然您不回答，那我來告訴您……」海倫接著說道。「別人說什麼您都相信。別人說……」海倫笑了起來，「說多洛霍夫是我的情夫。」她講的是法語，且以其談吐粗俗的準確性說出了「情夫」這個字眼，就像她說其他字眼一樣，「您也就相信了！可是您證明了什麼？您經過這次決鬥證明了什麼？證明了，您是個笨蛋，您是個傻瓜，現在這是人盡皆知了。這會有什麼結果呢？結果是我成了全莫斯科的笑柄；所有人都會說，您喝醉了，忘乎所以，向他人挑起決鬥，這個人，您根本沒有理由嫉妒他。」海倫的嗓門愈來愈大、愈來愈激動，「這個人在各方面都比您好……」

「哼，哼。」皮埃爾不滿地哼了兩聲，皺眉不正眼看她，動也不動。

「為什麼您會相信，他是我的情夫……為什麼？因為我喜歡和他在一起嗎？要是您更聰明一點、更體貼一點，我倒是寧可和您在一起。」

12 羅伯斯比爾（一七五八—一七九四），法國大革命時期雅各賓派領袖。一七九四年「熱月政變」中被捕處死。

「不要說了……我求您。」皮埃爾嘶啞低聲說道。

「我為什麼不說！我可以說、我敢說，有您這樣的丈夫，妻子不為自己找情夫是很少見的，而我沒有這麼做。」她說。皮埃爾想說什麼，以異樣的眼神看了看她，她不明白這眼神意味著什麼，他再次躺下。這時他正忍受著生理上的痛苦：胸口發悶，喘不過氣來。他知道，要結束這痛苦，必須採取行動。不過他要採取的行動更是可怕。

「我們還是分手吧。」他若斷若續地說。

「分手，可以，只要您把財產給我，」海倫說，「分手，我好怕啊！」

皮埃爾從沙發上一躍而起，踉蹌著向她撲了過去。

「我殺了妳！」他吼道，他沒想到自己會有那麼大的力氣，竟從桌上一把抓起大理石石板，向她逼近一步，掄起了石板。

海倫的臉色愀變；她尖叫一聲躲開了他。父親的血統在皮埃爾身上表現出來了。他感受到狂怒的魅力和美妙。他把石板一扔，摔碎了，張開雙臂朝海倫步步逼近，吼道：「滾！」聲音相當駭人，全家人都聽到了這恐怖的吼聲。要是海倫沒有逃出房間，天知道，皮埃爾這時會做出什麼事來。

一個星期以後，皮埃爾給妻子一份委託書，由她管理大俄羅斯[13]所有莊園，這占盡他一半的財產。他則獨自前往彼得堡。

七

自從在童山接到奧斯特利茨會戰的消息和安德烈公爵的死訊，兩個月過去了。儘管有大使館轉來的那些信件，儘管千方百計地搜索，卻找不到他的遺體，他也不在被俘官兵的名單之內。對他的親人來說，最糟糕的是還抱有希望，希望他在戰場上得到當地居民的救助，因而在某個地方孤獨地躺在陌生人之間，也許正漸漸康復或即將死去，沒有力氣通知家人。老公爵第一次得知奧斯特利茨會戰消息的報紙上，一如往常，只是簡短、語焉不詳的新聞，內容提及俄軍在幾次完美的戰爭之後必須撤退，撤退時秩序井然。看到這官方的報導，老公爵明白，我軍已被擊潰。在報紙帶來奧斯特利茨會戰消息的一個星期之後，他收到庫圖佐夫的來信，他向公爵報告兒子的遭遇。庫圖佐夫寫道：

我親眼所見，令郎手執軍旗走在全團的前面，英勇地倒下了，他是無愧於自己的父親和國家的英雄。我和全軍深感遺憾的是，他至今生死不明。我本人和您可以抱有希望而感到欣慰，令郎可能還活著，否則軍使向我呈報的在戰場上所找到的軍官名單中一定有他的名字。

13 大俄羅斯，俄羅斯帝國歐洲部分的領土在十九至二十世紀初的正式名稱。

老公爵是在深夜收到這個消息的，當時只有他一人在書房，他未向任何人透露這個消息。第二天，他像平常一樣，清晨去散步。不過他對管家、花匠和建築師都寡言少語，雖然他看上去非常惱怒，但對誰也沒有開口。

瑪麗亞公爵小姐按時來見他的時候，他站在車床旁工作，一如往常，沒有回頭看她。

「啊！瑪麗亞公爵小姐！」他突然不尋常說道，並扔下鑿子。（由於慣性輪子還在轉。公爵小姐久久記得那漸漸微弱的吱吱聲，對她來說，這聲音是和隨後發生的事融合在一起。）

瑪麗亞公爵小姐向他走了過去，一正視他的臉，她的心猛地沉了下去。她的視線模糊了。她從父親那並非哀傷、並非悲痛欲絕，而是滿腔悲憤、非比尋常地竭力自持的臉色看出來了，自她的頭上落下了將她壓得粉碎的、可怕的不幸，她在生活中從未遭遇過的至大不幸，這是無可挽回、不可思議的不幸，是你所愛的人的死亡。

「爸爸，安德烈？」風姿欠佳、舉止笨拙的公爵小姐懷著那難以形容的悲傷、激動情緒問道，父親承受不住她的目光，哽咽一聲，轉過頭去。

「我收到消息了。不在被俘者名單中、不在陣亡者名單中。庫圖佐夫在信中說，」接著他刺耳地尖叫起來，彷彿要用這尖叫聲趕走公爵小姐似的，「他死了！」

公爵小姐並未倒下，也沒有暈過去。她早已面色煞白，可是聽了這些話，她的臉色驟變，她那光芒四射的美麗眼睛裡神采奕奕，彷彿一種不屬於塵世悲歡的極樂漫過她內心深深的悲哀。她完全忘掉對父親的敬畏，向他走了過去，執起父親的手，把他拉到自己面前，摟著他乾瘦、青筋突起的頸項。

「爸爸，」她說。「不要避開我，讓我們在一起哭吧。」

「這些渾蛋！這些草包！」老人把臉別開，不住叫道，「毀了軍隊、坑殺了軍人！這是為什麼？妳去吧，去告訴麗莎。」

公爵小姐無力地倒在父親身邊的扶手椅上，哭了起來。此際她想像著，哥哥當初怎麼帶著溫柔又高傲的神情與她和麗莎分手，想像著當初他如何溫柔而嘲諷地為自己戴上小聖像。「他有信仰嗎？他是否因為自己沒有信仰而後悔過？他在那裡了嗎？是不是在那永恆的、寧靜的世界呢？」她想。

「爸爸，請把經過的情況告訴我吧，好嗎？」她含淚問道。

「妳走，妳走；他是在戰爭中犧牲的，在這次戰爭中，他們斷送了俄國優秀戰士和俄軍的榮譽。妳走吧，瑪麗亞公爵小姐。妳去告訴麗莎。我就來。」

瑪麗亞公爵小姐從父親房裡離開後，小公爵夫人正在縫製衣物，她看了看瑪麗亞公爵小姐，流露出唯有孕婦才有的內斂的、幸福且安寧的神情。顯然，她的眼裡不見瑪麗亞公爵小姐，她正朝自己身體的內部看，看體內那正在發生的幸福及神祕。

「瑪麗亞，」她說，一面放下刺繡架，身子微後仰，「妳把手伸過來。」她拉著公爵小姐的手放在自己的肚腹上。

她的眼裡滿溢笑意，她在等待著，長著髭鬚的翹唇直像孩子那般幸福地微笑著。

瑪麗亞公爵小姐跪倒在她面前，把臉藏進嫂子的連身裙褶皺裡。

「就這裡，就這裡，聽見了嗎？我覺得好奇怪。妳要知道，瑪麗亞，我會非常愛他的。」麗莎說，用閃閃發亮的幸福眼神看著她的小腦袋。瑪麗亞公爵小姐無法抬頭：她在哭泣。

「妳怎麼了，瑪麗亞？」

「沒什麼……我那麼憂傷……為安德烈感到憂傷。」她說，在嫂子的膝頭擦拭淚水。這天早上，瑪麗亞公爵小姐有好幾次希望嫂子有心理準備，但她每一次都禁不住哭了起來。小公爵夫人不明原因的這些淚水，終於使她驚慌起來，不管她有多麼缺乏洞察力。她什麼也沒說，只是不安地四處張望，尋找著什麼。午餐前，她歷來懼怕的老公爵走進她的房間，現在他顯得特別不安、怒不可遏，卻又一言不發的走了出去。她看看瑪麗亞公爵小姐，然後帶著孕婦才有的關注自己身體內部的眼神陷入沉思，突然她哭了起來。

「安德烈有什麼消息嗎？」

「不，妳知道，還不可能有消息，可是爸爸感到不安，我也很擔心。」

「這麼說，他沒事？」

「沒事。」瑪麗亞公爵小姐說，一雙閃亮的眼睛堅定地看著她。她決定不告訴她並且說服了父親，在嫂子生產前，對她瞞著這可怕的消息，這幾天她就要生產了。瑪麗亞公爵小姐和老公爵各自以自己的方式忍受並掩飾自己的痛苦。老公爵不再抱任何希望了：他斷定安德烈公爵已死，雖然他派了一名官員前往奧地利尋覓兒子，但是他在莫斯科為兒子訂製了一座紀念碑，準備放在自己的花園裡，並且告訴所有人，他的兒子陣亡了。他竭力始終不變、保持原來的生活方式，但體力不行了。他走得少、吃得少、睡得少，他日漸衰弱。瑪麗亞公爵小姐則是懷抱希望。她像為活人祈禱一樣，為哥哥祈禱，時刻期盼他歸來的消息。

八

「親愛的朋友，」三月十九日早上，小公爵夫人在早餐後說，她的嘴唇依她的習慣翹了起來；自從接到噩耗之日起，在這個家裡，不僅所有的笑容，而且所有交談聲甚至步態都流露出悲傷，所以小公爵夫人在這種心情的感染之下——儘管她並不了解這種心情的緣由，如今，她的笑也是如此，這就更使人們沉浸於共同的感傷。

「親愛的朋友，我擔心今天的早餐我會暈過去。」

「妳怎麼了，親愛的？妳的臉發白。哎呀，妳臉色發白。」瑪麗亞公爵小姐驚訝說道，她邁著沉重的步伐來到嫂子面前。

「公爵小姐，要不要派人喚來瑪麗亞·鮑格丹諾夫娜？」當時一旁的一個女僕問她。瑪麗亞·鮑格丹諾夫娜是縣裡的助產士，她待在童山已經一個多星期了。

「是嗎？」瑪麗亞公爵小姐附和道，「也許，真的要生了。我立刻去。別擔心，我的天使！」她親了一下麗莎，想從房間裡出去。

「啊，不，不！」除了面色蒼白，小公爵夫人的臉上仍流露著對無可避免的肉體痛苦懷有孩子氣的恐懼。

「不，這是胃痛……你去說，瑪麗亞，我的胃……」小公爵夫人哭了出來，像孩子一樣痛苦地、任性地、甚至有些做作地扳著自己的小手。公爵小姐跑出去喚來瑪麗亞・鮑格丹諾夫娜了。

「哎喲！我的天啊！我的天啊！」她聽到背後的叫喊聲。

助產士搓著白胖的小手，神色鎮靜的迎著她走了過來。

「鮑格丹諾夫娜！好像開始了。」瑪麗亞公爵小姐說，驚恐地瞪眼直視助產士。

「那好，謝天謝地，公爵小姐。」鮑格丹諾夫娜說，她未加快腳步。「妳們女孩不該知道這種事。」

「可是莫斯科的醫生怎麼還不來呢？」公爵小姐問。（依麗莎和安德烈公爵的願望，已經預先派人到莫斯科去請婦產醫生了，至今無時無刻都在等他來。）

「沒關係，公爵小姐，您放心，」鮑格丹諾夫娜說，「沒有醫生也一樣順順利利。」

五分鐘後，公爵小姐在自己的房裡聽到，有人正抬起什麼很重的物體。她探頭一望，僕人們不知為什麼把安德烈公爵書房裡的一張皮沙發往臥室抬。抬沙發的人臉上有一種鄭重、溫順的神情。

瑪麗亞公爵小姐獨自坐在房裡，傾聽全家的動靜，偶爾有人走過，便開門看看走廊裡有什麼情況。幾個女人到那裡去又從那裡來，她們回頭看看公爵小姐，轉頭便離去。她不敢問，關上門，回到房裡，時而坐在扶手椅上，時而拿起祈禱書，時而在神像前跪下。可惜她驚覺到，祈禱並未使她驚慌的心情平靜下來。不期然她的房門悄悄地開了，門口出現了裹著頭巾的老保母普拉斯科維亞・薩維什娜，由於公爵不允許，她幾乎未進過她的房間。

「瑪麗亞，我來陪妳坐坐，」保母說，「我的天使，我來是要把公爵新婚時放在聖徒前的蠟燭點亮。」她嘆了口氣說。

「啊，我太高興了，阿姨。」

「上帝慈悲，親愛的。」保母點燃神像前幾支裹著金箔的蠟燭，帶著一隻編織中的毛襪便在門邊坐下了。瑪麗亞公爵小姐拿出一本書看了起來。只要聽到腳步聲或談話聲，公爵小姐便驚慌地、疑問地看看保母，保母也以表示安慰的眼神回看她。瑪麗亞公爵小姐在房裡所體驗到的這種情緒，瀰漫在家裡的每一個角落，人人都受到影響。據迷信的說法，對臨盆婦女的痛苦知道的人愈少，就愈能減輕她的痛苦，所以大家都努力裝出不知情的樣子；誰也不提這件事，可是，除了籠罩在公爵府邸中常見的莊重有禮外，可以看出，人人心裡都在擔憂，同時意識到，此刻正在發生一件神祕莫測的大事。

女僕居住的寬敞房間裡沒有笑聲。在侍者休息室裡人們默不作聲地安坐，隨時聽候吩咐。家僕的住處亮著火把和蠟燭，誰也沒有睡。老公爵步履沉重地在書房裡踱來踱去，他派吉洪去找鮑格丹諾夫娜，問她情況如何。

「你只要說，公爵吩咐我來問一聲情況如何，然後再來告訴我，她是怎麼回答的。」

「你去稟告公爵，分娩開始了。」鮑格丹諾夫娜說，意味深長地看了來人一眼。吉洪回去報告公爵。

「好。」公爵說，隨手把門關上，吉洪再也沒有聽到書房裡的一點聲音。過了一會兒，吉洪走進書房，好像是要把蠟淚剪一剪。只見公爵躺在沙發上，吉洪看看公爵，他那心灰意冷的臉龐，不覺搖搖頭，默不作聲地走上前去，親了親他的肩膀，便出去了，他沒有剪蠟淚，也沒有說明他是去做什麼的。世界上最莊嚴的聖禮正在進行。黃昏過去，夜已降臨。面對神祕莫測事件的擔憂和疑慮沒有減少，反而增加了。沒有人睡覺。

這是罕見的三月之夜，冬季彷彿要再顯神威，以絕望的瘋狂傾瀉著自己最後的暴風雪。人們時刻在期盼著來自莫斯科的德國醫生，已經派了供他換乘的馬匹，在大路拐往村道的路口等候，這時又加派幾名騎馬的人打著燈籠前去迎接，以便領他通過坎坷不平、積滿雪水的小路。

瑪麗亞公爵小姐早就把書本放下了：她靜靜坐著，明亮的雙眼注視著保母布滿皺紋、每一個細小的特點都非常熟悉的臉。望著她頭巾下露出的灰白頭髮、鬆弛的下巴。

保母薩維什娜拿著毛襪，低聲細語地講述往事，她自己聽不見，也不明白自己在講什麼，這段往事她講了不下幾百次了，內容是已故公爵夫人在基什尼奧夫生瑪麗亞公爵小姐時，負責接生的不是助產士，而是摩爾達維亞農婦。

「上帝會保佑的，不需要什麼醫生。」她說。猛然一陣風撲向卸掉窗框的窗戶（依照公爵的想法，在百靈鳥的季節，每個房間都要卸掉一扇窗框），颳去未插緊的窗栓，拍打著花緞窗簾，一陣寒風和飛雪襲來，吹熄了燭火。瑪麗亞公爵小姐渾身一顫；保母放下毛襪，趕過去探出身子，伸手想抓住外面的窗框。寒風吹拂著她的頭巾和露出來的灰白頭髮。

「公爵小姐，我的天呀，大路上有人來了！」她說著，一逕的扶著窗框也不關上。「他們提著燈籠；大概是醫生……」

「噢，我的天哪！感謝上帝！」瑪麗亞公爵小姐說道。「得去迎接他：他不懂俄語。」

瑪麗亞公爵小姐披上圍巾，趕去迎接他們。在她穿過前廳之際，她朝窗外一瞥，一輛輕便馬車停在門口，還有幾盞燈火。她來到樓梯口。欄杆的柱子上點著一根蠟燭，在風裡淌著蠟淚。侍者菲力浦滿臉驚訝，拿著一根蠟燭站在下方樓梯的第一個平臺上。再往下，在轉角處，傳來足蹬暖靴上樓的腳步聲。瑪麗亞公爵小姐覺得，好像有一道熟悉的聲音在說話。

「謝天謝地！」那道聲音說。「老爺呢？」

「躺下安歇了。」管家傑米揚回答道，他已經到了下面。

後來那道聲音還說了什麼，傑米揚回答了，於是穿暖靴的人在看不見的拐角處加快腳步沿著樓梯愈走愈近。「這是安德烈！」瑪麗亞公爵小姐想道。「不，這不可能，這轉太離奇了。」她想，就在她這麼想的時候，在侍者拿著蠟燭站定的臺階上，出現了身穿毛皮大衣、衣領上落滿白雪的安德烈公爵的面龐和身影。不錯，這是他，只是面色蒼白，人瘦了，他變了，臉上的表情柔和得令人好奇，卻顯得失措。他走上樓梯，摟住了妹妹。

「你們沒有接到我的信嗎？」他問，他不等回答了，其實也不可能得到回答，因為公爵小姐這時說不出話來了，他立刻回去帶著跟在他後面的婦產科醫生進來（他們是在最後一站相遇的），他又快步走上樓梯，又摟住了妹妹。

「多麼幸運哪！」他說，「瑪麗亞，親愛的！」於是他脫去毛皮大衣和暖靴，到小公爵夫人房裡去了。

九

小公爵夫人戴著潔白的髮帽躺在靠枕上（陣痛才剛緩解），幾綹黑髮披在燒燙的汗淋淋雙頰上。上唇長著黑色髭鬚的紅潤嬌美小嘴張著，愉快地嫣然微笑。安德烈公爵走進房間，停在她面前，站在她躺著的沙發腳端。她的一雙大眼孩子氣地既驚訝又激動，把目光停留在他的身上，她的神情毫無變化。「我愛你們大家，沒有傷害過任何人，為什麼我該受苦？」她的表情如此訴說。她看到了丈夫，但是不明白他此刻出現在她面前的意義。安德烈公爵繞過沙發，親吻她的前額。

「我的寶貝！」他說，他從來沒有這麼稱呼過她。「上帝慈悲……」她疑問地、像個孩子般埋怨地看了他一眼。

「我等待你的幫助，可是我白等了，白等了，你也無法幫助我！」她的眼睛在說。他來了，她沒有感到驚訝；她不明白他回家了。他的到來對她的痛苦和痛苦的減輕毫無影響。陣痛又開始了，鮑格丹諾夫娜勸安德烈公爵離開房間。

醫生走進房間。安德烈公爵出去了，他遇見瑪麗亞公爵小姐，又走到她面前。他們小聲交談起來，不過談話隨時都會停下來，他們在等待著、傾聽著。

「你去吧，我的朋友，」瑪麗亞公爵小姐說。安德烈公爵又妻子那裡去了，在隔壁房裡坐下來等待結果。一個女人驚慌失措地從她的房裡出來，看到安德烈公爵顯得有些窘困。安德烈公爵雙手捂著臉，就那樣坐了幾秒鐘。門後傳來可憐、無助的狂野呻吟。安德烈公爵站起來走到門前，想把門推開。有人堵著門。

「不行，不行！」一道驚恐的聲音從門後說道。他開始在房裡來回走動。叫喊聲靜止了，又過了幾秒鐘。突然，隔壁房間裡響起了駭人的叫喊聲——這不是她的叫聲，她是不可能這麼叫喊的。安德烈公爵跑到她門前；叫喊聲靜止了，卻聽到一道不同的聲音，那是嬰兒的啼哭。

「怎麼把嬰兒抱到那裡去了？」安德烈公爵在最初的瞬間想道。「嬰兒？哪來的？……那裡怎麼會有嬰兒呢？難道是孩子生出來了？」

當他突然明白這聲啼哭意味著的祝賀時，淚水令他哽咽了，他的臂肘撐在窗臺上，像孩子般哭泣了。門打開了，醫生從房裡出來，襯衫的袖子捲起，他未穿長禮服，臉色蒼白，下巴在哆嗦。安德烈公爵轉向他，但大夫失神地望望他，一聲不吭地走了過去。一個女人跑了出來，看見安德烈公爵，便站在門口發愣。他走進妻子的房間。她死了，躺著的姿勢未變，仍像他五分鐘前所看到的那樣，儘管眼睛凝然不動，雙頰蒼白，但小嘴唇上長著黑色髭鬚的嬌美、稚氣、怯生生的小臉上表情依舊。

「我愛你們大家，沒有傷害過任何人，可是你們是怎麼對我的呢？啊，你們是怎麼對我的？」她那惹人憐愛的、嬌美但毫無生氣的臉如此訴說。在角落處，鮑格丹諾夫娜顫抖的白淨雙手捧著一個通紅的小東西，正發出哼哼聲和尖細的啼哭聲。

兩個小時後，安德烈公爵輕輕走進父親的書房。老人全知道了。他就站在門邊，門一開，老人就伸開衰老、僵硬的手臂，像鉗子一樣緊摟著愛子的脖頸，孩子似地放聲大哭。

三天後，為小公爵夫人舉行了東正教葬禮，安德烈公爵在和遺體告別時步上棺材旁的梯級。在棺材裡的仍是那張臉，只是闔上了眼睛。「啊，你們是怎麼對我的？」那張臉仍這麼訴說著，安德烈公爵大為震驚，感到他犯了一個無可挽回也永難忘卻的錯誤。他欲哭無淚。老人也走了上去，親她蠟黃的小手，這隻手平靜地高高放在另一隻手上，她的臉也在對他說：「啊，你們是怎麼對我的，為什麼？」老人看到這張臉，憤怒地轉身而去。

又過了五天，為新生兒小公爵尼科連卡．安德烈伊奇施洗禮。神父用鵝毛在嬰兒發紅起皺的小手掌和小腳掌上抹膏油時，乳母用下巴頦壓著襁褓。祖父是教父，他生怕失手掉了孩子，戰戰兢兢地抱著他圍繞微微壓扁的白鐵聖水盤走，然後把嬰兒交給教母瑪麗亞公爵小姐。安德烈公爵擔心孩子會被淹死[14]，緊張得屏住氣，坐在另一個房裡等待聖禮結束。保母抱嬰兒出來時，他高興地看看孩子，聽保母說，黏有頭髮的蠟片被拋進聖水盤後沒有下沉[15]，而是飄著，他又贊許地點點頭。

尼古拉參與多洛霍夫和皮埃爾決鬥的事，由於老伯爵的奔走，總算暗中了結了，尼古拉非但未如他所預料的受到降級處分，甚至晉升莫斯科總督的副官。因此他不能和全家一起到鄉下去，整個夏天都留在莫斯科履行新職務。多洛霍夫痊癒了，在他康復期間，尼古拉和他成了特別親近的朋友。多洛霍夫一直住在寵愛他的母親家裡養傷。尼古拉由於和多洛霍夫的友情而博得老太太瑪麗亞・伊萬諾夫娜的喜愛，她常常對他談起兒子。

「是的，伯爵，他太高尚、太純潔了。」她時常這麼說，「不適合我們今天這個腐敗的社會。美德誰也不喜歡，那可是人們眼中釘。好吧，伯爵，您說，別祖霍夫這麼做合理嗎、正當嗎？生性高尚的多洛霍夫是愛他的，就是現在也從來不說他一句壞話。在彼得堡大鬧分局長、開玩笑，不是他們一起做的嗎？怎麼，別祖霍夫沒事，一切由多洛霍夫承擔！他遭受多少痛苦啊！不錯，他復職了，可是怎能不復職呢？我想，像他這麼勇敢愛國的軍人不多。現在不妨來談談這次決鬥。這些人有感情、有良心嗎？明知他是獨子，卻找他決鬥，而且對準他開槍！還好，上帝保佑我們。為了什麼呢？您說，在我們這個時代誰沒有男

14 施洗禮時，要將受洗者全身浸入水中，稱浸禮。
15 據迷信的說法，這預示著孩子幸福的未來。

女私情？好吧，既然他那麼愛嫉妒——這一點我理解，那他可以先給他一些警告啊，要知道，這事持續了一年之久。怎麼樣呢？他竟挑起決鬥，認定多洛霍夫是不會真動手的，因為他欠他錢。多麼卑鄙！多麼可惡！我知道，親愛的伯爵，您是理解多洛霍夫的，所以我由衷欣賞您，請相信我吧。很少有人能理解他。他的心地那麼崇高、那麼純潔……」

多洛霍夫本人在他康復期間，經常對尼古拉說一些出人意料的話。

「所有人都認為我是壞人，我很清楚，」他說，「隨便他們。任何人我都不放在眼裡，除了我所愛的人；一旦我愛上誰，就願意為對方獻出生命，而其他人只要擋到我的路，我就要他走著瞧。我有一個敬愛的、無與倫比的母親，兩三個朋友，你是其中之一，而對其他人，我只從他們和我的利害關係去審視。幾乎所有人都是有害的，尤其是女人。是的，我的朋友，」他繼續說道，「我遇過仁慈、高尚、有操守的男人；可是除了出賣肉體和感情的下賤女人，我還沒遇過其他女人，伯爵夫人或廚娘全都一樣。我還沒在任何女人身上追尋到天使般的純潔和忠誠。如果我找到這麼一個女人，為她獻出生命也在所不惜。而這些！……」他做了個鄙夷的手勢。「你相信嗎？如果說我還珍惜生命，那麼我之所以珍惜，僅僅是因為我仍希望遇到一名天使般的女性，她能使我獲得新生、使我淨化、使我的精神昇華。不過，你是無法理解的。」

「不，我非常理解。」受到這個新朋友影響的尼古拉回答道。

一八〇六年秋天，尼古拉一家人回到莫斯科。初冬，傑尼索夫也來了，他借住在尼古拉家。這一年初冬，尼古拉和他的家人在莫斯科度過最幸福、最快樂的時光。尼古拉吸引了很多年輕人來到父母住所。薇拉是年方二十的迷人女性；索尼婭這個十六歲少女美若花朵初綻；娜塔莎則半是少女、半是孩子，時而孩子般的調皮，時而盡顯少女的魅力。

這段期間，羅斯托夫宅邸籠罩著異樣的愛情氛圍，在擁有非常可愛、非常年輕的女孩人家往往如此。每一個來到羅斯托夫宅邸的年輕男子，看著少女們那洋溢著青春氣息、善解人意、為著什麼（也許是因為自己的幸福）而笑意盈盈的臉龐，看著那活潑輕盈的奔跑，聽著年輕女子談天、對任何人一概親切、樂於應和且充滿夢想的絮語，聽著那時而歌聲蕩漾，時而樂音繚繞的斷斷續續聲音，便會體驗到一種嚮往愛情、期待幸福的心情，這心情也是羅斯托夫宅邸的年輕人所感受到的。

在尼古拉帶來的年輕人當中，多洛霍夫是最早博得全家人喜愛的人之一，唯娜塔莎除外。為了多洛霍夫，她幾乎和兄長吵了起來。她堅決認為，多洛霍夫很卑鄙，在和皮埃爾決鬥這件事上，皮埃爾是對的，錯在多洛霍夫，他令人厭惡，而且矯揉造作。

「我用不著理解！」娜塔莎執著且任性吼道，「他很壞，而且無情無義。我不是很欣賞你的傑尼索夫嗎？儘管他也是酒鬼，也有缺點，我仍欣賞他，可見，我是能夠理解他人的。我不知道該怎麼對你說；多洛霍夫居心叵測，這令我擔心。傑尼索夫……」

「唉，傑尼索夫是不能相提並論的。」尼古拉回答道，暗示與多洛霍夫相比，甚至傑尼索夫也微不足道，「妳理應了解，多洛霍夫心地有多良善，妳理應看一看他是如何和母親相處的，他如此善良！」

「這方面我不知道，可是和他在一起我覺得不自在。他愛上索尼婭，你知道嗎？」

「胡說……」

「我確信不疑，你會親眼見識到的。」

娜塔莎的預言應驗了。不喜歡和女性打交道的多洛霍夫不時在這個家中出現，至於他是為誰而來，這個問題很快就有了答案（儘管任誰也沒明說），他是為索尼婭而來的。索尼婭對此諱莫如深，但她心裡明白，所以每當多洛霍夫出現，她的臉便紅得像一塊大紅布。

多洛霍夫常到羅斯托夫家吃飯，從來不放過有羅斯托夫一家在場的演出，他時常參加約格爾家的青少年舞會，因為羅斯托夫總會出席。他主要是注意索尼婭，緊盯她的眼神不僅令索尼婭不得不臉紅，連伯爵夫人和娜塔莎看到這樣的目光也會不自覺臉紅起來。

顯然，這個膚色微黑、風姿綽約且另有所愛的少女，對眼前這名剛強、性格古怪的男人產生了不可抗拒的吸引力。

尼古拉發覺，在多洛霍夫和索尼婭之間有了某種新的氛圍；但他並未認定，這究竟是何種新關係。「她們都在愛情裡。」他如此想像索尼婭和娜塔莎。不過，他對索尼婭和多洛霍夫不若從前那麼談笑自若，也少待在家裡了。

從一八〇六年秋天起，人人再次談論起和拿破崙的戰爭了，而且比去年討論得更是沸沸揚揚。新的命令已公布，將從千人中徵十名新兵、九名民兵。到處都在詛咒拿破崙，莫斯科所議論的不外乎即將爆發的戰爭。尼古拉一家正因戰爭而有了心理準備，而所有的關切無不圍繞著一件事，即尼古拉無論如何不願留在莫斯科，他只等傑尼索夫的假期一結束，便一起返回軍團。他即將出發，不過，這不僅未妨礙他尋歡作樂，他反而更加熱中。他多數時間都耗費在家庭之外，在宴會、晚會和舞會中度過的。

十一

聖誕節的第三天，尼古拉難得在家用餐。這是正式的餞行宴會，他和傑尼索夫即將在主顯節[16]後返回軍團了。參加宴會的有二十人左右，其中包括多洛霍夫和傑尼索夫。

在尼古拉家裡，愛情的氣氛、鍾情的氛圍從來沒有像在這些過節的日子裡那般強烈地被人感覺到。「抓住幸福的時刻，讓自己獲得愛，也主動地追求愛情吧，這才是世界上真正的大事，其他不過是多餘的。這才是我們在此唯一的任務。」周遭氛圍彷彿如此透露。

尼古拉一如往常，令兩對拉車的馬匹精疲力盡，卻仍來不及趕往他非得參與和應邀前往的所有地點，直到家庭宴會即將開始之際，他才回到家裡。他一進門，便感覺到家中強烈的愛情氣氛，不過，此外他還發覺，在座某些人之間籠罩著一種奇妙窘迫不安的情緒。其中尤為激動的是索尼婭、多洛霍夫和老伯爵夫人，娜塔莎也有些激動。尼古拉明白了，宴會前在索尼婭和多洛霍夫之間一定發生了什麼，於是便在席間始終以他所特有的體貼入微，溫和且謹慎地對待他們兩人。就在主顯節第三天的這個晚上，約格爾（舞蹈教師）住所舉辦舞會，每逢節日，他都會為自己的學生舉辦舞會。

「尼古拉，你會到約格爾家裡嗎？你去吧，」娜塔莎對他說道。「他特地邀請你，傑尼索夫也去。」

---

16 主顯節亦稱耶穌受洗節，是聖誕節過後的第十二天。

「有伯爵小姐的命令，我哪敢不去呢！」傑尼索夫說，他在尼古拉家裡開玩笑地以娜塔莎的騎士自居，「我到時要跳披巾舞。」

「但願我趕得上！我已經答應阿爾哈羅夫，他們也舉辦了晚會。」尼古拉說。

「你呢？」他問多洛霍夫。話一出口，他便發覺，這是不該問的。

「嗯，也許吧……」多洛霍夫冷淡而氣惱地回答道，他看了索尼婭一眼，又皺眉看看尼古拉，這目光和他在英國俱樂部的宴會上看皮埃爾的目光是完全一樣的。

「果然是出了什麼事。」尼古拉暗想，餐後多洛霍夫立刻離開，這就更證實了他的猜想，他喚來娜塔莎，問她究竟是怎麼了。

「我也在找你呢！」娜塔莎對他說。「我對你說過，你總是不願相信，」她得意地說道。「他向索尼婭求婚了。」

儘管尼古拉在這段時間，並未將索尼婭放在心上，可是一聽到這消息仍是心頭一震。對沒有嫁妝的孤女索尼婭來說，多洛霍夫是相當不錯的另一半，在某些方面甚至是美滿的婚姻。從老伯爵夫人和世俗的眼光看來，是不該拒絕他的。因此尼古拉聽到這個消息的第一個反應便是對索尼婭感到惱怒。他心想：「好極了，當然應當忘掉幼時的承諾，接受他的求婚。」不過，他還沒有來得及把這句話說出口……

「你想得到嗎？她拒絕了，斷然地拒絕了！」娜塔莎說道。「她說，她另有所愛。」她沉默了一會兒補充道。

「我的索尼婭是不可能有非分之想的！」尼古拉想。

「不管媽媽怎麼求她，她還是拒絕了，我了解她，話一說出口，是絕不會改變的……」

「媽媽居然會去求她！」尼古拉不滿地說道。

「是的，」娜塔莎說。「你聽我說，尼古拉，你可別生氣；不過，我知道你是不會和她結婚的。我知道，天曉得是什麼緣故，我知道，你不會和她結婚。」

「算了，這是妳無論如何也不會懂的，」尼古拉說，「不過我想和她談一談。索尼婭是那麼完美的女性！」他微笑著補上一句。

「她太可愛了！我去幫你叫她。」娜塔莎親了一下哥哥便離開了。

一會兒，索尼婭進來了，她驚慌失措，面有愧色。尼古拉走上前親她的手。這是他們在這段期間裡第一次單獨交談，而且談的還是自身的愛情問題。

「索尼婭，」他說，一開始感到有點不自在，不過他愈來愈坦然，「聽說您拒絕了一個出色的、高尚的人……他是我的朋友……」

索尼婭打斷了他的話。

「我拒絕了。」她連忙說。

「要是您為了我而拒絕他，我擔心我會……」

索尼婭再次打斷他。她以懇求、驚慌的目光注視著他。

「尼古拉，您不要對我說這些。」她說。

「不，我應當說。也許我太自負了，不過還是說出來好。如果您是為了我而拒絕他，那麼我必須對您坦承。我愛您，我想，勝過愛任何人。」

「對我來說，這就夠了。」索尼婭說，臉上泛紅。

「不，但是我已愛過一千次了，而且還會愛上別人，儘管我對誰也沒有像對您那般友好、信任並且充滿愛。再說，我還年輕。母親不會贊成。總之，我現在無法給您任何承諾。因此我請求您考慮多洛霍夫的求婚。」他說，費了好大力氣才吐出朋友的名字。

「您不要對我說這些。我什麼也不需要。我愛您如兄長，永遠愛您，此外一無所求。」

「您是天使，我配不上您，不過我只怕會讓您失望。」尼古拉又一次親她的手。

十二

約格爾舉辦的舞會是莫斯科最歡樂的舞會。看著自己年幼的兒女跳著剛學會的舞步的母親們這麼說；跳得精疲力竭的少男少女們也這麼說；抱著屈尊的心態出席舞會的成年女性和小伙子也這麼說，因為他們在這些舞會上找到了最盡興的娛樂。就在這一年，這些舞會成就了兩對婚姻。戈爾恰科夫的兩位美麗公爵小姐找到心上人，並且結婚了，這就更為舞會增光添彩。舞會的特點是沒有男主人和女主人：只有心地善良的約格爾彷彿羽毛般飄然來去，依照演出的規矩微微鞠躬，向自己的客人們收取授課的入場券；另一個特點是，有些人常來參加舞會，單純只是愛好跳舞和娛樂，就像第一次穿上長裙的十三、四歲少女那般。所有人，除了少數例外，盡皆神采飛揚或格外神采飛揚：他們無不興高采烈地微笑，眼神如此閃亮。最優秀的女學生有時甚至跳起披巾舞，舞姿優美的娜塔莎是其中佼佼者；可惜在這次舞會上，只表演了蘇格蘭舞、英格蘭舞和新流行的瑪祖卡舞。大廳是約格爾在皮埃爾的府邸中租用的，人人都說舞會辦得很成功。有很多好看的女孩子，而羅斯托夫的兩位小姐躋身最美的少女之列。這天晚上，她們兩人尤為幸福、盡興。索尼婭因為自己拒絕了多洛霍夫的求婚，並向尼古拉表白了心意而感到放鬆，她在家裡不等女僕裝扮好自己的髮辮便開心地旋轉起來，此刻，她激動的快樂心情更是令她容光煥發。

因為第一次穿上長裙，第一次參加真正的舞會而同樣意氣風發的娜塔莎，更是深感幸福。兩人身穿雪白的細紗長裙並繫上粉紅色緞帶。

娜塔莎從踏進舞會大廳的那一刻起，便墜入了情網。她不是愛上某一個特定的人，而是愛上所有人。她看到誰，在她注視著對方的瞬間，她便愛上這個人。

「啊，多麼好！」她接近索尼婭時總是說。

尼古拉和傑尼索夫在大廳裡走來走去，帶著親切、鼓勵的神情望向跳舞的人。

「她多麼可愛，將來一定是美人。」傑尼索夫說。

「誰？」

「伯爵小姐娜塔莎。」傑尼索夫回答道。「她的舞跳得多好，舞姿多美！」他沉默片刻又說。

「你這是說誰啊？」

「說令妹呢。」傑尼索夫禁不住高聲回道。尼古拉只是微微一笑。

「親愛的伯爵，您是我最優秀的學生之一。您應該去跳舞。」矮小的約格爾來到尼古拉面前說道，「您看看，多少漂亮的女孩！」他也對傑尼索夫提出同樣的邀請，傑尼索夫也曾是他的學生。

「不，親愛的，我還是坐一會兒裝裝樣子吧。」傑尼索夫說。「難道您不記得了，您上課時，我的表現是很差的……」

「不！」約格爾連忙安慰他說。「您只是不肯用心，您是有天分的，的確，您是有天分的。」

接著，現場響起首次演奏的瑪祖卡舞曲。尼古拉無法拒絕約格爾，他於是邀請索尼婭。傑尼索夫坐到老太太們身旁，手肘支撐在馬刀上，一邊用腳打著節拍，一邊快活地說著什麼，把老太太們逗得笑了起來，時而看年輕人跳舞。約格爾和娜塔莎是第一對舞伴，娜塔莎是他的驕傲、是他最優秀的學生。約格爾從容優美而有節奏地擺動穿著皮鞋的小腳，和用心地跳出舞步的靦腆娜塔莎首先在大廳裡飛快地跳了起來。傑尼索夫目不轉睛地盯著她，輕輕用馬刀叩擊節拍，他的姿態意味著，他不去跳舞，並非他不會，只是不想跳而已。在這段舞進行一半時，他叫住從旁經過的尼古拉。

「這完全不對，」他說，「難道這是波蘭的瑪祖卡舞嗎？不過表演得非常出色。」

尼古拉很清楚，就算是傑尼索夫在波蘭跳波蘭的瑪祖卡舞，也以高超的舞技聞名遐邇，他於是到娜塔莎面前說：

「妳去找傑尼索夫做舞伴吧。他跳得很好！令人拍案叫絕！」

再次輪到娜塔莎出場時，她站了起來，迅速邁開繫著緞帶的皮鞋，靦腆地穿過大廳，走到傑尼索夫安坐的角落。她注意到，所有人都在看她並等待她表演下一支舞。尼古拉則看到傑尼索夫和娜塔莎兩人皆面帶微笑的僵持不下，顯然傑尼索夫在拒絕，神情卻是愉悅。他於是跑了過去。

「請，傑尼索夫，」娜塔莎說，「我們去跳舞吧，請。」

「不行啊。您饒了我吧，伯爵小姐。」傑尼索夫說。

「別拖拖拉拉的了，傑尼索夫。」尼古拉說。

「這不是趕鴨子上架嗎？」傑尼索夫開玩笑說。

「改天，我唱一整晚的歌給你聽，好嗎？」娜塔莎說。

「小女巫，什麼花招都使得出來！」傑尼索夫邊說邊摘下馬刀。他從人們的椅子後走出來，緊握自己女伴的手，頭微微昂起，單腳跨開，等待音樂響起。只有在馬背上和跳瑪祖卡舞時，才看不出傑尼索夫身材矮小，正如他自己所感覺到的，他顯得英姿煥發。音樂一響起，他從側面朝女伴得意且俏皮地瞅了一眼，突然他一頓腳，像皮球一樣從地板上彈了起來，帶著後方的女伴沿著圈疾行而去。他腳不點地、寂然無聲地飛過半個大廳，對面前的椅子視若不見，徑直飛了過去；可是突然，只聽馬刺叮噹一響，他又開兩腳用鞋後跟站定，站定片刻後，便馬刺鏗鏘地在原地踩步，飛快地旋轉，又左腳連續輕叩右腳，繞著圈飛跑。娜塔莎憑感覺猜測他的舞步，自己不會的就觀察他、配合他。他忽而用右手、忽而用左手領著她旋轉，時而單膝跪地，讓她圍繞自己旋轉，又一躍而起，向前飛速疾奔，彷彿要一口氣穿過所有房間似的；又猝地停住腳步，舞出新穎的、出人意料的舞步。當他一邊旋轉一邊靈巧地把女伴帶到她的座位時，馬刺一碰，向她鞠躬之際，娜塔莎甚至沒有對他行屈膝禮。她含著微笑，兩眼困惑不解地看著他，彷彿不認識他似的。

「這是什麼舞啊？」娜塔莎問。

儘管約格爾不承認這是真正的瑪祖卡舞，可是大家都對傑尼索夫的舞技讚不絕口，不斷地來邀請他擔任舞伴，老人們微笑著談起了波蘭和往昔的美好光景。跳瑪祖卡舞之後滿臉通紅的傑尼索夫一邊擦拭臉上的汗水，一邊在娜塔莎身邊坐下，在舞會結束前始終未再離開她一步。

十三

此後，尼古拉長達兩天既不曾在親友住所見到多洛霍夫，也未在家裡碰過他；第三天他收到他的一張便條。

「由於你所知道的原因，我不會再到府上了，我即將返回部隊，因此擬於今晚略備薄酒向朋友告別——屆時請到英國飯店」。在指定的當天，尼古拉於九點多離開他與家人和傑尼索夫看戲的劇院，來到了英國飯店。他立即被帶進飯店裡最好的房間，今晚這個房間由多洛霍夫包下。

二十多人圍在桌旁，多洛霍夫坐在兩根蠟燭之間。桌上放著金幣和鈔票，多洛霍夫是莊家，他正在分牌。在他求婚被索尼婭拒絕後，尼古拉和他還不曾見過面，想到眼前的相見，他便感到不知所措。

多洛霍夫明亮卻冷漠的目光看見尼古拉來到門口，他好像早就在等著尼古拉了。

「好久不見了，」他說，「謝謝你的光臨。等我把這副牌分好，伊柳什卡帶的合唱隊也就到了。」

「我是順便來看看的。」尼古拉說，臉上不禁一紅。

多洛霍夫不予理會。

「你可以下注。」他說。

尼古拉這時想起了他和多洛霍夫之間一次莫名的談話。「只有傻瓜才靠運氣賭錢。」當時多洛霍夫這麼說過。

「你是不敢和我賭吧？」眼前多洛霍夫這麼說，好像猜到了尼古拉的心思，於是微微一笑。尼古拉從他的微笑中看出他目前處於在英國俱樂部宴會上的那種情緒，每當他厭倦了日常生活，便會萌生這種情緒，這時他迫切需要以某種特異的、多半是殘忍的行為來擺脫這乏味的日常。

尼古拉深感羞愧；他搜索枯腸，始終找不到一句適當的玩笑話來回答多洛霍夫。可是，在他能做到這一點之前，多洛霍夫則直視尼古拉，一字一句，緩慢地以所有人都聽得清楚的聲音對他說道：

「你記得嗎？我們曾談論過賭博……只有傻瓜才靠運氣賭錢；賭錢是要靠本事的，我倒很想試一試。」

「試試靠運氣賭錢，還是靠本事？」尼古拉心想。

「你還是不要賭吧，」他補充一句，啪地扔出一副剛拆開的紙牌，說：「下注吧，諸位！」

多洛霍夫把錢向前推一推，準備分牌了。尼古拉在他身邊坐下，起先他不想玩。多洛霍夫抬頭看了他一眼。

「你怎麼不玩？」多洛霍夫說。說來也怪，尼古拉突然覺得，他應當拿起一張紙牌，便下注，玩了起來。

「我沒帶錢。」尼古拉說。

「你可以記帳！」

尼古拉在紙牌上標記五盧布，他輸了，再押上一張，又輸了。多洛霍夫一連吃掉了十次，也就是說，他一連贏了尼古拉十張牌。

「諸位，」他發了一會兒牌說道，「請用現金下注吧，不然我會記錯的。」

其人一名賭客說，希望他可以記帳。

「記帳可以，可是我擔心出錯；還是用現金下注吧，」多洛霍夫回答道。「你不必擔心，我們以後再結帳。」他對尼古拉補上一句。

賭博仍繼續；僕人正不停的送上香檳酒。

尼古拉輸掉所有紙牌，他名下所記的賭注已有八百盧布。他在一張紙牌上寫下八百盧布，可是就在僕人為他遞上香檳酒的時候，他改變了主意，又寫下一筆普通的賭注，二十盧布。

「保留原來的賭注吧，」多洛霍夫說，儘管他好像未留神注意尼古拉。「那樣可以更快翻本。我輸給別人，卻老是贏你。難道你怕我嗎？」他又說道。

尼古拉聽從他的話，保留了原來所寫的八百盧布，把撕掉一隻角的紅桃七押上，這張牌是他剛從地上撿起來的。往後，他對這張牌的樣子記得一清二楚。他押上紅桃七，用一截粉筆在上面寫下八百這個數目字，字跡粗大而端正；他喝乾了一杯遞給他的微溫香檳酒，聽了多洛霍夫的話淡淡一笑，便提心吊膽地寄望於這張紅桃七，並緊盯著多洛霍夫持牌的手。這張紅桃七的輸贏，對尼古拉來說非同小可。上個星期天，羅斯托夫老伯爵給兒子兩千盧布，他從來不喜歡談經濟上的窘迫，這次卻對兒子說，這筆錢是五月之前的最後一筆了，因此他要求兒子節省一點。尼古拉當時說，對他來說這些錢綽綽有餘，他保證在春天之前絕不再向父親拿錢。如今這筆錢僅剩一千二百盧布了。可見，紅桃七不僅意味著一千六百盧布的輸贏，而且意味著不得不違背自己的諾言。他提心吊膽地望著多洛霍夫那雙手，暗想：「快點把這張牌給我吧，我馬上就拿起帽子，回家和傑尼索夫、娜塔莎以及索尼婭一起吃晚飯，而且從此絕不再伸手拿紙牌了。」此刻他的家庭生活——和彼佳開玩笑、與索尼婭談話、與娜塔莎二重唱、與父親玩皮克牌[17]，甚至在波瓦

17 皮克牌，兩人對玩的一種牌戲，有三十二張牌。

爾大街上的家裡安靜地睡覺——都那麼生動、鮮明而充滿魅力地浮現在他的想像之中，彷彿這一切都是早已過去、早已失落的無比幸福。他無法設想，紅桃七先放在左邊而不是放在右邊這種荒唐的偶然性，竟能使他失去全新感悟到的幸福，並墜入他從未遭受過的、不明所以的不幸深淵。這不可能，但他仍極度緊張地等待多洛霍夫雙手的動作。那雙寬大、發紅，襯衫下露出黑色毛髮的手，把那副牌放下，接過遞給他的酒杯和菸斗。

「這麼說，你敢和我賭？」多洛霍夫又說了一遍，他放下紙牌，仰靠在椅背上，一副要敘述有趣故事的樣子，他面帶笑意，慢慢地說了起來：

「是的，諸位，聽說有人在莫斯科散布流言，說我是作弊的高手，因此我奉勸諸位對我千萬要小心。」

「喂，你發牌吧！」尼古拉說。

「唉，莫斯科的三姑六婆啊！」多洛霍夫說，邊微笑邊發牌。

「啊啊啊！」羅斯托夫幾乎叫了出來，他雙手伸向頭髮。他所需要的紅桃七已經出現在最上面，是那副牌上的第一張。他輸掉的錢，已超過他的支付能力了。

「你千萬別輕舉妄動。」多洛霍夫說，他瞥了尼古拉一眼，繼續發牌。

十四

過了一個半小時，多數賭客對這場賭已經抱著遊戲的心態了。

整場賭博都集中在尼古拉夫一人身上。在他名下已不是一千六百盧布，而是一長串數字，他曾計算過，這串數字已突破九千，而現在，他隱約感覺到，這串數字已增加到一萬五千了。實際上，這些紀錄已超過兩萬盧布。多洛霍夫對什麼早已不聞不問，也不講故事了；他留心尼古拉雙手的每個動作，偶爾瞥一眼自己在他名下所紀錄的數字。他決定賭下去，直到增加到四萬三千。他選定這個數字是因為，四十三是他的年齡和索尼婭的年齡相加的數字。尼古拉雙手支著頭，坐在寫滿數字、啤酒漫流、堆著紙牌的桌邊。一個痛苦的想法一直折磨他：這雙寬大、發紅，襯衫下面露出黑色毛髮的手，他既愛又恨的這雙手，已經將他牢牢控制住了。

「六百盧布，愛司，折角，九……翻本是不可能的了！……在家裡總是那麼開心……雙倍下注……這是不可能的！他為什麼要這樣對我？……」尼古拉心想。有時他下了一大筆賭注；可是多洛霍夫拒絕吃掉，反而自己為他確定一個賭注。尼古拉認可了，他時而向上帝禱告，就像他在阿姆施泰滕大橋的戰場上禱告一樣；時而他猜想，桌下一堆折角的紙牌中首先落入他手中的那一張，會使他得救；時而計算自己軍服上衣有多少條條帶，想在點數和條帶數相同的牌上下注，把輸掉的錢如數寫上；時而求助似的回頭望向其他賭客；時而注視眼前多洛霍夫冷冰冰的臉，想看清楚他心裡在想什麼。

「他明明知道，」他對自己說，「輸這麼多錢對我意味著什麼。他不會希望我遭到毀滅吧？他是我的朋友啊。我原是愛他的……不過也不能怪他；他運氣好，他能怎麼辦呢？我也沒有錯，」他自言自語，「我沒有做過壞事。難道我殺過人、侮辱過人、有過害人之心？為什麼我要遭到如此可怕的不幸呢？這種不幸是從什麼時候開始的？就在剛才，我來到這張賭桌邊，只想贏一百盧布，為母親買下那個首飾匣以做為命名日的禮物就回家，我是那麼幸福、那麼自由、那麼快樂！可惜，我當時並不明白，我有多麼幸福！這是在什麼時候結束的，這適才出現的可怕情況又是什麼時候開始的？這個轉折的標誌是什麼？我一直坐在這裡、在這賭桌旁，選一張牌推出去，然後望著這雙寬大靈巧的手。這是什麼時候發生的，而且究竟發生了什麼？我健康、強壯，我還是我，還是在這個老地方。不，這是不可能的！這一切想必不會真的有什麼結果。」

他滿臉通紅，渾身冒汗，儘管房裡並不熱。他的臉色既可怕又可憐，尤其是因為他徒勞地想裝出鎮靜自若的樣子。

紀錄達到四萬三千這個注定不祥的數字。尼古拉準備好一張紙牌，紙牌折了一角，上面寫著剛才他指定的三千盧布賭注；這時多洛霍夫砰地磕了一下紙牌，放到一旁，他拿起粉筆，使勁摁著以清晰有力的筆劃計算尼古拉所欠下的賭債。

「吃晚飯，該吃晚飯了！吉卜賽人也來了！」的確，一夥膚色黝黑的男女以吉卜賽口音交談著，自嚴寒中走了進來。尼古拉明白，一切都結束了；不過他用冷漠的語氣說道：

「怎麼，你不玩了？可是我準備了一張很不錯的牌。」彷彿最吸引他的就是打牌本身的樂趣。

「全都結束了，我完了！」他在想。「現在對準腦門開一槍——只有這條路了。」與此同時，他竟以愉快的口吻說道：「來吧，再來一把。」

「好，」多洛霍夫在算出總數後回答道，「好！賭二十一盧布，」他說，一邊指著二十一這個數位，這個數位導致整數四萬三千被破壞了。尼古拉順從地抹平折角，認真地寫下數字二十一，而不是原來想寫的六千。

「我反正無所謂了，」他說，「我只想知道，你是要吃掉這張十，還是讓我贏。」

多洛霍夫一本正經地開始發牌。噢，這時尼古拉是多麼憎恨這雙發紅、指頭短粗、襯衫下露出黑毛的手啊，這雙手把他抓在掌心裡了……這次是尼古拉贏了。

「您欠我四萬三千，伯爵，」多洛霍夫說，他伸著懶腰從桌旁站了起來。「坐了這麼久，真累。」他說。

「是啊，我也累了。」尼古拉說。

多洛霍夫似乎想提醒他，這麼若無其事是不合適的，便打斷他的話：

「請問，我什麼時候可以拿到錢，伯爵？」

尼古拉刷地臉紅了，他把多洛霍夫叫到另一個房間。

「我無法馬上付清，我會給你定期支票。」他說。

「你聽著，尼古拉，」多洛霍夫說，他面露泰然的微笑看著尼古拉，「你知道，俗話說：『情場得意，賭場失意』。你的表妹愛你。我知道。」

「噢！感覺自己落入這個人的控制是可怕的。」尼古拉想。尼古拉明白，輸錢的事對父母將是多大的打擊；他明白，能擺脫這一切是多麼幸福，也明白，多洛霍夫知道如何讓他避免這場羞辱和痛苦，而現在卻還想和他玩一場貓捉老鼠的遊戲。

「你的表妹……」多洛霍夫有話想說；尼古拉卻打斷他。

「我的表妹與此無關，關於她，我沒什麼可說的！」他勃然大怒吼道。

「那什麼時候給我錢呢？」多洛霍夫問。

「明天。」尼古拉說，隨即離開房間。

十五

說一聲「明天」並保持體面的風度並不難，可是一個人回到家裡，面對父母及其他家人坦承一切，且在自己保證不再要錢之後，又再次索錢還賭債，光想像便覺難堪。

家裡的人還沒睡。羅斯托夫一家的年輕人從劇院回來，用過晚餐後便坐在古鋼琴旁。尼古拉一走進大廳，這個冬季籠罩全家的那種富於詩意的愛情氛圍便向他迎面而來，現在，歷經多洛霍夫的求婚和約格爾舉辦的舞會，這種氛圍似乎更濃了，猶如暴風雨前含著濃濃雨意的空氣籠罩在索尼婭和娜塔莎周圍。索尼婭和娜塔莎穿著前往劇院時的天藍色連身裙，她們美麗，也知道自己美麗，綻開幸福微笑的站在古鋼琴旁。薇拉和申升則在客廳玩國際象棋。等著兒子和丈夫的老伯爵夫人和一位暫住家中的貴族老太太正用紙牌占卜。目光炯炯、頭髮蓬亂的傑尼索夫則坐在古鋼琴旁，單腿盤坐，短短的手指按著琴鍵並彈奏和絃，他眼神向上凝視，以細微、嘶啞卻準確的音調吟唱著他所創作的抒情詩〈小女巫〉，並試圖創作配樂。

小女巫，告訴我，是什麼魔力，
使我重又醉心於這久違的琴弦；
妳把什麼火焰灑落在我的心裡，
是什麼靈感流瀉在我十指之間！

他激情洋溢地吟唱著，瑪瑙似的黑眸向又驚又喜的娜塔莎放射異樣的光彩。

「美極了！太美了！」娜塔莎高聲歡呼。「再來一段吧。」她說著，並未發覺尼古拉回來了。

「他們還是一樣，」尼古拉心想，一面向客廳張望，看見薇拉、母親和貴族老太太。

「啊！是尼古拉！」娜塔莎開心的跑到他面前。

「爸爸在家嗎？」他問。

「你回來了，我真開心！」娜塔莎說，沒有回答他的問題。「我們好開心！傑尼索夫為了我再多留一天，你知道嗎？」

「不，爸爸還沒有回來。」索尼婭說。

「尼古拉，你回來了，到我這裡來，孩子。」客廳裡傳來伯爵夫人的呼喚。尼古拉來到母親面前，親了親她的手，默默坐到她身旁，看著她用紙牌占卜的雙手。大廳裡一直傳來歡聲笑語，有人正勸說娜塔莎。

「好了，好了，」傑尼索夫叫道，「不要再推辭了，輪到您唱〈威尼斯船歌〉了，我求您。」

伯爵夫人回頭看看默然不語的兒子。

「你怎麼了？」母親問尼古拉。

「哎，沒什麼，」他說，好像對這個千篇一律的問題已經感到不耐煩了。「爸爸很快就回來了吧？」

「大概快了。」

「他們還是一樣。他們都還不知道！我該待在哪裡呢？」尼古拉想了想，又回到放置古鋼琴的大廳裡。

索尼婭坐在古鋼琴前，演奏著傑尼索夫特別喜愛的〈威尼斯船歌〉前奏。娜塔莎準備開唱了。傑尼索夫熱情地望著她。

尼古拉在房裡來回踱步。

「何苦一定要她唱歌啊！她能唱什麼呢？何況也沒有什麼令人開心的事。」尼古拉暗忖。

索尼婭彈了前奏的第一個和絃。

「天哪，我好無恥，不可救藥。對準腦門開一槍吧——剩下的只有這條路了，而不是唱歌。」他心中吶喊。「躲開？可是躲到哪裡呢？無所謂，任由他們唱吧！」

尼古拉繼續在房裡來回踱步，時而陰沉地望向傑尼索夫和女孩子們，卻又避開他們的目光。

「尼古拉，您怎麼了？」索尼婭滿臉疑問的凝視他。她立刻看出，他一定發生了什麼事。

尼古拉別開臉。敏感的娜塔莎霎時也發覺哥哥情緒異常，即便如此，這時的她，實在太開心了，根本無暇將他人的痛苦、憂傷放在心上，根本不懂得責備自己是刻意（年輕人往往如此）自欺欺人。「不，我現在太快樂了，不可能為了同情他人的痛苦而破壞自己的心情。」她這麼想並對自己說，「不，也許我錯了，他想必和我一樣快樂呢。」

「喂，索尼婭。」她說，她走到大廳中央，覺得此處的回音效果最好。她微微抬起頭，像舞蹈演員般垂下彷彿毫無生氣的雙臂，娜塔莎以一個充滿活力的動作，將鞋後跟著地倏地變為足尖立地，在房間中央走了幾步停下。

「這就是我！」她彷彿這麼說著，以回應傑尼索夫激情的注視。

「她到底在興奮什麼呢！」尼古拉望著妹妹暗想，「她怎麼不覺得無聊、不覺得丟臉呢！」娜塔莎唱出第一個音，她音域擴大了，挺起胸膛，眼睛流露出嚴肅的神采。眼前的她，未想任何人、任何事，嫣然微笑的嘴裡歌聲流洩，這歌聲相當一般，聽過一千次你依舊是漠然的無動於衷，然而聽到第一千零一次時，卻使人感動得熱淚盈眶。

娜塔莎就是在這一年的冬季，第一次開始嚴肅地唱歌，特別是因為她的歌聲獲得傑尼索夫熱情的讚賞。她現在不是像孩子那樣唱歌了，她的歌聲已經沒有過去那種滑稽、幼稚的矯情；可惜，她唱得仍不算好，凡是聽過她唱歌的專業人士都會這麼評論：「沒有受過訓練，但嗓音極好，應當好好訓練。」他們無不這麼認為。不過，他們往往是在她的歌聲停止了好一陣過後才開口說道。而當這未經訓練的嗓音歌唱時，儘管換氣的方法不正確，轉音也不自然，專業評論家卻什麼都不說，只顧欣賞這未經雕琢的嗓音，但願還能再聽一次。她的聲音流露出一種童貞和清純，一種對自身力量的懵然無知，一種自發的溫柔，這一切和歌唱技巧的缺陷結合在一起，使人覺得，要對這嗓音做任何改變而不損害嗓音本身是不可能的。

「這是怎麼回事？」尼古拉聽到她的聲音，不禁瞪大眼想道。「她這是怎麼了？今天她怎麼唱得這麼好？」。突然，對他來說，整個世界都在聚精會神地等待下一個音符、下一個樂音，世界上的一切被劃分為三個節拍：「噢，我殘酷的愛情[18]……一，二，三……一，二……三……一……噢，我殘酷的愛情……一，二，三……一。唉，我們荒唐的生活！」尼古拉想。「這一切，不幸也好，金錢也好，多洛霍夫也好，仇恨和信譽也好，全是廢話……聽，這才是真正有意義的……呵，娜塔莎，呵，親愛的！呵，我的小妹……期待她唱出這個Si……唱出來了？感謝上帝！」他自己竟未發覺，為了強調這個Si，他也脫口而出的唱了，還唱出第二聲部的三度音。「我的上帝！多麼好啊！難道這是我唱出來的？多麼幸運！」他想。

噢，這三度音如此動聽，尼古拉心靈中最美好的情愫受到多麼深刻的觸動。這情愫不仰賴任何事物，而是高於世界上的一切。輸了錢算什麼，多洛霍夫之流算什麼、諾言算什麼！……全是廢話！可以殺人、盜竊而仍然是個幸福的人……

18 原文為義大利文。

十六

尼古拉許久沒有像這一天一樣欣賞音樂了。可惜娜塔莎一唱完〈威尼斯船歌〉，他立刻回到現實。他一言不發地出去，回到樓下自己的房間。一刻鐘後，老伯爵心滿意足地自俱樂部回來了。尼古拉一聽到他回來，便去見他。

「怎麼樣，玩得開心嗎？」老伯爵問道，他快樂而自豪地望著兒子微笑。尼古拉想說「是的」，卻說不出來：他幾乎快要痛哭失聲。老伯爵暢快地抽著菸斗，並未注意到兒子的情緒。

「唉，這是不可避免的！」尼古拉第一次，也是最後一次這麼想。於是他突然以極其隨便的語氣對父親說話，這種語氣使他覺得自己簡直太卑劣了，他一副要求套馬車進城似的對父親輕鬆說道：

「爸爸，我來找您有事。我差點兒忘了。我需要錢。」

「是嗎？」父親說，他的心情特別好。「我對你說過，手頭拮据。你要得多嗎？」

「很多，」尼古拉紅著臉說，面帶愚蠢的微笑，他之後過了很久，都無法原諒自己這抹微笑。「我輸了些錢，輸得不少，可以說輸了很多，四萬三千。」

「多少？輸給誰……開玩笑！」伯爵高聲喊道，他的脖子和後腦勺突然像中風似的脹得通紅，老年人臉紅往往就是如此。

「我答應明天付錢。」尼古拉說。

「唉……」老伯爵攤開兩手，無力地跌坐在沙發上。

「有什麼辦法呢！這種事誰沒碰過啊。」兒子以有恃無恐的口吻說道，其實他在心裡咒罵自己是無賴、痞子，自己的罪過一輩子也無法彌補了。他很想親吻父親的手，跪在地上請求父親原諒，可是他卻以放肆甚至粗魯的語調說什麼這種事人人都會碰到。

羅斯托夫老伯爵聽到兒子這番話，垂下了眼，神情焦慮地彷彿在尋找什麼。

「是的，是的。」他說，「很難，我擔心，很難籌到錢……誰沒有碰過這種事呢！是的，誰沒有碰過呢……」伯爵對兒子的臉瞅了一眼，走出了房間……對於責難，尼古拉早已有所準備，可是眼前的情況是他怎麼也不曾料想到的。

「爸爸！爸——爸！」他在後面哭喊道，「原諒我吧！」他抓住父親的一隻手，雙唇緊貼著，哭了起來。

就在父親和兒子談心的時候，母親和女兒之間正進行一場毫不遜色的重要談話。娜塔莎激動地跑到母親身邊。

「媽媽！媽媽！他對我說……」

「說什麼？」

「他向我，向我求婚了。媽媽！媽媽！」她高聲叫道。

伯爵夫人簡直不相信自己所聽到的。傑尼索夫求婚了。向誰求婚？向這個毛孩子娜塔莎，不久前她還在玩洋娃娃，現在也還在求學階段呢。

「娜塔莎，別說了，荒唐！」她說，還希望這是在開玩笑。

「怎麼是荒唐呢！我和您談的是很嚴肅的事，」娜塔莎氣憤說道。「我來問您怎麼辦，您卻直說『荒唐』……」

伯爵夫人聳了聳肩。

「要是傑尼索夫先生真的向妳求婚，這是很可笑的，妳就對他說，他是個傻瓜，不就好了。」

「不，他不是傻瓜。」娜塔莎委屈而認真地說道。

「那麼妳想怎麼樣呢？你們都在談情說愛了。好哇，既然妳愛他，就嫁給他吧。」伯爵夫人氣惱地笑著說，「上帝保佑！」

「不，媽媽，我沒有愛上他，也許沒有愛上他。」

「那就這麼對他說啊。」

「媽媽，您生氣了？您不要生氣，親愛的媽媽，我做錯什麼嗎？」

「不，妳在說什麼，我的孩子？要不要我去對他說呢。」伯爵夫人微笑地說道。

「不，我自己去，不過您要告訴我怎麼說。什麼事都難不倒您。」她看見母親在笑，又添了一句。「但願您看到，他是怎麼對我說這句話的！我知道，他是不想說的，卻在無意中說了出來。」

「是嗎？即便如此，妳也要拒絕。」

「不，不要。我非常同情他。他是那麼可愛的人。」

「好啊，那就接受他的求婚。再說，也到了結婚的時候了。」母親氣惱而又嘲弄地說道。

「不，媽媽，我非常同情他。我不知道怎麼對他說才好。」

「你什麼也不用說，我親自去告訴他。」伯爵夫人說，她很憤慨，這些人膽敢把她的小女孩娜塔莎當大人看待。

「不，不行，我自己去，您到門邊去聽吧。」於是娜塔莎穿過客廳來到大廳，傑尼索夫仍坐在古鋼琴旁的椅子上，雙手捂著臉。聽見她那輕柔的腳步聲便跳了起來。

「娜塔莎，」他快步迎上前去說道，「您來決定我的命運吧。我的命運就掌握在您的手裡！」

「傑尼索夫，我非常同情您！……不行，可是您非常出色……可是不要……這……這樣的話，我會永遠愛您的。」

傑尼索夫彎腰湊近了她的手，這時她聽到一種異樣的、離奇的聲音。她親了親他那蓬鬆、鬈曲的頭髮。此時，響起了伯爵夫人匆忙趕來的衣裙聲。她來到他們面前。

「傑尼索夫，我很感謝您看得起我們，」伯爵夫人以抱歉的語調說道，不過傑尼索夫覺得她的聲音是嚴厲的，「可是我的女兒還太小，我原以為，您做為我兒子的朋友，會先來見我。那樣的話，您就不會使我處於不得不拒絕您的境地了。」

「伯爵夫人……」傑尼索夫面有愧色地垂下眼說，他還想說什麼，卻訥訥難言。

娜塔莎無法面對他那可憐的樣子，不覺大聲哭了起來。

「伯爵夫人，我在您面前深感歉疚，」傑尼索夫接著斷斷續續地說，「不過您要了解，我十分仰慕令嫒和您的家庭，即使要兩次獻出自己的生命也在所不惜……」他看了看伯爵夫人，發覺她神色冷峻，於是……「好吧，再見，伯爵夫人。」他說，親了親她的手，沒有再多看娜塔莎一眼，便邁著迅速、堅定的步伐走出了房間。

第二天，尼古拉來為傑尼索夫送行，傑尼索夫連一天也不願再待在莫斯科了。莫斯科的所有朋友都在吉卜賽人那裡為傑尼索夫餞行，他記不得，自己是怎麼被扶上雪橇、駛過最一開始的三個驛站。

傑尼索夫離開後，尼古拉為了等錢，在莫斯科又待了兩個星期，因為老伯爵不可能一下子把錢湊齊。他閉門不出，大多待在兩位小姐的房裡。

索尼婭對他比過去更忠誠、更溫柔了。她彷彿要向他表明，賭博是一種英雄行為，因此她更愛他了；不過，尼古拉認為自己是配不上她的。

他在女孩們的紀念冊裡寫滿詩歌和樂譜，他沒有和任何相識的人告別，最終還清四萬三千盧布，在收到多洛霍夫的收據後，於十一月底動身追趕軍團，這時該軍團已經到了波蘭。

第二章

和妻子談過之後，皮埃爾前往彼得堡了。托爾若克驛站沒有馬匹，也許是驛站長不願交出馬匹吧。皮埃爾只好等待。他在圓桌旁的皮沙發上和衣而臥，把穿著暖靴的兩隻大腳伸在桌上，就此陷入了沉思。

「要把皮箱拿進來嗎？要不要為您鋪床、送茶？」近侍問道。

皮埃爾沒有回答，因為他什麼都沒聽見，也沒看見。他在上一個驛站就一直沉思默想了，而且一逕的想著同一個問題，這個問題如此重要，以致他周圍所發生的一切都無法引起他的注意。他不僅對早一點還是晚一點到達彼得堡不感興趣，對這個驛站有沒有地方讓他休息也不感興趣，和眼下占據他心頭的思緒相比，在這個驛站上逗留幾個小時或是待上一輩子，都是不值一提的小事。

驛站長、他的老婆、近侍和出售托爾若克刺繡的農婦都進來見他，並表示願意為他效勞。皮埃爾動也不動，透過鏡片望著他們，他不解的是，他所考慮的問題若無法解決，他們能再要求什麼？他們怎麼活得下去？從他在決鬥後離開索科爾尼基返家，並度過第一個痛苦的不眠之夜的那一天起，他就一直在思考同樣的問題；只是現在，在孤寂的旅途中，這些問題更是揮之不去。他不管開始想什麼，都會回到同樣的問題上，這些問題他解決不了，卻又不得不向自己提出來。好像在他的腦袋裡，那顆支撐他全部生活的主螺絲鬆了。螺絲擰不進去，也擰不下來，什麼也咬不住，老是在螺紋裡空轉，卻又無法停下來。

驛站長進來，低聲下氣地請求伯爵大人再等兩小時，到時他一定為大人（看情況吧）提供信使專用的驛馬。驛站長顯然是謊話連篇，不過是想從旅客身上得到額外的小費而已。「這麼做是好還是不好？」皮埃爾自問。「對我而言是好的，對另一個旅客而言就是不好的，而對他本人來說是出於無奈，因為他沒錢過日子；他說過，他曾因此被一個軍官揍了一頓。軍官揍他，因為他要騎馬趕路。我向多洛霍夫開槍，因為我認為自己受到侮辱。路易十六被處死，因為人們認為他是叛徒，一年後那些處死他的人，也由於某種原因而被殺害。什麼是壞？什麼是好？什麼該愛，什麼該恨？人為什麼而生，我是什麼？什麼是生，什麼是死？什麼力量在主宰一切？」他自問。這些問題沒有一個能得到回答，除了一個完全文不對題的不合邏輯回答。這個回答便是：「你死了，一切就結束了。你死了，一切也就明瞭了——至少你不會再提問了。」然而，死亡也是可怕的。

托爾若克的一個女商販正高聲叫賣，主打山羊皮女皮鞋。「我有幾百盧布沒地方花用，而她穿著破舊的皮襖站在那裡，怯生生地望著我。」皮埃爾思忖。「她要錢做什麼？這些錢真能為她增添一絲幸福、內心的安寧？難道世界上真有什麼能使她和我受到較少災難和死亡的傷害？死亡終結一切，且今天或明天就會到來，對永恆而言，這不過是轉瞬之間。」他又摁上了那什麼也咬不住的螺絲，螺絲仍在原處空轉。

他的僕人把一本已裁開一半的蘇札夫人[19]書信體小說遞給他。他讀到一個女人阿梅利・曼斯費爾德的痛苦和她維護道德的奮鬥過程。「為什麼她要抗拒誘惑者呢，」他想，「既然她愛他？上帝是不可能把違反祂意志的意向強加在她心裡的。我的前妻就沒有抗拒，也許她是對的。一無所獲，」皮埃爾又自言自語道，「沒有想出任何新見解。我們所能知道的只有一點，就是我們一無所知。這便是人類至高的智慧。」

他覺得，他心裡以及他周圍的一切都是混亂、無聊並惹人厭惡。但是皮埃爾卻在對周圍一切的厭惡中找到憤世嫉俗的快感。

「請稍微擠一擠，讓些位置給這位大人。」驛站長說，他後方跟著一位也因缺少馬匹而滯留的旅客。這位旅客是一個矮小敦實、滿臉皺紋的黃皮膚老者，炯炯有神、略帶灰色的眼睛上懸著兩道白眉。

皮埃爾把腳從桌上放下，站起來躺進為他準備的床鋪上，偶爾朝進來的人一瞥，對方神色陰沉、疲憊，他不看皮埃爾，在僕人的幫助下費勁地脫去衣物。旅客只穿一件土布面的舊棉襖，瘦骨嶙峋的腳上套著一雙氈靴，坐在沙發上，平頭的碩大腦門仰靠在沙發背上，望向皮埃爾。他目光的嚴峻、聰慧且富於洞察力的神情令皮埃爾大為驚訝。他很想和這位旅客攀談，正想問問他旅途的情況，他卻閉上眼，把年老多皺的雙手交疊在一起，手指上戴著一枚生鐵的大戒指，上面刻著骷髏，他一動不動地坐著，也許在休息，也許正如皮埃爾所認為的，正靜靜沉思。他的僕人滿面皺紋，也是黃皮膚的老人，未見鬍鬚，看來他的鬍鬚不是剃掉，而是從來不曾長出來過。機靈的老僕打開旅行食品箱，擺好茶桌，取來裝滿沸水的茶壺。一切準備就緒，旅客睜開眼，湊近茶桌，為自己倒了一杯茶，也為沒有鬍鬚的老者倒了一杯。皮埃爾覺得有一種焦急的期待和迫切的需要，想和這位旅客交談，甚至有感這次交談是無可避免的。

僕人把自己倒扣著的空杯和未吃完的糖塊端了回來，問主人還需要什麼。

「不需要了。把書拿來。」旅客說。僕人把書拿給他，他便全神貫注地閱讀起來，皮埃爾覺得那似乎是一本宗教著作。皮埃爾看著他。旅客突然夾上書籤，闔上書，這時他又閉上眼，靠在沙發上，保持原來的坐姿。皮埃爾看著他，還沒有把頭轉開，老者就睜開了眼睛，他那堅定、嚴峻的目光凝視著皮埃爾。

皮埃爾感到困窘，想避開他的目光，可是老人那雙炯炯有神的眼睛卻不可抗拒地吸引著他。

---

19 蘇札夫人（一七六一—一八三六），法國女作家，她的作品在十九世紀八〇年代曾風行俄國。

二

「如果我沒認錯的話，我有幸交談的是別祖霍夫伯爵。」旅客從容而響亮地說道。皮埃爾透過眼鏡滿是疑問地看著對方。

「我聽說過您，」旅客接著說，「也聽說了，先生，您所遭遇的不幸。」他好像在強調最後一個詞，似乎在說「是的，不幸，不管您怎麼看，但我知道，您在莫斯科所發生的事，是一種不幸。」他又說，「我深表同情，先生。」

皮埃爾臉倏地脹紅，他連忙把腳從床上放下來，向老者彎下腰，不自然地怯生生微笑著。

「我向您提及這一點，並非出於好奇，先生，而是由於更重要的原因。」他沉默了一會兒，目不轉睛地看著皮埃爾，並在沙發上挪了挪身子，表示請皮埃爾坐到他身邊。皮埃爾不想和老者談這些，卻不由自主地服從，並走過去坐在他身旁。

「您很不幸，先生，」他繼續說道，「您還年輕，我年紀大了。我想盡力幫助您。」

「啊，是嗎？」皮埃爾不自然地笑道。「非常感謝……請問您是從哪裡來的？」旅客的臉色不很親切，甚至是冷淡而嚴厲的，然而儘管如此，這位新認識的人談吐和面容還是對皮埃爾產生了不可抗拒的吸引力。

「不過，要是您由於某種原因不願意和我談話，」老者說，「您就明說吧，先生。」他突然意外地露出慈父般溫和的微笑。

「不，不是這樣，認識您我很高興。」皮埃爾說，又看了看對方的手，湊過去仔細看那枚戒指。他這才看清戒指上的骷髏，那是共濟會的標誌。

「請問，」他說，「您是共濟會會員嗎？」

「是的，我屬於自由石匠兄弟會[20]，」旅客說，他愈來愈敏銳地注視皮埃爾。「我以他們的名義向您伸出兄弟之手。」

「我擔心，」皮埃爾微笑著說，他在動搖，一方面他對眼前這個共濟會成員產生信任感，另一方面他對共濟會的信仰抱有習以為常的嘲弄，「我擔心，我很難理解，怎麼說呢，我擔心，我關於整個宇宙的思維方式和您截然不同，因而我們是無法互相理解的。」

「我了解您的思維方式，」共濟會員說，「您所談到的思維方式，您覺得是您思維下的產物，其實正是多數人的思維方式，是驕傲、懶散和無知所造成的。請您見諒，先生，如果我不了解的話，我就不會向您坦白了。您的思維方式是一條可悲的歧途。」

「同樣，我可以料想，您也是在歧途中徘徊。」皮埃爾說，淡淡地一笑。

「我從來不敢說我明白真理。」共濟會會員說，他言談的犀利、堅定，愈來愈令皮埃爾感到震驚。「任何人都不可能單獨獲得真理；只有一磚一石地堆砌，人人參與，從始祖亞當到今天，經過千秋萬代的努力，才能建造起供奉偉大上帝的殿堂。」老者員說，隨即閉上眼。

---

20 共濟會起源於中世紀石匠的行會組織，此處所謂的自由石匠兄弟會即共濟會。

「我應當告訴您，我不信仰，不……信仰上帝。」皮埃爾惋惜且勉強地說道，他覺得有必要說真話。

老者留心地看看皮埃爾，冷然一笑，好像家財百萬的富翁在對一個窮漢冷笑，這個窮漢對富翁說，他因為缺少五個盧布而不能得到幸福。

「您不了解祂啊，先生，」老者說。「你不可能了解祂。您不了解祂，所以才這麼不幸。」

「是的，是的，我是不幸的，」皮埃爾贊同說道，「可是我能怎麼辦呢？」

「您不了解祂，先生，所以您非常不幸。您不了解祂，而祂就在這裡，祂在我心裡，祂在我的言談裡，祂在你心裡，甚至就在你剛才所說的這些褻瀆神明的話語裡。」老者嚴厲說道，聲音在顫抖。

他沉默了一會兒，長嘆一聲，看來竭力想平靜下來。

「如果世界上沒有祂，」他低語道，「我們就不會談論祂，先生。我們在談什麼，在談誰呢？你在否定誰呢？」他突然極其嚴厲且不容辯駁地說道。「如果世界上沒有祂，那麼是誰想像出祂？為什麼你心裡會出現一種設想，假設世界上有這麼一種不可理解的存在呢？為什麼你和全世界都設想有這麼一種不可思議的存在，一種萬能、永恆、其一切屬性都是無限的存在呢？」他不說了，沉默了好久。

皮埃爾不能也不願打破這沉默。

「祂是存在的，但要理解祂很難。」老者又說了起來，他未正視皮埃爾，而是看著前方，老人的兩隻手由於內心的激動而無法平靜下來，下意識地翻動著書頁。「如果這是一個人，而你懷疑祂的存在，那麼我可以把這個人帶到你面前，拉著祂的手讓你看。可是我這麼一個渺小的凡人，怎麼能把祂的萬能、祂的永恆、祂的仁慈展示給人們看呢，而這個人或者是個瞎子，或者閉著眼睛不願看祂、不願理解祂，也不願看到、不願理解自己的卑劣和罪惡？」他沉默了一會兒。「你是什麼人？你算什麼？你妄想你是一個智者，因為你能說出這些褻瀆神明的話語。」他陰沉而輕蔑地冷笑說道，「而你比一個孩子更愚蠢、更狂妄，孩子在玩著構造精巧的鐘表零件時，他有勇氣說，由於他不理解鐘表的用途，所以他不相信那些製造鐘表的大師。要認識祂是困難的。從遠祖亞當直到今天，我們幾千年來一直在為獲得這種認識而努力，而我們離開自己的目標仍然無限遙遠；可是我們認為，不理解祂只能說明我們的渺小和祂的偉大……」

皮埃爾屏息凝神，炯炯有神地緊盯眼前的共濟會會員，傾聽著他的言談，不打斷他的話也不向他提問，全心全意地相信這個陌生人對他所說的一切。他也許是相信了共濟會會員談話中合情合理的論據，也許是像孩子一樣，相信了共濟會會員充滿自信、滿腔熱忱的語調，以及他聲音中的戰慄，這種戰慄有時使共濟會會員訥訥難言，也許是相信了老人那畢生閃爍著信念的光輝眼睛，相信了他那安寧、堅定的態度和對自己使命的自覺。共濟會員由內到外煥發出來的這些閃亮特點令皮埃爾深感震撼，因為他自己是那麼頹廢和絕望──不管怎麼說，他很想相信他的話，也真的相信了，因而體驗到一種內心安寧和獲得新生、回歸生活的喜悅之情。

「祂不是智力所能理解的，而是要透過生活去理解。」共濟會會員說。

「我不明白，」皮埃爾說，他驚恐地發覺自己的內心產生了懷疑。他害怕對方的論據含糊、薄弱，他害怕自己會不再相信他了。「我不明白，」他說，「為什麼人類的智力無法理解您所談論的這些智識呢。」

共濟會會員慈父般溫和地微微一笑。

「最高的智慧和真理猶如我們希望容納的一種最純潔的液體。」他說。「我能否把這種純潔的液體容納在不潔的容器裡，再來判斷它是否純潔？我唯有透過內心的淨化才能在某種程度上保持我所容納的液體的純潔。」

「是的，是的，的確如此！」皮埃爾興奮說道。

「最高的智慧不只是以理智為基礎，不只是以智識分解而成的世俗科學——物理學、史學、化學等為基礎。最高的智慧是一體的。最高的智慧有一門一體的科學——包羅萬象的科學，解釋整個宇宙以及人在其中的地位的科學。為了在自身中容納這門科學，必須使自己的內心得到淨化和革新，因此在認識之前先要有信仰，先要自我完善。為了達到這些目標，我們的心靈被賦予神性之光，即所謂的良心。」

「是的，是的。」皮埃爾贊同道。

「用精神的眼審視自己的內心吧，反問你自己，你對自己滿意嗎？僅憑理智的引導你獲得了什麼？你是什麼人？您年輕，您富有，您聰明而有教養，先生。您擁有所有這些優渥的條件，可是您做了些什麼呢？您滿意自己和自己的生活嗎？」

「不，我憎恨自己的生活。」皮埃爾皺眉說道。

「你既然憎恨，那就試圖改變吧，使自己得到淨化，隨著不斷淨化，你就能不斷認識最高的智慧。審視自己的生活吧，先生。您是怎麼生活的？縱情聲色，一切取自社會，而對社會卻沒有絲毫回報。您得到了財富。您又是如何運用財富的呢？您為別人做了什麼？您曾想過，您成千上萬的奴僕們嗎？在物質或精神上，您幫助過他們嗎？沒有。您利用他們的勞動，過著腐化墮落的生活。這就是您的所作所為。您選擇了能為親人帶來利益的職業嗎？沒有。您在遊手好閒地虛度歲月。後來您結婚了，先生，承擔了引導一名少婦的責任，可是您做了些什麼？您沒有幫助她走上正路，先生，而是使她陷入謊言和不幸的深淵。一旦有人侮辱您，您就殺他，而您說您不了解上帝，還說您憎恨自己的生活。這其中，沒有任何費解之處啊，先生！」

共濟會會員說了這些話，似乎因為說得太久而感到疲倦，他再次靠在沙發上閉上眼。皮埃爾望著這張嚴峻、凝滯、衰老、幾乎僵化的臉，無聲地翕動著嘴唇。他想說：是的，那是可惡的遊手好閒、荒淫無恥的生活，可是他沒有勇氣打破沉默。

共濟會會員以嘶啞、衰老的聲音咳了一下，喚來了僕人。

「有馬了嗎？」他問，未看一眼皮埃爾。

「驛馬牽來了，」僕人回答道。「您不休息了嗎？」

「不了，吩咐套馬吧。」

「難道他要離開，留下我一人，既沒有暢所欲言，也沒有提到要怎麼幫助我？」皮埃爾想，他垂頭站起來，在房裡來回踱步，偶爾抬頭望望共濟會會員。「是的，我不想這樣，可是我過的是卑鄙無恥的生活，我並不喜歡這種生活，也不願這麼打發日子。」皮埃爾想，「而這個人是知道真理的，只要他願意，他就能向我闡明真理。」皮埃爾打算把這個想法告訴對方，卻無法鼓起勇氣。那位旅客老態龍鍾，習慣性地收拾行裝，正在扣上皮襖。一切準備就緒之後，他轉向皮埃爾，冷淡而有禮地問道：

「您現在要到哪裡去呢，先生？」

「我？……我要去彼得堡，」皮埃爾像孩子一樣遲疑說道。「謝謝您。我完全同意您的看法。可是您不要把我想得太壞。我由衷希望，自己的為人處事能依照您的要求；可是我從來沒有從他人身上獲得幫助……不過，這一切都是我咎由自取。您幫助我，教導我吧，也許我會……」皮埃爾說不下去了；他噓唏不已，轉過頭去。

共濟會會員沉默良久，顯然在思考著什麼。

「只有上帝才能幫助您，」他說，「不過我們的團體會在祂力所能及的範圍內，向您提供某種程度的幫助，先生。您到彼得堡，請把這個交給維拉爾斯基伯爵（他取出皮夾，在折成四疊的一大張紙上寫了幾句話）。請允許我給您一個忠告。到彼得堡後，要先閉門思過，不要走上原來的生活道路。現在祝您旅途平安，先生。」他看到僕人已走進房間，便說，「一切順利……」

這名旅客是奧西普·阿列克謝耶維奇·巴茲傑耶夫[21]，這是皮埃爾在驛站長的登記簿裡看到的。早於諾維科夫[22]時期，巴茲傑耶夫便是最著名的共濟會會員和馬丁主義者[23]之一。在他離開後，皮埃爾並未就寢，也沒有索要馬匹，在驛站的房間裡久久踱步，反省自己罪惡的過去，懷著新生的喜悅想像自己幸福、美滿、崇高的未來，他覺得這是唾手可得的。他覺得，他過去之所以行為放蕩，只是因為他不知怎麼偶然忘記了，做為一名道德高尚的人該有多好。原來的種種懷疑在他心裡已經蕩然無存。他堅信，人間是有兄弟情誼的，人們結合在一起是為了在追求美德的道路上相互扶持，他覺得共濟會便是這類組織。

三

皮埃爾一到彼得堡，未通知任何人，他閉門不出，整天手不釋卷，閱讀一本不知是誰為他拿來的肯彭的湯瑪斯[24]作品。皮埃爾在閱讀這本書的過程中，他明白了，而且一天比一天明白一些；他理解到一種他從未曾體驗過的喜悅，那便是相信奧西普·阿列克謝耶維奇向他所揭示的信念：人能夠達到盡善盡美的境界，人間有情如兄弟的忘我愛。在來到這裡一個星期之後，皮埃爾在彼得堡的上流社會中，僅泛泛之交的波蘭伯爵維拉爾斯基在傍晚時走進他的房間，他帶著猶如多洛霍夫的決鬥助手那般神情進來，一臉公事公辦、慎重其事的神氣，他隨手把門帶上，確定室內除了皮埃爾之外，沒有其他人之後，便轉向他。

「我是帶著建議和使命來見您的，伯爵。」他對皮埃爾說，沒有坐下。「我們兄弟會一名身居高位的重要人物提出，要提前接受您加入兄弟會，並推薦我擔任您的保證人。我認為，執行這名重要人物的意志是神聖的義務。您願意由我做為保證人加入自由石匠兄弟會嗎？」

---

21 據研究者的考證，巴茲傑耶夫的原型是莫斯科共濟會會員尤為推崇的O·A·波茲傑耶夫。

22 諾維科夫（一七四四—一八一八），俄國啟蒙學者、諷刺作家、記者和出版者。

23 馬丁主義者，共濟會一個分會的會員，他們因追隨馬丁·帕斯卡利斯而得名。

24 肯彭的湯瑪斯（一三八〇—一四七一），德國神學家，著有一系列宗教論著。皮埃爾所閱讀的，大概是他的《效法基督》，其主題是宣揚禁欲主義和有德行的生活。

皮埃爾相當驚訝於這個人冷淡而嚴峻的語氣，皮埃爾每每在舞會上見到他時，他總是面帶親切的微笑，置身在花枝招展的女人之間。

「是的，我願意。」皮埃爾說。

維拉爾斯基低下頭。

「還有一個問題，伯爵，」他說，「對這個問題，我要求您不是做為未來的共濟會會員，而是做為一個誠實的人，請您真誠地回答我：您放棄自己原來的信仰，改而信仰上帝嗎？」

皮埃爾沉吟了起來。

「是的……是的，我信仰上帝。」他說。

「既然如此……」維拉爾斯基說，不過皮埃爾打斷他的話。

「是的，我信仰上帝。」他又說了一遍。

「既然如此，我們可以走了。」維拉爾斯基說。「您就坐我的馬車吧。」

一路上維拉爾斯基默默無語。皮埃爾問他，自己該怎麼做、該怎麼回應，他都一律答道，會有比他更適合的弟兄來考驗他，皮埃爾只要誠實以對即可。

馬車駛進一座高樓的大門，那是共濟會分會[25]，他們經過幽暗的樓梯，走進一間狹窄的前廳，並在此脫去毛皮大衣。他們從前廳走進另一個房間。一個衣著怪異的人出現在門旁。維拉爾斯基迎著他走上前，用法語對他低聲說了什麼，便走到一個不大的衣櫃前，皮埃爾看到裡面有各式各樣他從未見過的服裝。維拉爾斯基從櫃子裡拿出一塊手絹，蒙住皮埃爾的眼睛，在後面打了個結，把他的頭髮扯得生疼，他痛得皺起眉頭，不知為何羞怯地微笑著。然後他把皮埃爾拉到面前親了一下，便牽著他的手前往某個地方。身軀碩大的他垂著雙手，面帶不自在的笑容跟在維拉爾斯基後頭，膽怯的邁步前進。

維拉爾斯基拉著他的手走了十步左右，停了下來。

「不論您碰到什麼情況，」他說，「如果您決心加入我們的兄弟會，就要勇敢面對一切。（皮埃爾點頭表示同意。）一聽到有人敲門，您就解開蒙著眼睛的手絹。」維拉爾斯基補充道，「希望您鼓起勇氣，祝一切順利。」於是維拉爾斯基握了皮埃爾的手之後，便離開了。

皮埃爾獨自留下了，他依舊微笑著。他一而再地聳起肩膀，抬起手來，似乎想解開手絹，又把手放了下來。他蒙著眼待了五分鐘，卻覺得有一個小時之久。他的手發麻、腿發軟；他覺得累了。他的感受極其複雜。他不知會發生什麼事，也因此擔心，又擔心會流露出恐懼的樣子。他很好奇，想知道他會碰到什麼事，會有何種際遇；不過最令他雀躍的是，走上自新和積極向善的生活道路的時刻終於來臨，自從遇到奧西普．阿列克謝耶維奇，他就滿溢著對新生活的夢想。接著，傳來有力的敲門聲。皮埃爾解下手絹，環顧四周。室內很暗：僅一處白色物體裡點著一盞燈。皮埃爾走了過去，他才看清燈是放在黑色桌子上，桌上有一本打開的書。那是《福音書》；點著燈的那個白色物體則是有兩個窟窿和牙齒的頭骨。皮埃爾讀了《福音書》的前兩句話：「太初有道，道與神同在[26]。」他接著繞過桌子，看見一個敞開的大木盒，裡頭裝滿各式物品。這是一口裝著屍骸的棺木。他看到棺木一點也不驚訝。他一心希望展開和原本生活截然不同的全新生活，因而期待著一切不尋常的、甚至比他所見到事物更不尋常的現象。頭骨、棺木、《福音

---

25 指共濟會員祕密集會的場所。皮埃爾參與共濟會活動的所有細節，均由托爾斯泰摘自他所閱讀的共濟會著作和手稿。

26 見《新約．約翰福音》第一章第一節。

書》，他覺得這一切都是他所期待的，而且他還有更多的期待。他環顧四周，竭力想在心裡引起深深的感動。「上帝、死亡、愛情、人間的兄弟情誼。」他對自己叨念著，將某種模糊然而可喜的想像和這些詞語聯繫在一起。霎時，門開了，有人走了進來。

光線很微弱，不過皮埃爾習慣了，已能看清來者身材不高。看來這個人是從亮處來到暗處，不覺停住腳步；然後謹慎地走到桌前，戴著皮手套的手放在桌上。

矮個子圍著一條白色皮圍裙，遮住部分胸膛和雙腿，脖子上有一條類似項鍊的裝飾品，從項鍊中立起高高的白色硬領，襯托著自下方被照亮的鵝蛋臉。

「您為什麼來到這裡？」來者根據皮埃爾發出的沙沙聲響，朝他的方向問道，「為什麼您，一個不信仰真理之光，也看不見光明的人，為什麼來到這裡，您想從我們這裡獲得什麼？想獲得智慧、美德和啟示？」

在陌生人開門進來的那一刻，皮埃爾就像童年時期懺悔時那樣，體驗到一種敬畏之感：他感受到與自己單獨面對的，是一名生活條件截然不同，而就人間兄弟情誼而言卻非常親近的人。皮埃爾帶著劇烈的心跳迎向導師（共濟會如此稱呼引導探索者加入兄弟會的兄弟）。皮埃爾走到近處一看，導師原來是熟人斯莫利亞尼諾夫，可是一想到來者是熟識，他便覺委屈：來者不過是一個兄弟和德行的指導者而已。皮埃爾久久說不出一句話來，導師不得不把問題重複一遍。

「是的，我……我……我想獲得新生。」皮埃爾費勁地說了一句。

「好，」斯莫利亞尼諾夫說，立刻又繼續開口道：「您是否了解，我們神聖的團體將採取什麼方法，來協助您達到您的目的？……」導師平靜且迅速地說道。

「我……希望新生……獲得指導……幫助。」皮埃爾說道，他聲音發顫、難於措詞，既由於激動，也由於不習慣用俄語談論抽象的問題。

「您對共濟會了解多少？」

「我認為，共濟會是人們以行善為目的的平等、博愛團體，」皮埃爾說，他在描述的過程中，因為自己的話語和莊嚴的氛圍不協調而愈來愈羞愧。「我認為……」

「好，」導師連忙中斷他，看來他對這回答十分滿意。「您是否曾在宗教中尋求任何方式，以達到自己目的？」

「沒有，我認為宗教是不公正的，沒有信奉過宗教，」皮埃爾低語，導師因此沒有聽清楚，反問他說了什麼。「我曾經是無神論者。」皮埃爾回答道。

「您尋求真理，為的是在生活中遵循真理的法則；因而您是在尋求智慧和美德，不是嗎？」導師在片刻沉默後說道。

「是的，是的。」皮埃爾贊同地回答道。

導師清了清嗓子，把戴著手套的雙手交疊在胸前，開始說了起來。

「現在，我應當向您說明本會的主要宗旨。」他說，「如果本會宗旨和您的想法相符，那麼您加入本會是有益的。第一個宗旨以及本會賴以建立、人間任何力量都不能動搖的基礎，便是保守一個重大祕密，並傳之後世……它從最古老的時代，甚至是從第一個人傳到我們今天，也許人類的命運便取決於這個祕密。可是這個祕密的特質是，一個人若未經長時間的努力淨化自己，是無法了解和運用這祕密的，因而並非任何人都能奢望在短期內獲知祕密。因此我們便有了第二個宗旨，就是協助我們的會員做好準備，盡可能改造他們的心靈，淨化並啟發他們的理性，從而使他們能夠領悟這個祕密，而我們所採取的方法，便是曾辛勤探索該祕密的人口耳相傳的方法。

「第三，在淨化和改造會員的同時，我們也努力改造全人類，讓我們的會員為他們樹立虔誠和美德的典範，從而竭盡全力對抗統治世界的惡。您想想吧，我還會再來。」他說著便離開了房間。

「對抗統治世界的惡……」皮埃爾複述了一遍，於是他想像著未來他在這個舞臺上的活動。在他的想像中，出現了兩個星期之前的自己，於是他在想像中對當時的自己諄諄教導。他想像著有罪的和不幸的人們，他要以自己的言行幫助他們；想像著那些壓迫者，他要從他們的壓迫下拯救那些受害者。在導師所說的三大宗旨中，皮埃爾覺得，最後一個——改造全人類——尤為親切。導師所提到的那個重大祕密，雖然激發他的好奇心，卻並未引起他的注意；而第二個宗旨，自我淨化和自我改造，他也不大關心，因為他這時滿懷喜悅地感覺到，自己原來的缺點已經獲得徹底改造，自己已準備好一心向善。

半個小時過後，導師回來向申請人傳達與所羅門神殿的七級臺階相應的七項美德，這是每個共濟會會員都應當培養的美德，包括謙遜，保守本會祕密；服從本會的上級；胸懷坦蕩；愛人類；勇敢；慷慨；愛死亡。

「第七，您要努力，」導師說，「要經常想到死亡，以致不覺得死亡是您可怕的敵人，而是朋友……這位朋友使努力行善而疲憊的靈魂脫離苦難的塵世生活，並獲得獎勵和安寧。」

「是的，理應如此，」皮埃爾想，導師說了這番話後，再次離去，好讓他獨立思考。「理應如此，不過我依舊軟弱，愛惜自己的生命，現在我才稍微懂得一點生活的意義。」至於他扳著指頭回想的其餘五項美德，皮埃爾感到自己的心靈中都有：勇敢、慷慨、胸懷坦蕩、愛人類，尤其是服從，在他看來，這簡直不是美德，而是幸福。（他非常慶幸如今能擺脫自己的任性，讓自己的意志從屬於某一位或某些了解毋庸置疑的真理的人。）第七項美德皮埃爾忘了，怎麼也想不起來。

導師未過多久，便再次回來，他問皮埃爾是否仍堅持入會的意向，是否決心遵守對他的一切要求。

「我願遵守任何要求。」皮埃爾說。

「還應當告訴您，」導師說，「本會不只是用語言傳授自己的學說，也會透過其他方法，對於真正尋求智慧和美德的人，這些方法也許比語言的說明更能發揮作用。您所看到的本室的陳設，就應當比語言更善於向您的心靈闡述，如果您有一顆真誠而純潔的心靈的話；在以後接觸到類似的闡述時，您也許還會認識到這一點。本會仿效古代那些以象形文字闡明學說的社團。」導師說，「象形文字，是某種感覺不到的事物的稱謂，這種事物具有該象形文字所描繪的性質。」

皮埃爾很了解象形文字，不過他不敢開口。他靜靜聆聽導師的談話，根據一切跡象感到考驗即將開始。

「既然您很堅定，我應當來引導您，」導師說，他朝皮埃爾走得更近了一些。「為了表達慷慨之心，請把所有貴重的物品都交給我。」

「可是我身邊什麼也沒有啊。」皮埃爾說，他以為是要把他所擁有的一切都交出來。

「交出您隨身帶的物品：手表、金錢、戒指……」

皮埃爾連忙取出錢包、手表，戴在肥胖手指上的結婚戒指卻好久也取不下來。等到摘下戒指，共濟會會員說：

「為了表示服從，請脫去衣物。」皮埃爾脫下燕尾服、背心，又根據導師的指示脫下左腳的靴子。共濟會會員拉開他左胸上的襯衫，又彎腰把他左腳的褲管捲到膝蓋上。皮埃爾連忙想把右腳的靴子也脫下來，並捲起褲管，以免麻煩這個他不太熟悉的人，不過共濟會會員告訴他不必了，並遞給他一隻左便鞋。皮埃爾的臉上不由自主地流露出孩子般的羞怯、疑慮和自嘲的微笑，他垂著雙手，叉開兩腿，站在導師兄弟的面前，等候他進一步指示。

「最後，為了表示心地坦誠，請向我坦白您的主要嗜好。」他說。

「我的嗜好！我有過很多嗜好啊。」皮埃爾說。

「只說最能使您在行善的道路上有所動搖的嗜好。」他說。

皮埃爾默默地仔細思考著。

「貪杯？好吃懶作？遊手好閒？惰性？暴躁？兇狠？女人？」他列舉自己的缺點，內心反覆衡量，不知道什麼是最主要的。

「女人。」皮埃爾以低得勉強聽得見的聲音說道。對方聽了這個回答，久久未動彈，也沒有開口。最後，他走到皮埃爾面前，拿起放在桌上的手絹，又蒙住了他的眼睛。

「我要最後一次告訴您：您要把注意力集中在自身，對自己的情感嚴加約束，不要沉溺在情欲中，要在自己的心裡尋求幸福……幸福的泉源不在我們身外，而在我們內心……」

皮埃爾內心已感覺到這個使他的心靈充滿快樂和感動幸福泉源，一切如此神清氣爽。

四

此後不久，走進黑暗的殿堂來找皮埃爾的，已經不是原來的導師，而是保證人維拉爾斯基，皮埃爾從嗓音中聽出是他。對再次提出關於他是否堅持入會意向的問題，皮埃爾回答道：

「是的，是的，我同意。」於是，他帶著孩子氣的燦爛笑容，敞著肥胖的胸脯，兩腳分別穿著便鞋、靴子，隨維拉爾斯基頂在他赤裸露胸前的長劍膽怯搖晃著往前走。他跟著走出房間，在走廊裡忽前忽後、拐彎抹角，最後來到分會門口。維拉爾斯基咳了一聲，共濟會會員以錘子的敲擊聲做為回應，門在他們面前打開了。有一道低沉的聲音（皮埃爾仍被蒙眼）向他發問，問他姓名以及何時生於何地等。然後，又引領他前往某個地方，沒有解開蒙眼的手絹，在走動的時候對他進行著有諷喻意義的談話，談到他此行的艱難、神聖的友愛、亙古長存世界的創造者以及他應有的、承擔艱難和危險的勇氣。在此行中，皮埃爾發現，他時而被稱為探索者，時而被稱為受難者，時而被稱為申請人，同時人們以不同的方式敲擊錘子和長劍。在他被帶到某物之前時，他發現在他的領導者之間引起一陣混亂和騷動。他聽見周圍的人們小聲地爭論起來，有一個人堅持要引導他從什麼毯子上走過去。此後有人把他的右手放在什麼東西上面，又吩咐他用左手拿圓規頂在左側的胸膛上，跟著別人朗讀遵守會規的誓言。然後熄滅了蠟燭，燃起酒精，皮埃爾聞到酒精的氣味，有人說他將看到微光。蒙在他眼睛上的手絹被解開了，於是他猶如做夢一般，在酒精燈的微光中看見幾個人和導師一樣身穿圍裙，站在他面前，手握長劍對準他的胸膛。其中一人穿著血跡斑斑的白襯衫。皮埃爾看到這幅情景，便挺胸迎向幾柄長劍，想讓長劍刺進胸膛。只是長劍閃到一旁，他的眼睛又被蒙上了。

「剛才你已見到了微光。」一道聲音對他說。隨即他們又點燃蠟燭，說他可以見到明亮的光了，於是又揭開蒙眼的手絹，十多道聲音霎時齊聲說道：塵世的榮華就此過去[27]。

皮埃爾漸漸清醒過來，環顧他所在房間和房裡的人們。大約有十二個人坐在鋪有黑色桌布的長桌四周，他們的衣著和他曾見過的那些人一樣。有些人是皮埃爾在彼得堡的社交界認識的。坐在主位上的是一個陌生的年輕人，脖子上掛著特別的十字架。他的右手邊坐著兩年前皮埃爾在安娜·帕夫洛夫娜的住處見過的義大利神父。還有一位地位顯赫的高官和一位曾在庫拉金家擔任家庭教師的瑞士人。所有人神態莊重，默默地聽著手持小錘子的主席說話。牆壁上嵌著一個閃亮的紅星；桌子的一邊鋪著繪有各種圖形的小毯子，另一邊好像是祭壇，上面有《福音書》和骷髏。桌子四周放著七個高大的、類似教堂用的燭臺。兩個弟兄把皮埃爾領到祭壇前，吩咐他趴下並將兩腿曲成直角，說這意味著他拜倒在聖殿門前。

「應該先給他鏟子。」一個弟兄小聲說道。

「唉！好了，別說了。」另一個說。

皮埃爾的一雙近視眼困惑地環顧四周，心裡突然產生懷疑：「我這是在什麼地方？我在做什麼啊？他們該不會是在捉弄我吧？將來回想起來，我會不會感到丟臉呢？」但這種懷疑轉瞬即逝。皮埃爾環視周圍人們嚴肅的表情，想起他所經歷的一切，他很清楚，不能半途而廢。他對自己的懷疑感到駭然，竭力在心裡喚起原先的那種感動，於是，他拜倒在聖殿門前。果然，比原來更強烈的感動在他心裡湧現。他趴在地上若干時間，他們吩咐他站起來，並為他圍上和其他人一樣的白圍裙，交給他一把鏟子、三副手套，接著，長老轉向他。長老對他說，他要努力絕不玷汙這圍裙的潔白，圍裙代表的是堅強和純潔；然後講到未曾闡明其意義的鏟子，要他用這把鏟子努力淨化自己的心靈，寬宏大度地用來撫平他人內心的創傷。然後，他提起第一副男式手套，認為他是不可能了解其意義的，但一定要好好保存，關於另一副男式手套，他說，他參加集會時一定要戴這副手套，最後，關於那副女式手套，他說：

「親愛的兄弟，這副女式手套是為您準備的。您要交給您最中意的女人。用這份饋贈向您選中的適當伴侶表白您心靈的純潔。」沉默一會兒又補充道，「不過您注意，親愛的兄弟，這副手套可不能用來裝飾不潔的手。」在長老說這番話的時候，皮埃爾覺得長老好像很困窘。然而，皮埃爾更是困窘，他像孩子一樣臉脹得通紅，連眼睛也紅了，他不安地環顧周圍，出現了難堪的沉默。

一個兄弟打破了沉默，他把皮埃爾帶到毯子旁，根據筆記本向他講解毯子上所描繪的各種圖形的意義，這些圖形分別是日、月、錘子、鉛錘線、鏟子、四方的岩石、柱子、三扇窗戶等。然後為皮埃爾指定了座位，向他展示分會的標誌，對他說了入門的暗語，最後才讓他坐下。長老開始朗讀入會規章。規章很長，皮埃爾由於喜悅、激動和羞怯，完全聽不懂其內容。他只聽懂規章最後幾句話且牢記在心。

「在我們的殿堂裡，」長老朗讀道，「除了美德和惡習之間的差別之外，沒有其他差別了。不要做出可能破壞平等的任何區分。要勇於幫助弟兄，不管他是誰，要規勸誤入歧途的人，扶起跌倒的人，永遠不要對弟兄心懷憎惡和仇恨。為人要和藹可親。要在人們的心裡激起美德的火花。要和你的鄰人分享幸福，永遠不要讓忌妒破壞純潔的喜悅。

---

27 原文為拉丁文。

「寬恕你的敵人，不要向他復仇，只能以德報怨。如此履行最崇高的信條，你便能找到你曾迷失的古老偉大胸襟的蹤跡。」他朗讀結束，於是欠身擁抱並親吻皮埃爾。

皮埃爾滿懷喜悅的淚水環視自己的周圍，不知如何回應那些圍著他、向他祝賀和敘舊的人們。他不承認任何舊識；只把這些人視為兄弟，迫不及待地渴望和他們一起展開行動。

長老用錘子敲了一下，大家各自就座，有人宣讀了關於謙虛的訓誡。

長老提議完成最後一項義務，於是擔任募捐人的顯赫高官開始向弟兄們募款。皮埃爾本想在捐款單上填寫他所有的財產，可是他擔心這顯得太招搖，便登記了和別人相等的捐款。

會議結束、返家之後，皮埃爾覺得，他似乎是從歷經數十年的長途旅行中歸來，完全蛻變了，他和從前的生活方式以及生活習慣已格格不入。

五

加入共濟會的第二天，皮埃爾待在家裡看書並努力領悟一個正方圖形的涵義，這個圖形的一邊描繪的是上帝，另一邊描繪精神，第三邊描繪肉體，第四邊描繪的是混合物。他偶爾放下書本和圖形，在想像中規畫新生活。昨天在分會會堂裡有人對他說，皇上已經獲悉關於決鬥的傳聞，皮埃爾還是離開彼得堡較為明智。他有意前往南方的各個莊園，照顧那些農民們。他愉悅地想像著這嶄新的生活，瓦西里公爵卻突如其來的走進來。

「我的朋友，你在莫斯科做了些什麼呀？親愛的，為什麼和海倫吵架呢？你真的誤會了。」瓦西里公爵一進來便說道。「我全知道了，我可以確切地告訴你，海倫是清白的，正如基督對猶太人是清白的一樣。」

皮埃爾想回答他，可是被他打斷了。

「為什麼你不乾脆直接來找我，我不是你的朋友嗎？我全都知道，全都明白，」他說，「對一個珍惜自身名譽的人來說，你立意良善；也許只是操之過急了，不過這一點我們姑且不論。可是你要明白，在整個上流社會，甚至在宮廷面前，你把她和我置於何地呢？」在說到宮廷時他壓低嗓音。「她住在莫斯科，你卻在這裡。好了吧，親愛的，」他拉著他的手往下拽了一下，「這不過是誤會罷了；我想，你自己也意識到了。我們馬上寫封信給她，她立刻就會來到這裡，一切都可以解釋清楚，所有的流言蜚語也就不攻自破，否則，親愛的，你很可能會遇上麻煩。」

瓦西里公爵意味深長地看了皮埃爾一眼。

「我從可靠的消息來源得知，寡居的太后對這件事非常關切。你知道，她很疼愛海倫。」

皮埃爾有好幾次想說話，可是，一方面瓦西里公爵一直打斷他，不讓他有開口的機會，另一方面皮埃爾則擔心，自己無法以堅絕和抗辯的語氣來開啟談話，而他是下定決心要用這種語氣回答岳父的。此外，他想起了共濟會章程中的話：「為人要和藹可親」。他頻頻皺眉，面色脹紅，坐立不安，他正強迫自己面對一件在他生活中最困難的事——當面對人出言不遜，而不是順從對方，不管他是誰。他是那麼習於向瓦西里公爵漫不經心且充滿自信的口吻屈服，以致現在也無法抗拒這種口吻；可是他感覺到，此刻他說出的話將決定他一生的命運：他要在原來的道路上走下去，或是走上共濟會會員們引人入勝地向他指出的新道路呢？他深信不疑，在這條新道路上，他將煥然一新地迎接新生活。

「喂，親愛的，」瓦西里公爵戲謔說道，「你對我說一聲『是』，我就以你的名義寫信給她，我們就可以宰肥牛犢了[28]。」可是瓦西里公爵這句戲言還沒說完，皮埃爾便滿面怒容，這怒容酷似他的父親，他不看對方，只低聲說道：

「公爵，我沒有請您來，您走吧，請您走吧！」他一躍而起，為他打開門。「馬上就走。」他重複道，他未敢相信自己眼前所見，然而他卻感到異常興奮，瓦西里公爵的臉上居然流露出尷尬和恐懼的神情。

「你怎麼了？你生病了嗎？」

「您走吧！」那嚇人的聲音再一次響起。瓦西里公爵只得在沒有得到任何解釋的情況下黯然離去。

一個星期後，皮埃爾向共濟會的新朋友告辭，留下巨額捐款給他們，前往自己的莊園去了。他新結識的弟兄們寫了幾封信給他，請他帶去並交給基輔和奧德薩的共濟會會員，並且答應寫信給他，為他的新生活提供指導。

28 浪子回頭，父親宰肥牛犢歡迎他。事見《新約·路加福音》第十五章第二十三節。

六

皮埃爾和多洛霍夫決鬥的事結束了，雖然一開始，皇上對決鬥的態度很嚴厲，但是兩名決鬥者及其助手都未受到處罰。然而，由於皮埃爾和妻子決裂以致證實了決鬥是事出有因，自此在上流社會廣泛傳開了。皮埃爾，在他仍是私生子時，人們對他的態度是寬容和庇護，在他是俄羅斯帝國最佳擇婿對象時，人們寵愛他、讚揚他，在他婚後、待字閨中的女性和母親們對他失去指望時，他在上流社會的輿論中便黯然失色，主要是因為他不會、也不願阿諛奉承，博得社會垂青。而如今，所有人將決鬥歸咎於他一人，批評他不講理、愛吃醋，殘暴的狂怒不時發作，和他父親一樣。海倫在皮埃爾離開後，她回到彼得堡，所有相識的人對她的接待不僅熱情，對她的不幸亦抱有幾分敬意。每當談話涉及她的丈夫，海倫便流露出合宜的神情，卻不了解其意含，這僅僅是出於她向來的分寸。而這合宜的神情意味著，她決心忍受自身的不幸而不怨天尤人，她的丈夫是上帝賜予她的十字架。瓦西里公爵說得比較坦率。一提及皮埃爾，他便聳著肩膀，指指自己的腦袋說：

「瘋瘋癲癲的，我一直這麼認為。」

「我早就說過，」安娜．帕夫洛夫娜這麼談到皮埃爾，「我當時就說，說得比誰都早（她堅持自己是第一個），這是被時代的腐化思想所腐蝕的狂妄青年。早在人人讚賞他、他剛從國外回來的時候，我就這麼說過。你們還記得嗎？有一天晚上，他在我家中表現得像狂妄的馬拉[29]。結果呢？我當時就不贊成這門婚事，而且預言了此後發生的一切。」

在閒暇的日子裡，安娜．帕夫洛夫娜仍然在住所裡舉行如常的晚會，而這等規模的晚會也只有以她的能力才有辦法安排妥當，在這些晚會上，首先，正如安娜．帕夫洛夫娜本人所言，必須邀請一批真正的上流社會精英、彼得堡知識界的優秀人物。除了與會者都經過精心挑選，安娜．帕夫洛夫娜的晚會還有一個特點，就是安娜．帕夫洛夫娜每一回都向上流社會推薦一名有意思的新人，而且只有在她的這些晚會上，才能清晰、準確地讀出政治溫度計上的刻度，並如實反映出彼得堡上流社會中，接近宮廷的正統派情緒。

一八〇六年年終，安娜．帕夫洛夫娜於住所舉辦晚會。此時，已獲悉拿破崙在耶拿和奧爾施泰特擊退普魯士軍隊、普魯士多數要塞均已淪陷的可悲消息，俄軍已進入普魯士境內，我國和拿破崙的第二次戰爭即將開打。真正上流社會的精英是被丈夫遺棄且令人著迷的不幸海倫、莫特瑪律、從維也納回來不久的迷人公爵庫拉金、兩位外交官、姑媽、一個在客廳裡被稱為極具特色的青年、一名新來的貴族宮女和她的母親，還有幾個不大引人注目的人物。

這天晚上，安娜．帕夫洛夫娜為賓客們介紹的新人是鮑里斯．德魯別茨基，他以普魯士境內俄軍信使的身分回來不久，是俄軍裡一名重要人物的副官。

這天晚會上所反映的政治溫度如下：無論歐洲的君主和統帥們為我和我們這些人製造多少麻煩及痛苦，或是多麼竭力縱容、姑息拿破崙，我們對拿破崙的看法絕不容改變。我們依然毫不掩飾地說出我們對這件事的看法，我們對普魯士的國王和其他人只能說：「你們的情況會更糟的。『你這是自作自受，喬

29 馬拉（一七四三—一七九三），法國資產階級革命家，雅各賓派的領袖之一。

治．當丹[30]，』我們言盡於此。」這便是安娜．帕夫洛夫娜的晚會上，政治溫度所顯示的氛圍。當預計向賓客介紹的鮑里斯走進客廳時，賓客幾乎都到齊了。而安娜．帕夫洛夫娜引導下的談話，正談到我國和奧地利的外交關係，有望與奧地利結盟。

鮑里斯身穿完美的副官制服，顯得英姿煥發、面色紅潤，他瀟灑地走進客廳，依慣例被帶去問候姑媽，隨即加入聚會。

安娜．帕夫洛夫娜伸出乾瘦的手讓他親吻，將他介紹給幾個他不認識的人，並低聲向他說明每個人的背景。

「伊波利特．庫拉金公爵，可愛的年輕人。克魯格先生，哥本哈根的代辦，很有想法。」又簡單地介紹，「希托夫先生，極具特色的人。」說的就是擁有這個稱呼的那個人。

鮑里斯在服役期間，由於安娜．德魯別茨基公爵夫人的奔走，也由於自己的志趣和沉穩的性格，在仕途上處於極其有利的地位。他擔任一位重要人士的副官，曾肩負重要使命前往普魯士，並以信使的身分回來。他完全領會了他在奧洛穆茨所欣賞的那種不成文規定，依這規定，上尉的地位有可能高於將軍，依這規定，要在仕途上獲致成功，需要的不是努力、不是忍辱負重、不是勇敢、不是持久不懈，而是善於逢迎論功行賞的那些人——他時常對自己迅速取得功名感到驚訝，並對他人不懂箇中緣由深感莫名。由於這個發現，無論他的生活方式、和熟人的關係、他對前途的規畫，全改變了。他並不富有，可是他把僅有的錢花費在衣著上，他要穿得比別人好；他寧可放棄諸多娛樂，也絕不允許自己乘坐蹩腳的馬車或穿著舊軍服出現在彼得堡的大街上。他只接近並設法結識那些地位高於他的人，且可能對他有用的人。他喜歡彼得堡並輕視莫斯科。尼古拉的家庭以及他和娜塔莎的幼稚愛情令他感到不快，自從他從軍以後，就再也沒有去過尼古拉的家。他認為，在安娜・帕夫洛夫娜的客廳露面，是仕途上的重要一步，如今他理解到自己的身分，主動任由安娜・帕夫洛夫娜利用他所具備的亮點。他察言觀色，衡量接近其中每個人的好處和機遇。他依指示坐到美麗的海倫身邊，傾聽大家的談話。

「『維也納認為，研議中條約的基礎是很不現實的，只有取得一連串輝煌的勝利才能具備這種基礎；維也納對於我們取得勝利的方法深表懷疑』。這是維也納內閣的原話。」丹麥的代辦說。

「令人感到榮幸的懷疑！」很有想法的人微妙地含笑說道。

「必須對維也納內閣和奧地利皇帝加以區別，」莫特瑪律說。「奧地利皇帝永遠不會這麼想，會這麼說的只有內閣。」

「噢，我親愛的子爵，」安娜・帕夫洛夫娜插口道，「歐洲（不知為什麼她把歐洲說成l'Urope[31]，好像這是法語發音的微妙之處，她和法國人談話時總是這麼說），歐洲永遠不會成為我們忠實的盟友。」

接著安娜・帕夫洛夫娜談起普魯士國王的勇敢和堅定，以便鮑里斯發表意見。

鮑里斯仔細傾聽他人的談話，同時等待發言的機會，不過同時他已經幾次轉頭看看身旁的美人海倫，她也幾次對眼前完美的青年副官暗送秋波。

在談到普魯士的局勢時，安娜・帕夫洛夫娜極其自然地請鮑里斯談談他的格沃古夫[32]之行，以及他親

---

30 語出莫里哀的喜劇《喬治・當丹》。

31 正確說法應為l'Europe。

32 格沃古夫是普魯士在奧得河上的要塞；和普魯士其他擁有精良裝備的要塞面對法軍的進攻均不戰而降。之後，比利賓致安德烈公爵的信中，會簡略提到這個要塞的情形。

眼目睹的普魯士軍隊狀況。鮑里斯以純正的法語從容不迫地談起軍隊和宮廷的諸多有趣細節，在敘述時，更竭力避免對他所涉及的事實發表看法。有一段時間，鮑里斯完全吸引了大家的注意，安娜·帕夫洛夫娜覺得，她將新人介紹給賓客的作法已被人廣為接受了。對鮑里斯的敘述最關切的則是海倫。她幾次問起他此行的某些細節，似乎對普魯士軍隊的狀況甚感興趣。他一說完，她便帶著慣常的微笑轉向他。

「您一定要來見我，」她說，聽那口氣，彷彿這次見面是絕對必要的，儘管他不明所以。「星期二的八點和九點之間。您來的話，我會非常開心的。」

鮑里斯答應接受她的邀請，正想和她交談之際，安娜·帕夫洛夫娜請他到一邊，藉口是姑媽想聽他說話。

「您不是認識她的丈夫嗎？」安娜·帕夫洛夫娜閉上眼，以傷感的手勢指著海倫說道。「唉，她真是不幸！您不要當著她的面提到她的丈夫，請您務必不要提他。她太痛苦了！」

七

鮑里斯和安娜．帕夫洛夫娜回到客廳時，伊波利特正在說話，他坐在扶手椅上，微前傾說道：

「普魯士國王！」他說著便笑了起來。所有人朝他轉過頭來。「普魯士國王？」伊波利特問道，他又笑了起來，既平靜又嚴肅地讓身體深深陷進扶手椅裡。安娜．帕夫洛夫娜等了好一會兒，可是伊波利特似乎根本不想再說什麼，她便談起無恥的拿破崙如何在波茨坦盜竊了腓特烈大帝的寶劍。

「那是腓特烈大帝的寶劍，這把寶劍，我……」她正想說下去，伊波利特卻打斷她：

「普魯士國王……」大家正朝他轉過頭來，他又表示歉意不說了。安娜．帕夫洛夫娜皺起了眉頭。伊波利特的朋友莫特瑪律不耐煩地向他問道：

「說呀，普魯士國王怎麼了？」

伊波利特笑了起來，看樣子他好像為自己的笑聲感到不好意思。

「不，沒什麼，我只是想說……（他想重複一下他在維也納聽到的一句戲言，而且整晚都準備說出這句戲言。）我只是想說，我們是在徒勞地為普魯士國王作戰[33]。」

鮑里斯謹慎地微微一笑，這微笑既可視為對這句戲言的嘲諷，也可視為讚揚，如何領會都可以。所有

---

33 這是以文字遊戲為基礎的笑話，其中所強調的「為普魯士國王（pour le Roi de Prusse）」還有另一層意思——為不值一提的小事。

人也都笑了。

「您的雙關語真是不懷好意，說得風趣，可是並不公正。」安娜·帕夫洛夫娜舉起滿是皺紋的手指威嚇說道。「我們是為正義，而不是為普魯士國王作戰。噢，這個伊波利特公爵真壞！」她說。

整個晚上談話聲沒有停息過，大多圍繞著政治新聞。晚會即將結束之際，談話猶為熱烈，這時話題涉及皇上的賞賜。

「要知道，去年N曾獲得帶肖像的鼻菸壺，」那個很有想法的人說，「為什麼S不能獲得同樣的賞賜呢？」

「對不起，帶有皇帝肖像的鼻菸壺是賞賜，而不是軍功章，」外交官說，「那只是饋贈。」

「有過先例啊，比如施瓦岑貝格。」

「這是不可能的。」另一人表示異議。

「可以打賭。綬帶是另一回事……」

所有人都站起來準備離開之際，整晚寡言少語的海倫又以溫柔、意味深長的命令語氣請鮑里斯星期二務必去見她。

「這對我很重要。」她微笑說道，一邊望著安娜·帕夫洛夫娜，於是安娜·帕夫洛夫娜以感傷的微笑對海倫的願望表示贊許，她在談到自己崇高的庇護人皇太后時總是面帶同樣的微笑。似乎是由於鮑里斯這天晚上關於普魯士軍隊所說的某些話使海倫突然感覺得，非要和他相見不可。她好像答應過他，等星期二他來了以後，一定向他說明見面的必要性。

星期二晚上，鮑里斯來到海倫富麗堂皇的客廳，他並未得到明確的說明，為什麼他非來不可。在場還有其他客人，伯爵夫人很少和他談話，只是在他親吻她的手告辭的時候，她莫名的面無笑容，突然對他輕聲說道：

「明天您來吃飯……晚上。您一定要來……要來啊。」

鮑里斯此次來到彼得堡，成了別祖霍夫伯爵夫人的密友。

八

戰爭愈演愈烈，戰場日益逼近俄國邊境。到處可以聽到對人類公敵拿破崙的詛咒；鄉村在徵集民兵和新兵，從戰場上傳來互相矛盾的消息，往往都是謠言，人們議論紛紛，莫衷一是。

鮑爾康斯基老公爵、安德烈公爵和瑪麗亞公爵小姐的生活從一八〇五年起有了很大的變化。

一八〇六年，老公爵被任命為當時全俄八個民兵總司令之一。老公爵在他認為兒子早已陣亡的那段時期顯得年邁體衰，儘管如此，他覺得沒有理由拒絕皇上親自委派的職務，更遑論重新展現在他面前的新職務令他振奮、堅強起來了。他經常前往由他負責的三個省分視察；他履行職責一絲不苟，對下屬嚴格到近乎殘酷，更是事必躬親。瑪麗亞公爵小姐已經不再向父親學習數學，他在家時，她只在早上由奶媽陪同，帶小公爵尼科連卡（祖父這麼稱呼他）到父親的書房去。還在襁褓中的小尼科連卡公爵和奶媽、保母薩維什娜住在已故小公爵夫人的房裡，瑪麗亞公爵小姐每天多數時間都在育兒室度過，身兼小姪子的母親盡心盡力照顧他。布里安娜小姐也非常疼愛孩子，瑪麗亞公爵小姐時常割愛，把逗弄小天使（她這麼稱呼姪子）、帶他玩耍的樂趣讓給閨中密友。

童山教堂的祭壇旁，在接近小公爵夫人墳墓的地方聳立著一座小禮拜堂，小禮拜堂裡有一座從義大利運來的大理石紀念碑，碑上雕刻著伸展雙翼準備升天的天使。天使的上唇微微翹起，彷彿綻開微笑似的。有一天，安德烈公爵和瑪麗亞公爵小姐從小禮拜堂出來，無不驚訝地承認，這個天使的容貌很像小公爵夫人。不過，安德烈公爵沒有對妹妹說的是，從藝術家偶然賦予天使的表情上，安德烈公爵驚見一種溫和的責備，和他當時在亡妻臉上所目睹的一樣，似乎說著：「為什麼你們要這樣對我？……」

安德烈公爵回來不久，老公爵便將離童山四十俄里的鮑古恰羅沃莊園交給他。由於童山引起種種痛苦的回憶，以及安德烈公爵覺得自己無法平心靜氣地忍受父親的脾氣，同時也因為他需要獨處，安德烈公爵搬到鮑古恰羅沃安頓了下來，並在莊園裡消磨大部分時光。

奧斯特利茨會戰後，安德烈公爵決心永遠不再擔任軍職；戰爭一開始，所有的人都必須服兵役的時候，他為了逃避，便在父親手下擔任徵集民兵的職務。老公爵和兒子在一八〇五年的會戰後彷彿互換了角色。老公爵情緒激昂地投入戰爭，期待當前的戰役一切順利；反之，沒有參加戰爭，卻又暗自感到遺憾的安德烈公爵只看到不如人意的部分。

一八〇七年二月二十六日，老公爵前往轄區視察。安德烈公爵一如往常，在父親外出時多半留在童山。小尼科連卡已經病了四天。為老公爵趕車的車夫從城裡回來，為安德烈公爵帶來了文件和書信。

侍從拿著信件來到安德烈公爵的書房，卻沒有找到他，因此又來到瑪麗亞公爵小姐的住處；他也不在那裡。侍從聽說他到育兒室去了。

「大人，彼得魯什卡送文件來了。」一名協助保母的女僕轉身對安德烈公爵說，他坐在孩子的小椅子上，皺起眉頭，雙手顫抖著把藥水從玻璃瓶裡一滴一滴地倒進盛著半杯水的酒杯裡。

「什麼事？」他生氣問道，不小心手一抖，藥水多倒了幾滴。他把杯子裡的藥水潑在地上，又要來水。女僕把水遞給他。

育兒室裡有一張小床、兩只木箱、兩把扶手椅、一張桌子和孩子用的一張小桌子、一把小椅子，安德烈公爵就坐在小椅子上。窗子都拉上了窗簾，桌上點著一根蠟燭，蠟燭以一本裝訂起來的樂譜遮著，以免燭光照到小床上。

「我的朋友，」站在小床旁的瑪麗亞公爵小姐對哥哥說，「還是等一等吧……待會兒……」

「唉，別說了，妳盡說蠢話，妳老是在等，看看現在這樣子。」安德烈公爵惱怒地低聲說，看來他想拿話刺痛妹妹。

「我的朋友，真的，最好別吵醒他，孩子睡著了。」公爵小姐懇求道。

安德烈公爵站起來，端著酒杯踮起腳走到小床前。

「也許妳是對的，妳的意思是不要叫醒他？」他遲疑地說。

「隨你吧，真的……我是想……不過，都隨你。」瑪麗亞公爵小姐說，看來她有點兒膽怯，因為她的意見占了上風而感到不好意思。她為哥哥指了指正在低聲叫喚他的女僕。

他們為了照顧發高燒的孩子，已經有兩夜不曾闔眼了。整整兩個晝夜，由於不信任家庭醫生，直盼望派人到城裡去請醫生來，他們時而採取這種療法，時而又採取那種療法。他們苦於失眠而又擔心受怕，互相發洩痛苦的情緒，彼此責備，爭吵不休。

「彼得魯什卡送來了老爺的文件。」女僕低聲說。安德烈公爵出去了。

「喂，什麼事啊！」他惱怒道，他聽了父親傳來的口頭指示，收下交給他的文件和父親的來信，便回到育兒室。

「如何？」安德烈公爵問。

「還是一樣，務必再等一等吧。卡爾・伊萬內奇經常說，睡眠是最重要的。」瑪麗亞公爵小姐嘆口氣輕聲說。安德烈公爵走到孩子身邊，撫摸他的身體。他仍在發高燒。

「您和您的卡爾．伊萬內奇都給我滾開！」他拿起盛藥水的酒杯又向孩子走了過去。

「安德烈，不要！」瑪麗亞公爵小姐說。

可是，他惱怒而又神情痛苦地向她皺起眉頭，拿著酒杯向孩子彎下腰。

「可是我想餵他吃藥。」他說。「好啦，我求妳，妳來餵他吧。」

瑪麗亞公爵小姐聳起肩膀，但還是順從地接過酒杯，叫來保母，自己開始餵藥。孩子哭叫起來，嗓子都哭啞了。安德烈公爵皺起眉頭，抱著頭，走出育兒室，在隔壁房間的沙發上坐了下來。

信件還拿在他的手裡。他機械式地拆開信封，開始讀信。老公爵在藍色信紙上以粗大、橢圓的字體書寫，有些地方甚至是縮寫，他寫道：

就在此刻，透過信使獲得了非常可喜的消息。若非妄言，本尼格森似乎在普魯士艾勞[34]對拿破崙大獲全勝。彼得堡萬眾歡騰，送往軍中的獎賞源源不絕。儘管他是德國人，我也欣然祝賀。我無法理解，科爾切瓦的長官漢德里科夫到底在做什麼：後備人員及軍糧至今還沒送到。你立刻趕往那裡對他說，一週內一切務必辦妥，否則我要他腦袋。我還接到彼堅卡的來信，談到普魯士艾勞之戰，他參加了——一切屬實。只要對不該受到干涉的人不加以干涉，德國人也能打敗拿破崙。據說，逃跑時潰不成軍。注意，立刻趕往科爾切瓦，執行命令！

34 普魯士艾勞是俄國巴格拉季奧諾夫斯克市一九四六年前的舊稱。

安德烈公爵長嘆一聲，拆開另一個信封。這是比利賓密密麻麻寫滿兩頁的信。他把信折疊起來未看，又把父親的信看了一遍，結尾的話是：「趕往科爾切瓦，執行命令！」

「不，對不起，我現在不能去，孩子還沒痊癒呢。」他想，於是走到門邊，向育兒室張望一下。瑪麗亞公爵小姐仍站在床邊，輕輕地搖著孩子。

「是呀，他究竟還寫了什麼令人不快的事呢？」安德烈公爵正回憶父親來信的內容。「對了。我軍戰勝拿破崙，正好在我不擔任軍職期間。是的，是的，一切都在對我開玩笑……好啊，請便……」他讀起比利賓的法文信件。他似懂非懂地讀著，看信也只是為了擺脫長久以來令人苦惱的思緒。

九

比利賓如今以外交官的身分待在俄軍總司令部，雖然用的是法語，帶著法式的玩笑和用語，卻以純粹俄國人無所顧忌的自責、自嘲的口吻描寫戰役。比利賓寫道，他身為外交官應有的謙虛謹慎使他感到苦惱，幸虧有安德烈公爵這忠實的友人可以通信，傾訴自己目睹軍中的怪象而鬱積於心的憤怒。這是在普魯士艾勞戰役之前所寫的一封舊信。他寫道：

自從我軍在奧斯特利茨取得輝煌勝利以來，您知道，我親愛的公爵，我就沒有離開過總司令部。我徹底迷上戰爭，而且對此深感滿足；只是三個月以來的所見所聞真是令人難以置信。

我要從頭說起。您所熟知的人類公敵正在攻打普魯士人。普魯士人是我們的忠實盟友，三年來只欺騙過我們三次。我們一直保護他們。可是，人類公敵對我們的說詞竟置之不理，反而以其粗野無禮的方式撲向普魯士人，使他們來不及結束已經開始的閱兵式，將他們打得落花流水，並進駐波茨坦王宮。

「我滿懷希望，」普魯士國王致函拿破崙，「我的王宮將以最能取悅您的方式歡迎陛下，為此我在情況允許的情況下，將周嚴地安排一切。啊，但願我能如願！」普魯士的將軍們在法國人面前彬彬有禮，對方一提出要求便立即投降。

格沃古夫衛戍司令擁兵一萬之眾，居然問普魯士國王該如何是好。這一切都完全屬實。

總之，我國擺出作戰姿態，只是要讓他們有所畏懼，結果卻是我們在本國的邊境捲入戰爭，重點是，我們是為普魯士國王而戰，而且是和他們協同作戰。我們什麼都不缺，只缺一件小元件，即缺一名總司令。因為奧斯特利茨之戰本來可以取得更具決定性的勝利，如果總司令不是太年輕的話，於是通盤考量那些八十歲的老將軍，並在普羅佐羅夫斯基和卡緬斯基之中選中了後者[35]。這位將軍像蘇沃洛夫那樣，乘著馬車來到我們這裡，受到熱烈隆重的接待。

彼得堡的第一個信使於四日到達。幾只皮箱被搬進樂於親自處理一切事務的元帥辦公廳。我被喚去協助分送信件，並取走給我們的信。元帥把這件事交給我們處理，他看著我們，同時等待他名下的信件。我們仔細翻尋，卻沒有他的信。元帥不覺激動了起來，他親自動手找到皇上寫給T伯爵、B公爵和其他人的信。他大發雷霆，怒不可遏，拿起信來拆開便讀了起來，儘管那些信是寫給別人的。接著，他便對本尼格森伯爵下了那道命令。

「我負傷不能騎馬，因而無法指揮軍隊。您已率領被擊潰的貴軍殘部到達普烏圖斯克：此處易受攻擊，既無木柴亦無飼料，需要接濟，而且昨天您已親自報告布克斯赫韋登伯爵[36]，意欲向我國邊界撤退，今日即可照此執行。」

「我因經常騎馬，」他如此啟奏皇帝，「被馬鞍蹭傷，加上舊傷未癒，很難騎馬並指揮如此龐大的軍隊，因而將軍隊的指揮權移交軍銜更高的布克斯赫韋登伯爵，由他指派所有執勤人員及所屬一切，建議他們在糧食短缺的情況下，就近向普魯士的內地撤退，因為只剩下一日軍糧，而奧斯特曼和謝德莫列茨基兩位師長聲稱，有幾個團已經斷糧，農民吃光所有食物了；我本人在治療期間也將留在奧斯特羅連卡的軍醫院。謹向陛下呈上該軍醫院的傷病員統計表，並在此奏明，若軍隊於目前的營地再駐紮十五天，就不會有任何一個健康的士兵了。

「請陛下恩准老臣離職返鄉，老臣有負拔擢，已因未能完成光榮偉大的使命而蒙羞。我將在軍醫院恭候陛下恩准返鄉，免去我在軍中名為司令、實為文書之職。我離開軍旅，軍隊也絕不會因為一個昏聵的老兵離開而引發任何騷動。如我之輩，俄國數以千計。」

元帥對皇上有氣，便懲罰我們所有人，這是完全合乎邏輯的！

這是喜劇的第一幕。以後的幾幕就更加引人入勝、滑稽可笑了，這是不言而喻的。元帥離開以後才發現，我們是處在敵軍眼前，不得不投入戰爭。布克斯赫韋登依資歷應是總司令，可是本尼格森將軍的看法卻截然不同，何況他帶著自己的兵團正在敵軍當前，很想抓住作戰的機會。他也就投入了戰爭。這次普烏圖斯克戰役被認為是偉大的勝利，但我不這麼認為[37]。我們文職人員，您知道，在評判戰爭勝負的時候有

35 普羅佐羅夫斯基（一七三二—一八〇九），俄軍陸軍元帥。卡緬斯基於一八〇六年底為亞歷山大一世任命為俄軍總司令。然而他缺乏必要的軍事經驗和認知，在部隊和民眾中失去眾望。數日後，他親自向亞歷山大一世呈請退休並離開軍隊。他要求部隊退入波蘭城市普烏圖斯克的命令未獲執行，俄軍在普烏圖斯克城下與法軍遭遇，並展開激戰。

36 布克斯赫韋登（一七五〇—一八一一），俄國將軍，曾參加奧斯特利茨會戰。在一八〇六年至一八〇七年的戰爭期間指揮一軍。後從本尼格森手中接過全軍的指揮權。

37 一八〇六年十二月二十六日，俄軍本尼格森的一個軍和法軍拉納的一個軍在普烏圖斯克城下交戰。戰爭於上午十一點爆發，直至天晚互有勝負。最後，本尼格森發動進攻，迫使法軍全線撤退。夜色和暴風雪妨礙了追擊。敵軍比俄軍遭到更大的損失。不過，為防止被法軍主力包圍，俄軍在夜色掩護下撤離戰場，退往諾夫哥羅德。

個陋習。誰在戰爭後撤退，我們就說誰戰敗，依此說法，我們在普烏圖斯克戰役中是打敗了。總之，我們經過此次戰役後正在撤退，不過我們卻派信使向彼得堡送去捷報，於是本尼格森將軍不願將指揮權讓給布克斯赫韋登將軍，並希望從彼得堡獲得總司令的稱號，以做為他勝利的嘉獎。在這個各自為政的時期，我們採取了一系列蹊蹺而有趣的軍事行動。我們的計畫不如以往，要求躲避或進攻敵人，而是要求躲避布克斯赫韋登將軍，按照資歷他理應是我們的最高長官。我們為了這個目的而全力以赴，甚至在渡過無法涉水而過的河流之後焚毀橋梁，以阻擋我們的敵人，此時這個敵人不是拿破崙，而是布克斯赫韋登。由於這一次為了閃躲他的軍事行動，布克斯赫韋登將軍險些遭到敵軍優勢兵力的襲擊而被俘。布克斯赫韋登在後面追趕，我們在前面跑。他剛渡河到達此岸，我們又渡河逃往彼岸。我們的敵人布克斯赫韋登終於趕上來發動攻勢。於是雙方進行合議。兩位將軍都很生氣，情況幾乎發展到兩位總司令進行決鬥的地步。不過，在最危急的時刻，前往彼得堡報捷的信使回來了，為我們帶來總司令的任命，於是頭號敵人布克斯赫韋登被擊敗。此時，我們終於想到第二號敵人——拿破崙。可是就在這時，我們面前出現了第三號敵人——東正教軍，他們高聲吶喊，要求發給糧食、牛肉、麵包乾、乾草、燕麥——還什麼是他們不要的啊！商店都空了，道路不通。東正教官兵開始搶劫，搶劫如此兇猛，連最近的這次戰役也相形見絀。全軍團有一半成了胡作非為的隊伍，他們到處流竄，一切皆毀於劍與火。居民完全破產，醫院塞滿病患，到處饑荒。乘火打劫的人們甚至兩次襲擊總司令部，總司令不得不調動一個營的兵力來驅逐他們。在一次襲擊中，我的一個空皮箱和一件睡衣也被奪走了。皇上想授權所有師長擊斃乘火打劫者，不過我很擔心，這會迫使部隊的一半擊斃另一半。

安德烈公爵起初只是漫不經心地過目，後來竟不由自主地被信件內容所吸引（雖然他了解比利賓的可信程度）。讀到這裡，他把信揉成一團扔了。不是信的內容令他生氣，他之所以生氣，是因為在不相關的戰場上發生的事，居然會令他激動。他閉上眼，撫摸前額，彷彿要驅散對信件內容的任何關切，他將心思轉向傾聽育兒室的動靜。忽然他覺得門裡似乎傳來奇怪的聲音。他不覺恐懼了起來，他擔心在他讀信的這段期間，孩子是否出事了。他踮著腳走到門口，把門推開。

就在他進去的那一刻，他看到保母神色驚慌地藏起某個東西，瑪麗亞公爵小姐則已不在小床旁邊。

「我的朋友。」他背後傳來瑪麗亞公爵小姐充滿絕望的低語聲。如同在長期失眠和焦慮之後的聲息，他感到一陣莫名的恐懼：他以為孩子死了。他覺得，他的所見所聞似乎一一證實他所擔憂的事。

「一切都完了。」他想，他的額頭冒出冷汗。他茫然走到小床前，深信他會發現床是空的，而保母已經把死嬰藏起來。他撩起床帳，那雙驚懼遊移的眼睛搜尋好久，卻未看見嬰兒。他終於看見他了：面色紅潤的小男孩伸開四肢，橫躺在小床上，頭垂在枕頭下，在睡夢中翕動著小嘴唇咂嘴，均勻地呼吸著。

安德烈公爵看到孩子開心極了，一副他確確實實曾經失去過他的樣子。他彎下腰，像妹妹教他的那樣，用嘴唇試試孩子有沒有熱度。嬌嫩的前額是濕潤的，他用手摸摸頭——連頭髮也濕漉漉的：嬰兒出了那麼多汗。他非但沒有死，如今顯然已脫離險境，完全康復了。安德烈公爵很想把這柔弱的小東西猛地抱起來，使勁揉搓他，緊緊地摟在懷裡；可是他不敢。他俯視著他，仔細觀察著他的頭、小手和在被子下顯出輪廓的小腳。他身旁響起了輕微的沙沙聲響，一道身影投落在小床的帳子下。他沒有回頭看，只顧望著孩子的小臉，聽著他的均勻的呼吸。黑影是瑪麗亞公爵小姐，她悄無聲息地來到小床前，撩起帳子，把帳子放到自己後面。安德烈不看也知道是她，向她伸出手來，她緊緊握著他的手。

「他出汗了。」安德烈公爵說。

「我去找過你，就是要告訴你。」

孩子在睡夢中動了動身子，笑了，前額在枕頭上蹭了一下。

安德烈公爵看了妹妹一眼。在帳子的朦朧微光中，瑪麗亞公爵小姐明亮的眼睛由於飽含幸福的淚水，比平時更顯光彩照人。她朝哥哥探過身去，親了親他，微微牽動了小床的帳子。他們彼此示意要小心，依舊站在帳子的朦朧微光裡，彷彿不願離開這與世隔絕、只有他們三人的世界。安德烈公爵先從小床邊走開，紗帳弄亂了他的頭髮。「是呀，這就是我所擁有的一切了。」安德烈公爵嘆息著說道。

皮埃爾加入共濟會不久，便為自己在莊園裡應有的作為親自擬定了完備的計畫，他前往基輔，他手下多數農民都生活在這個省分。

來到基輔後，皮埃爾將所有管家召集到總管理處，向他們說明自己的想法和願望。他對他們說，要立即採取措施徹底解除農民在農奴制度下的依附關係，在此之前，農民的勞役不可過重，不能分派勞役給婦女、兒童，應當對農民給予救濟，懲處的方式應是勸導告誡而不是體罰，每個莊園都要建立醫院、收容所和學校。有些管家（其中有些人是半文盲）目瞪口呆，以為這些話暗示，年輕的伯爵對他們的管理和中飽私囊不滿；有些在最初的恐懼過後，覺得皮埃爾「四」、「是」不分的發音、聞所未聞的新詞語很可笑；另一些管家只是覺得，很樂意聽聽老爺怎麼說；還有一些腦筋動得快的管家，其中包括總管，聽了他的這番話以後，立刻意識到，往後為了達到自己的目的，該如何和老爺周旋。

總管對皮埃爾的計畫深表贊同；不過他指出，除了這些革新，原則上，則必須先處理好那些情況很糟的事。

雖然已故的別祖霍夫伯爵擁有巨額財產，但是皮埃爾自從繼承了這份遺產，此外據說每年還有五十萬盧布的收入，他卻覺得自己遠不如從前那般富裕了，儘管已故伯爵生前每年僅給他一萬盧布。他約莫知道的收支情況大致如下。為所有莊園向委員會[38]支付約八萬盧布；莫斯科近郊別墅、莫斯科市內的住宅和三位公爵小姐的開銷，約需三萬盧布；支付退休金和撫恤金約一萬五千盧布，並以同等金額捐獻給慈善機構；寄給伯爵夫人生活費十五萬盧布；支付債務利息約七萬盧布；為興建教堂，這兩年用去約一萬盧布；其餘開銷約十萬盧布——他自己也不明白，怎麼會幾乎年年都不得不舉債。除此之外，總管每年都寫信告訴他，發生火災、歉收、工作坊和廠房需要改建。總之，皮埃爾首先面對的，正是他最不擅長、最沒有興趣的工作——處理實際事務。

皮埃爾每天都和總管一起工作。可是他覺得，他的工作絲毫無法使事情有所進展。他覺得，自己的工作不是取決於實際事務的需要，這些工作和實際事務毫不相干，無法使情況有絲毫改善。一方面，總管總是將情況形容得一團糟，並向皮埃爾說明必須償還債務，不得不使用農奴的勞力從事新的生產活動，皮埃爾沒有同意；另一方面，皮埃爾要求著手讓農民自由，總管便提出，必須先償還拖欠庇護委員會的債務，因而這件事無法短期之內完成。

總管未明說這是完全不可能的；為了實現這個目的，他建議出售科斯特羅馬省的樹林、出售低窪地和克里木的莊園。可是依總管的說法，處理這些事必須先取消禁令、申請許可證等非常繁複的過程，皮埃爾不知所措，只說：「好，好，您就依序處理吧。」

皮埃爾缺乏處理實際事務的韌性，無法直接投入實際事務，所以他不喜歡介入，只是竭力在總管面前裝出一副樣子，好像正忙於處理問題，總管也就假裝認為，這些問題主人處理起來得心應手，而他是難以勝任的。

皮埃爾在大城市裡找到一些熟人；不認識的人也連忙來與他結交，竭誠歡迎這位新來的富翁、全省最大的地主。對皮埃爾入會時所承認的弱點的誘惑是那麼強烈，以致皮埃爾無法抗拒。皮埃爾又一連幾天、幾個星期、幾個月，天天操心而忙碌地流連忘返於晚會、宴會、早餐會、舞會而忘乎所以，就像在彼得堡一樣。他背棄了他所想像的新生活，依舊過著往日的生活，只是換個環境罷了。

皮埃爾意識到，在共濟會的三項宗旨中，他並未執行每個共濟會會員的生活都要合乎道德的準則，而七項美德中，胸懷坦蕩和愛死亡是他完全做不到的。他聊以自慰的是，他畢竟在執行另一個任務，即改造人類，並擁有其他兩種美德，即慷慨和愛別人，尤其是慷慨。

一八〇七年春，皮埃爾決定回彼得堡。他打算沿途巡視所有的莊園，親自見證，他所規範的事務落實了多少，上帝託付給他而他力求為之謀福利的民眾，他們的狀況究竟如何。

總管認為，年輕伯爵的所有想法幾乎是瘋狂，對自己、對他、對農民都是百害而無一利，但他妥協了。他依舊認為，要解放農民是不可能的，但他吩咐下去，必須在所有莊園興建醫院、學校、收容所；到處為歡迎老爺的光臨做好準備，但並不豪華而隆重，他知道皮埃爾不喜歡奢華，而是捧著聖像以及麵包和鹽的宗教感恩式歡迎他，他了解伯爵，這麼做，一定能打動伯爵、矇騙他。

時值南方的春天，坐在維也納輕便馬車上舒適、快捷地旅行，而旅途的獨處使皮埃爾心情舒暢。他還不曾到過的那些莊園，其景色秀麗一處勝過一處。各地民眾顯得平安快樂，對他的善行滿懷動人的感激之情。各地的歡迎雖然令皮埃爾備感困窘，可是他內心深處充滿了喜悅。在其中一個地方，農民們為他獻上麵包和鹽、獻上彼得和保羅的聖像，請求准許他們自己出錢在教堂裡增建一座副祭壇，供奉他這位彼得

38 委員會，指受皇室保護的庇護委員會，負責管理兒童收容所、孤兒院、養老院、盲人和聾啞人收容所等。所屬機構的經費部分來自捐款。

的化身[39]和保羅，以表達他們對他的敬愛、感激他為他們所做的一切。在另一個地方，婦女懷抱嬰兒迎接他，感謝他為她們免除了沉重的勞役。又有一個地方，一名身邊圍繞著孩子的神父帶著十字架迎接他，這些孩子由於伯爵的恩惠得以學習文化和神學。在所有莊園裡，皮埃爾都親眼目睹依整體計畫正在興建和已落成的醫院、學校、養老院的磚砌房舍，不久即可完工。皮埃爾聽取管家們關於徭役已較前減輕的報告，而且聽到身穿藍長衫的農民代表團為減輕徭役而表示感恩的動情話語。

然而，皮埃爾所不知道的是，為他獻上麵包和鹽、修建彼得和保羅祭壇的地方是個商業市鎮並適逢彼得節[40]，該鎮來見他的那些富裕農民早就在修建那個祭壇了，而十之八九的農民貧困至極。皮埃爾所不知道的是，根據他的命令不再分派徭役給哺乳期婦女之後，這些婦女因此而承擔了極其繁重的家務勞動。他所不知道的是，帶著十字架來迎接他的神父，擅立名目勒索農民，他所收留的學生淨是哭著被送去的，父母必須花大錢才能贖回孩子。他所不知道的是，磚砌樓房是自己的工匠按計畫建造的，從而加重了農民的徭役，所謂減輕只是一紙空文。他所不知道的是，在管家指著帳冊給他看、代役租減少了三分之一的地方，勞役增加了一倍。因此皮埃爾對巡視莊園的所見所聞非常滿意，完全恢復了他在離開彼得堡時的慈善心腸，為他稱之為「導師兄弟」的長老寫了熱情洋溢的書信。

「多麼輕而易舉，不費什麼力氣就能完成這麼多善舉，」皮埃爾想，「我們的關心多麼不夠啊！」

向他表達感激之意令他感到幸福，但他在接受感謝時卻於心有愧。這些感激使他想到，他是能為這些質樸善良的人們做得更多的。

總管是個非常愚昧而狡獪的人，完全了解聰明而天真的伯爵，把他當玩偶一樣擺布，看到他所安排的接待對皮埃爾有所影響，便更加堅決地以種種理由向他說明解放農民是不可能的，重點是沒有必要，因為他們本來就生活得很幸福。

皮埃爾心裡暗自同意總管的看法，很難想像有更幸福的人了，天知道他們獲得自由後會有什麼遭遇；不過皮埃爾儘管有些勉強，仍堅持他認為正確的作法。總管答應全力以赴，依伯爵吩咐執行，他很清楚，伯爵永遠不會視察，是否已採取措施出售樹林和莊園、償還庇護委員會的債款，大概也永遠不會過問和追究，為什麼興建好的樓房仍空著、為什麼農民仍像在其他地主的莊園裡一樣付出勞役和金錢，亦即付出他們所能付出的一切。

---

39 彼得的化身，皮埃爾與聖徒彼得同名，故稱。

40 俄國東正教節日，用以紀念聖彼得和聖保羅，並在七月二十一日舉辦市集。

十一

皮埃爾滿懷幸福結束了南方之行，回程時順路拜訪好友安德烈，實現自己長久以來的心願，他們已有兩年沒有見面了。

在最後一站得知安德烈公爵不在童山，而是在一座單獨的新莊園裡，皮埃爾便到那裡去了。鮑古恰羅沃坐落在景色單調、地勢平坦的地方，遍地是田野以及砍伐過和未經砍伐、夾雜著樺樹的雲杉林。主人的宅邸位於沿著大路一列排開的村莊盡頭，門前有一池新挖掘的池塘，岸上尚未長滿青草，四周環繞著一片幼林，其中可見幾棵高大的松樹。

主人的宅邸有穀倉、下人的住所、馬廄、浴室、廂房和一座尚未完工、帶有半圓形山牆的高大磚砌房舍，周圍是一片新植的花園。圍牆和大門是嶄新而堅固的；棚下立著兩根消防用水管和一個漆成綠色的大水桶；道路筆直，堅固的橋梁皆設有護欄。一切無不顯露出悉心照料的痕跡。迎面遇到的家僕聽見有人問公爵在哪裡，便指著緊鄰池塘邊的偏屋。從小照管安德烈公爵的老僕安東讓皮埃爾下車，說公爵在家，並送他到一塵不染的前廳。

皮埃爾最後一次見到朋友時，是在彼得堡豪華的生活環境中，眼前這處儘管整潔卻如此簡樸的小屋令他大為驚訝。他急忙走進仍散發著松木清香、未抹上灰泥的小客廳，正想往前走，老僕踮著腳趕到前面，輕輕地敲門。

「喂，什麼事？」傳來生硬、厭煩的聲音。

「有客人來。」安東回答道。

「你請他稍等。」聽到推開椅子的聲音。皮埃爾疾步走到門口，與出來見他的安德烈公爵迎面相撞，只見他面色陰鬱、略顯蒼老。皮埃爾擁抱他，舉起眼鏡，親吻他的面頰，貼近看著他。

「沒想到你會來，我非常高興。」安德烈公爵說。皮埃爾什麼也沒說；他滿臉驚訝、目不轉睛地盯著朋友。安德烈公爵的變化令他感到震驚。安德烈公爵的臉上、唇間都含著微笑，目光卻是暗淡、毫無生氣，一眼便可知，安德烈公爵顯然很想卻無法使他的目光散發出愉快的神采。他的朋友不是消瘦，而是蒼白、老成；可是這目光、額上的皺紋令皮埃爾感到震驚且陌生，這意味著，他長期以來一直煩惱著某個問題。

久別重逢的朋友往往如此，彼此交談的話題紛雜；他們針某些問題僅簡短問答，然而他們都很清楚，這些問題理應長談的。漸漸地，談話內容方才集中在一開始斷斷續續談及的問題，他們談到最近的生活、未來的計畫、皮埃爾的旅行和他的計畫以及戰爭等。皮埃爾在安德烈公爵的目光中所覺察到的專注和沮喪，此刻在他聆聽皮埃爾談話時的苦笑中，表現得更是強烈了，尤其是在皮埃爾神采奕奕、興致勃勃地談到過去或未來的時候。安德烈公爵似乎很想介入他的話題，卻唯有苦笑以對。皮埃爾意識到，在安德烈公爵面前興高采烈地談論幻想以及對幸福和行善的期望都是不合時宜的。他羞愧於暢談共濟會的新思想，尤其是他在最近這次旅行中所重溫以及被激發的種種想法。他克制自己，唯恐顯得幼稚；同時又難以自抑地想對朋友坦承，眼前的自己和當初在彼得堡的那個自己是完全不同的、更好的皮埃爾。

「我無法告訴您，這段期間，我對人生有了多少感悟。我簡直不認識自己了。」

「是的，從那時起，我們有了很大、很大的變化。」安德烈公爵說。

「那麼你呢？」皮埃爾問。「你有什麼計畫？」

「計畫？」安德烈公爵嘲諷地反問道。「我的計畫？」他重複了一遍，彷彿對這個詞的涵義感到訝異。「你不是看到了嗎？我在為自己蓋房子，明年想搬家……」

皮埃爾默默凝視安德烈驀然顯得蒼老的面容。

「不，我是問你。」皮埃爾說，可是安德烈公爵打斷了他的話：

「何必談我呢……談你吧，說說你的旅行，你在莊園裡做了些什麼？」

皮埃爾講起他在莊園的所作所為，盡可能掩飾他在所設想的一切安排中所發揮的作用。有幾次安德烈公爵搶先提示皮埃爾該說些什麼，好像皮埃爾所做的一切都是盡人皆知的老故事。他不僅聽得興味索然，甚至為皮埃爾的講述感到羞愧似的。

皮埃爾和朋友在一起漸漸覺得不自在了，甚至感覺沉悶。他索性住口不說了。

「就這樣吧，親愛的朋友，」安德烈說，顯然，他和這位客人在一起也感到沉悶而窘迫，「我偶爾住在這裡，今天只是臨時來看看。等會兒又要到妹妹住所去了。我介紹你們認識一下。不過你好像也認識她。」他說，顯然是在敷衍一個與自己話不投機的客人。「我們飯後就去。你想看看我的莊園嗎？」

他們走了出去，並四處看看，直至中午，邊走邊談一些政治話題和共同的熟人，就像兩個彼此不太親近的人一樣。安德烈公爵只有在談到他正在修建的莊園和建築工程時才有些興致，可是即使在這類談話中，當安德烈公爵站在鷹架上向皮埃爾描述將來主樓的格局時，他卻突然閉口不說了。「不過，這沒有什麼意思，我們去吃飯吧，然後就動身。」在餐桌上，兩人聊起皮埃爾的婚姻。

「我聽說這件事時，感到很震驚。」安德烈公爵說。

皮埃爾滿臉通紅，每每談到這件事，他的反應總是如此，於是他急忙解釋：

「我以後再告訴你，這一切是怎麼發生的。不過您要知道，這一切都結束了，永遠。」

「永遠？」安德烈公爵說。「沒有什麼是永遠的。」

「不過，你知道這一切是怎麼結束的嗎？你聽說過決鬥的事吧？」

「是的，這種事你也經歷過了。」

「有一點我要感謝上帝，就是我沒有把那個人打死。」

「為什麼呢？」安德烈公爵說。「打死一條惡狗很好啊。」

「不，打死人不好，不正當……」

「為什麼不正當？」安德烈公爵又問。「正當與不正當，不能由人來判斷。人經常犯錯誤，以後也一樣，尤其是在他們認為正當或不正當的時候。」

「不正當就是一種有害於人的惡。」皮埃爾說，他意識到，自從他來到這裡，安德烈公爵第一次有了精神，而且開始說話了，並希望說出他變成現在這個樣子的原因。

「那麼誰來告訴你，什麼是對別人有害的惡呢？」他問。

「惡？惡？」皮埃爾說。「我們都知道，什麼是對自己有害的惡。」

「不錯，我們都知道，而我知道什麼是對自己有害的惡，我就不能將它施之於人。」安德烈公爵語氣愈來愈亢奮，看來他想對皮埃爾說出自己對問題的新見解。他說起法語了。「我知道生活中只有兩種真正的不幸：良心的譴責和生病。幸福就是沒有這兩種惡。為自己而活，只求避免這兩種惡——這就是我現在的人生哲學。」

「那麼愛別人呢，自我犧牲呢？」皮埃爾開始說道。「不，我無法同意你的看法！只是為了不做惡、不悔恨而活著，那是不夠的。我這樣生活過，我為自己而活著，卻毀了自己的生活。只是現在，我為別人而生活，至少我正在努力（皮埃爾出於謙虛修正了說法）這麼做，只是現在我才懂得生活中的幸福。不，我不同意你的看法，而且你也不會如你所說的那麼想。」安德烈公爵望著他，嘲諷似地笑了。

「你即將見到我的妹妹瑪麗亞公爵小姐了。你和她一定氣味相投，」他說。「對你而言，也許你是對的，」他沉吟片刻，繼續說道，「但每個人的生活都不一樣：你曾為自己而活，你說，這幾乎毀了自己的生活，只是開始為別人而生活的時候才感到幸福。而我的感受正好相反。我曾經為榮譽而生活。（什麼是榮譽？這同樣是出於對別人的愛，希望為他們做些什麼、希望得到他們的讚賞。）我是這樣為別人而活著的，不是幾乎，而是完全毀了自己的生活。自從我只為自己而活，心情才得以平靜。」

「怎麼說只為自己而活呢？」皮埃爾急躁了起來，問道。「那麼，你的兒子、妹妹、父親呢？」

「他們就是我呀，他們可不是別人，」安德烈公爵說，「而別人，鄰人，即你和瑪麗亞公爵小姐所說的朋友，是錯誤和惡的主要根源。你想為之造福的那些基輔農民才是朋友。」

於是他以挑戰的目光嘲笑似地看了皮埃爾一眼，看來他是在向皮埃爾挑戰。

「你在開玩笑，」皮埃爾說，他愈來愈興奮。「我想做的事（雖然做得很少、很差）怎麼會是錯誤和惡呢，我的願望是行善，而且完成了一些事啊。不幸的人們，我們的那些農民，像我們一樣，從長大到死亡對上帝和真理的了解，不外乎聖像和毫無意義的祈禱，讓這些人學習一些對來世、報應、獎賞、歡樂的宗教信仰而得到慰藉，這怎麼會是惡呢？人們因病而無助地死亡，而在物質上給予幫助是那麼輕而易舉，於是我為他們提供醫生、醫院和養老院，這麼做怎麼是惡、是錯誤呢？一個農民、一個帶孩子的農婦，他們日夜操勞，而我讓他們得到休息和閒暇，難道這不是明顯的、無可置疑的善行嗎？……」皮埃爾急促而口齒不清地說道。「我這麼做，儘管做得不好、不多，然而畢竟做了一些，不管你怎麼說，我相信我所做的是善事，而且我相信，你也是這麼認為的。重要的是，」皮埃爾接著說道，「我知道，我確信不疑地知道，樂於行善是人生的真正幸福。」

「是的，如果是提出這樣的問題，那就完全不同了，」安德烈公爵說。「我建造房子、修整花園，而你創立醫院。這些都可以用來消磨時間。至於什麼正當、什麼是善，就讓無所不知的人去判斷吧，不是我們所能判斷的。嗯，你想爭論，」他補了一句，「好，那就來吧。」他們離開餐桌，在臺階上席地而坐。

「好，我們來爭論吧，」安德烈公爵說。「你說到學校，」他扳著一根手指接著說，「教導等，這就是說，你要讓他，」他指著一個摘下帽子從旁經過的農民說道，「擺脫動物狀態，使他有精神上的需要。可是我覺得，唯一可能的幸福是動物的幸福，你卻要剝奪他的幸福。我羨慕他，而你要把他變成我，卻不把我的智慧、我的感情、我的財產給他。其次，你說要減輕他的勞役。可是在我看來，體力勞動是他生存的必要和條件，正如腦力勞動之於你和我。你不可能不思考。我深夜兩點多躺下，各種思緒紛至沓來，於是我無法入睡，輾轉反側，直到天明也睡不著，因為我在思考，而且不能不思考，正如他不能不耕種、不割草；否則他就只能上小酒館、生病。我受不了他那種可怕的體力勞動，過一個星期這種日子就會死掉，同樣的，他無法忍受我四肢不勤的懶散，他可能會發胖、死去。再其次，你說什麼來著？」

安德烈公爵扳下了第三根手指。

「啊，對了。醫院、藥物。他中風要死了，而你為他放血、治癒他，以致他這個殘障再活上十年，成為大家的累贅。對他來說，死亡更安逸、更簡單得多。會有其他更多的人出生。要是你捨不得失去一個勞動力也就罷了——我是將他視為勞動力，然而你是出於對他的愛而醫治他。而他並不需要。再說，以為醫藥能治病真是異想天開……只會醫死人——正是！」他說，憤恨地雙眉深鎖，別開臉。

安德烈公爵把自己的想法表達得那麼清楚明確，說明他不止一次思考過這個問題，他暢所欲言，因為悶在心裡太久。他的論斷愈是充滿絕望，目光就愈是炯炯有神。

「噢，這太可怕，太可怕了！」皮埃爾說。「我真不明白，有這種的想法怎麼活下去啊。我也有過類似的時刻，就在不久之前，在莫斯科和旅途上，不過當時我非常消沉，了無生趣，我厭惡一切，主要是厭惡我自己。那時我不吃不喝，不洗臉……你說，你是怎麼……」

「為什麼不洗臉呢，太不乾淨了。」安德烈公爵說。「相反，應當盡可能生活得愉快一些。我活著，這不是我的錯，所以要設法過得好一點，但願不妨礙任何人而終其天年。」

「不過，是什麼促使你願意活下去呢。一旦有了這樣的想法，就只能無所事事地呆坐著。」

「生活本來就讓人不得安寧。我倒是樂得什麼也不做，可是你看看，一方面，我有幸被本地貴族選為首席貴族；我費了好大力氣才擺脫。他們不明白，我沒有首席貴族所具備的特點，沒有大家熟悉的那種好心腸、好操心的庸俗習氣，若想擔任首席貴族，這個特點是不可或缺的。再說，還有這處住宅必須建造起來，有一個可以安居的住所。而如今，又有了民兵的事。」

「為什麼你不在軍隊裡服役呢？」

「在奧斯特利茨會戰之後嗎？」安德烈公爵陰沉說道。「不，饒了我吧，我曾發誓，絕不在俄軍作戰部隊中服役。絕不。即使拿破崙來到這裡，來到斯摩稜斯克威脅童山，我也不會在俄軍服役。噢，這一點我對你說過，」安德烈公爵平靜下來繼續說道。「現在談談民兵，父親是第三軍區民兵總司令，我逃避兵役的唯一辦法，就是在他手下做事。」

「這麼說你在服役？」

「我在服役。」他沉默了一會兒。

「為什麼你要服役呢？」

「事情是這樣的。我的父親是他那個時代最傑出的人物之一。不過他漸漸老了，他並不殘忍，可是他的性格太偏激。他習於無限的權力，如今皇上任命他為民兵總司令所賦予他的權力使他變得很可怕。兩週前，如果我遲到兩個小時，他就在尤赫諾夫吊死書記官。」安德烈公爵微笑著說。「所以我服役是因為除了我，沒有人能影響父親，我有時至少能阻止他做出以後會後悔莫及的事。」

「啊，這就對了！」

「是的，但不是你所想的那樣，」安德烈公爵接著說道。「我過去和現在對這個偷民兵靴子的渾帳書記官都毫無好感；我甚至樂於見到他被吊死，可是我愛護我的父親，也就是愛護我自己。」

安德烈公爵愈來愈雀躍了。他正竭力向皮埃爾證明，在他的生活中，從來沒有與人為善的想法，眼前的他，眼裡閃爍著狂熱的光芒。

「好吧，你要解放農民，」他繼續說道。「這很好。但不是為了你（我想，你從來沒有鞭打過農民，也從來沒有把他們流放到西伯利亞去），更不是為了農民。如果打他們，用鞭子抽他們，把他們流放到西伯利亞，那麼我想，他們的處境絲毫不會因此而惡化。在西伯利亞，他仍過著自己如牲口般的日子，身上的傷疤好了，他又像從前一樣幸福。然而另一些人，他們在精神上日益崩潰，生平做過太多感到悔恨的事，他們壓抑這種悔恨，又由於能隨便懲罰他人而變得愈來愈野蠻。我可憐的是這些人、這些地主，我願意為了這些人而解放農民。你可能沒有看過，但我看過，一些原本很好的人在這種濫用無限權力的舊習影響下，隨著歲月的流逝，變得更加殘暴、野蠻，他們深知這一點，卻無法自制，於是他們的不幸與日俱增。」

安德烈公爵講述的過程中，情緒如此高昂，皮埃爾不禁覺得，安德烈這些想法是他父親所引起的。他什麼也沒有回答。

「你看，我憐憫的是——人格的尊嚴、良心的安寧、純潔，而不是人們的脊背和前額，不論如何鞭打、剃光額上的頭髮[41]，脊背仍是脊背，前額還是前額。」

「不，不，一千個不！我永遠不會同意您的看法。」皮埃爾說。

十二

傍晚，安德烈公爵和皮埃爾乘坐馬車前往童山。安德烈公爵不時看看皮埃爾，偶爾打破沉默談話，說明了他心情不錯。

他指著田野對他描述自己在經營管理上的種種改進。

皮埃爾心情沉重，一味沉默著，只是簡短地應答一兩句，他似乎正沉浸在自己的思慮之中。皮埃爾在想，安德烈公爵並不幸福，他誤入歧途，不了解真正的光明，他皮埃爾理應幫助他、開導他，讓他振作起來。可是皮埃爾一想到該怎麼說以及說些什麼，便預感到，安德烈公爵只要一句話、一個論據便能瓦解他全部說詞。因此他害怕開口、害怕自己珍愛的神聖思想遭到嘲笑。

「不，為什麼您想，」皮埃爾不期然開口說道，他低下頭，擺出公牛羝人的架勢，「為什麼您這麼想呢？您不應該這麼想。」

「我想什麼了？」安德烈公爵吃驚問道。

「關於生活、關於人的使命。這是不可能的[42]。我也這麼想過，不過我獲得解救，您知道是什麼挽救

41 俄軍舊制：合格的新兵入伍前，必須剃光額上的頭髮。
42 安德烈公爵竭力表明，他只為自己一個人而生活，絕無愛他人的善心。皮埃爾認為，這是不可能的，他只是一時誤入歧途而已。

了我嗎？是共濟會。不，您別笑。共濟會不是徒具儀式的宗教派別，我過去也錯看了，共濟會是人性的永恆、最美好面向中，唯一且最好的表現形式。」於是他依照自己的理解，向安德烈公爵闡述起共濟會的宗旨。

他說，共濟會的思想是擺脫國家和宗教束縛的基督教教義；是平等、兄弟情誼和愛的教義。

「唯有透過神聖的兄弟會，生活才具備真正的意義；其餘一切都是夢幻。」皮埃爾說。「您要明白，我的朋友，在我們的團體之外，一切盡皆充斥著虛偽和欺騙，我同意您的看法，聰明善良的人沒有其他選擇，只能像您一樣但求不妨礙他人而終其一生。但是只要您接受我們的基本信念，加入兄弟會，把自己託付給我們並接受指導，那麼您馬上就會像我一樣，感到自己是這巨大無形鏈條的一部分，鏈條的一端則隱沒入天上。」皮埃爾說。

安德烈公爵望著前方默默聽著。有幾次他由於車輪聲的干擾沒有聽清，還請皮埃爾把他未聽清楚的話再重複一遍。根據安德烈公爵眼裡異樣的神彩，根據他的默然不語，皮埃爾明白了，他沒有白費口舌，安德烈公爵不會再打斷他，也不會譏笑他。

他們來到漲潮的河邊，等待乘渡船過河。在僕人安置馬車和馬匹時，他們上了渡船。

安德烈公爵手肘撐在欄杆上，默默望著潮水在落日下的粼粼波光。

「對這個問題您是怎麼想的？」皮埃爾問。「怎麼不說話？」

「我怎麼想？我認真聽著呢。你說得都對，」安德烈公爵說。「可是你說：加入我們的兄弟會吧，我們會為你指出生活的目的和人生的使命，以及支配世界的規律。『我們』是誰？是人。為什麼你們無所不知？為什麼你們所看到的，只有我看不到？你們在地上看到善和真理的王國，而我卻看不見。」

皮埃爾打斷了他。

「你相信來世嗎？」

「來世？」安德烈公爵重複道，但皮埃爾不容他回答，以為這重複意味著否定，特別是因為他深知，安德烈公爵是無神論者。

「你說，你在地上看不見善和真理的王國。從前我也看不見；而且不可能看見，如果把我們的生活看作一切終結的話。在地上，在這片土地上（皮埃爾指著田野）沒有真理，一切都是虛偽和惡；可是在宇宙中，在整個宇宙中是有真理王國的，此刻，我們是大地的孩子，而從永恆的觀點來看，是整個宇宙的孩子。難道我在內心深處感覺不到，我是這宏偉的、和諧的整體的組成部分之一嗎？難道我感覺不到，我是生活在無數生靈之中，而生靈是賦有神性的——一種至高無上的力量，隨你怎麼稱呼都行，難道我感覺不到，我是從低級生靈到高級生靈的一個環節、一個階段？既然我看到、清楚地看到這個由植物到人的階梯，那麼為什麼我要假定，我看不見其下端的階梯到植物為止呢。為什麼我要假定這個階梯到我這裡便中斷，而不是持續不斷地向更高級的生靈發展呢。我感到，我不僅不會消失，正如宇宙中的一切都不會消失一樣，而且我將永遠存在，過去也一直存在。我感到，在我之外，在我的上空生活著神靈，在這個宇宙中有真理。」

「嗯，這是赫爾德[43]的學說。」安德烈公爵說，「不過，親愛的朋友，這不能使我信服，使我信服的是生和死。令人信服的是，你看到一個你所珍愛的生靈，他和你結合在一起，你對他曾犯下過錯，希望加以

43 赫爾德（一七四四—一八〇三），德國思想家和文學理論家。

彌補（安德烈公爵的聲音顫抖了一下，別開臉），而這個生靈突然痛苦不堪、受盡折磨不再存在了……為什麼？這是不可能沒有答案的！我相信答案是有的……這是令人信服的，這使我終於信服了。」安德烈公爵說。

「是呀，是呀，」皮埃爾說，「我說的不就是這個意思嗎？」

「不。我只是說，要人相信必然有來生，光是道理是不行的，令人信服的是，你在生活中和一個人攜手同行，而這個人突然消失在那裡，消失在烏有之鄉，於是你駐足在這個深淵之前，向深淵投以探究的目光。我曾經如此探究過……」

「那又如何？你知道，有一個那裡，而且有一個生靈，那裡便是來世，生靈便是上帝。」

安德烈沒有回答。馬車和馬匹早已拉上對岸，馬車也已套好，夕陽落下了一半，渡口邊的水窪在傍晚的寒意中閃耀著點點星光，而皮埃爾和安德烈，令僕人、車夫、船夫大惑不解地仍站在渡船上交談。

「如果有上帝、有來世，那就有真理、有美德；人最大幸福就在於追求真理和美德。應當珍惜生命，應當有愛心，應當相信，」皮埃爾說，「我們不只是今天生活在這一小片土地上，而是過去和今後都永恆地生活在那裡，生活在萬有之中（他指了指天空）。」安德烈公爵一逕站著，手臂支撐在渡船的欄杆上傾聽皮埃爾說話，目不轉睛地望著太陽照在蔚藍潮水上的紅豔反光。皮埃爾住口不說了。四野一片寂靜。渡船早已靠岸，只有波浪輕輕地拍擊船底。安德烈公爵覺得，這波浪的輕微拍濺聲在附和皮埃爾：「對呀，你要相信他。」

安德烈公爵以明亮的、孩子般溫柔的目光看了皮埃爾一眼，皮埃爾激動得滿臉通紅，但在自愧不如的朋友面前仍稍顯膽怯。

「是呀，但願如此！」安德烈公爵說。「我們上車吧。」他又說，他走下渡船，望望皮埃爾適才指給他看的天空，這是奧斯特利茨會戰之後，他第一次親眼目睹他躺在戰場上所看到的那崇高、永恆的天空，於是他心中早已沉睡的某種最美好感情突然生氣勃勃地在他的心靈中甦醒。這種美好的感情在安德烈公爵重新回到如常的生活後消失，但他知道，他未能滋養的這種感情已長駐在他的心裡。與皮埃爾的相逢對安德烈公爵來說，是新時代的開端，從此展開了他表面上一切如舊，精神上卻已煥然一新的新生活。

十三

安德烈公爵和皮埃爾來到童山住所的正門時，天色已暗。在他們的馬車駛近時，安德烈公爵微笑著要皮埃爾看看此時後門的慌亂景象。一個揹著布袋的駝背老婦人和一個長髮、一身黑衣的矮個男人一看到駛進院子的馬車，連忙掉頭往裡跑，兩個女人跑出來找他們，四個人於是一面回頭張望馬車，一面驚慌地跑到後門臺階上。

「這都是瑪麗亞的神痴[44]，」安德烈公爵說。「他們看見我們，以為是父親回來了。她只有在這件事上違抗父命：他吩咐趕走這些雲遊派教徒，她卻在家裡接待他們。」

「什麼是神痴？」皮埃爾問。安德烈公爵沒來得及回答他。僕人們迎了出來，於是安德烈公爵問起老公爵去處，是不是很快就回來。

老公爵還在城裡，不過隨時可能回到家裡。

安德烈公爵送皮埃爾到自己的房舍，這是父親隨時為他準備好的。他自己則先往育兒室去了。

「我們去見我的妹妹吧，」安德烈公爵從育兒室回來，對皮埃爾說。「我還沒見到她，她看來是躲起來，和自己的神痴們待在一起。太有趣了，真的。」

「什麼是神痴？」皮埃爾問。

「你馬上就知道了。」

瑪麗亞公爵小姐一見到他們，果然羞愧得滿臉通紅，在她舒適的房間裡，神龕前點著長明燈，一個身穿修士長袍、留著長髮的長鼻梁男孩，和她並肩坐在茶几旁的小沙發上。

另一個滿臉皺紋的清瘦老婦人，孩子般的臉上帶著謙和的表情坐在附近一把扶手椅裡。

「安德烈，你來怎麼不事先告訴我一聲？」她語氣溫和地責備道，她站到修士們面前，就像母雞護著小雞一樣。

「見到您非常高興，非常高興。」她在皮埃爾親她手時說，她從小就認識他了，而現在他和安德烈的友誼、他和妻子之間的不幸，重要的是他那善良、樸實的面容贏得她的好感。她既美麗又神采奕奕的眼睛望著他，彷彿在說「我非常喜歡你，不過請你不要嘲笑我的人。」他們在最初的寒暄之後一一坐下了。

「噢，伊萬努什卡也在這裡。」安德烈公爵笑指那個小修士說。

「安德烈！」瑪麗亞公爵小姐懇求說道。

「你知道嗎？這是個女人。」安德烈對皮埃爾說。

「安德烈，看在上帝分上吧！」瑪麗亞公爵小姐又說。

顯然，安德烈公爵對雲遊派教徒們的嘲笑和瑪麗亞公爵小姐對他們徒勞的袒護，在他們之間已習以為常。

「不過，我的好友，」安德烈公爵說，「你應當感謝我才對，我是在向皮埃爾解釋妳和這個少年的親密關係。」

---

44 神痴，舊俄迷信中指可以預示天機的痴人。

「真的嗎？」皮埃爾好奇且嚴肅地（為此瑪麗亞公爵小姐特別感激他）說，一面透過鏡片審視伊萬努什卡，伊萬努什卡知道是在說他，閃動著狡黠的眼睛打量眼前這些人。

瑪麗亞公爵小姐完全不必為自己的人發窘，他們毫不膽怯。老婦人垂下眼，把茶杯倒扣在茶碟上，吃剩的方糖則放在一旁，從容地端坐在扶手椅裡，等待別人再為她上茶。伊萬努什卡端著茶碟喝茶，皺著眉頭以女人的調皮目光望向兩個青年男子。

「妳去過哪裡，到過基輔嗎？」安德烈公爵問老婦人。

「去過，少爺，」饒舌的老婦人回答道，「就在聖誕節那一天，我聽了聖徒們宣講神聖天上的祕密。而現在我是從科利亞津來的，少爺，偉大的神力顯現了……」

「怎麼，伊萬努什卡和妳一起去嗎？」

「我是自己去的，恩人。」伊萬努什卡竭力用男低音說道。「只是在尤赫諾夫時，才和佩拉格尤什卡一起走。」

佩拉格尤什卡打斷了同伴的話；顯然，她很想說說她的見聞。

「在科利亞津，少爺，偉大的神力顯現了。」

「怎麼，發現新的聖骨？」安德烈公爵問。

「好了，安德烈，」瑪麗亞公爵小姐說。「妳別說了，佩拉格尤什卡。」

「怎麼了，小姐，為什麼不說？我喜歡他。他是好心人。上帝是眷顧他的，他是我的恩人，曾給我十盧布，我記在心裡呢。我在基輔的時候，基留沙曾和我談話，他是一個瘋修士，真正的神痴，不論冬夏都打赤腳。他說，為什麼妳到處亂跑？妳到科利亞津去吧，那裡的聖像會顯靈，聖母現身了。我聽他這麼說，便辭別聖徒到那裡去了……」

大家盡皆默默不語，聽這個雲遊派女教徒深吸一口氣，娓娓道來。

「我到了那裡，少爺，人們對我說：偉大的神力顯現了，聖母的臉上滴下聖油……」

「唉，好了，好了，以後再說吧。」瑪麗亞公爵小姐禁不住臉紅了起來說道。

「請允許我向她提個問題，」皮埃爾說。「這是妳親眼所見嗎？」他問。

「當然，我是親眼所見啊。聖容上那麼熠熠生輝，好像是來自上天的光輝，聖母面頰上的聖油不住地滴落下來……」

「妳要知道，這是騙局啊。」細心傾聽的皮埃爾天真說道。

「啊，少爺，你這是在說什麼！」佩拉格尤什卡駭然說道，一面轉向瑪麗亞公爵小姐求援。

「這是在欺騙民眾。」他又重複了一遍。

「耶穌基督啊。」那個雲遊派女教徒畫著十字說。「噢，你不要再說了，少爺。有一名將軍不信，說『僧侶們在騙人』。他這麼一說完，眼就瞎了。於是他夢見洞窟修道院的聖母來對他說：『你虔誠地信仰我，我就治好你的眼。』於是他請求家裡的人：馬上帶我去見聖母。我說的，都是千真萬確的事實，是我親眼看到的。這個失明的人被直接送到科利亞津；他上前跪下說：『請祢讓我恢復視力吧！我願獻上沙皇給我的所有賞賜。』我親眼看到了，少爺，一顆星章便驀地嵌在聖母身上。結果呢，他再次看見了！你那麼說是罪過啊。會受到上帝懲罰的。」她對皮埃爾訓誡地說。

「聖像上怎麼會出現星章呢？」皮埃爾問。

「把聖母晉升為將軍了吧？」安德烈公爵微笑說道。

佩拉格尤什卡霎時面色慘白，舉起雙手輕輕一拍。

「少爺，少爺，這是罪過啊，罪過。你是有兒子的人了！」她說，蒼白的面色倏地血紅。

「少爺，願上帝寬恕你說的話。」她又畫了十字。「主啊，寬恕他吧。小姐，這是怎麼一回事？……」她轉身對瑪麗亞公爵小姐說。她站起來，幾乎要哭了，著手收拾起自己的行囊。顯然，她為說了這種話的人感到恐懼和憐憫，並且為自己在有人公然說出這種話的家庭接受布施而羞愧，又因為不得不放棄這個家庭的布施而覺得可惜。

「你們這是何苦呢？」瑪麗亞公爵小姐說。「為什麼你們要回來啊？……」

「不，我是開玩笑，佩拉格尤什卡，」皮埃爾說。「公爵小姐，我，真的，無意冒犯她，我是隨口說的。妳別放在心上，我只是開玩笑。」他說，尷尬地微笑著，希望藉此彌補自己的過錯。

佩拉格尤什卡不信任地停下腳步，皮埃爾臉上則流露出真誠的悔恨，安德烈公爵謙而嚴肅地時而望望佩拉格尤什卡，時而望望皮埃爾，她看在眼裡漸漸地平靜了下來。

十四

雲遊派女教徒平靜下來後，再次加入談話，後來她說了好長一段神父阿姆菲洛希的故事，說他的生活聖潔，他的手散發著神香的氣息，還講到在最近一次前往基輔的漫長旅途中，她認識的僧侶交給她洞窟的鑰匙，於是她隨身帶著乾麵包，在洞窟裡和聖徒們一起度過了兩晝夜。「我向一名聖徒祈禱，看一會兒書，又去見另一名聖徒。睡一會兒，又虔誠地親吻十字架；那麼靜謐、那麼幸福美滿，簡直不想再回到塵世了。」

皮埃爾仔細地、認真地傾聽。安德烈公爵走出了房間。隨後，瑪麗亞公爵小姐留神痴們一起喝茶，並帶皮埃爾到客廳去了。

「您是非常善良的人。」她對他說。

「啊，我真的不想冒犯她，而且我很理解，也很推崇這種感情。」

瑪麗亞公爵小姐默默看了他一眼，溫柔地笑了。

「我早就認識您了，也像愛兄長一樣愛您。」她說。「您是怎麼找到安德烈的？」她連忙問，不讓他有時間回答她的親切話語。「我很不放心他。冬天，他的身體好一些，可是春天傷口復發，醫生說，他應該去就醫。我為他的精神狀態擔心。他的性格不像我們女人，能在哭泣中熬過並排遣痛苦。他把痛苦藏在心裡。今天的他，則顯得愉悅、有活力；不過，這是因為您的來訪而影響了他：他難得這麼有活力。如果您能勸他出國，那就太好了！他需要出門走走，現在這種平靜沉悶的生活會毀了他的。別人沒發覺，不過我看得出來。」

九點多時，僕人們一逕朝門口跑去，他們聽到老公爵的馬車駛來的鈴鐺聲。安德烈公爵和皮埃爾也來到門口臺階上。

「這是誰？」老公爵下車時看見皮埃爾，問道。

「噢！我真高興！來親我。」他一得知陌生年輕人的身分後便說。

老公爵心情很好，對皮埃爾很是親切。

晚餐前，安德烈公爵回到父親書房，看到老公爵和皮埃爾正熱烈爭論。皮埃爾正向他證明，沒有戰爭的時代一定會到來。老公爵揶揄地反駁他，卻沒有生氣。

「抽掉血管裡的血，再灌水進去，那就不會有戰爭了。婦人之見，婦人之見。」他說，不過仍親切地拍拍皮埃爾的肩膀，隨即向桌子走過去。安德烈公爵看來不想參與對話，在桌旁翻閱老公爵從城裡帶回來的文件。老公爵來到他身邊談起正事。

「首席貴族羅斯托夫老伯爵送來的兵員不到一半。他來到城裡，還想請我赴宴呢，我狠狠地訓了他一頓……你再看看這個吧……喂，老弟[45]，」老公爵拍拍皮埃爾的肩膀對兒子說，「你的朋友真不錯，我欣賞他！他引起我的興趣。有些人即使談吐聰明，卻教人不想聽，而他儘管在瞎扯，我這個老頭子卻被逗樂了。好了，你們走吧，走吧，」他說，「你們吃晚飯的時候，我也許再去坐坐。我還想爭論一番。希望你喜歡我的傻丫頭瑪麗亞公爵小姐。」他從門後對皮埃爾大聲說道。

只是現在，在拜訪童山之後，皮埃爾才充分意識到他和安德烈公爵之間的友誼及魅力。這種魅力與其說在於和他本人的關係，不如說在於和他所有親人和家人之間的關係。他和嚴厲的老公爵以及溫婉、靦腆的瑪麗亞公爵小姐相處，儘管還不太認識他們，卻覺得自己已是他們的老朋友。他們都很喜歡他。不僅瑪麗亞公爵小姐，由於他對兩名雲遊派女教徒的謙和態度而對他另眼相看，甚至連一歲的小尼科連卡，祖父所稱呼的尼古拉公爵，也對皮埃爾微笑，走過來要他抱。米哈伊爾・伊萬內奇、布里安娜小姐在他和老公爵談話時，也面帶愉快的微笑看著他。

老公爵出來享用晚餐了，顯然他是為皮埃爾而來的。在他作客童山的兩天裡，老公爵對他非常親切，還吩咐他常來看他。

皮埃爾離開後，家人聚在一起，開始評論起他，一個新到的客人離開後，家裡總會有類似的聚會，而罕見的是，所有人對他一致給予好評。

45 老弟，指安德烈公爵。老兄、老弟，是俄羅斯人對男人不拘禮節的親暱稱呼，不限於同輩之間。

十五

這次休假歸隊後，尼古拉第一次感覺到並認識到，他與傑尼索夫和全團戰友的情誼是多麼深厚。

尼古拉在接近軍團時所體驗到的心情，如同他在駛近波瓦爾大街上的家時一樣。當他看到軍團第一個敞開軍服的驃騎兵，並認出紅髮的傑緬季耶夫，看到那些棗紅色馬匹的拴馬樁時，當拉夫魯什卡對自己的主人歡呼「伯爵來了！」而睡在鋪上頭髮蓬鬆的傑尼索夫自農舍裡奔出來擁抱他、軍官們簇擁在他身邊時，尼古拉的心情就像是媽媽、爸爸、妹妹們擁抱他一樣，湧上喉嚨的快樂淚水令他哽咽難言。軍團也是家，而且像父母的家一樣永遠那麼可愛、溫暖。

向團長報到，奉命回原來的騎兵連，值班、採辦飼料、介入軍團裡的一切細微瑣事，雖感到自己失去自由、被禁錮在狹小不變的圈子裡，尼古拉依舊感到安心、有依靠，也覺得自己是在家裡、在自己合適的位置上，就像置身在父母的屋頂下一樣。沒有身處自由上流社會的那種紛擾，他在那裡找不到自己的容身之處，往往做出錯誤的選擇；沒有索尼婭，不用考慮該不該向她表白。沒有去那裡還是不去那裡[46]的問題；沒有可以用種種方法打發的一天二十四小時；沒有那些難以數計、毫無親疏之別的人們；沒有和父親不清不楚、不明不白的金錢關係；沒有什麼會使他想起輸錢給多洛霍夫的恐怖經歷！現在，軍團裡的一切如此簡單明瞭。整個世界被劃分為兩個不相等的部分：一個是我們的巴甫洛格勒團，一個是其餘的一切。與其餘的一切毫不相干。在軍團裡一切都很清楚：誰是中尉，誰是上尉，誰好誰壞，重要的是，誰是真朋友。隨軍商販願意賒帳，餉銀只領三分之一；沒有什麼點子好想，也沒有選擇的餘地。只要不做巴甫洛格勒團所認為的壞事，那就一切順利。

重新回到具明確行動準則的部隊生活後，尼古拉感到愉快和滿足，就像疲乏的人躺下休息時的感覺。尼古拉在這段時間的工作中，感受到部隊生活特有的愉快，因為他在賭輸之後（儘管親人們都竭力安慰他，但是他無法原諒自己），為了彌補自己的過失，決心不再像過去那樣，而要認真工作，成為出色的戰友和軍官，也就是要成為高尚的好人，這在世俗生活中難以做到，而在軍旅生活中卻是很有可能的。

尼古拉在輸錢之後，決心在五年內還清向父母借來的欠款，他過去每年收到一萬盧布匯款，如今他決心只要兩千，並將其餘的錢交給父母抵償債務。

俄國軍隊經過一再撤退、進攻，經過普烏圖斯克之戰和普魯士艾勞之戰後，集結於巴滕施泰因附近，等待皇上親臨戰地並發動新一波攻勢。

巴甫洛格勒團是參加一八〇五年遠征的部隊，由於在國內進行整編，未能趕上最初的軍事行動。這個軍團既沒有到過普烏圖斯克，也沒有到過普魯士艾勞，在戰役的後半段才編入作戰部隊，劃歸為普拉托夫[47]支隊。

普拉托夫支隊不受軍部管轄，獨立作戰。巴甫洛格勒團曾數度與敵軍交火，抓到一些俘虜，有一次，

47 普拉托夫（一七五一—一八一八），頓河哥薩克部隊的首領、將軍。

46 含蓄地表達要不要到情婦住處。

甚至繳獲烏迪諾元帥的馬車。四月，巴甫洛格勒團在一處被夷為平地、空無一人的德國人村落駐紮了幾個星期，從未離開過。

正值融雪的季節，泥濘、寒冷、冰凍的河流斷裂、道路無法通行；可是一連幾天兵員馬匹都得不到補給。由於運輸中斷，人們只好分散到附近荒無人煙的村落尋找馬鈴薯，卻連馬鈴薯也所剩不多。能吃的都吃光了，居民都逃散了；那些留下來的人比乞丐還窮，已經一無所有，甚至那些缺乏同情心的士兵也往往不是向他們索取，而是傾其所有，全部施與給他們。

巴甫洛格勒團在戰爭中只有兩人受傷；可是由於飢餓和疾病幾乎達半數兵員損傷。在醫院裡只能等死，那些因伙食惡劣而患熱病的浮腫士兵，寧可在佇列裡勉強拖著腳步服役，也不願到醫院去。春天來臨，士兵們開始尋找從土地裡冒出來的一種很像龍鬚菜的植物，不知為什麼稱其為瑪什卡[48]甜根，他們分散在草原和田野，一找到瑪什卡甜根（其實味道很苦）便用馬刀挖出來，儘管曾下令不准食用這種有毒植物。春天，在士兵中併發新的病症——手足和臉都浮腫起來，醫生認為病因正是食用這種甜根。但是傑尼索夫騎兵連的士兵不顧禁令，將瑪什卡甜根當主食，因為最近每人只領了半俄磅[49]乾麵包，已勉強撐了一個多星期，而最後一趟運來的馬鈴薯，不是凍壞，就是早已發芽。

馬匹也靠乾草屋頂養活了一個多星期，瘦得不成樣子，身上還是冬天時糾結成一綹綹的馬毛。

儘管苦難深重，官兵們還是像平常一樣生活；驃騎兵們面色慘白，臉上浮腫，穿著破爛的軍服，卻依舊列隊點名，打掃環境，洗刷馬匹、裝備，從屋頂上拽下麥草權充飼料，圍著大鍋吃飯，強忍飢餓站起身，拿惡劣的伙食和忍飢挨餓的生活開玩笑。士兵們在不出勤的閒置時間仍燃起營火，光著身子烤火取暖、抽菸、挑選和烘烤發芽的和發黴的馬鈴薯，同時講講或聽聽波將金和蘇沃洛夫遠征的故事，或是關於狡猾的阿廖沙和神父的長工米科爾卡的故事。

軍官們也和平時一樣，兩、三人一起住在門窗洞開的半塌房子裡。長官們操心的是如何取得麥草和馬鈴薯，總之是兵員的生活物資問題，下級軍官像平常一樣，有的打牌賭博（雖然沒有吃的，錢卻很多），有的玩玩遊戲——擲釘和擊木[50]。關於戰局的談論很少，這是因為得不到任何可靠的消息，而且模糊地感覺到戰爭的形勢不妙。

尼古拉仍舊和傑尼索夫住在一起，從他們休假時起，兩人的關係更加緊密了。傑尼索夫從來不提尼古拉的家人，但是根據連長對他所表現的深厚友誼，尼古拉感覺到，這個老驃騎兵對娜塔莎的不幸愛情反而增進了他們的友情。看來傑尼索夫竭盡所能的減少尼古拉可能遭遇的危險，對他關懷備至，戰爭結束後看到他安然無恙，顯得特別高興。有一次，尼古拉出差，前往一個村落徵收食物，在這個被遺棄的貧困村落裡，他找到一個三口之家：一個波蘭老人、他的女兒和一個襁褓中的嬰兒。他們衣不蔽體，食不果腹，既不能徒步逃走，也沒有錢僱車。尼古拉帶他們來到駐地，安置在自己的房間裡，在老人養病的幾個星期裡一直供養他們。尼古拉的一個戰友，在大談女人的興頭上，開始嘲笑尼古拉，說他比誰都狡猾，還說他不妨向戰友們介紹一下他所救助的迷人波蘭女人。尼古拉視這個玩笑為對他的侮辱，竟勃然大怒，對那個軍官出言不遜，以致傑尼索夫費了好大工夫才勸住雙方，避免了一場決鬥。那名軍官走後，對尼古拉和波蘭

48 瑪什卡，俄羅斯女人的名字。
49 一俄磅合四百零九點五公克。
50 擲釘和擊木都是俄國民間遊戲。擲釘，即地上放一個鐵圈，在一定距離外將一根粗大的大頭釘擲入圈內的土裡；擊木，遊戲者分為兩組，雙方畫地為營，營內放置圓柱形木頭，遊戲者要將對方的圓木擊出營外。

女人的關係也不了解的傑尼索夫責備他脾氣暴躁，尼古拉對他說：

「你要我怎麼樣呢……她就像我的姊妹一樣，我無法形容，這對我是多大的侮辱……因為……所以就……」

傑尼索夫在他的肩頭拍了一下，在房裡踱來踱去，對尼古拉看也不看，他在心情激動的時候往往如此。

「你們羅斯托夫一家全這麼傻氣！」他說，這時尼古拉發覺，傑尼索夫的眼裡含著淚水。

十六

四月，皇上即將蒞臨軍中的消息令部隊士氣大振。尼古拉未能趕上皇上在巴滕施泰因的閱兵，那時巴甫洛格勒團駐防在前哨陣地，在遠離巴滕施泰因的前方。

他們在野外宿營。傑尼索夫和尼古拉住在士兵為他們挖的土窯裡，上方以樹枝和草根覆蓋。土窯是依當時時新的方法建造而成的：先挖一條寬一俄尺半、深兩俄尺、長三俄尺半的地道。地道的一端修建階梯，這是入口和臺階；地道便是房間，一些幸運的人，如驃騎兵連長，他們的房間在與階梯遙遙相對的另一端，還在四根木樁上搭一塊木板以為桌子。沿著地道兩側挖掉一俄尺泥土，這是兩張床和一些沙發。窯頂建造得讓人能在中央站起來，如果靠近桌子，還可以坐在床上。受到本連士兵愛戴的傑尼索夫，他的土窯很講究，在窯頂下的三角牆上還有一塊木板，木板上嵌著一塊玻璃，那是用破玻璃黏合起來的。天氣很冷的時候，士兵們把營火裡燒紅的炭放在一塊彎彎的鐵板上送到階梯旁（傑尼索夫稱他臨時住所的這塊地方為前廳），於是土窯裡暖呼呼的，常在傑尼索夫和尼古拉這裡逗留的軍官們只穿一件襯衣就夠了。

四月輪到尼古拉值班。早上七點多鐘，他在一夜不眠之後回到窯洞裡，吩咐把炭火送來，於是換下被雨淋濕的衣服，向上帝祈禱、用茶，待身子暖和了，便整理好角落和桌上的物品，然後他只穿著一件襯衫仰面躺下，兩手放在腦後，由於風吹顯得粗糙的臉紅撲撲的，他愉快地想起，由於最近一次實地偵察，日內就要晉升一級了，同時他在等待外出的傑尼索夫。尼古拉想和他聊聊。

窯洞外傳來傑尼索夫的陣陣吼叫聲，看來他火氣很大。尼古拉走到窗下，看他在和誰說話，他看到了連副托普切延卡。

「我對你下過命令，不准他們吃什麼瑪什卡甜根！」傑尼索夫大聲叫道。「我親眼看見，拉札爾丘克把這種東西從地裡拖回來。」

「我下過命令，長官，他們就是不聽。」連副回答道。

尼古拉又躺回自己的床上，心想：「讓他去處理、操心吧，我自己的事情做完了，總算可以躺著休息，太好了！」他聽到牆外除了連副，說話的還有傑尼索夫那機靈狡猾的僕人拉夫魯什卡。拉夫魯什卡說的是他在徵收軍糧途中看到的幾輛大車、麵包乾和幾頭公牛。

窯洞外又響起傑尼索夫漸漸遠去的叫嚷聲和說話聲：「備馬……二排！」

「他們要到哪裡去呢？」尼古拉想。

過了五分鐘，傑尼索夫走進窯洞，帶著一雙髒腳爬上床，氣呼呼地抽了一斗菸，把自己的東西亂扔，帶上馬鞭和馬刀便往土窯外走。尼古拉問他去哪裡。他滿腹怒氣，含糊地說有事。

「讓上帝和偉大的皇上來審判我吧！」傑尼索夫出去時說；於是尼古拉聽到，窯洞外有幾匹馬在泥濘中奔馳而去的蹄聲。尼古拉甚至不想知道，傑尼索夫要到哪裡去。他在角落溫暖地睡著了，直到傍晚才走出窯洞。傑尼索夫還沒有回來。兩名軍官和一名士官在相鄰的土窯旁玩擲釘遊戲，笑鬧地在鬆軟泥濘的地上栽蘿蔔[51]。尼古拉加入他們。過了一會兒，軍官們看到，有幾輛大車向他們駛過來，十四、五個驃騎兵騎著瘦馬跟隨在後。大車在驃騎兵們的押送下，來到拴馬樁處，於是一群驃騎兵把大車團團圍住。

「看吧，傑尼索夫老是煩惱，」尼古拉說，「軍糧不是到了嗎？」

「對啊！」軍官們說。「怪不得士兵們那麼高興！」傑尼索夫稍微落在驃騎兵後頭，和他同行的是兩名步兵軍官，他和步兵軍官們正交談著什麼。尼古拉朝他迎了上去。

「我警告過您，上尉。」一個瘦小的軍官說，看來他非常氣憤。

「我說過了，我是絕不會還給你們的。」傑尼索夫回答道。

「您要負責任，上尉，這是橫行霸道，搶奪自己人運糧的車輛！我們的兵員兩天沒吃東西了。」

「而我的人兩個星期沒東西吃了。」傑尼索夫回答道。

「這是搶劫，您罪責難逃，親愛的先生！」步兵軍官提高嗓門又說了一遍。

「你們何必為難我？」傑尼索夫突然暴躁起來，大聲吼道。「要負責的是我，而不是你們，不要在這裡囉唆了，否則，我可對你們不客氣。滾！」他向兩名軍官吼道。

「你行！」瘦小軍官叫道，他沒有示弱，也不願離開，「公然搶劫，對您說吧……」

「趕快見鬼去，要不我就不客氣了。」傑尼索夫調轉馬頭，衝著那名軍官。

「好，好。」軍官以威脅的語氣說道，他調轉馬頭，迅速地跑開了，身子在馬鞍上不停搖晃。

「狗騎在籬笆上，真是狗騎在籬笆上。」傑尼索夫在後面朝著他說，這是騎兵對騎馬的步兵最嚴重的嘲笑，他來到尼古拉面前，縱聲大笑。

「是從步兵那裡搶來的，用武力搶了他們的運糧車！怎麼辦呢，總不能眼看士兵們餓死吧？」

到驃騎兵這裡來的那些運糧大車是給步兵團的，但傑尼索夫從拉夫魯什卡口中得到消息，得知運糧車

51 栽蘿蔔，遊戲時把粗大的大頭釘完全插進土裡，然後讓輸家從土裡拔出來。

沒有派兵護送，便以武力奪了過來。不但分發足夠的麵包乾給士兵們，還分送一些給其他騎兵連。

第二天，團長喚來傑尼索夫，手掌捂著眼睛對他說：「我是這麼看待這件事的，我什麼都不知道，也不會追究；不過我勸你到司令部去一趟，到那裡的軍糧管理處說明一切，可能的話，只要簽個名，說明領到多少軍糧；否則，調撥單上寫明是給步兵團的，最後一定會出事，結果可能更糟。」

傑尼索夫離開團長，直接前往司令部去，真心實意地希望依他的勸告了結此事。晚上他回到土窯，尼古拉還來沒見過自己的朋友如此憤慨。傑尼索夫氣到完全說不出話來。尼古拉問他出了什麼事，他只是以沙啞、虛弱的聲音含糊發出詛咒和威脅。

尼古拉看到傑尼索夫的情況大吃一驚，建議他脫掉衣服、喝點水，又派人去請醫生。

「要以搶劫罪審判我，哎，再給我水，就讓他們審判吧，我還是要揍這些混蛋，無論如何都要揍他們，我要告訴皇上。給我一點冰塊。」他說。

團部醫生來了，說必須放血。傑尼索夫毛茸茸的手臂流出了黑血，這時他才有辦法說他的遭遇。

「我到了司令部，」傑尼索夫敘述道。「『喂，你們的長官在哪裡？』他們指給我看。『等一下行嗎？』『我有公事，我是從三十俄里之外趕來的，沒有時間等，你去通報一聲吧。』好，那個大壞蛋出來了，居然想教訓我：『這是搶劫！』我說：『把軍糧拿去供應自己的士兵不能說是搶劫，占為己有才是搶劫！』『好。』他說：『您到軍需官那裡去簽字說明吧，您的情況要呈報上級』。我就去見軍需官。我進去一看，坐在桌子旁的……你猜是誰！不，你簡直想不到！……是誰讓我們挨餓，」傑尼索夫忍不住大吼起來，放血之後的手握緊拳頭在桌上猛烈地一捶，以致桌子差點兒翻倒，幾只杯子在桌子上亂跳。「是捷利亞寧！『原來是你讓我們挨餓啊！』我打在他的嘴臉上，一下又一下，打得他落花流水……『啊！……你這個混蛋……』於是對他拳打腳踢！真是痛快極了。」傑尼索夫叫道，盡興又兇狠地齜著黑鬍子下的白牙。「要不是被人拉開，我幾乎快打死他了。」

「你幹麼大叫大嚷呢，小聲一點吧，」尼古拉說。「你看，又出血了。別動，要重新包紮一下。」

為傑尼索夫重新包紮以後，尼可拉要他睡了。第二天他醒來時，心情顯得愉快又平靜。

只是到了中午，團部副官神情嚴肅且憂鬱地來到傑尼索夫和尼古拉合住的土窯，遺憾地出示團長致傑尼索夫少校的正式公函，調查昨天所發生的事。副官通知他，事態想必會惡化，已經延請軍事審判委員會，在當前嚴懲部隊劫掠和恣意妄為的風頭上，以降職處分結案，就算是幸運的了。

受害者一方所描述的事件經過如下：傑尼索夫少校在奪走運糧車後，未蒙召喚就醉醺醺地闖到軍糧處，誣稱他盜竊，以暴力相威脅，被趕走以後，又闖進辦公室痛毆兩名軍官，並導致其中一人手臂脫臼。

傑尼索夫針對尼古拉再次提出的幾個問題笑著回答，並解釋公函裡說的幾乎完全是另一個人，不過全是胡說八道、不值一提，他不擔心任何審判，要是那些壞蛋膽敢對他動手，他一定回敬，要他們一輩子也忘不了。

傑尼索夫談到這件事時滿不在乎；但尼古拉太了解他了，不可能未發覺，他心裡其實害怕審判，甚至深感苦惱，因為勢必會引起最糟糕的結果。此後每天都發來調查的公函，傳喚他受審，並規定傑尼索夫在五月一日移交騎兵連給上一級軍官並前往師部報到，對他在軍糧管理處的狂暴行為做出解釋。在這一天之前，普拉托夫率領兩個哥薩克團和兩個驃騎兵連對敵軍進行偵察。傑尼索夫一如往常，衝在散兵線前面，炫耀自己的勇氣。法國步兵的一顆子彈擊中他大腿的軟組織。若在之前，傑尼索夫一旦受了這點輕傷，也許不會離開部隊，可是他乘此機會拒絕前往師部報到，直接到醫院治療槍傷了。

十七

六月發生了弗里德蘭戰役[52]，巴甫洛格勒團未參戰，此後宣布停戰。尼古拉由於朋友不在身邊而心情沉重，自從他離開後就沒有聽到他任何消息，並為他的案情和傷勢深感不安，於是利用停戰的時機請假前往醫院探望傑尼索夫。

醫院在普魯士的一個小鎮上，這裡曾兩次遭到俄軍和法軍的蹂躪。正因時值夏天，野外風光旖旎，而這個小鎮，屋頂和圍牆傾圮，街道上垃圾遍地，衣衫襤褸的居民和醉醺醺或患病的士兵四處遊蕩，呈現出一幅陰森的景象。

醫院是一棟磚房，庭院裡堆放著被拆毀的柵欄殘餘和一部分被打壞的窗戶和玻璃碎片。幾個裹著繃帶的蒼白、浮腫士兵或坐或立在庭院裡曬太陽。

尼古拉一走進大門，一股腐爛屍體和醫院的氣味便撲鼻而來。在樓梯間，他遇到一名口含雪茄的俄軍軍醫，而一名俄國醫士跟在軍醫後面。

「我無法分身啊，」軍醫說，「傍晚你到馬卡爾·阿列克謝伊奇的住處去吧，我會在那裡。」醫士又問了他什麼。

「唉，你看著辦吧！不過反正都一樣吧？」軍醫看見走上樓的尼古拉。

「您有什麼事，閣下？」軍醫說。「您有什麼事？莫非子彈沒打中您，您就想染上傷寒？老弟，這裡是傳染病病房。」

「哪一種疾病？」尼古拉問。

「是傷寒，老弟。不管誰上去，必死無疑。只有我和馬克耶夫（他指指醫士）還在這裡忙。我們已經有五個軍醫死在這裡了。新的軍醫來了，過一個星期就完了。」軍醫故作輕鬆地說道。「曾經請過普魯士醫生，可是我們的盟友不願前來。」

尼古拉向他說明，他想見在這裡住院的驃騎兵少校傑尼索夫。

「不認識，不知道，老弟。您想一想，我一個人要管三處醫院，四百多個病患！還好，普魯士的好心太太們每個月送兩俄磅咖啡和裹傷的棉布來，否則就慘了。」他笑了起來。「四百個啊，老弟；而新的病患還不斷送來。是有四百個吧？」他轉頭問醫士。

醫士顯得疲憊不堪。看來他很氣惱，但願這饒舌的軍醫趕緊離開。

「傑尼索夫少校，」尼古拉又說了一遍，「他是在莫利滕負傷的。」

「好像死了，是吧，馬克耶夫？」軍醫無動於衷地問醫士。

不過醫士並未證實軍醫的說法。

「他是不是個子很高、紅頭髮？」軍醫問。

尼古拉描述了傑尼索夫的外貌。

---

52 弗里德蘭戰役一八〇七年六月十四日爆發於東普魯士。俄軍由於本尼格森指揮失誤，為拿破崙所乘而遭重創（傷亡約一萬五千人）。這是一八〇六至一八〇七年戰爭中的最後一次戰役。

「有，曾有這麼一個人，大概死了，不過我可以查一查，我有一份名單。在你那裡吧，馬克耶夫？」

「名單在馬卡爾．阿列克謝伊奇手邊。您到軍官病房去吧，親自到那裡去看一看。」他轉頭對尼古拉補上一句。

「唉，最好別去，老弟，」軍醫說，「不然您自己恐怕也要死在這裡了！」但是尼古拉仍向軍醫鞠躬告辭，央求醫士陪他去一趟。

「說好了，可別怪我！」軍醫在樓梯下嚷道。

尼古拉和醫士進了走廊。在這黑暗的走廊裡，醫院的氣味如此強烈，尼古拉不得不捏住鼻子停下來，鼓起勇氣之後再邁步前進。

右邊一扇門開了，裡頭有個人正探頭張望，他拄著拐杖，瘦骨嶙峋，面色蠟黃，赤著腳，只穿一件內衣。他靠在門框上，用閃亮的羨慕眼神看了看走過的人。尼古拉朝裡一看，只見傷病員都躺在地板上，身下只鋪著麥草和軍大衣。

「怎麼會這樣呢？」他問。

「這是士兵病房，」醫士回答道。「沒有辦法。」他道歉似的補上一句。

「可以進去看看嗎？」尼古拉問。

「有什麼好看的！」醫士說。但是，正因為醫士顯然不願讓他進去，尼古拉偏偏走進士兵病房。他在走廊裡聞慣的氣味，在這裡更是強烈了。這氣味有些不同：更為刺鼻，可以感覺到，氣味正是從這裡散發出去的。

從幾扇大窗戶照進來的陽光照得長長的房間通明耀眼，傷病員分成兩排躺著，頭對牆，只在中間留下一條通道。他們大多處於昏迷狀態，對進來的人毫不理會。那些神志清醒的人都微微欠起身來或抬起又瘦又黃的臉，帶著希望得到幫助、滿懷怨憤、羨慕別人身體健康的表情，目不轉睛地注視著尼古拉。尼古拉來到房間中央，他朝相鄰的兩個門戶大開的房間打量一下，在兩邊所看到的情況也都一樣。他停住腳步，默默環顧四周。眼前所見是他始料未及的。就在他面前，一個病人幾乎橫躺在中間的過道上，他想必是哥薩克，因為他留著學生頭。這個哥薩克伸開粗壯的四肢，仰臥在地板上。他的臉泛紫紅，兩眼翻白，赤裸的四肢仍有血色，青筋鼓起像一條條繩索。他的後腦在地板上撞了一下，聲音沙啞地說了什麼，又不斷地重複這個詞。尼古拉凝神傾聽，總算聽清了他反覆說著的那個詞。這個詞是：水──水──水！尼古拉環顧四周，想找個人安置這名病患並給他水喝。

「是誰在這裡照護病人？」他問醫士。這時從隔壁的房間裡來了一個輜重兵，是醫院的雜役，他邁著沉重的步伐來到尼古拉面前，立正站住。

「您好，大人！」這個士兵大聲叫道，瞪大眼望著尼古拉，顯然以為他是醫院的長官。

「你安置一下他，給他水喝。」尼古拉指著哥薩克說。

「是，大人。」士兵愉快地說，眼睛瞪得更大，身子也挺得更直，卻是站著不動。

「不，在這裡什麼事也辦不成。」尼古拉想，他垂下眼，已經想走了，但是他覺得，右邊有一道殷切的目光注視著自己，於是轉頭看了一眼。一個老兵幾乎緊靠牆角坐在軍大衣上，他面色蠟黃，瘦得像一具骷髏顯得更為嚴峻，留著灰白的大鬍子，正目不轉睛地看著尼古拉。老兵一側的鄰座指著尼古拉正對他耳語。尼古拉明白了，老人有求於他。他走近一些，只見老人彎曲著一條腿，另一條腿膝蓋以下全部截掉了。老人的另一個鄰人一動不動地仰頭躺著，離他相當遠，那是一個年輕的士兵，面色煞白，翹鼻的臉上仍布滿雀斑，眼睛翻到眼皮底下。尼古拉看了看翹鼻士兵，一陣寒氣掠過了他的脊背。

「這個人好像……」他轉頭對醫士說。

「怎麼懇求也沒有用，大人，」老兵下巴顫抖著說。「一早就死了。我們也是人，不是狗啊……」

「我馬上派人來，會抬走的，會抬走的，」醫士連忙說。「我們走吧，大人。」

「走吧，走吧。」尼古拉急忙說，他垂下眼，全身瑟縮著，竭力悄然地在責備和羨慕的眾目睽睽之下通過，離開了病房。

十八

醫士領著尼古拉經過走廊，來到軍官病房，病房共有三間，門都敞開著。這些病房裡有床，負傷和患病的軍官們在床上或坐或躺。有些人穿著病號服在病房裡走動。尼古拉在軍官病房遇到的第一個人，是缺一條胳膊的瘦小傷患，他頭戴睡帽，身穿病號服，咬著菸斗，在第一個房間裡踱步。尼古拉端詳著他，竭力回想曾在何處見過他。

「想不到我們會在這裡見面，」小個子說。「圖申、圖申，記得嗎，我曾帶您到申格拉伯恩去？你看，我被鋸掉一截了……」他含笑指著自己空蕩蕩的衣袖說。「您找傑尼索夫？他是我的病友。」他得知尼古拉要找的人，便說。「在這裡，在這裡。」於是圖申領他去另一間病房，裡頭傳來幾個人哈哈大笑的聲音。

「他們怎麼不僅能哈哈大笑，還能在這裡生活呢？」尼古拉想，他彷彿仍聞得到士兵病房那撲鼻而來的刺鼻死屍氣味，還能在自己周圍看到從兩邊目送他的那些羨慕眼神，以及那名翻白眼的年輕士兵的臉。

傑尼索夫用被子蒙住頭睡在床上，儘管已是中午十一點多了。

「啊！尼古拉！你好，你好！」他還像在部隊時那般叫道；可是尼古拉憂傷地發覺，在這習慣性的放肆和活躍背後，一種他從未見的、隱祕的惡劣情緒在傑尼索夫的表情、語調和話語中透露出來。

儘管他的傷勢輕微，傷口卻還沒癒合，而他負傷已有六個星期了。他的面部蒼白而浮腫，和所有住院的病患人一樣。不過，他詫異的並不是這一點，而是傑尼索夫似乎並不歡迎他，對他展露的微笑也極其不自然。傑尼索夫對部隊、對戰事的進展絕口不提。尼古拉談起這些，傑尼索夫完全不想聽。

尼古拉甚至感覺到，在對傑尼索夫提起部隊，或說，在談到醫院外那種截然不同的生活時，他會感到不快。他似乎努力忘掉原來的生活，只關心自己和軍糧管理處官員們的案子。尼古拉向他問起案子目前的進展，他立即從枕頭下取出審判委員會發函給他的公文以及他起草的答辯。他不覺興奮了起來，朗讀起自己的文稿，特別要尼古拉注意他在答辯中對敵人們的諷刺和挖苦。傑尼索夫的病友們原本圍繞在尼古拉這個剛從自由環境中來的人，待傑尼索夫讀起稿子，他們便漸漸散開了。尼古拉從他們的臉色看出，這些人對這個耳熟能詳的故事感到厭倦了。持續聽著的，僅鄰床的槍騎兵，他坐在單人床上陰森地皺眉抽菸，以及缺了一條胳膊的矮小圖申，他們盡皆不以為然地頻頻搖頭。在朗讀的過程中，槍騎兵打斷傑尼索夫。

「我看，」他轉頭對尼古拉說，「不如乾脆請求皇上赦免。聽說，現在要論功行賞了，想必能得到寬恕……」

「要我去請求皇上？」傑尼索夫說，他希望聲音聽起來剛強有力且慷慨激昂，可惜這聲音卻令人感到一種無可奈何的急躁。「請求什麼？如果我是搶劫犯，我會請求皇上開恩，但我是因為徹底揭露盜竊犯而受審。讓他們審判吧，我不怕任何人；我忠實地為沙皇、為國家服務，更沒有盜竊！要降職處分，還要……你聽著，我就是這麼直截了當對他們說的，我寫道：假如我盜竊公物……」

「寫得好極了，沒話說，」圖申說。「不過問題不在這裡，傑尼索夫，」隨即他轉頭對尼古拉說，「服從是必要的，傑尼索夫就是不願意。檢察長對您說了，您的案子很棘手。」

「哼，隨他去吧。」傑尼索夫說。

「檢察長為您寫了申訴書，」圖申接著說，「您應該簽字，再請他帶去。他（他指指尼古拉）在參謀部想必也有人脈。這是您的機會。」

「我說過了，我絕不搖尾乞憐。」傑尼索夫打斷他，又繼續讀他的文稿。

尼古拉不敢勸說傑尼索夫，儘管他本能地覺得，圖申和其他軍官所提出的建議是最可行的，儘管他若能幫助傑尼索夫，會深感欣慰。他了解傑尼索夫的倔強性格，而且他會急，也是有道理的。

傑尼索夫花了一個多小時，終於讀完那措詞辛辣的文稿，尼古拉一言不發，心情極其沉重，在重新聚攏來的病友間度過這一天的其餘時間，他談談自己的見聞，聽聽別人的故事。傑尼索夫整晚皆陰森沉默著。

天色向晚，尼古拉準備離開了，他問傑尼索夫，有沒有什麼事要託他處理。

「有，你等一下。」他說，他對軍官們掃視一眼，從枕頭下取出自己的文稿，走到窗前，窗臺上放著他的墨水瓶，他坐下寫了起來。

「看來胳膊擰不過大腿。」他離開窗邊，遞給尼古拉一個厚厚的信封說，這是檢察官起草、呈遞給皇上的申訴書，在申訴書中傑尼索夫對軍糧管理處的罪過一字不提，只是請求赦免。

「你呈給皇上吧，看來……」他沒有把話說完，痛苦而尷尬地一笑。

十九

尼古拉回到部隊向團長報告了傑尼索夫的案情，便帶著呈遞給皇上的申訴書前往蒂爾西特[53]。

六月十三日，法國和俄國皇帝在蒂爾西特會晤[54]。鮑里斯向他的上司、一名要人提出請求，將他列為在蒂爾西特任職的侍從。

「我希望能見到那位偉人。」他說，指的是拿破崙，在此之前他和所有的人一樣，稱他為布拿巴。

「您是說布拿巴？」他的將軍微笑問他。

鮑里斯質疑地望著將軍，他立刻明白了，這是在戲謔地考驗他。

「公爵大人，我說的是拿破崙皇帝。」[55]他回答道。將軍含笑拍拍他的肩頭。

「你前程遠大。」將軍對他說，並准予所請。

在兩國皇帝會晤的那一天，鮑里斯是在涅曼河上為數不多的人之一；他看到繪有皇帝姓名起首字母組成的紋飾木筏，看到了對岸拿破崙騎馬從法國近衛軍前經過的情景，看到了亞歷山大皇帝默默坐在涅曼河上的旅店裡等候拿破崙到來時沉思的面容；他看到兩位皇帝登上小船，拿破崙首先靠攏木筏，快步上前，迎著亞歷山大伸出手，兩人隨即消失在帷幔裡。鮑里斯自從進入最高層任職以來，便養成一種習慣，他細心觀察周圍所發生的一切，並記錄下來。在蒂爾西特會晤期間，他詳細探問拿破崙隨行人員的姓名、他們身穿的制服，仔細聆聽重要人物的談話。在兩位皇帝進入帷幔時，他看了眼手表，亞歷山大走出帷幔後，他也沒忘記再看一下。會晤持續了一小時五十三分；當天晚上他記下會晤時間，以及他認為具有歷史意義的其他事實。由於皇上的侍從人數並不多，對於一個重視仕途升遷的人來說，在兩國皇帝會晤期間能置身於蒂爾西特，是一件非同小可的大事，因此鮑里斯來到蒂爾西特之後，感到從這時起，他已經完全確立自己的地位。人們不僅認識他，而且對於見到他感到習以為常。他有兩次因執行任務覲見皇上，皇上也因而認識他，所有近臣都不再像從前那樣，將他視為新來的人而疏遠他，若未見到他，反而覺得不尋常。

鮑里斯和另一名副官——波蘭的日林斯基伯爵同住。日林斯基是在巴黎接受教育的波蘭人，非常富有，更熱愛法國人，在蒂爾西特停留期間，幾乎每天都有法國近衛軍和法軍總司令部的軍官前往日林斯基和鮑里斯的住處來聚會，參加午宴和共進早餐。

六月二十四日晚上，與鮑里斯同住的日林斯基伯爵設晚宴招待相識的法國軍官。出席晚宴的其中幾位貴客，包括拿破崙的副官、法國近衛軍的幾名軍官和一名出身在法國古老貴族世家的少年，也是拿破崙的少年侍從。就在這一天，尼古拉為了不被人認出來，利用夜色的掩護，身穿便服來到蒂爾西特，走進日林斯基和鮑里斯住處。

尼古拉，正如他所離開的全軍軍人，對由敵人變為友方的拿破崙和法軍的態度，遠不若總司令部和鮑

53 蒂爾西特，現為俄羅斯加里寧格勒州蘇維埃茨克市。

54 一八〇七年六月二十五日至二十六日（俄國舊曆十三日到十四日），拿破崙和亞歷山大一世在蒂爾西特附近涅瓦河的木筏上舉行最初幾次會晤。此後會見的地點移至蒂爾西特市內（六月二十七日至七月二十九日），經過祕密談判，締結了蒂爾西特和約。

55 在蒂爾西特會晤之前，俄國不承認拿破崙是皇帝。上流社會只帶有輕蔑意味地稱呼他布拿巴，在正式公文裡則稱之為波拿巴。鮑里斯敏銳的反應博得了將軍的賞識。

里斯那般，有根本上的改變。軍隊裡對拿破崙和法國人一如既往，懷有憎恨、蔑視和恐懼兼而有之的情緒。不久前在和普拉托夫的哥薩克軍官談話時，尼古拉仍堅決認為，一旦拿破崙被俘，絕不會被視為國君，而是被視為戰犯。不久前在路上遇到一名負傷的法軍少校，尼古拉仍慷慨陳詞，表示在合法君主和戰犯拿破崙之間不可能有和平。因此，在鮑里斯住處裡，身穿法軍軍服的法國軍官，在在令尼古拉大為驚訝，他在側翼散兵線上已慣於對這身軍服持有截然不同的看法。他一看見從門裡伸頭探視的法國軍官，他在看到敵人時永遠會有的那種不共戴天的敵意便油然而生。他站在門口以俄語問，鮑里斯是否住在這裡。鮑里斯一聽到前廳一道陌生的聲音，便迎了出來。他在認出尼古拉的最初一剎那面有慍色。

「噢，是你，很高興、很高興見到你。」他依舊如此表達，微笑著朝尼古拉走過來。不過，尼古拉已發覺他最一開始的慍色。

「我好像來得不是時候，」他說，「我本來沒有要來的，可是我有事相告。」他冷冷地說……

「不，我只是好奇，你怎麼離開部隊到這裡來了。我馬上就來聽您吩咐。」他對一名召喚他的人說。

「我明白，我來得不是時候。」尼古拉又說了一遍。

鮑里斯臉上惱怒的表情已經消失；看來他經過慎重考慮，決定該如何面對了，他心平氣和地握著他的雙手，帶他前往隔壁房間。

鮑里斯平靜且堅定地望著尼古拉，眼睛上彷彿蒙著什麼，包覆著一層保護膜——戴著一副世故的有色眼鏡。尼古拉有這種感覺。

「噢，別這麼說，你怎麼會來得不是時候呢。」鮑里斯說。鮑里斯把他領進擺好晚宴的房間，向客人們一一介紹，並說明他不是平民，而是驃騎兵軍官，是他的老朋友。「日林斯基伯爵，NN伯爵，SS大尉，」他介紹客人們的姓名。尼古拉雙眉緊鎖地望著那些法國人，勉強地鞠躬致意，一言不發。

顯然，日林斯基不樂見在自己的圈子裡接待這個新來的俄國人，對尼古拉未開口說一句話。鮑里斯似乎毫未覺察新來的人所引起的尷尬，仍愉快而平靜，帶著他在迎接尼古拉時矇矓眼神，竭力想讓談話的氣氛更為熱絡。一個法國人以通常的法式禮貌轉向執意沉默的尼古拉，說他到蒂爾西特來，想必是為了能見到皇帝。

「不，我是有事。」尼古拉簡短地回答道。

尼古拉看到鮑里斯臉上的不快，陡然情緒低落，像心情不好的人常有的反應，他認為眼下所有人都不懷好意地瞅著他，他顯然妨礙了所有人。的確，他妨礙了所有人，獨自置身在重新開始的談話之外。「為什麼他要待在這裡？」客人們向他投以疑問的目光。他站起來走到鮑里斯面前。

「打擾你了，」他低聲說，「我們談點事，我就離開。」

「哪裡，談不上打擾，」鮑里斯說。「要是你倦了，不妨到我的房裡躺著休息一下。」

「也好……」

兩人來到鮑里斯的臥室。尼古拉也不坐下，立即氣憤地——彷彿鮑里斯有什麼對不起他的地方——談起了傑尼索夫的案子，問他願不願、能不能透過自己的將軍向皇上求情，並透過他轉呈一封申訴信。在他們單獨相對的時候，尼古拉第一次明確地感受到，望著鮑里斯，他心裡很不是滋味。鮑里斯翹起二郎腿，用左手輕撫右手細長的手指，聽尼古拉講述，如同將軍在聽下屬的報告，時而看著旁邊，時而帶著那種矇矓的眼神直視尼古拉。尼古拉每遇這種情況，心裡就很不舒服。於是他垂下眼睛。

「我聽說過類似事件，我也很清楚，皇上對這類案件是很嚴厲的。我認為不必驚動皇上。在我看來，最好直接向軍長申訴。不過原則上，我認為……」

「你是不願幫忙，那就直說吧！」尼古拉幾乎是在吼叫，他完全未正視鮑里斯。

鮑里斯微微一笑。

「正好相反，我願竭盡所能，不過我認為……」

這時門口響起日林斯基呼喊鮑里斯的聲音。

「好了，你去吧，去吧。」尼古拉說，他謝絕晚餐，獨自留在房裡久久地來回踱步，聽著隔壁房裡愉快的法語談話聲。

二十

尼古拉抵達蒂爾西特的那一天，是最不便為傑尼索夫申訴的日子。他不能去見值班的將軍，因為他身穿燕尾服，且是未經長官允許來到蒂爾西特的。而鮑里斯即使願意，也不可能在尼古拉抵達的第二天便協助處理。在六月二十七日便簽訂了和約的初步條款。兩位皇帝互相頒發勳章：亞歷山大被授予榮譽團勳章，拿破崙獲得安德烈一級勳章。法國近衛軍設午宴款待普列奧布拉任斯基營。兩國皇帝都將出席。

尼古拉和鮑里斯彼此間的相處極為尷尬且不愉快，當鮑里斯晚餐後順便來看他的時候，他裝睡不理，為了避而不見，第二天大清早便離開了。他身穿燕尾服，頭戴禮帽，在城裡兀自徘徊，仔細打量著街道和兩國皇帝駐蹕的行宮。在廣場上，他看到擺開的餐桌和為午宴所做的準備，在大街上看到懸掛的橫幅和俄法兩國的國旗，以及A和N[56]兩個字母的巨大花體紋飾。民居的窗戶上也懸掛著彩旗和紋飾。

「鮑里斯不願幫我，我也不想求他了。這是確定的。」尼古拉心想，「我們之間一切都結束了，不過，不為傑尼索夫竭盡所能，不把申訴信呈遞給皇上，我絕不離開這裡，呈遞給皇上？他就在這裡啊！」尼古拉想，不由自主地又來到了亞歷山大的行宮。

行宮前有幾匹供騎乘的馬，騎馬的侍從正在集合，看來在為皇上出巡進行準備。

56 A和N分別是「亞歷山大」和「拿破崙」的起首字母。

「我隨時都可能看到他，」尼古拉想，「但願我能直接向他遞交申訴信，並陳述一切……難道我會因為穿著燕尾服而被逮捕？不可能！皇上一定能理解，正義在哪一邊。他一切都理解，一切都知道。誰能比他更有正義感、更寬宏大量呢？好吧，萬一我因為闖到這裡而被逮捕，那又如何？」他想，望著一個走進皇上行宮的軍官。「這不是有人進去嗎？哎！不要胡思亂想了！我親自去向皇上遞交申訴信：這是鮑里斯迫使我這麼做的，他該感到慚愧。」突然，尼古拉以自己也沒有料到的勇氣，摸摸口袋裡的申訴信，直衝向皇上的行宮。

「不，我曾在奧斯特利茨錯失良機，現在絕不能再錯過機會了。」他想，一思及此，他備感熱血沸騰，時刻期待遇見皇上。「我要雙膝跪倒，向他申訴。他一定會扶我起來，傾聽我的申訴，還會感謝我。」「我為能做好事而感到幸福，而改正冤案是最大的幸福。」尼古拉想像著皇上將對他說的話。於是他經過那些好奇看著他的人，登上了皇上行宮的臺階。

臺階上有一道寬敞的樓梯直接通往樓上；右方可見一扇緊閉的門。樓梯下有一扇門通往底層。

「您找誰？」有人問。

「向皇帝陛下遞交申訴信件。」尼古拉顫抖說道。

「申訴要找值日官，請到這裡來（他指指樓梯下的門）。不過是不會接待的。」

聽到這般冷漠的聲音，尼古拉對自己的行為大惑驚訝；隨時會遇見皇上的想法太誘人了，也因此令他深感惶恐，他想逃走了，不過迎接他的宮廷士官為他打開了值班室的門，尼古拉便走了進去。

一個三十歲左右的矮胖子，穿著白色長褲、長靴和一件顯然是剛穿上的細麻紗襯衫，站在房間裡；一個近侍從後面為他扣上絲綢縫製的新背帶，不知為什麼這新背帶引起了尼古拉的注意。這個人和另一個房間裡的什麼人在談話。

「她身材苗條，嬌豔欲滴。」這個人說，一見尼古拉便住口不語，皺起了眉頭。

「您有事嗎？申訴？……」

「怎麼回事？」另一個房間的什麼人問道。

「又是來申訴的。」繫背帶的人回答道。

「告訴他，以後再說，皇上馬上出來，要出發了。」

「以後，以後，明天吧。你來晚了……」

尼古拉轉身要走，可是繫背帶的人喚住他。

「為誰申訴？您是什麼人？」

「為傑尼索夫少校申訴。」尼古拉回答。

「您是什麼人？軍官？」

「中尉，尼古拉伯爵。」

「好大的膽子！要逐級呈報。您走吧，快走吧……」於是他開始穿近侍遞來的制服。

尼古拉又來到門廊，發現臺階上已有很多身穿全套軍禮服的軍官和將軍，他必須從他們身旁通過。

尼古拉詛咒自己膽大妄為，想到隨時都可能遇見皇上，當著他的面蒙受羞辱，遭到逮捕，就嚇得無法動彈，他深知自己行為有失禮數，感到很懊悔，他眼睛低垂，想擠出這座被出色的侍從們包圍的行宮，這時一道熟悉的聲音在叫他，攔住了他。

「老弟，您穿著燕尾服在這裡做什麼呢？」一個低沉的聲音問道。

這是騎兵將軍，他在這次戰役中受到皇上的特殊恩寵，是尼古拉原來的師長。

尼古拉驚慌地開始為自己辯解，可是一看到將軍臉上和藹、充滿興趣的神情，便退到一旁，語氣激昂地向他陳述案情緣由，並請求將軍為他所熟悉的傑尼索夫辯護。將軍聽完尼古拉的話，嚴肅地搖了搖頭。

「可惜，可惜了這條好漢。把信給我吧。」

尼古拉才剛來得及交出申訴信並說完傑尼索夫案件，便聽到樓梯上響起急促的腳步聲和馬刺聲，於是將軍離開他朝臺階走去。皇上的侍從們奔下樓梯朝馬匹過去。馴馬師埃內，就是在奧斯特利茨侍候過皇上的那個人，牽來皇上的馬，這時自樓梯上傳來腳步的輕微聲響，尼古拉立即聽出來，他忘了被人認出來的危險，和幾個好奇的民眾一起向臺階靠攏，於是在兩年之後，他再次看見他所仰慕的那容顏、那面龐、那目光、那步態、那兼具莊嚴及謙和的神情……狂喜和熱愛皇上的感情在尼古拉的心裡又像以前那般強烈復甦了。皇上穿著普列奧布拉任斯基團的軍服，駝鹿皮的白色皮褲和長靴，佩戴一枚尼古拉不曾見過的勳章（那是榮譽團勳章）來到臺階上，把禮帽夾在腋下戴上手套。他停下來，環視四周，目光照亮周圍的一切。他對一位將軍說了幾句話。他也認出尼古拉過去的師長，對他微微一笑，並召喚他到自己身邊。

所有侍從都讓開了，尼古拉看到，這位將軍對皇上說了很久的話。

皇上對他說了幾句話，向前走了一步，靠近自己的馬。一群侍從和街上的群眾向皇上擁去，尼古拉也在其中。皇上貼近馬站著，單手攀住馬鞍，轉頭對將軍高聲說了一番話，想必是希望所有人都聽得見。

「我不能那麼做，將軍，我之所以不能，是因為法律大於我。」皇上說，他的一隻腳踏進馬鐙。將軍恭敬地低下頭，皇上跨上馬，沿著街道疾馳而去。尼古拉興奮得忘乎所以，隨即和群眾一起跟在其後，奔跑了起來。

二十一

在皇上即將前往的廣場上，兩國軍隊相向而立，右邊是普列奧布拉任斯基營，左邊是頭戴熊皮帽的法國近衛營。

當皇上騎馬臨近舉槍致敬的兩個營的其中一翼時，另一隊騎馬的人群則朝反方向的一翼疾馳而來，尼古拉認出為首的是拿破崙。這不可能是其他人。他策馬奔馳，頭戴小帽，肩上斜掛著安德烈勳章的綬帶，白坎肩外罩敞開的藍軍服，騎在體態高駿的阿拉伯純種灰色駿馬、金線刺繡的深紅色鞍韂之上。他來到亞歷山大面前，舉起了小帽，看到這個動作，身為驃騎兵的尼古拉不可能看不出來，拿破崙騎術其差無比，因為他身姿不穩。兩個營分別高呼「烏拉」和「皇帝萬歲！」拿破崙對亞歷山大說了什麼。兩位皇帝下馬，互相握手。拿破崙的臉上是令人不快的假笑。亞歷山大表情親切地對他說了什麼。

尼古拉不顧包圍群眾的法國憲兵的馬蹄聲，目不轉睛地注視著亞歷山大皇帝和拿破崙的每一個動作。亞歷山大對拿破崙平等相待，拿破崙毫不拘謹地和俄國沙皇平等相處，彷彿和皇上的這種親近是自然且習以為常的，這使尼古拉感到意外且大為驚訝。

亞歷山大和拿破崙在侍從們長長隊伍的尾隨下，走近普列奧布拉任斯基營的右翼，直接來到圍觀的群眾面前。群眾突然距離兩位皇帝那麼近，站在群眾前列的尼古拉不禁感到恐懼，擔憂被人認出來。

「陛下，請允許我將榮譽團勳章授予您最勇敢的士兵。」一道刺耳且一絲不苟的聲音字字清晰地說道。

說話的是矮個子拿破崙，他從下方直視亞歷山大的眼睛。亞歷山大仔細地聽著他說，接著低下頭，愉快微微一笑。

「授予在此次戰爭中表現最勇敢的人。」拿破崙補充道，他語調鏗鏘，以尼古拉備感可惡的鎮靜和自信打量俄軍部隊，士兵們仍然維持舉槍致敬的姿態，立正站在他面前，動也不動地望著皇上的臉。

「陛下，請允許我徵求少校的意見。」亞歷山大說，他連趕幾步來到營長科茲洛夫斯基上校身邊。這時拿破崙自白淨的小手上摘下手套並扔掉。一名副官急忙從後面衝到前面，撿了起來。

「授予誰呢？」亞歷山大皇帝用俄語低聲問科茲洛夫斯基。

「請您下旨，陛下。」

皇上不滿地皺起眉頭，又回頭一看說：

「必須立刻答覆他啊。」

科茲洛夫斯基神情果斷地掃視部隊，這目光同時掃到尼古拉。

「不會是我吧？」尼古拉暗忖。

「拉札列夫！」少校皺著眉頭下了命令；依身高排在首位的士兵拉札列夫雄赳赳地走了出來。

「你要去哪裡？別動，站住！」幾個人對不知該往何處去的拉札列夫悄聲說道。拉札列夫站住了，驚恐地對少校瞥了一眼，他的臉上抽搐了一下，這是被命令出列的士兵常有的表現。

拿破崙略微轉頭，把胖胖的小手往後一伸，好像要拿什麼。他那些侍從立即領悟，當下忙亂起來，交頭接耳，彼此傳遞著什麼，於是尼古拉昨天在鮑里斯住處看到的那名少年侍從跑上前，恭敬地俯下身並伸出手，一秒鐘也不讓這隻手等待，便將一枚繫有紅綬帶的勳章放在上面。拿破崙看也不看，兩根手指一捏。勳章出現在他的兩指之間。拿破崙走到瞪大眼、仍目不轉睛地只看著自己皇上的拉札列夫面前，他回頭看了亞歷山大皇帝一眼，以此表示，他現在所做的事是為自己的盟友而做的。拿著勳章的白淨小手碰到士兵拉札列夫的衣釦。彷彿拿破崙知道，只要他拿破崙的手屈尊地碰碰這個士兵的胸膛，這個士兵就會畢生幸福，就會因為獲得他的獎賞而成為世界上最與眾不同的人。拿破崙只是拿十字勳章在拉札列夫的胸前一貼，便放下手，朝亞歷山大轉過身來，彷彿他知道，十字勳章一定會黏附在拉札列夫胸前。十字勳章果真黏住了，因為俄國人和法國人裡，幾雙熱心效勞的手在剎那間接住十字勳章，將它別在軍服上。拉札列夫陰沉地看看這雙手的主人，這個人在他身邊做了些什麼，他維持舉槍致敬的姿勢，再次直視亞歷山大，似乎在問亞歷山大：他還要繼續站著，或是命令他再走幾步呢，或許還有什麼事情要他做？但是他未得到任何命令，於是他久久維持立定的姿勢。

兩位皇上騎上馬離開了。普列奧布拉任斯基營解散了隊伍，和法國近衛營的軍人混在一起，坐上為他們準備的餐桌。

拉札列夫坐在榮譽席上；俄國和法國的軍官們紛紛前來擁抱他、祝賀他並和他握手。一群軍官和民眾走過來，只是為了看一眼拉札列夫。俄國人、法國人笑語喧嘩的一片嗡嗡聲響籠罩在廣場上的餐桌周圍。兩名軍官滿臉通紅，快活又滿足地從他身邊走了過去。

「老兄，菜色如何啊，全盛在銀器裡。」一個軍官說。「看到拉札列夫了嗎？」

「看到了。」

「聽說，普列奧布拉任斯基營明天要宴請他們。」

「不，拉札列夫真幸運！一千兩百法郎的終身獎金。」

「弟兄們，這才叫帽子！」一個普列奧布拉任斯基營的軍人叫道，一邊戴上法國人毛茸茸的帽子。

「正合適，太好看了！」

「你聽說口令了嗎？」近衛軍的一個軍官對另一個軍官說。「前天的口令是拿破崙、法蘭西、勇敢。昨天是亞歷山大、俄羅斯、偉大；口令一天由我們皇上規定，一天由拿破崙規定。明天皇上要為法國近衛軍最勇敢的軍人頒發聖喬治勳章。不授勳不行啊！應當回禮才對呀。」

鮑里斯和同伴日林斯基也來參加普拉奧布拉任斯基營的宴會。鮑里斯回去時，看到尼古拉站在一座房舍的轉角。

「尼古拉！你好；我們居然沒有遇到。」他說，忍不住問他發生了什麼事，因為尼古拉的臉色出奇地陰森、沮喪。

「沒什麼，沒什麼。」尼古拉回答。

「你來嗎？」

「來。」

尼古拉在轉角站了好久，遠遠看著參加宴會的人們。他的腦海中萌生無止盡的痛苦，內心產生了可怕的懷疑。他有時想起神情異樣、聽天由命的傑尼索夫，想起整個醫院到處是缺胳膊少腿、汙穢和病痛的悲慘景象，他痛切地覺得，眼下似乎仍聞得到醫院裡死屍的氣味，不禁游目四顧，想知道這氣味是從哪裡來的。有時想起不可一世的拿破崙和他的那隻白淨的小手，他現在是受到亞歷山大皇帝敬愛的皇帝了。那麼缺胳膊少腿、犧牲性命的人們所為何來？有時想起獲獎的拉札列夫和受到懲處、得不到赦免的傑尼索夫。他發現自己有這些離奇的想法，不覺惶恐了起來。

普拉奧布拉任斯基營宴席裡的香味和轆轆饑腸令他擺脫這些思緒：在離開之前，他需要吃點東西。他朝早上看到的一家飯店走去。飯店裡有那麼多人以及和他一樣身穿便服的軍官，好不容易他才取得一份午餐。與他同師的兩個軍官來和他一起用餐，三人自然地談起了和約。這兩位軍官、尼古拉的戰友，和全軍多數人一樣，對弗里德蘭戰役後簽訂的和約感到不滿。他們說，再堅持一下，拿破崙就完了，他的部隊已經彈盡糧絕。尼古拉默默地吃著，不停喝酒。他一個人喝下兩瓶。他內心激起的思緒始終沒有得到解決，他因而十分苦惱。他很怕沉湎於自己的想法而無法自拔。其中一位軍官說，看到法國人就氣，尼古拉突然大叫大嚷，沒來由地發起火來，軍官們都非常驚訝。

「您怎麼知道，該怎麼做才好！」他突然滿臉充血叫道。「您怎麼能評判皇上的行動呢，我們有什麼權利說三道四？皇上的目的和行動不是我們所能理解的！」

「可是，我並沒有提到過皇上啊。」軍官為自己辯解道，他只能認為，尼古拉是喝醉了，才會如此動怒。

但尼古拉聽不下去。

「我們不是外交官，我們只是軍人，別的什麼都不是。」他繼續說道。「命令我們死，我們就得死。要是處分我們，那就是自己有過錯；不能由我們來判斷是非。皇上願意承認拿破崙是皇帝並與他結盟，那就是應當如此。否則，我們對一切都妄論是非、說三道四，那就沒有什麼是神聖的了。我們就會說沒有上帝，目空一切。」尼古拉捶著桌子吼道，對方覺得他的話簡直文不對題，可是就他自己的思緒而言，還是有邏輯的。

「我們的任務是履行職責，揮刀砍殺而不要多想。」他下了結論。

「還是喝酒吧。」一個不想爭吵的軍官說。

「對，還是喝酒，」尼古拉附和道。「喂，叫你呢！再拿一瓶！」他喊道。

第三章

一八〇八年，亞歷山大皇帝前往愛爾福特與拿破崙皇帝舉行新一次會晤，彼得堡的上流社會暢所欲言的談論此次會晤的重大意義。

一八〇九年，被稱為世界兩大主宰的拿破崙和亞歷山大，兩人關係已經如此密切，以至於拿破崙向奧地利宣戰以後，俄國的一個軍竟開到國外去協助原本是敵人拿破崙，反對原來的盟友奧地利皇帝，上流社會甚至談到亞歷山大皇帝的一個姊妹可能會嫁給拿破崙。不過，除了外交上的政治考量，俄國上流社會這時強烈關注當時已在所有國家行政部門推行的境內改革。

與此同時，生活依舊進行，人們的現實生活及其對健康、疾病、勞動、休息等切身利益的關注，以及對思想、科學、詩歌、音樂、愛情、友誼、恩仇、情欲的關注仍一如既往，和在政治上親近或敵視拿破崙毫不相干，也和一切可能的改革毫不相干。

安德烈公爵整整兩年蟄居鄉村。皮埃爾設想並採取所有改進莊園的措施，不斷地嘗試，卻一事無成，然而針對改善措施，安德烈公爵雖然未對任何人談起，也未顯得用心，卻都一一付諸實施。

他具有皮埃爾所缺乏的高度務實的執著，這執著促使他無須大費周章、費盡力氣便能推動事情的進展。

他將一個莊園的三百名農奴全轉為自由農民（這是俄國的第一批措施之一），其他莊園的徭役制均改為代役租制。在鮑古恰羅沃，由他出錢僱用一個有經驗的農婦專職照料產婦，一名神父有償地教導農民和僕人的孩子學習文化。

安德烈公爵有一半時間在童山度過，和父親、兒子在一起，兒子仍由保母帶在身邊；一半時間待在鮑古恰羅沃修道院——父親是這麼稱呼這座莊園的。儘管他在皮埃爾面前表示，他對外界的事務漠不關心，然而事實上，他專注在事態的發展上，經常收到大量書刊。而令他驚訝的是，他發覺，從彼得堡這個生活大漩渦裡來探訪他或他父親的那些人，對當前外交、內政的了解竟遠遠落後於他這個蟄居鄉村的人。

除了莊園的事務、廣泛閱讀各種書刊，這段時間安德烈公爵還對最近兩次不幸的戰役進行了批判性的分析，並制訂關於修改軍事條令和軍事決策的方案。

一八〇九年春，他做為兒子的監護人前往兒子名下的梁贊省幾處莊園。

在春天暖和的陽光下，他坐在轎式四輪馬車上，望著新出土的青草、白樺樹的嫩葉，望著春天最初出現的朵朵白雲在燦爛的藍天上飄移。他一無所思，輕鬆且隨意地四處觀賞。

駛過了一年前他和皮埃爾談話的渡口。駛過了泥濘的鄉村、打穀場、嫩綠的禾苗、橋邊留有積雪的下坡、泥土被雨水淋過的上坡、一壟壟麥田和泛綠的灌木叢，然後駛進道路兩旁的樺樹林。樹林裡有些悶熱，微風不起。一棵白樺布滿黏性的綠葉，文絲不動，從去年的遍地黃葉裡冒出了嫩綠的青草和淺紫色的野花。一些小冷杉散布在樺樹林裡，粗糙的常綠葉令人厭煩地想起冬季。馬匹進入樹林打起響鼻，更明顯地開始冒汗了。僕人彼得對車夫說了句什麼，車夫肯定地回答了他。可是，彼得對他的回答看來不大滿意，他在馭手座上朝老爺轉過身來。

「大人，好暢快啊！」他恭敬地微笑道。

「什麼？」

「暢快，大人。」

「他在說什麼呢？」安德烈公爵想。「嗯，想必是說春大到了。」他環顧四周想道。「是啊，到處綠意盎然……時間過得真快呀！樺樹、稠李、赤楊，全都抽綠了……可是那棵橡樹卻沒有。啊，就是那棵，橡樹。」

橡樹聳立在大路邊上。樹齡約十倍於林子裡的樺樹，樹幹亦有十倍粗，而且比任何一棵樺樹都高出一倍。這是兩人合抱的大樹，那些樹枝看來早已折斷，殘破的樹皮傷痕累累。彷彿既笨拙又不勻稱地撐開彎彎曲曲的胳膊和手指，好像憤世嫉俗、藐視一切的老怪物，挺立在笑意盈盈的樺樹之間。只有這棵橡樹不願屈服於春天的魅力，對春天和太陽視而不見。

「春天、愛情、幸福！」這棵橡樹彷彿在說。「你們對這種老一套的愚蠢無聊騙局，怎麼就不會厭倦呢。一切都是故伎重施，而且一切都是騙局！既沒有春天和太陽，也沒有幸福。你們看吧，那些抑鬱死氣沉沉的冷杉永遠孤零零地蹲在那裡，再看，我叉開的也是斷裂的、備受摧殘的手指，不論長在哪裡——是長在背上或是腰間。自從它們長出來，我便這麼站著，從來不相信你們所謂的希望和諸如此類的欺騙。」

安德烈公爵在駛過樹林時，一再回頭打量這棵橡樹，似乎有所期待。橡樹下也有花有草，但是依舊陰森地凝然不動，畸形且頑強地挺立在花草之間。

「是的，這棵橡樹是對的，千真萬確，」安德烈公爵想，「就任由別人，那些年輕人，再被這種欺騙所迷惑吧，而我們是了解生活的，我們的生活已經結束了！」這棵橡樹在安德烈公爵心裡勾起進一步無望的、傷感而又愉悅的想法。在這次旅行期間，他似乎重新審視一生，得出原來那種使他感到安慰卻又無望的結論，認為他不需要任何新的開始了，應當好好度過餘生，不作惡、不煩惱、也不抱任何希望。

二

為了辦理梁贊省莊園監護人的事務，安德烈公爵必須拜訪縣裡的首席貴族。首席貴族是伊利亞・安德烈伊奇・羅斯托夫伯爵。安德烈公爵於五月中旬前去拜訪他。

已是春季炎熱的時期。樹林換上春裝，一路塵土飛揚，天氣燥熱，走過水邊時，真想好好洗澡。

安德烈公爵心情抑鬱，煩惱著在事務上要對首席貴族提出的這各種請求，他沿著花園的林蔭道駛向羅斯托夫位於快樂莊園的府邸。他聽到右面樹叢後有女子快活的叫喊聲，隨即望見一群女孩從他的馬車前跑過。跑在最前面、距離馬車較近的是一個頭髮烏黑、身材苗條得令人訝異的黑眼女孩，她身穿黃色印花連身裙，頭上紮一條白色手絹，手絹下露出幾綹精心梳理的頭髮。女孩叫喊著什麼，可是一看是陌生人，便未再多加理會，笑咯咯地轉頭就跑。

不知怎麼，安德烈公爵突然覺得很難受。天氣那麼好，陽光那麼明媚，周圍的一切那麼賞心悅目；而這個苗條美麗的女孩不知道，也不想知道他的存在，一味對她自己那種也許無聊，然而愉快且幸福的生活感到幸福美滿。「為什麼她那麼快樂？她在想些什麼呢？她想的不是軍事命令，不是梁贊省的代役租農民的安置問題。她在想些什麼？為什麼她會感到幸福呢？」安德烈公爵不禁好奇自問。

伊利亞・安德烈伊奇伯爵一八〇九年在快樂莊園的生活一如既往，以狩獵、戲劇、宴會和樂隊招待近乎全省的人。他就像歡迎任何一位新客人一樣歡迎安德烈公爵，幾乎是強留他在家裡住宿。

在這枯燥乏味的一天裡，陪伴他的是兩位老家長和幾位最尊貴的客人，老伯爵家裡由於命名日的臨近而賓客滿堂，安德烈一再打量著在一群年輕人之間喜笑顏開的娜塔莎，不斷自問：「她在想些什麼呢？為什麼那麼高興？」

晚上，他獨自待在一個全新的地方，久久無法入睡。只好看書，後來他吹熄蠟燭，又重新點燃。身處這個從裡面關上百葉窗的房裡悶熱難耐。他心裡埋怨起這愚蠢的老頭（他這麼稱呼羅斯托夫老伯爵），他聲稱必要的文件都放在城裡還沒拿來，硬是留住他，也埋怨自己不該留下來。

安德烈公爵起身走到窗前，想打開窗戶。他一打開百葉窗，彷彿早就守候在一旁的月光便一湧而入。他打開了窗戶。夜涼如水，靜悄悄地遍地月光。緊靠窗前是一排修剪過的樹木，一面是黑色的，另一面閃耀著銀白的光輝。樹底下長著一溜芬芳、濕潤、蓊鬱的植物，四處閃耀著銀白的葉子和枝芽。稍遠處，在黑影幢幢的樹木那邊，是露珠閃爍的屋頂，稍右有一棵枝繁葉茂的大樹，樹幹和樹枝一逕的雪白閃亮，幾乎渾圓的明月高掛在春天那幾不見星光的明亮夜空。安德烈公爵的手臂支撐在窗臺上，他的目光凝注在這片天空。

安德烈公爵的房間位於中層；上層也有人住，也都還沒入睡。他聽見上方有女子的談話聲。

「再來一次吧。」上面有一個女子的聲音說，安德烈公爵立刻聽出這是誰在說話。

「你什麼時候才肯睡啊？」另一個聲音問她。

「我不想睡，睡不著，有什麼辦法呢！來吧，最後一次……」

兩個女聲唱起樂句，那是一首樂曲的結尾。

「噢，多美呀！好了，現在睡吧，結束了。」

「妳睡吧，我睡不著。」已經移近窗邊的第一個聲音回答道。看來她的身子完全探到窗外，因為她衣衫窸窣、甚至呼吸的聲音都聽得到。萬籟俱寂，一片肅穆，如同那月亮、那月光和那陰影。安德烈公爵也不敢有絲毫的動靜，唯恐自己偶然的停停被人發覺。

「索尼婭！索尼婭！」又響起了第一個聲音。「哎，怎能睡覺呢！妳來看，好美呀！噢，好美呀！妳醒醒吧，索尼婭，」她幾乎是在哀求。「這麼美好的夜晚，從來、從來不曾有過啊。」

索尼婭不情願地回答了什麼。

「不，妳看那月亮！……噢，好美呀！妳到這裡來。好女孩，親愛的，妳來啦。看見了吧？妳要像這樣蹲下來，對，就這樣，要從下面摟住雙膝，緊些，再緊些，要使勁兒摟緊，那就能飛起來了。要這樣！」

「好了啦，妳會掉下去的。」

響起了互相拉扯和索尼婭不滿的聲音：「已經一點多了。」

「唉，真掃興。好吧，妳走，妳走。」

又是鴉雀無聲，不過安德烈公爵知道，她還坐在那裡，他有時聽見輕輕動彈的聲音，有時聽見微微的嘆息。

「噢，天哪！天哪！怎麼會這樣呢！」她驀地叫道。「睡就睡吧！」於是砰的一聲關上窗戶。

「與我的存在毫不相關！」安德烈公爵正傾聽她的話語，莫名地既期待又擔心她會說到他。「又是她！像是有意的安排！」突然，洋溢青春氣息的思緒和憧憬紛紛湧上心頭，這些思緒和他的生活相互抵觸，卻又出乎意料地紛至沓來，他覺得這紛亂的思緒簡直難以理解，當即酣然入睡。

三

第二天，安德烈公爵只向伯爵告辭，不等女人們出來就乘車回家了。

已經是六月初了，安德烈公爵回家途中再次駛進那片樺樹林，林中那棵歪歪扭扭的老橡樹曾那麼神奇且難忘地令他萬念俱灰。馬車的鈴鐺響聲在樹林間顯得比一個月前更為低沉；處處林木蓊鬱、枝繁葉茂；分布在樹林裡的小冷杉並未破壞整體美感，而是迎合整體樣貌，毛茸茸的新枝綻放著嬌嫩的綠意。

整天熱氣逼人，暴風雨欲來，但只有一小片烏雲驟降一陣大雨，落在道路的塵埃上和豐潤的樹葉上。樹林的左邊很暗，藏在陰影裡；濕潤、明亮的右側則在陽光下閃爍，在風裡輕輕搖擺。一切顯得欣欣向榮；夜鶯的啼囀或近或遠。

「是的，與我心意相投的那棵橡樹就在這裡、在這片樹林裡，」安德烈公爵想。「在哪裡呢？」安德烈公爵望著道路的左側又想，自己也未發覺，他正在欣賞的這棵樹，正是他要找的橡樹，卻沒有認出來。老橡樹完全變樣了，伸展開蒼翠、暗綠的枝葉，宛如天幕，懶洋洋地在夕陽餘暉下微微擺動。難看的手指、累累傷疤、原來的憂傷和懷疑全不見了。從百年老樹的僵硬樹皮裡冒出了鮮嫩新葉，令人難以置信，是這個老頭孕育了新鮮。「這就是那棵橡樹啊。」安德烈公爵想，驀然覺得，一種莫名的青春歡樂和煥然一新的感覺襲上心頭。他一生中所有美好的時刻都同時在他的記憶中甦醒。於是，奧斯特利茨高高的天空、妻子身故後臉上幽怨的神情、在渡船上的皮埃爾、為夜色之美而激動的女孩、那夜晚、那月亮——這一切都在他的記憶中驀然甦醒。

「不，在三十一歲的年紀，生活並沒有結束。」安德烈公爵突然徹底地、毅然決然地下定決心。「我了解我內心的一切，這是不夠的，我要讓所有人都了解：皮埃爾也好，那個想飛上天空的女孩也好；要讓所有的人都了解我，我的一生不能只為我一個人而過，不能讓他們像那個女孩一樣，脫離我的生活而生活，要讓我的生活在所有人身上都有所映照，他們必須與我同在！」

此次旅行歸來，安德烈公爵決定秋天前往彼得堡，並為這個決定思考出各種理由。為什麼他必須前往彼得堡甚至服役，一個又一個理性的、合乎邏輯的原因用以說明。他至今仍無法理解，他過去怎麼會懷疑積極參與生活的必要性，正如一個月之前他無法理解，怎麼會萌生離開鄉下的想法。他認為顯而易見的是，如果他不把自己的人生經驗運用在事業上，不重新積極參與生活，那麼他的一切人生經驗就會白白浪費而毫無意義。他甚至無法理解，從前怎麼會根據那般貧乏的理性論據，便深信不疑地認為，現在，在經受了生活的種種教訓之後，還相信自己能為社會謀福利，還相信幸福和愛情是可能的，那就無異於貶低自己。而如今，理性的見解完全不同。在這次旅行之後，安德烈公爵對鄉下生活感到乏味了，他對原來的工作不感興趣，他坐在書房裡，時常站起來，走到鏡子前，久久端詳自己的臉。然後，轉身望著亡妻麗莎的畫像，留著希臘式鬈髮的麗莎自金色鏡框裡溫柔而愉快地看著他。她不再對丈夫說那些可怕的話，只是愉快而好奇地打量他。於是，安德烈公爵背著雙手，在書房裡久久來回踱步，時而皺眉，時而微笑，反覆重溫那些有關皮埃爾、榮譽、窗邊女孩、橡樹、女性美和愛情的不理智、不足為外人道、像犯罪似的深藏心底的想法，這些想法改變了他整個人生。這時倘若有人進來，他往往尤為冷淡、嚴峻、果斷，而且他的話過於理性、令人生厭。

「親愛的，」這時瑪麗亞公爵小姐或許會進來說，「尼科連卡今天不能去散步了：天氣太冷。」

「如果天氣暖和，」這時，安德烈公爵特別冷淡地回答妹妹，「他穿一件襯衫就行了，既然天氣冷了，那就穿上保暖的衣服，保暖的衣服就是為了禦寒而縫製的。這才是由天氣冷這個前提應該得出的結論，而不是讓孩子在需要新鮮空氣的時候待在家裡。」他的話別有邏輯，彷彿要為自己適才那些深藏心底、邏輯混亂的想法而懲罰他人。在這種情況下，瑪麗亞公爵小姐會想，這類思考導致男人變得多枯燥乏味啊。

四

安德烈公爵於一八〇九年八月抵達彼得堡。年輕的斯佩蘭斯基[57]的聲望和他所實行的改革鋒芒正盛。就在這個八月，皇上乘坐馬車時摔下來，弄傷了一條腿，在彼得戈夫[58]待了三個星期，每天都只和斯佩蘭斯基見面。這個時期正醞釀中的，不僅有兩項令上層社會惶惶不安的法令，即關於廢除宮廷官銜的法令[59]、關於八等文官和五等文官[60]考試的法令，此外還有一部完整的國家法典[61]，規定要改變俄國從樞密院到鄉政府的現行司法、行政和財政管理制度。如今，正一步步貫徹和實行亞歷山大登基時模糊的自由主義理想，他力求在自己的左右手恰爾托雷日斯基、諾沃西爾采夫、科丘別依和斯特羅加諾夫的協助下進一步實現，他本人則戲稱這些人為社會拯救委員會[62]。

如今，斯佩蘭斯基和阿拉克切耶夫分別在非軍事部門和軍事部門獨攬大權。安德烈公爵抵達後不久，即以宮廷高級侍從的身分前往宮中參加朝覲。皇上兩次遇到他，未和他說上一句話。安德烈公爵一向認為，皇上對他沒有好感，對他的容貌和他這個人感到不悅。皇上面對他時那冷淡疏遠的眼神，致使安德烈公爵比從前更加認定，他的猜測沒有錯。宮廷中的人向安德烈公爵解釋，皇上怠慢他，是不滿他自一八〇五年以來，一直未在軍隊中服役。

「我自己很清楚，我們對人的愛憎好惡是多麼不由自主，」安德烈公爵想，「因此，我根本不想親自向皇上呈交有關軍事條例的報告，只能任由事實本身說話。」他對父親的朋友、一名老元帥談起自己的報告。元帥約他見面，親切地接待他，答應會奏明皇上。幾天後，安德烈公爵得到通知，要他去拜見陸軍大臣阿拉克切耶夫伯爵。

在指定的日子，安德烈公爵於上午九時來到阿拉克切耶夫伯爵的接待廳。

安德烈公爵不認識阿拉克切耶夫，也從未見過他，但是由於他深知關於他的一切，他對此人很難懷有敬意。

「他是陸軍大臣，是皇帝陛下的親信，他個人的品格與任何人都無關；他受權審閱我的報告，那就是說，只有他才能讓報告得到採納。」安德烈公爵在阿拉克切耶夫伯爵接待廳裡等候時不住心想，同時間等候的，包括為數眾多的重要和不重要的人物。

---

57 斯佩蘭斯基（一七七二—一八三九），俄國國務執行者。一八〇八年秋天，成為亞歷山大一世在內政問題上最信賴的親信。一八〇九年，依照亞歷山大一世的付託，研議國家改革計畫，他的聲望因而達到頂峰。然而，這項改革方案遭到宮廷重臣、官僚和保守貴族的激烈反對，因而未能實行。

58 彼得戈夫，彼得宮的舊稱。

59 從葉卡捷琳娜二世在位時起，有時襁褓中便能獲得宮廷高級侍從和宮廷低階侍從的稱號並賦予極高的特權：出身名門的年輕人初登仕途，即身居高位。一八〇九年四月三日的法令廢除了這項制度，往後這類稱號只是一種榮譽，與官職無關。

60 八等文官相當於軍隊中的少校和上尉，五等文官是高級文官的級別之一。

61 指斯佩蘭斯基的國家改革計畫。

62 的確，這麼形容含有某種調侃意味。「社會拯救委員會」成立於一七九三年四月法國大革命期間，是雅各賓黨專政與反革命的領導機關。在亞歷山大身邊做為諮詢機構而存在（一八〇一—一八〇三）的「祕密委員會」，其活動和「社會拯救委員會」沒有也不可能有任何共同之處。

安德烈公爵在擔任副官期間，見過許多重要人物的接待廳，因而很清楚這些接待廳的不同特色。阿拉克切耶夫伯爵的接待廳迥異於一般。在阿拉克切耶夫伯爵的接待廳裡等候依序接見的那些不重要人物，臉上明顯流露出羞愧和溫順；而相對顯要的人物，臉上盡顯尷尬，不過是以舉止放肆、面帶嘲諷——這是對自己、對自己的處境、也是對他們所等候的那個人的嘲諷——的表像來掩飾。有些人，則若有所思地來回踱步，有些人笑著悄聲低語，於是安德烈公爵聽到了針對阿拉克切耶夫伯爵的「西拉．安德烈伊奇」這個綽號[63]和「大叔要訓斥的」這句話。一位將軍（重要人物）對於等候那麼久，顯然備感屈辱，他坐在一旁不斷挪動雙腳，獨自輕蔑地訕笑。

可是門一開，剎那間所有人臉上都只有一種表情——恐懼。安德烈公爵勞請值日官再為他通報一聲，但是人們嘲笑地看他一眼說，時間到了，自會輪到他。幾名副官被輪流帶進陸軍大臣的辦公室，而後又送他們出來。後來，一個軍官被帶進那扇可怕的門，他那卑微又驚恐的樣子令安德烈公爵大吃一驚。這名軍官的接見時間很長。突然，門內響起刺耳的吼叫聲，面色蒼白的軍官嘴唇顫抖著走出來，從接待廳抱頭離去。

隨後安德烈公爵被帶到門口，值日官小聲說：「朝右，往窗子那邊走。」

安德烈公爵走進簡樸整潔的辦公室，只見桌旁坐著一個四十歲的男人，長長的腰身、長臉、短髮、滿臉粗獷的皺紋，而藍褐色遲鈍的雙眼上方雙眉緊蹙，吊著一根紅鼻子。阿拉克切耶夫朝他轉過頭來，卻並未正視他。

「您有什麼請求？」阿拉克切耶夫問。

「我沒有什麼……請求，大人。」安德烈公爵低聲說道。阿拉克切耶夫目光投向他。

「您坐，」阿拉克切耶夫說，「鮑爾康斯基公爵。」

「我沒有什麼請求，皇帝陛下將我呈遞的報告轉給大人了……」

「您看看，我最親愛的，您的報告我看了。」阿拉克切耶夫打斷他，親切地說了開頭的幾句話，也不正視他，愈來愈使用那種輕蔑的抱怨語氣。「您要提出新的軍事條例嗎？條例很多，舊的沒人遵守了。現在大家都在草擬條例，紙上談兵容易，執行起來就難了。」

「我依皇帝陛下的旨意，前來拜見大人，請問您要如何處理這份報告？」安德烈公爵恭敬說道。

「我已經在您的報告上批示了我的決定，並轉交給委員會。我是不贊成的。」阿拉克切耶夫說，他站起來，從書桌上拿起一份文件。「就是這份。」他遞給安德烈公爵。

文件上可見幾行鉛筆字跡，句首不用大寫字母，不講究正字法，沒有標點符號：「因抄襲法國軍事條例，沒必要放棄某些軍法，該件依據不足。」

「報告轉給什麼委員會？」安德烈公爵問。

「軍事條例委員會，我已提議將閣下列為委員。只是沒有薪俸。」

安德烈公爵微微一笑。

「我也不想要。」

「沒有薪俸，但必須擔任委員。」阿拉克切耶夫又說了一遍。「請便。喂！下一位！還有誰？」他叫道，一邊向安德烈公爵點頭道別。

63 西拉（сила）是力量、權力的意思。

五

安德烈公爵等候著任命他為委員會委員的通知，在這段期間，他與往日舊交恢復來往，尤其是那些他很清楚有權有勢，因而將來可能對他有用的人。他這時在彼得堡體驗到過去在作戰前夕的那種心情，不安的好奇令他備受煎熬，迫切地希望接近上層，那裡將決定他的前途，而他的前途將關係到千百萬人的命運。根據老一輩的憤怒、不知情者的好奇、知情者的矜持、所有人的匆忙和焦慮、無數令人目不暇給的各種委員會的存在，他感覺到，此時此地，在一八〇九年的彼得堡，正醞釀著一場大規模的國內戰爭，而總司令正是他所不了解的、神祕的、被他視為天才的人物——斯佩蘭斯基。他僅些許了解的改革計畫及其主要策畫者斯佩蘭斯基引起他如此強烈的興趣，以致軍事條例的問題很快便在他心裡退居次要。

安德烈公爵處於一種極其有利的位置，他因而在當時彼得堡上流社會各個圈子都受到熱忱的接待。改革派樂於接待他、拉攏他，主要是因為他聰明過人、博覽群書，其次，因為他解除佃農制已為自己博得自由派的名聲。心懷不滿的老派人物索性視為他父親的繼承者，向他尋求同情、譴責改革。上流社會的婦女熱情接待他，因為他是擇婿人選，富有且出身名門，而且由於陣亡的傳聞和妻子離世，他幾乎成為帶有浪漫主義故事光環的新人。此外，以前認識他的人皆一致認為，五年來他改變很大，他更溫文爾雅、更成熟，不再有從前的做作、傲氣和嘲諷的習氣，隨著歲月的流逝，養成了沉穩的風度。人們談論他、愛慕他、無不希望能見到他。

在見過阿拉克切耶夫伯爵的次日，安德烈公爵於晚上來到科丘別伊伯爵的住所。他對伯爵提及自己和西拉·阿拉克切耶夫（科丘別伊如此稱呼阿拉克切耶夫，臉上帶著意味不明的嘲諷，也就是安德烈公爵在陸軍大臣接待廳裡所目睹的那種嘲諷）相見的情形。

「親愛的，」科丘別伊說，「甚至這件事您也繞不開斯佩蘭斯基。他簡直事必躬親。我對他提過了。他答應晚上會來……」

「斯佩蘭斯基和軍事條例有什麼關係呢？」安德烈公爵問。

科丘別伊微微一笑，搖搖頭，彷彿對安德烈的孤陋寡聞深感訝異。

「日前我和他談過您，」科丘別伊接著說，「談起了您的自由農……」

「是嗎？就是您嗎？公爵，解放自己的農民？」一個葉卡捷琳娜時代的遺老開口問道，他忍不住對安德烈輕蔑地打量了一番。

「一處小小的莊園，沒什麼收益可言。」安德烈答道，在他面前，他只想把這件事輕輕帶過，以免無謂地刺激這個老頭。

「您還真是不甘落人後啊。」老頭看著科丘別伊說。

「我有一事不明白，一旦讓他們自由，由誰來耕種土地呢？起草法律容易，管理起來就難了。就像現在，我問您，伯爵，人人都要經過考試，那麼誰來擔任各單位的首長呢？」

「我想，就是那些考試合格的人吧。」科丘別伊翹起二郎腿，環顧四周說道。

「我有個下屬名叫普里亞尼奇尼科夫，人很好，辦事能力強，可是已經六十歲了，難道他也要去參加考試？……」

「是的，這是有難度的，畢竟教育仍不普及，不過……」科丘別伊伯爵話沒有說完，便起身拉著安德烈公爵的手就走，前去迎接一個剛進門、身材很高、灰髮稀疏的四十歲左右男人，他腦門寬闊、鵝蛋臉，膚色異常白皙。他身穿藍色燕尾服，脖子上掛著十字架，胸前左側有一枚星章。這是斯佩蘭斯基。安德烈公爵立刻認出他，心頭一懍，在人生的重要時刻往往如此。這是尊敬、羨慕、期待嗎？他不知道。斯佩蘭斯基整個體態特殊，令人一見便認得出來。在安德烈公爵生活其中的上流社會，他未見過如此安詳、自信卻又笨拙、遲鈍的舉止，沒見過半開半閉的濕潤眼睛會閃著如此堅毅而柔和的目光，沒見過毫無涵義的微笑竟顯得如此堅定，沒見過誰有如此尖細、平穩、輕微的聲音、誰的面部，尤其是雙手的膚色，他的雙手較寬，可是非常豐滿、細潔而白皙。安德烈公爵只在長期住院養傷的士兵臉上才看過這般白皙、細潔的膚色。這是斯佩蘭斯基，御前大臣、皇上的顧問，曾伴隨皇上駐蹕愛爾福特，不止一次與拿破崙會晤交談。

隻身來到人數眾多的場合，往往會不由自主地將目光迅速地從一個人的臉上移到另一個人的臉上，斯佩蘭斯基並非如此，他也不急於開口。他說話的聲音很輕，相信別人會注意聆聽，而且他只注視交談者。

安德烈公爵留心地注意斯佩蘭斯基的言談和舉止。正像人們，尤其是那些嚴格要求他人的人，安德烈公爵與一個人，尤其是與斯佩蘭斯基這種為他所景仰的人初遇時，總是希望在他身上發現完美的人格。

斯佩蘭斯基對科丘別伊說，他很遺憾不能早些來，因為被留在皇宮裡了。他不說是皇上留住他。這種故作謙虛的姿態，安德烈公爵當然也注意到了。當科丘別伊向他介紹安德烈公爵時，斯佩蘭斯基帶著同樣的微笑，緩緩地將目光轉向安德烈，默默看著他。

「我很高興認識您，我聽過您，一如大家聽過您一樣。」他說。

科丘別伊以幾句話稍微描述了阿拉克切耶夫接待安德烈的情形。斯佩蘭斯基更是放鬆地微微一笑。

「軍事條例委員會主任是我的好友馬格尼茨基[64]先生，」他咬字清晰地說道，「如果您願意，我可以安排你們見面。（他略停頓片刻。）我希望，您會發現，他對一切合理的事都抱有同情和進一步推動的想法。」

斯佩蘭斯基立即被人們團團圍住，適才談到自己的下屬普里亞尼奇尼科夫的那個老頭也向斯佩蘭斯基提了個問題。

安德烈公爵未參與討論，他觀察斯佩蘭斯基的一舉一動，這個人，不久前還是微不足道的教會學校學生，而如今，安德烈心想，他那白皙豐滿的雙手正掌握俄國的命運。斯佩蘭斯基回答老頭時，那種異常藐視的冷靜態度震懾安德烈公爵。他似乎高高在上、屈尊地對他說著寬容的話語。當老頭不住提高嗓門時，斯佩蘭斯基僅微微一笑說，他不能對皇上決意要做的事妄加評論利弊。

在眾人的圈子裡略談片刻後，斯佩蘭斯基站起來走到安德烈公爵面前，喚他到房間的另一頭。顯然，他認為有必要關心安德烈。

「在這位可敬的老者被捲入的那種激動情緒中，公爵，我未能和您交談。」他溫和而輕蔑地微笑說道，彷彿以這微笑表達，他和安德烈公爵都懂得，剛才和他說話的那些人多麼微不足道。這態度令安德烈公爵深感欣慰。「我早就知道您了：首先是由於您為農民所做的事，這是我們的第一個典範，但願有更多人起而效尤；其次，關於宮廷官銜的新法令引起諸多議論和非難，而您是不因為這個法令而感到委屈的宮

64 馬格尼茨基（一七七八—一八五五），亞歷山大一世在位時期的知名人物，受到斯佩蘭斯基的信任，成為其改革計畫的積極執行者。斯佩蘭斯基倒臺後，被流放到沃洛格達。

廷高級侍從之一。」

「是的，」安德烈公爵說，「家父不願我利用特權；我是從低階職等開始服役的。」

「令尊是老前輩，顯然比我們當代人站得高，這項措施只是合情合理地恢復應有的正義，卻遭到那麼多責難。」

「不過我想，這些責難也是有理由的。」安德烈公爵說，他努力不受斯佩蘭斯基影響，而他已經感受到佩蘭斯基對他的影響了。他不甘心在所有問題上都同意他的見解：他要提出異議。安德烈公爵平時說起話來輕鬆流暢，現在和斯佩蘭斯基談話卻覺得難以措辭。他太專心於觀察這位名人的個性了。

「也許是維護個人尊嚴的理由。」斯佩蘭斯基輕輕地插了一句。

「在某種程度上也是維護國家的理由。」安德烈公爵說。

「您的意思是？……」斯佩蘭斯基緩緩垂下眼說。

「我是孟德斯鳩的崇拜者，」安德烈公爵說。「他認為，君主政體的基礎是榮譽，我覺得這是無可質疑的。貴族的某些權力和特權，在我看來，是保持這種榮譽感的手段。」

微笑自斯佩蘭斯基白皙的臉上消失了，他的面容因此更為良善。想必他覺得安德烈公爵的想法很有意思。

「既然您從這個觀點來看問題，」他顯然有些吃力地說起法語，雖然比說俄語更慢，但語氣十分平靜。他說，榮譽，不能用有害於公共利益進展的特權來維護，榮譽，要麼是不做壞事的消極手段，要麼是為了獲得讚揚和獎賞的積極動力。

他的論點簡單扼要且明確。

「維護這種榮譽的制度、競爭的動力，是像偉大的拿破崙皇帝那樣的榮譽團制度[65]，那不是妨礙，而是有助於在公務上取得成就，階層或宮廷的特權是不能相提並論的。」

「我不想爭辯，但不能否認，宮廷特權能達到同樣的目的，」安德烈公爵說，「任何一個在宮廷任職的人，都認為自己的行為必須無愧於自己的地位。」

「然而您不願利用這種地位，公爵，」斯佩蘭斯基說，莞爾而笑，意味著他想有禮地結束令交談的對方感到尷尬的爭論。「如果星期三您賞光到舍下來，」他又說，「那麼我在和馬格尼茨基商談以後，會有話對您說，也許您會有興趣，此外，我將有幸與您更詳細地暢談。」他閉上眼，鞠了一躬，並依法國人的方式不辭而別，竭力不引起他人注意，悄然離開了客廳。

65 拿破崙在他任執政期間，於一八〇二年五月建立榮譽團，其成員從「在爭取自由的戰爭中為國立功」的軍人和「以其知識、才能和品德致力於建立和保衛共和制」的公民中遴選。領導者由第一執政出任。

六

在抵達彼得堡初期，安德烈公爵感覺，他孤獨時所構思的想法，因忙於應付些無聊瑣事而被壓垮。晚上回來，他在記事本上記下四、五次必要的拜訪或約定的會面。刻板的生活，處處要按時趕到的排程，消耗了他的大部分精力。他什麼也不做，甚至什麼也不想，也來不及想，只顧說話，將他從前在鄉下深思熟慮的問題說得頭頭是道。

他有時苦惱地發覺，他往往會在同一天、在不同的場合，重複著同樣的談話。可是他整天忙碌，根本無暇好好思考，他實際上什麼也沒做。

斯佩蘭斯基正如在科丘別伊住所和他初次見面時所言，在星期三獨自接待安德烈，和他推心置腹的長談時也讓安德烈公爵留下深刻的印象。

安德烈公爵認為，卑劣渺小的人太多，渴望在某個人身上找到他所追求的完美品格典範，因而他輕率地相信，斯佩蘭斯基正是理性和美德兼備的理想人物。倘使斯佩蘭斯基和安德烈公爵出身在同樣的社會、受過同樣的教育、具有同樣的道德涵養，安德烈便會很快發現，他身為人而非英雄的弱點。可是眼前，那種令他備感不妥的邏輯思維方式反而使他肅然起敬，這正是因為，安德烈並不完全了解他。此外，斯佩蘭斯基是因為重視安德烈公爵的才能，或是因為覺得有必要拉攏他，總之，斯佩蘭斯基在安德烈公爵面前炫耀他冷靜的理性，以微妙的奉承迎合他，這種奉承和自命不凡結合在一起，表現在默認唯有對方和自己才能看清所有其餘人的愚蠢，以及自身思想的合理性和深度。

星期三晚上促膝長談時，斯佩蘭斯基不止一次說：「我們這裡效法的是超越於一般水準之上的。」或者面帶微笑：「然而我們要做到，狼吃飽了，羊也安然無恙……」或者：「這一點他們是無法理解的。」總是這般表情，彷彿在說：「我們，您和我，是了解的，他們算什麼，而我們是什麼樣的人啊。」

與斯佩蘭斯基的初次長談，更強化了安德烈公爵和他初次見面時的印象。他認為，這是一名理性、思維嚴謹、擁有極高智慧的人物，這個人以過人的精力和頑強個性獲得極高的權力，而運用這種權力完全是為俄國謀福祉。在安德烈公爵的心中，斯佩蘭斯基足以合理解釋生活中的一切紛擾，只承認合理的才是現實的，並善於用合理的尺度衡量一切，而他自己正好希望成為這類人。在斯佩蘭斯基的談話中，一切顯得如此簡單明瞭，以致安德烈公爵不由自主地同意他的所有看法。他即使反駁和爭論，也僅僅是因為刻意要表現自己的獨立性，不願屈從斯佩蘭斯基。情況便是如此，一切都很好，安德烈公爵只困惑一件事，那就是斯佩蘭斯基冷漠的、鏡子般不讓人透視內心的目光，以及那雙白淨的手，安德烈公爵總不由自主地注視這雙手，一如人們注視那些大權在握的人的手。不知為什麼，這鏡子般的目光和白淨的手惹惱了安德烈。安德烈不悅和震驚的，在斯佩蘭斯基身上注意到，他對一般人的過分蔑視，以及他為證明自己的意見正確而採取的各式論證手段。他運用除了比較之外的一切思維方法，而且安德烈公爵覺得，他過於輕率地從一種方法轉換到另一種方法。他時而站在務實活動家的立場上譴責幻想家，時而站在諷刺作家的立場上譏諷政敵，時而邏輯嚴謹，時而又突然提升到玄學領域。（最後這種論證方法是他最常運用的。）他把問題提到玄學的高度，轉到空間、時間、思維的定義上，由此引申出反駁意見，又下降到爭論的立場。

總之，安德烈公爵不由得震驚的是，斯佩蘭斯基思考的主要特點在於，對思維的力量和正當性抱有毋庸置疑的信心且無可動搖。顯然，斯佩蘭斯基從來沒有安德烈公爵常有的想法，意即你的想法終究不可能用語言完全表達出來；他也從來不會懷疑，我所想的一切、我所信仰的一切是否陷於謬誤？然而正是斯佩蘭斯基這種特殊的思維方式最令安德烈公爵為之傾倒。

與斯佩蘭斯基結識之初，安德烈公爵對他懷有熱烈的仰慕之情，類似他對拿破崙曾經懷有的感情。斯佩蘭斯基的父親是神父，愚昧無知的人很可能因為他是依賴教堂長大的神父之子而輕視他，這種人也的確很多，但安德烈公爵特別愛惜他對斯佩蘭斯基的這份感情，下意識地在心裡恣意擴大這份感情。

安德烈拉在斯佩蘭斯基的住所度過的第一個晚上，雙方聊起法律起草委員會，斯佩蘭斯基談興正濃，譏諷地對安德烈公爵說，法律委員會存在一百五十年了，花費的錢數以百萬計，卻一事無成，羅森坎普夫[66]至多只在比較法的所有條款上都貼上標籤。

「這便是皇上支付幾百萬盧布所得到的結果！」他說。「我們想授予參政院新的司法權力，卻沒有法源依據。因此像您，公爵，現在若不挺身而出，簡直是罪過。」

安德烈公爵說，他沒有必要的法律知識。

「沒有人有啊，您能怎麼辦呢？這是必須努力才能擺脫的困境[67]。」

一個星期後，安德烈公爵成為軍事條例委員會委員，而且出乎他的意料之外，成為法律起草委員會的處長。依斯佩蘭斯基的要求，他承擔起正在起草的民法法典第一部分，於是參考《拿破崙法典》和《查士丁尼法典》起草其中的一章：人權。

七

大約兩年前，時值一八〇八年，皮埃爾巡視莊園回到彼得堡後，不覺間意外成為彼得堡共濟會的領導者。他必須安排餐廳和祭壇、吸收新會員、關心各分會的團結，同時尋找文件原稿。他拿出自己的錢建造房屋，盡可能追加善款，多數會員都相對吝嗇，也不按時繳納捐款。他幾乎獨自承擔共濟會在彼得堡設立的貧民收容所的支出。

與此同時，他的生活依然如故，仍是尋歡作樂，放蕩不羈。他喜歡美食名酒，儘管認為不道德且有辱身分，還是忍不住要參加單身漢的聚會，和他們一起放浪形骸。

不過，皮埃爾在忙碌和狂歡中過了一年以後漸漸覺得，他愈是想牢牢站在共濟會的立場上，腳下的基礎就愈是不穩。同時他覺得，腳下的基礎愈是不穩，他就愈是不由自主地和它聯繫在一起。他在接近共濟會的時候，那感覺就像一個人滿懷信心地把一隻腳踏上表面平坦的沼澤地。一踏上去，他就陷了下去。為了確信他立足的基礎堅實，他又踏上另一隻腳，未想陷得更深，不由自主地走在齊膝深的沼澤之中。

約瑟夫·阿列克謝耶維奇[68]不在彼得堡。（他最近不再過問彼得堡分會的事，而是長住莫斯科閉門不

---

66 羅森坎普夫（一七六二—一八三二），法學家，法律起草委員會委員。斯佩蘭斯基對他的工作很不滿，這是有史實為依據的。

67 原文為拉丁文。

68 指巴茲傑耶夫，與前文不一致，先前他的名字不是約瑟夫，而是奧西普。

出。）分會所有會員弟兄們都是皮埃爾日常生活中的熟人，他很難僅視他們為兄弟會弟兄，而不是某公爵，不是某位伊萬·瓦西里耶維奇，他很清楚，他們在生活中大多是軟弱無能和無足輕重的人。他看到，他們在共濟會的圍裙和徽章下，仍穿著制服，佩戴著他們在生活中夢寐以求的十字勳章。在收取捐款時，看到其中十人登記捐獻二、三十盧布，多數還欠著，而這十個人近一半都和他一樣富有，這時皮埃爾往往會想起共濟會的入會誓詞，誓詞說，每個弟兄都要承諾，願為他人獻出全部財產，於是皮埃爾的心裡不免產生懷疑，不過他盡力不去多想。

他把弟兄分為四類。他列為第一類的弟兄，既不積極參與會內活動，也不積極參與慈善事業，而是專心致志地研究本會教義的祕密，研究上帝三位一體或萬物的三個元素——硫黃、水銀和鹽，或正方形和所羅門神廟的各種圖形的涵義。皮埃爾尊敬這一類會員弟兄，屬於這一類的主要是年長會員，皮埃爾將約瑟夫·阿列克謝耶維奇本人也列在此類，不過對他們的研究不感興趣。他的心思不放在共濟會的神祕主義上。

皮埃爾列為第二類的，是他自己和與自己相似的弟兄們，這些人在探索著、動搖著，還沒有在共濟會裡找到現實而合理的道路，但希望能找到。

他列入第三類的弟兄（人數最多），除了外在的形式和儀式，不識共濟會中的任何深意，他們側重的只是嚴格履行這種外在形式，而不關心其內容和意義。維拉爾斯基，甚至主要分會的長老就屬這類。

最後，為數眾多的弟兄，尤其是在最近一個時期加入兄弟會的那些人，都歸在第四類。據皮埃爾的觀察，他們沒有信仰、沒有追求，他們之所以加入，只是為了結交年輕、富有、有重要上層關係的弟兄，後者在會內不勝枚舉。

皮埃爾開始對自己所做的一切感到不滿。他有時覺得，共濟會，至少他所了解的共濟會只注重外表。

他並沒有對共濟會本身失去信心，但他懷疑，俄國的共濟會已誤入歧途，偏離了初衷。因此，皮埃爾在這一年的年底前往國外，以便了解本會的最高宗旨。

一八〇九年夏，皮埃爾便回到彼得堡。根據國內和國外共濟會員的通信，人們了解到，皮埃爾在國外博得諸多高層人士的信任，參透了很多祕密，被提升到極高的等級，為俄國共濟會帶回許多有意義的事物。彼得堡的共濟會員都來見他、奉承他，所有人都感覺到，他正暗地裡悄悄地準備著什麼。

皮埃爾決定召開二級分會的重要會議，並允諾在分會中向彼得堡的弟兄傳達最高領導人的教誨。會員都到齊了。在例行的儀式後，皮埃爾站起來說話。

「親愛的弟兄們，」他開始說道。他面通紅，有些結巴，拿著講稿。「我們僅僅在會內肅穆地舉行儀式是不夠的——必須有所行動……行動。我們處於昏睡之中，然而，我們必須行動。」皮埃爾拿起筆記本讀了起來。「為了宣傳純粹的真理、爭取美德的勝利，」他讀道，「我們務必清除人們的偏見，宣傳符合時代精神的行為準則，負起教育青年的責任，與聰明才智之士緊密團結起來，並滿懷信心、齊心協力且合理地克服迷信、愚昧和缺乏信仰的現象，同時，將忠於我們、被共同目標聯繫在一起的有權有勢的人們團結起來。

「為達到上述目標，務必要使美德壓倒惡行，努力讓正直的人在塵世便因自己的德行而獲得永久的獎賞。可惜，今天的政治制度為我們這些偉大的意向設置了諸多障礙。在這種情況下該怎麼辦呢？促進革命、擊潰一切、以暴制暴？不，我們絕不會這麼做。任何暴力改革都應受到譴責，因為只要還是同一群人，暴力改革根本不可能糾正惡，也因為智慧不需要求助於暴力。

「本會的計畫應當以培養意志堅定、道德高尚、以信念一致為聯繫紐帶的人為基礎，這信念就在於隨時隨地全力以赴地克服惡行和愚昧，保護人才和美德：自芸芸眾生中吸收優秀分子加入我們的兄弟會。由此，我們的共濟會才能凝聚強大的力量，使不合理制度的憑藉漸漸束手就範，不知不覺地受到控制。總之，必須建立普遍的、具統治地位的管理方式，並推廣到全世界，同時不破壞公民的義務，在這種情況下，所有的管理可以照常進行並從事一切活動，只要不阻礙本會的最高目標，即不阻礙美德戰勝惡行的目的。這是基督教本身要求達到的目標。教義教導大家成為賢明善良的人，並為了自身的利益而遵循最優秀、最賢明的人們的榜樣和教誨。

「當一切仍沉浸在黑暗之中時，當然只要布道便已足夠：真理的新穎賦予布道特殊的力量，但是現況要求我們必須採取更強而有力的方法了。人，是會被情感支配的，然而肉欲之美在於美德。根除情欲是不可能的；只是要使情欲服從於高尚的目的，因此要求每個人都能在道德要求的範圍內滿足的情欲，要求我們共濟會為此提出適當的方法。

「一旦我們在每個國家都有一定數量的優秀分子，其中每個人再培養另外兩個人，且彼此緊密團結，屆時，默默為人類福祉做了很多貢獻的我們，便沒有什麼辦不到的事了。」

這席演說在分會裡不僅留下強烈的印象，也激起了不安的情緒。多數弟兄認為，這篇演說含有光照派[69]的意圖，對他所傳達的內容抱有令皮埃爾感到詫異的冷淡態度。長老開始反駁皮埃爾。皮埃爾愈來愈激動地表達想法。很久未曾有過這般激烈的會議了。與會者分成兩派：一派向他提出責難，指責他懷有光照派的思想；另一派則支持他。皮埃爾在這次會議上第一次驀然發現，人類思想的無限多樣性，其結果是不會有兩個人對任何一種真理持有同樣的理解。甚至那些似乎和他站在同一陣線的會員，對他的理解也是自以為是的，帶有他所無法苟同的界定和詮釋，因為皮埃爾的主要訴求在於，將自己的思想完全如自己所理解的傳達給他人[70]。」

會議結束後，長老心懷厭惡，以諷刺的態度批評他太急躁，還批評他進行爭論並非完全出於對美德的熱愛，而是出於好鬥。皮埃爾不予回應，僅簡短問道，他的建議會不會被接受，回答是不會，於是皮埃爾未等拘泥於形式的散會儀式結束，便離開分會回家去了。

69 光照派是德國共濟會的支派之一，一七七六年成立於巴伐利亞，主張以共和制取代君主制。而共濟會為其綱領所確立的主要原則之一是不干預政治生活。一七八四年至一七八五年，該支派被巴伐利亞當局取締。

70 托爾斯泰曾在一八九〇年四月十日的日記中寫道：「要用語言把你所理解的事物表達出來，好讓別人也能像你自己一樣理解你的想法——這是極端困難的事。」

八

皮埃爾再度陷入他異常恐懼的苦悶中。他在分會發表演說之後，在家裡的沙發上躺了三天閉門不出，也不接待任何人。

此時，他接到妻子的來信，她懇求與他見面，談及自己對他的思念，以及向他奉獻一生的冀望。她在信末通知他，近日內將從國外回到彼得堡。

緊隨此信之後，他最看不起的會員弟兄之一闖進他的幽居，並將談話引向皮埃爾的夫妻關係，以做為弟兄的忠告。他認為，皮埃爾對妻子的嚴厲態度是不對的，認為皮埃爾不願寬恕悔過的妻子，違背了共濟會的基本準則。

就在這時，他的岳母——瓦西里公爵的妻子派人召喚他，請他務必前去住所，即使只是待上幾分鐘也好，她有要事商量。皮埃爾看得出來，這之間隱含某種算計，想促使他接納妻子。由於他目前的情緒低落，甚至感到這也未嘗不可。他覺得無所謂：皮埃爾認為生活中沒有什麼了不起的大事，在這苦悶心情的影響下，他既不看重自己的自由，也不覺得堅持懲罰妻子有什麼意義。

「沒有誰對，沒有誰錯，所以她也沒有錯。」他想，皮埃爾之所以沒有立即表示願意接納妻子，僅僅是因為苦悶的心情令他拿不定主意決定任何事。倘若妻子現在到他這裡，他是不會趕她走的。比起皮埃爾的滿腹心思，是否和妻子在一起生活，難道不是相形無所謂嗎？

皮埃爾對妻子和岳母未給予任何回應，有一天晚上，他便收拾行裝前往莫斯科了。以下是皮埃爾的日記。

莫斯科，十一月十七日。

剛從恩師住處回來，急於記下此刻的感受。約瑟夫・阿列克謝耶維奇生活貧困，而且兩年多來忍受皰疹劇痛的折磨。從來沒有人聽到他呻吟或有一句怨言。從早晨到深夜，除了吃些粗食，便一直進行學術研究。他親切地接待我，讓我挨著他坐在他躺著的床上；我向他做了個東方和耶路撒冷的騎士的手勢，以表示問候，他也以同樣的手勢回敬，並帶著溫和的微笑問我在普魯士和蘇格蘭的分會有何收穫。我竭盡所能地對他說明一切，轉述了我在彼得堡分會提出的要點，也坦白我的惡劣遭遇，以及我和弟兄們之間的裂痕。約瑟夫・阿列克謝耶維奇沉吟良久，對這一切表明了自己的觀點，我當下茅塞頓開，明白了以往的一切，也明白了今後面臨的道路。而我驚訝的是，他問我是否記得共濟會的三個目標：一是保護和認識秘密；二是為領悟這個秘密而自我淨化和改造；三是藉由努力追求自我淨化，進而改變人類。三者中最重要、最優先的是什麼？當然是自身的改造和淨化。唯有這個目標是我們永遠可以追求且不因環境而有所改變。然而，正是這個目標要求我們付出最大的努力，一旦為傲氣所誤，我們便會忽略這個目標，或者致力於對秘密的認識，而我們由於自身不純潔而不可能領悟，或者致力於改變人類，而我們自己卻是卑劣和腐化的負面榜樣。光照派的教義不是純正的學說，因為他們熱中於社會活動，而且充滿傲氣。約瑟夫・阿列克謝耶維奇根據這一點，指摘了我演說的內容和計畫。我心悅誠服地同意他的看法。至於我們之間有關我的家庭情況的討論，他說：「真正的共濟會員的主要任務，我對您說過，是自我完善。可是我們常常以為，把我們生活中的所有困難都排除了，便能更快達到這個目標；與此相反，我的先生，」他對我說，「唯有在社會的紛擾中，我們才能達到三個主要的目標：一是自我認識，因為人只有透過比較才能認識自己；二是自我完善，這是只有透過努力才能成功的；三是獲得主要的美德——愛死亡。只有生活的不幸能向我們表明生活的虛妄，促進我們與生俱來對死亡的愛，或者幫助我們獲得新生。」這些話特別值得尊重，約瑟夫·阿列克謝耶維奇雖然身受病痛的折磨，卻從來不覺得生活是累贅，他愛死亡，然而儘管他的內心是那麼純潔而高尚，仍感到自己對死亡沒有做好充分的準備。後來，恩師詳盡地向我闡明了宇宙大正方形的意義，並指出三和七這兩個數字是萬物的基礎。他力勸我不要避免和彼得堡的弟兄們交往，而且在只擔任二級職務的情況下，要努力協助弟兄們擺脫傲氣的迷惑，走上自我認識和完善的正道。此外，對我本人，他力勸我要先注意自己的言行，為此還送我一本筆記本，我此刻便用來寫日記，今後我要把自己的所有言行都記錄在日記裡。

彼得堡，十一月二十三日。

我又和妻子在一起生活了。岳母淚流滿面地來對我說，海倫在這裡，她懇求我聽她把話說完，她是無辜的，因為被我遺棄而深感不幸，諸如此類。我知道，只要我願意見她，我就無法拒絕她的願望。我在疑慮中不知該向誰尋求幫助和忠告。如果恩師在這裡，他就會給我答案。我躲到房間，重讀約瑟夫·阿列克謝耶維奇的來信，想起自己和他的對話所得出的結論是，我不應該拒絕有求於我的人，應該向任何人伸出援手，尤其是和我的關係如此密切的人，因而我不由得揹起自己的十字架。我於是決定，也告訴了約瑟夫·阿列克謝耶維奇。我對妻子說，我請求她忘記過去的一切，請求她寬恕我可能對她有所誤解之處，而她並沒有什麼過錯需要我的寬恕。我很慶幸對她說了這些。她不必知道，與她重逢，我的心情有多麼沉重。我在宅邸的樓上安頓下來，心裡充滿了成為新人的幸福感。

九

歷來如此，當時上流社會在宮廷和大型舞會上聚會時，總會分成幾個各有特色的圈子。其中人數最多的是拿破崙聯盟的法國派——魯緬采夫和科蘭古[71]的圈子。自從海倫和丈夫在彼得堡定居，她便在這個圈子裡占有顯要地位。時常登門拜訪她的，包括法國大使館的諸位先生，以及屬於這一派中，多位以智慧和殷勤有禮著稱的人物。

她曾經前進愛爾福特，當時兩國皇帝正在此舉行著名的會晤，她在愛爾福特期間，和歐洲拿破崙派的所有名流建立了好交情。她在愛爾福特獲致名聲。拿破崙在劇院注意到她，曾問她是誰，並且稱讚她的美貌。她以身為美麗優雅的女性而備受歡迎，皮埃爾並不感到訝異，因為這幾年來，她更是漂亮了。而他更為驚訝的是，這兩年他的妻子居然贏得了「聰慧與靚麗兼備的美女」的聲譽。著名的德利涅親王[72]寄給她的信足足寫滿八張信紙。比利賓總保留自己的佳句，期待在別祖霍夫伯爵夫人面前脫口而出。在海倫的客廳裡接受款待，被視為極具智慧的證明；年輕人在出席海倫的晚會前閱讀書籍，以便在她的客廳裡暢所欲言，大使館祕書甚至公使們會向她透露外交機密，以致海倫在某種程度上成為一種勢力。皮埃爾很清楚她愚昧無知，有時懷著一種莫名困惑又擔憂的心情出席她的晚會和宴會，宴會中談論的是政治、詩歌和哲學。在這些晚會上，他的心情和魔術師相似，無時無刻都在擔憂海倫的戲法會被拆穿。不過，也許是因為在這種氛圍下的客廳擔任女主人，所需要的正好是愚昧無知，也許是因為被愚弄者本人在受騙中找到樂趣，反正戲法未被拆穿，於是海倫所享有的聰慧與靚麗兼備的美女的聲譽便無可動搖了，她的談吐或許庸俗不堪、愚蠢至極，大家仍對她的每句話讚歎不已，還在其中找出連她本人也意想不到的深刻涵義。

對上流社會這個魅力無限的女人來說，皮埃爾正是她所需要的丈夫。他是神情恍惚的怪人，一副貴族紳士的派頭，他不干擾任何人，不僅未破壞客廳裡的高雅格調，而且他和優雅得體的妻子之間的反差，正好襯托出她的美。兩年來，皮埃爾由於全神貫注在精神需求，由衷地鄙視其他一切，在他不感興趣、屬於妻子的社交場合中，他自有一種冷淡、隨和、親切的風度，這不是刻意的做作，正因如此，這風度不禁令人頓生敬意。他走進妻子的客廳，就如同走進劇院，和所有人都認識，見到所有人也同樣高興，對所有人也都同樣冷淡。他有時參與感興趣的話題，未加考慮大使館的先生們是否在座，便口齒不清地發表自己的見解，而這些見解往往和當時的氛圍不相近。不過，彼得堡最出色的女人的丈夫是怪人的看法已經根深柢固，以致沒有人認真看待他的乖僻。

在每天都到海倫住所的諸多年輕人之中，仕途得意的鮑里斯．德魯別茨基在海倫從愛爾福特回來後，便成為別祖霍夫一家人最親近的人。海倫暱稱他我的少年侍從，對他像對自己的孩子一樣。她對他的微笑和對所有人的微笑都一樣，可是皮埃爾目睹這種微笑時，感到極其不悅。鮑里斯對皮埃爾的態度帶有一種特殊的、適度且憂鬱的恭謹。這種恭謹的意味也使皮埃爾感到不安。三年前，皮埃爾曾因為妻子所帶來的侮辱而痛苦不堪，如今，他可以不再受到這種侮辱的傷害了，當然因為他不再是妻子的丈夫，其次，他更

71 科蘭古（一七七三—一八二七），任法國駐俄大使（一八〇七—一八一一）期間執行和平政策。

72 德利涅親王，其原型是沙爾約瑟夫．德．林親王（一七三五—一八一四），比利時政治家和作家，知名的機智、輕浮自由思想者。

不允許自己猜疑。

「不，如今她成了女學究，永遠不會再傳聞那些風流韻事了，」他如此說服自己。「女學究不會醉心於談情說愛。」他一再向自己重複這個不知出自何處的斷論，而且深信不疑。但令人無法理解的是，只要鮑里斯出現在妻子的客廳（而他幾乎經常出現），對皮埃爾便產生了生理上的影響：他感到拘束，失去自由灑脫的能力。

「太奇怪了，這太令人反感，」皮埃爾想，「過去我甚至曾經很欣賞他啊。」

以上流社會的角度來看，皮埃爾是顯赫貴族、是名女人盲目而可笑的丈夫，不但聰明卻也是個怪人，什麼事也不做，也從不妨礙任何人，是個大好人。也是在這段期間，皮埃爾的內在正進行著複雜而艱困的內在修養，這過程帶給他很多啟發，同時也為他帶來很多精神上的困惑和喜悅。

十

他持續寫日記，以下是他這段時期的日記內容。

十一月二十四日。

八時起床，讀《聖經》，然後上班（皮埃爾根據恩師的建議，進入一個委員會任職），中午回來，獨自用餐（伯爵夫人身邊有太多我見而生厭的客人），飲食適度，飯後為會員弟兄抄寫劇本。傍晚下樓探視伯爵夫人，提及某某人的可笑趣聞，引起了哄堂大笑，這時我才想起不該這麼做。

懷著幸福平靜的心情就寢。偉大的上帝啊，請幫助我在祢所指引的道路上前進吧：一要戒怒——要心平氣和，不急不躁；二要戒淫——要自制並憎惡淫行；三要遠離塵世的紛擾，但不可疏於：為國家服務的工作、對家庭的關懷、友好交往、經濟事務。

十一月二十七日。

起床晚了，醒來後在床上躺了好久，偷懶。上帝啊，幫助我，堅定我的信念吧，但願我能沿著祢所指引的道路前進。讀了《聖經》，但缺乏應懷抱的心情。會中弟兄烏索夫前來，彼此談起塵世的紛擾。他提到皇上的新命令。我正想表示非議，不過想起了自己的行為準則和恩師的話語，他曾說過，真正的共濟會員在需要他參與的時候，應當熱心國事，在並未負有使命的情況下，應當採取靜觀的態度。我的舌頭是我的敵人。會中弟兄A、B和O來訪，就吸收新會員的問題進行討論。他們要我負起導師的責任。我覺得自己能力差，深恐不能勝任。後來談起對神廟的七根圓柱和七級臺階的解釋：七門學問、七項美德、七種罪惡和聖靈的七種恩賜。會員O意外健談。晚上舉行了新會員的入會儀式。會所裝飾一新，顯得很壯觀。入會的是鮑里斯・德魯別茨基。我是他的介紹人，也是他的導師。我和他待在黑暗的殿堂裡，一種矛盾的心情一直困擾著我。我意識到我恨他，雖然努力克制，卻徒勞無功。因此我真心希望挽救他規避邪惡，引領他走上正道，但是關於他的負面想法卻始終揮之不去。我不禁想到，他入會的目的只是為了結交一些人，以便得到會內人士的庇護。他曾問我好幾次，N和S是否加入我們的分會（我不能向他透露），此外，據我的觀察，他不可能對神聖的共濟會懷有敬意，並過於注意自己的外表而自鳴得意，這樣是不會想追求精神的完整，除了這些理由，我沒有理由懷疑他；不過我覺得他不真誠，我和他站在黑暗的殿堂裡獨自面對時，我始終覺得，他對我所說的話懷有不屑和嘲笑的態度，真想用我抵在他身上的劍刺穿他敞開的胸膛。我缺乏能言善辯的才能，無法坦率地向弟兄及長老表達我的懷疑。偉大的造物主，幫助我找到真正的出路吧，藉以走出這弄虛作假的迷宮。

此後日記本裡有三頁空白，接著所寫的內容如下：

與B兄弟單獨進行了富於教益的長談，他勸我和兄弟A好好相處。我雖然生性愚鈍，卻也獲得了諸多啟示。阿多奈是創世者之名。埃洛希姆是萬物主宰之名。第三個不可直呼之名，意為萬有。和兄弟B的對話使我在美德的道路上更堅強、更振奮、也更堅定。在他面前，我沒有懷疑的餘地。我明白各門世俗學科和我們包羅萬有的神聖學說之間的區別。人類的學科分解一切，以便理解，使一切僵化，以便觀察。在我會的神聖學說中，一切是統一的，在其整體和生命中加以掌握。三位一體是萬物的三個元素——硫磺、水銀和鹽。硫磺具有油和火的特性；與鹽結合後，以其火性激發鹽的飢渴，從而吸引水銀，攫住並保有硫磺以及鹽，三者的總和產生各種物體。水銀是流動、飛揚的精神實體——基督、聖靈，他[73]。

十二月三日。

醒來很晚了，讀《聖經》，卻無動於衷。後來，走出房間在大廳裡踱步。想獨自沉思，可是腦中卻浮現出四年前的一件往事。多洛霍夫先生在我們決鬥之後，曾在莫斯科遇見我，他對我說，希望我現在可以充分享有內心的安寧，雖說夫人不在身邊。我當時未搭理他。此時我想起那次見面的所有細節，在心裡對他說了極其惡毒的話語和奚落他的回答。只是在發現自己仍積滿怒氣時，才醒悟過來，拋開這種想法。不過，並未因此好好懺悔。不久鮑里斯．德魯別茨基來了，他說起各種奇聞軼事；從他到達的那一刻起，我就對他的來訪感到不滿，於是對他說了一些不同的看法。他於是反駁。我發火了，對他說了很多令人不快甚至粗魯無禮的話。他也就不吭聲了，這時我才猛然醒悟，可是為時已晚。我的上帝，我完全不知如何與他相處！這是由於我的自大。我自視高於他，實際上卻遠不如他，因為他對我的粗魯無禮是寬容的，而我卻看不起他。上帝啊，寬恕我吧，讓我與他相處時更常看見自己的可惡，讓我的行為能有益於他。午飯後

73 皮埃爾在這裡以「基督、聖靈、他」與前面所說的阿多奈、埃洛希姆和「萬有」相對應。

我睡著了，在睡意矇矓之際，清楚地聽到有人在我的左耳邊說：「你的好日子到了。」

我夢見我在黑暗中走路，突然被一群狗包圍。不過我並不害怕，仍繼續走；突然一隻體型不大的狗咬住我的左大腿不放；我用雙手抵擋。剛把牠推開，另一隻體型更大的狗又撲上我的胸膛。我推開了牠，可是又有一隻體型更大的狗開始咬我。我想把牠拎起來，愈是使勁拎牠，牠卻變得更大更沉。突然A兄弟來了，他挽著我的手臂帶我離開，來到一座高樓前，在進去之前必須走過一張狹窄的木板。我踏上木板，木板一彎，掉了下去，於是我開始攀爬圍牆，我的雙手正好搆得住。我費了很大力氣才爬上去，結果兩條腿掛在一邊，身軀卻在另一邊。我環顧四周，看見A兄弟站在圍牆上，指向一條寬闊的林蔭道和花園，花園裡坐落著一座華麗的高樓。我醒了。上帝，偉大的造物主！幫助我擺脫那些狗——擺脫我的情欲吧，也擺脫最後的那條狗，牠吸收了所有先前那些狗的力量苦苦糾纏，幫助我走進我在夢裡親眼目睹的那座美德的神殿吧。

十二月七日。

我夢見約瑟夫·阿列克謝耶維奇坐在我家裡，我很高興，想好好款待他。我好像在和其他人喋喋不休地閒聊，突然想起，他一定不樂見這種情形，於是我走上前去，想擁抱他。可是我剛走到他面前就看到，他的容貌變了，變得更年輕了，他對我輕輕地、輕輕地講述本教義，聲音太輕，我聽不清。後來我們似乎都走出了房間，這時發生了一件令人費解的事。我們在地板上坐著或站著。他在對我說話。我似乎想表示自己對他的感激，因而未仔細傾聽他的談話，我開始想像自己內在的精神狀態和忽然降臨在自己身上的上帝恩惠。我的眼裡湧現淚水，令我安慰的是，他注意到了。但是他惱怒地看了我一眼，跳了起來，不再開口。我膽怯了，問他剛才所說的話是否和我有關；但他沒有回答，對我仍是親切，接著我們突然出現在我的臥室，那裡有一張雙人床。他在床上躺下了，我對他似乎瞬間燃起了親熱的欲望，立刻也躺下了。他似乎在問我：「您如實告訴我，您的嗜好是什麼？您體驗過嗎？我想您已經體驗過了。」這個問題使我很難為情，我回答說，懶散是我的嗜好，他不相信地搖搖頭。我更覺難為情了，回答說，我雖然依他的勸告，和妻子生活在一起，但是並沒有夫妻生活。對這一點他表示反對，說我不該讓妻子得不到我的愛撫，他使我意識到，這是我的義務。但我對他說，我羞於這麼做；於是一切又突然隱沒了。我醒了，在自己的意念中發現《聖經》的一段話：「這生命就是人的光。光照在黑暗裡，黑暗卻不接受光。」[74]約瑟夫．阿列克謝耶維奇的臉顯得年輕而有光彩。這一天我接到了恩師的來信，他在信中談到夫婦之道。

十二月九日。

做了一個夢，醒來時我的心在戰慄。夢見我似乎在莫斯科，在擺設著沙發的寬敞休息室裡。約瑟夫．阿列克謝耶維奇正從客廳裡出來。我似乎立刻就看出，他已經完成了復活的過程，便向他奔了過去。我似乎在親他，又親他的手。他說：「你注意了嗎，我的臉變了？」我看看他的臉，仍然擁抱著他，似乎看到他的臉顯得很年輕，卻沒有頭髮了，容貌也完全變了。我好像對他說：「如果與您偶然相遇，我會認出您來的，」同時我在想，「我說的是真話嗎？」突然我看到，他像死屍一樣躺著，而後漸漸恢復了意識，和我一起走進大書房，拿著用繪圖紙完成的一本大書。我好像對他說：「這是我寫的。」他以點頭為回答。

74 見《新約．約翰福音》第一章第四到五節。

我翻開書，書裡的每一頁都有精美的圖畫。我似乎知道，這些畫都是表現心靈及和戀人的愛情奇遇。我彷彿看到，書頁上完美至極地描繪著一名少女的形象，她的衣衫透明，她的身體潔白晶瑩，正向雲彩翩翩飛升。我好像知道，這位少女的形象是繪畫藝術的巔峰之作。我應該是在看畫時感覺到，我的行為很醜惡，但就是忍不住想看！主啊，幫助我吧！我的上帝，假如遺棄我是祢的想法，那就悉聽尊便吧，假如我是咎由自取，那就教導我該怎麼做。假如祢徹底遺棄我，我就會因為好色而毀滅。

十一

羅斯托夫一家住在鄉間的兩年間，經濟狀況並未好轉。

儘管尼古拉．羅斯托夫拿定主意，繼續在駐地偏僻的團裡服役，因此花費較少，可是快樂村莊園生活方式仍一如往常，尤其德米特里不擅長處理財務，以致債務年年激增。顯然，在老伯爵看來，唯一的辦法是去工作，於是他來到彼得堡找工作；不但要找工作，也要讓女孩們最好一次好好玩個痛快，他說。

一家來到彼得堡不久，貝格正式向薇拉求婚，也被接受了。

羅斯托夫在莫斯科屬於上流社會，他們從未留意這個事實，也不曾想過他們屬於何種社會，而在彼得堡他們所交往的，卻是多種且身分不明的人們。在彼得堡，他們算是鄉下人，不屑與他們為伍的，正是羅斯托夫一家當初在莫斯科不問其社會出身而款待的那些人。

羅斯托夫在彼得堡仍舊好客，一如在莫斯科，在他們住所的晚餐桌上相聚的有各式各樣的人：快樂莊園的鄰居、一位帶著幾個女兒來的貧窮老地主、貴族宮女佩隆斯卡婭、皮埃爾．別祖霍夫以及縣郵政局長在彼得堡任職的兒子。不久後，其中幾位男士便和彼得堡羅斯托夫一家親如家人了，他們分別是鮑里斯、皮埃爾，皮埃爾是老伯爵從大街上硬拖到家裡來的，以及貝格，他整天都待在羅斯托夫住所，對大小姐薇拉十分關心，只有意在求婚的年輕人身上，才會出現如此殷勤備至的態度。

貝格時常不無用意地向大家展現自己在奧斯特利茨戰役中受傷的右臂，而左手毫無必要地握著劍。他經常不厭其煩、鄭重其事地描述起這一事件，以致所有人都相信他的行動是合理且盡職的，貝格也因奧斯特利茨戰役而兩次獲得賞賜。

他在芬蘭戰爭中也有突出的表現。總司令身邊的副官被榴彈彈片擊中陣亡，他拾起彈片，並交給了長官。如同在奧斯特利茨戰役之後那般，他經常針對這件事高談闊論，大家因而都相信，他這麼做是正確的，於是貝格又因為芬蘭戰爭而兩次獲得賞賜。一八〇九年，他是佩戴幾枚勳章的近衛軍上尉了，而且在彼得堡有幾份特別有利可圖的職位。

雖然一些自由主義者聽人提及貝格的優點便不住訕笑，但是不得不承認，貝格不但受長官賞識且勤勉勇敢，也是謙虛、道德高尚的青年，他有光輝的前程，甚至在上流社會已擁有穩固地位。

四年前，他在莫斯科劇院裡遇到一名德國同事，貝格指指薇拉．羅斯托夫，便用德語對他說：「她將是我的妻子。」從那時起，他便決心娶她。現在在彼得堡，他考慮到羅斯托夫的家境和自己的情況，認為時機已到，便求婚了。

對方接受貝格的求婚，最初隱含是否門當戶對的疑慮。一開始，他們大感不解，一個利夫蘭[75]沒沒無名小貴族的兒子居然向羅斯托夫伯爵小姐求婚；不過，貝格的性格特點在於，如此天真憨厚的利己主義，羅斯托夫便認為，那也好，既然他本人堅信這是一件好事，甚至是一件大好事。何況羅斯托夫家境衰落，求婚者不可能不知道這件事實，重要的是，薇拉已經二十四歲，她到處拋頭露面，儘管漂亮又通情達理，可是至今仍沒有人向她求婚。於是，便同意了這門婚事。

「您要知道，」貝格對一個同事說，他稱之為朋友，只是因為他認為人人都是朋友。「您要知道，我考慮過一切，如果不經過深思熟慮，不覺有什麼不妥之處，我是不會結婚的。而如今，我的父母生活有了保障，我在波羅的海邊疆區為他們安排了一筆地租收入，而我和妻子在彼得堡可以靠我的薪俸、她的財產和我的循規蹈矩好好生活。我們可以過得很好。我不是貪圖金錢才結婚，我認為那是很不高尚的想法，結婚時，妻子理應自行帶一筆錢來，丈夫也應當拿出自己的。我有工作，她有上流社會的關係和一筆小小的錢財。這在當今時代是相形重要的，不是嗎？而重要的是，她美麗、值得敬重，而且她愛我……」

貝格紅著臉微微一笑。

「我也愛她，因為她通情達理，脾氣又好。她其中一位親妹妹就完全不同了，脾氣不好，沒有腦袋，是那麼一種……您懂吧？……挺教人討厭的……而我的未婚妻……以後您會常到我們的住處來……」貝格說，他本想說──吃飯，可是又改口道：「來喝茶。」於是他舌尖一頂，吐出一個圓圓的小煙圈，這小煙圈充分體現了他對幸福的憧憬。

貝格的求婚在薇拉父母心中引起的疑慮過去後，羅斯托夫家裡籠罩著歡樂的氣氛，不過歡樂不是發自內心，而是表面的。親人們對這門婚事明顯流露出不安和愧疚。他們似乎於心不忍，因為對薇拉付出的愛太少，而現在又這麼喜滋滋打發她出門。最感不安的是老公爵。他想必不會說出他感到不安的原因，也就是他的經濟狀況。他根本不清楚他還剩下什麼、有多少債務、能拿什麼給女兒當嫁妝。女兒出生時便決定，每個女兒要有三百名農奴做為陪嫁；可是兩處村莊的其中一處已經賣掉，另一個被抵押，而且抵押期限早過，不得不拍賣，因此不可能以莊園陪嫁了。家裡也沒有錢。

貝格訂婚已經一個多月，距離婚期只剩下一個星期。老伯爵還沒解決嫁妝問題，也沒有和妻子談及此

75 利夫蘭即波羅的海南部沿岸地區，後歸屬拉脫維亞和立陶宛。而利夫蘭貴族所指為波羅的海沿岸的德意志貴族。

事。伯爵有時想把梁贊的莊園分給薇拉，有時想出售樹林，有時又想貸款。在婚期的前幾天，貝格一大清早來到伯爵書房，面帶愉快的微笑，恭敬地請求未來的岳父說明，伯爵小姐薇拉的嫁妝有哪些。伯爵聽到這個不出所料的問題，一時驚慌，便不假思索地脫口而出。

「我很慶幸，你提到這個問題，我會讓你滿意的……」

他拍拍貝格的肩膀，站起身來，想結束談話。不過，貝格面帶愉快的微笑說明，要是他無法準確地了解薇拉有多少陪嫁，無法預先取得其中一部分，他就得被迫拒婚了。

「因為您想想看，伯爵，要是我允許自己結婚，而沒有足夠的錢供養妻子，那麼我的行為就太卑劣了……」

談話的結果是，伯爵為了表示慷慨，以免他再提出新的要求，願意拿出八萬盧布的支票。貝格溫和地微微一笑，親親伯爵的肩頭說，他非常感激，不過，若沒有三萬盧布的現金，他現在無論如何也無法妥善地安排新生活。

「給兩萬也行，伯爵。」他補充道，「支票只要開六萬盧布就夠了。」

「好，好，沒問題。」伯爵連忙說道，「不過很抱歉，我的朋友，我會給你兩萬現金，此外，仍舊給你八萬盧布的期票。就這樣，過來親我吧。」

十二

娜塔莎十六歲了，這一年是一八〇九年，正好是四年前她和鮑里斯接吻後，扳著指頭和他一起數的那一年。從那時起她就沒見過鮑里斯。在索尼婭和母親面前，當話題涉及鮑里斯時，她彷彿在談一件已成定論的事，毫無顧忌地說，過去的一切都是孩子氣的胡鬧，不值一提，而且她老早忘了。但是在她的心靈深處，對鮑里斯許下的諾言究竟是兒戲或具約束力的鄭重承諾，一直是困擾著她的問題。

鮑里斯自從一八〇五年離開莫斯科前往部隊報到，和羅斯托夫就不曾見過面。他幾次來到莫斯科，途經快樂莊園，雖近在咫尺，卻一次也不曾登門拜訪。

娜塔莎有時覺得，他是不願見她，而長輩們談到他時的那種感傷語調更證實了她的臆測。

「現在的人都記不得老朋友了。」伯爵夫人在提到鮑里斯時這麼說。

德魯別茨基公爵夫人最近也不常來了，她的舉止不知怎麼也顯得莊重了起來，而且每一次都興高采烈地讚揚兒子的優點以及他順遂的仕途。羅斯托夫來到彼得堡之後，鮑里斯終於來拜訪他們。

拜訪他們，他難免心情激動。對娜塔莎的回憶是鮑里斯最富詩意的回憶。但同時他打定主意，要讓她和她的家人明確意識到，他和娜塔莎在童年時期的關係，無論對她或是對他都不具約束力。他已經因為和皮埃爾伯爵夫人的私情而在上流社會引人注意，由於充分利用一位顯要人物的信任而在他的庇護下仕途得意，而且他心裡已萌生一個想法，要把彼得堡一名極富有的女孩娶為妻室，這個想法輕易便能實現。鮑里斯走進羅斯托夫住所的客廳時，娜塔莎在自己的房裡。一得知他來了，她滿面緋紅，連走帶跑地進了客廳，臉上閃耀著超乎親切的燦爛微笑。

鮑里斯記憶中的娜塔莎，是一身短連身裙，幾綹鬈髮下是一雙烏黑閃亮的眼睛，散發出十足孩子氣的傻笑，這是他四年前所認識的她，因此一個完全不同的娜塔莎進來時，他迷惑了，臉上露出激情洋溢又驚訝的神情。這神情使得娜塔莎滿是喜悅。

「怎麼，認得出幾年不見的那個淘氣小朋友嗎？」伯爵夫人說。鮑里斯親了娜塔莎的手，說她的變化令他驚訝。

「您變得多美呀！」

「可不是嗎？」娜塔莎閃亮的目光在回答他。

「那麼，爸爸變老了吧？」她問。娜塔莎坐下來，未參與鮑里斯和伯爵夫人的談話，默默觀察童年時期的夢中情人，連最枝微末節之處也不放過。他感受到這親切的目光逼視的分量，偶爾抬頭看她。

鮑里斯的軍服、馬刺、領結、髮式都是最時髦、最講究的。娜塔莎馬上就注意到了。他微微側身坐在伯爵夫人身旁的扶手椅上，用左手整理一塵不染的手套，說話時優雅地抿嘴唇，談論著彼得堡上流社會的娛樂活動，略帶親切的嘲諷意味回憶著莫斯科的往昔和舊交。娜塔莎覺得，他並非偶然提及貴族的姓名，談到他曾出席的大使舞會以及受邀前往NN和SS的府邸。

娜塔莎逕自默默不語地坐在那裡，皺眉觀察他。鮑里斯愈來愈感到困惑不安。他經常因為抬頭看她而中斷談話。他坐不到十分鐘，便站起來鞠躬告辭。而那雙好奇的、挑釁的、略帶嘲諷意味的眼睛仍在看著他。第一次來訪之後，鮑里斯對自己說，娜塔莎仍像當初那樣令他傾倒，然而他不能醉心於這段感情，因為和她這麼一個幾乎沒有什麼財產的女性結婚，等於自毀前程，然而若想恢復過去的關係，卻不想結婚，那更是卑劣的行徑。鮑里斯暗自決定，對娜塔莎要盡量避而不見，可是，儘管如此，幾天後他還是來了，往後更是常來，整天在羅斯托夫住所裡流連忘返。他覺得必須和娜塔莎明說，告訴她，應當忘掉過去的一切，無論如何……她不可能成為他的妻子，他沒有財產，她的家庭絕不會把她嫁給他。但他總是做不到，羞愧於進行這場表明心跡的談話。他日益深陷窘境而難以自拔。在母親和索尼婭看來，娜塔莎似乎仍深愛鮑里斯。她對他吟唱自己喜愛的歌曲，向他展現自己的紀念冊，並請他題詞，卻未向他提及往事，並讓他明白，現在有多美好；於是他每天回去時都心神恍惚，想說的話沒有說，自己也不知道在做什麼、為什麼要來、如何才能了結。鮑里斯不去找海倫了，因此每天都收到她滿紙怨言的信件，而他仍舊在羅斯托夫住所裡度過一天又一天。

十三

一天晚上，老伯爵夫人摘下假髮，只戴著睡帽，身穿短衫，白色棉布睡帽下露出一簇花白的頭髮，跪在小地毯上，吃力地喘息著頻頻叩首進行晚禱，她的房門吱吱響了一下，娜塔莎光腳穿著便鞋跑了進來，她也只穿一件短衫，頭上仍紮著鬈髮器。伯爵夫人回頭看一眼，皺起了眉頭。她正念完最後一句禱詞：「難道這臥榻將是我的靈床？」她祈禱的情緒被破壞了。娜塔莎面色緋紅，精神奕奕，一看到母親在祈禱，便立刻停下奔跑的腳步，沉下身子，不由得吐舌，感到不好意思。她看到母親繼續祈禱，便踮腳跑到臥榻邊，用一隻小腳蹭另一隻小腳，迅速脫下便鞋，跳上母親擔心會成為她的靈床的那張臥榻。這張高高的臥榻鋪著羽絨被，擺放著五個大小不等的靠枕。娜塔莎一跳，身子陷進被子裡，翻身朝牆，她在被子下蠕動了起來，想睡得舒服些，又把兩邊膝蓋縮到下巴底下，踢動兩條腿，發出輕微的笑聲，時而用被子蒙著頭，時而探出頭來看母親。伯爵夫人晚禱之後，面色冷峻地走到床邊，看見娜塔莎蒙著頭，露出了慈祥而虛弱的微笑。

「喂，喂。」母親說。

「媽媽，可以談談嗎，啊？」娜塔莎說。「來，讓我親一下頸窩，就一下。」於是她摟著母親的頸項，在她的下巴下親了一下。娜塔莎對母親表面上動作粗魯，其實她非常小心而靈巧，不管她怎麼摟著母親，也絕不會讓母親感到痛、感到不悅或不舒服。

「好呀，想聊些什麼？」母親在靠枕上躺好，又等了一會兒問道，這時娜塔莎擺動兩條腿，連翻兩個身，已經和她並排躺在一條被子裡，她把兩條手臂伸在被子外面，臉上露出嚴肅的表情。

娜塔莎趕在伯爵從俱樂部回來之前夜訪母親，這是母女倆最喜愛的娛樂之一。

「今天聊些什麼呢？我想對妳說……」

娜塔莎捂住了母親的嘴。

「是關於鮑里斯的事吧……我知道，」她說，「我就是為他的事來的。您不用說了，我知道。不，還是說吧！您說，媽媽。他可愛嗎？」

「娜塔莎，妳十六歲了，在妳這個年紀我已經結婚了。妳說鮑里斯可愛。他是很可愛，我也像愛兒子一樣愛他，可是妳有什麼想法呢？……妳是怎麼想的？妳使他神魂顛倒了，我看得出來……」

伯爵夫人說到這裡，看了女兒一眼。娜塔莎躺著，一動不動地直視面前一座刻在床角的斯芬克斯紅木雕像，因此伯爵夫人只看到女兒的側臉，這張臉異常嚴肅而專注，伯爵夫人大為震驚。

娜塔莎在聽、在思考。

「說呀，妳有什麼想法呢？」她說。「妳故意教他神魂顛倒，這是為什麼？妳想要他有什麼表示？妳知道，妳是不可能嫁給他的。」

「為什麼？」娜塔莎沒有改變姿勢，問道。

「因為他太年輕，因為他窮，因為他是近親……因為妳並不愛他。」

「您怎麼知道？」

「我知道。這樣不好，我的朋友。」

「要是我喜歡這樣呢……」娜塔莎說。

「不要胡說了。」伯爵夫人說。

「要是我喜歡這樣呢……」

「娜塔莎，我嚴肅地……」

娜塔莎不等她說完，就把伯爵夫人的一隻大手拉過來，親她的手背，接著親手心，接著又把手翻過來，親吻手指背面的關節骨，接著親間隙，接著又親關節，一面低聲說：「一月，二月，三月，四月，五月。」

「說話呀，媽媽，您怎麼不說話了？說吧。」她回頭望著母親說，母親目光溫柔地凝視女兒，似乎忘了要說的話。

「這樣不行，親愛的。不是誰都能理解你們的孩子氣的關係，看到他和妳這麼親近，常來我們家的那些年輕人會怎麼想呢，重要的是，他正無辜地受盡折磨。他也許能找到適合自己的伴侶，一個富有的女性；但如今，他簡直要瘋了。」

「要瘋了？」娜塔莎重複道。

「我說說自己曾經歷過的吧。我有個表哥……」

「我知道，基里拉・馬特維伊奇，他不是個老頭嗎？」

「他不是生下來就是老頭啊。不如這樣吧，娜塔莎，我和鮑里斯談談。他不能這麼常來。」

「既然他願意，為什麼不能常來？」

「因為我知道，不會有什麼結果。」

「您怎麼知道？不，媽媽，您別對他說。太不像話了！」娜塔莎的口氣就像有人要剝奪她的財產似的。「好吧，我不結婚了，讓他來吧，這樣的話，他高興我也高興。」娜塔莎面帶微笑地望著母親。

「我不結婚了，就這樣。」她又說一遍。

「什麼意思，親愛的？」

「就這樣了。反正，我也不結婚，反正……就這樣。」

「就這樣，就這樣。」伯爵夫人學她說話，隨即如老太太般慈祥的、出人意料的笑聲，甚至笑得渾身打顫。

「夠啦，別笑了，」娜塔莎叫了起來。「整個床都在晃了。您真像我，也這麼愛笑……您先別笑……」她抓住伯爵夫人雙手，在一隻手上親了一下小指——這是六月，又在另一隻手上親著七月、八月。「媽媽，他非常愛我嗎？您看呢？有人這麼愛過您嗎？而且他非常可愛，非常、非常可愛！可是不合我的心意，他心胸狹窄，像餐廳的掛鐘……您不明白？……狹窄，知道嗎？灰色，顏色淺而淡……」

「妳胡說什麼！」伯爵夫人說。

娜塔莎接著說道：

「難道您不明白？尼古拉就明白……皮埃爾——他是藍色，深藍中透著鮮豔的紅色，而且他四角方正。」

「你對他也老是故作嬌態。」伯爵夫人笑說。

「不，他是共濟會員，我知道的。他人不錯，深藍中透著鮮豔的紅色，該怎麼向您解釋呢……」

「我的夫人，」門外響起了伯爵的聲音。「妳還沒睡吧？」娜塔莎赤腳跳了起來，一把抓起便鞋，跑到自己的房間去了。

她久久無法入睡。一逕的想著，誰也不了解她所了解的一切和她的心情。

「索尼婭呢？」她望著那個拖著一條大尾巴蜷伏著睡覺的小貓想。「不，她怎麼會了解！她品德高尚。愛上了尼古拉，其他什麼都不想知道了。連媽媽也不了解。真怪，是我太聰明了……她多麼可愛。」接著她模仿他人的口吻評論自己，並且想像，這個評論她的是一個非常聰明、最聰明最高尚的男人……「她多才多藝，」這個男人繼續說道，「聰明過人、可愛又漂亮，非常漂亮、機敏過人——游泳、騎馬樣樣擅長，還有那嗓音！簡直動聽極了！」她禁不住唱出凱魯比尼[76]歌劇中她最喜愛的樂句，縱身撲到床上，想到馬上便能入睡而開懷大笑，她喚杜尼亞莎去吹熄蠟燭，杜尼亞莎還沒走出房間，她已經進入幸福的夢鄉，那裡的一切也和現實生活一樣愉快、美好，不過更勝一籌，因為別有一番情趣。

第二天伯爵夫人請來鮑里斯，和他談話，從這天起，他就未再踏入羅斯托夫住所了。

十四

十二月三十一日，一八一〇年新年前夜，葉卡捷琳娜時代一位富豪重臣的宅邸舉辦舞會，外交使團和皇上也將出席。

帶有英國風情的濱河街上，重臣的豪宅彩燈無數，亮如白晝。鋪著紅地毯、燈火輝煌的正門警衛森嚴，站在門前的不僅有憲兵，還包括警察局長和數十名警官。幾輛馬車正離去，新到的馬車絡繹不絕，載著漂亮僕從和帽子上插著羽飾的家僕。從四輪馬車上走下的男士身穿制服，佩戴星章和綬帶；穿著緞帶衣裳和白鼬皮大衣的貴婦，小心翼翼地踩著啪的一聲放下的踏板下來，迅速而無聲地行經正門前的紅地毯。

幾乎每當有馬車駛近時，人群便會竊竊私語，紛紛摘帽。

「皇上？……不，這是大臣……這是親王……這是公使……難道你沒看見羽飾嗎？」這是人群中的說話聲，其中一人穿著顯得比別人貴氣，他似乎認識所有人，而且叫得出當時最顯赫的那些大臣的姓名。

幾乎三分之一的客人已經來到舞會，而應當赴會的羅斯托夫仍忙著穿衣打扮。

對於這次舞會，羅斯托夫有過許多討論和準備，唯恐無法接受邀請，又擔心來不及置裝，不能做好一切應有的安排。

---

76 凱魯比尼（一七六〇—一八四二），義大利作曲家。

和羅斯托夫一起前往赴會的，包括伯爵夫人的朋友和親戚瑪麗亞．伊格納季耶夫娜．佩隆斯卡婭，她面黃肌瘦，是前朝的貴族宮女，她正指導外省人羅斯托夫在彼得堡上流社會的應對進退。

晚上十點，羅斯托夫要順路前往塔夫里切斯基花園接那位貴族宮女，可是再五分就十點了，夫人小姐們還在裝扮。

娜塔莎是生平第一次參加這麼盛大的舞會。這天早上，她八點便起床，整天都十分激動、焦慮不安、忙忙碌碌。從早晨起，她便全力以赴地要讓她們——她、媽媽和索尼婭盡可能打扮得光鮮體面。索尼婭和伯爵夫人完全任她擺布。伯爵夫人應當穿上紫紅色天鵝絨連身裙，兩位小姐要在粉紅色的絲綢襯裙外罩上潔白的薄紗連衣裙，胸前別上玫瑰花。頭髮應當梳成希臘式的。

所有重要的事都處理好了：為了參加舞會，也特別細心地擦洗過腳、手、脖子、耳朵，也灑了香水、撲上粉；穿上透明絲襪和蝴蝶結緞帶鞋；髮式也差不多梳理好了。索尼婭也快穿好衣裳了，伯爵夫人也一樣；可是為大家忙碌的娜塔莎反而落後了。她仍坐在鏡子前，瘦削的肩上披著一件寬大的罩衫。穿戴整齊的索尼婭站在房間中央，要把最後一條緞帶用大頭針別上，纖細的手指弄得生疼。

「不對，不對，索尼婭！」娜塔莎說，一邊轉過頭來，雙手抓住頭髮，因為正握住她頭髮整理髮式的女僕來不及鬆手。「蝴蝶結不是這麼打的，妳過來。」索尼婭坐到她身邊。娜塔莎重新別上緞帶。

「對不起，小姐，亂動可不行。」握住娜塔莎頭髮的女僕說。

「哎喲，我的天，等一等嘛！這樣才對，索尼婭。」

「你們好了嗎？」傳來了伯爵夫人的聲音。「已經十點鐘了。」

「馬上，馬上。您已經準備好了嗎，媽媽？」

「只要別上帽子就好了。」

「等我來，」娜塔莎叫道，「您不會別！」

「十點了。」

決定十點半抵達舞會會場，眼前娜塔莎卻還得穿好衣裳，還要順路到塔夫里切斯基花園一趟。

髮型設計好後，娜塔莎穿著露出小舞鞋的短裙和母親的短衫，跑到索尼婭面前，從上到下打量一番，然後又跑向母親。把她的頭轉過來別上帽子，親親她花白的頭髮，連忙又跑到為她修改裙邊的女僕身旁。

娜塔莎的裙子太長，以致耽擱了些許時間；兩個女僕為她修改裙邊，並匆促地咬斷線腳。第三個女僕唇間咬著幾枚大頭針，正從伯爵夫人身邊向索尼婭跑過去；第四個女僕雙手高舉，拿著一條薄紗連身裙。

「瑪夫魯莎，快一點，親愛的！」

「把那裡的頂針遞給我，小姐。」

「快好了吧？」伯爵說，他正要從門外進來。「這是你們要的香水。佩隆斯卡婭等很久了。」

「好了，小姐。」女僕說，她用兩根手指拎起修改好的薄紗連身裙，輕輕地在上面吹著、抖著什麼，藉此表示，手裡的衣裳多麼輕柔、一塵不染。

娜塔莎穿起連身裙。

「馬上，別進來，爸爸！」薄紗裙蒙著她的臉，她從這層薄紗下對已經推開門的父親喊道。索尼婭砰地關上門。片刻後，伯爵總算可以進來。他身穿藍色燕尾服、長襪和皮鞋，灑了香水，頭髮油光閃亮。

「爸爸，您真好看啊，太好看了！」娜塔莎說，她站在房中央撫平薄紗的衣褶。

「您別動，小姐，您別動。」女僕說，她跪在地上拉扯連身裙，同時用舌尖把幾枚大頭針從一邊嘴角移向另一邊嘴角。

「隨妳，」索尼婭看看娜塔莎的連身裙，絕望地叫道，「隨妳，還是太長！」

娜塔莎離得遠一些，對著窗間的鏡子打量自己全身。連身裙的確太長了。

「真的，小姐，一點也不長。」在地板上隨小姐的移動而爬行在地的瑪夫魯莎說。

「好吧，太長那就縫一下，馬上就可以縫好。」個性果斷的杜尼亞莎說，她自胸前的手絹裡取出一根針，又在地板上動手弄了起來。

這時伯爵夫人戴著高筒女帽、身穿天鵝絨連身裙羞怯地悄然走了進來。

「我的美人！」伯爵叫了起來。「比妳們還美！」他想擁抱她，但她紅著臉躲開，深怕衣服弄皺。

「媽媽，帽子再偏一點，」娜塔莎說。「我用大頭針重新別一下，」於是往前一衝，正在縫邊的兩個女僕來不及跟過去，扯下了一小片薄紗。

「我的天，怎麼會這樣？真的，這可不能怪我……」

「沒關係，我縫一下就看不出來了。」杜尼亞莎說。

「我的小美人，真美啊！」從門口進來的保母說，「還有索尼婭呢，都是美人！」

十點一刻，他們終於坐上幾輛馬車離開了。不過還得順道前往塔夫里切斯基花園。

佩隆斯卡婭已經準備好了。雖然她年老色衰，但她事前的準備和羅斯托夫毫無二致，只是不那麼匆忙（對她來說，這是習以為常的事），她那年老色衰的身軀也灑了香水、洗得乾乾淨淨，耳後也同樣細心地擦拭過，甚至和羅斯托夫一樣，在她穿著繡有花字[77]的黃燦燦連身裙來到客廳時，年老的女僕也對女主人的裝束讚不絕口。佩隆斯卡婭稱讚了羅斯托夫的打扮。

羅斯托夫也回禮稱讚她的品位和衣著，於是所有人小心翼翼地保護著髮型和衣裳，於十一點分乘幾輛馬車動身了。

77 以名和姓或名和父名的第一個字母組成的花字。

十五

娜塔莎從這天早晨起就沒有一分鐘的空閒，完全不曾考慮過她會遇到什麼情況。

在潮濕寒氣逼人的空氣中，坐在搖晃、微暗、擁擠的馬車裡，她第一次生動地想像著，在那裡、在舞會上、在燈火通明的大廳裡等待著她的是什麼情景——音樂、鮮花、舞蹈、皇上和彼得堡所有相貌出眾的男女青年。她所期待的是那麼美好，甚至不敢相信這一切是真的，因為這景象和馬車裡的寒冷、擁擠和昏暗太不一樣了。她終於意識到，等待她的是什麼，這時她走過大門前的紅地毯進入前廳，脫下裘皮大衣，和索尼婭並肩走在母親前面，沿著燈光燦爛的樓梯走在鮮花之間。只是這時她才意識到，她在舞會上應當如何約束自己的舉止，於是竭力保持她認為一個少女在舞會上應有的端莊。然而映入眼簾的景象令她應接不暇：她什麼也看不清楚，心跳加速一分鐘跳到一百下，內心熱血沸騰。她設法舉止端裝，不讓自己顯得可笑，她激動得不知所措，竭力掩飾心裡的激動。而這正是最適合她的舉止。在她們前後，進來的客人們同樣一身舞會服裝低聲交談。樓梯旁的鏡子裡反映出身穿白色、天藍色、粉紅色連身裙的夫人小姐，她們裸露的手臂和脖子上閃爍著鑽石和珍珠。

娜塔莎凝望著鏡子，分不清影像中誰是自己。一切都匯合成一個燦爛奪目、緩緩行進的佇列。在第一個大廳的入口處，談話聲、腳步聲和寒暄聲融成一片從容不迫的嗡嗡聲響，娜塔莎感覺震耳欲聾；光芒和閃爍更使她眼花撩亂。在入口處已經站了半個小時的男女主人，無一例外的對進來的人說：「見到您非常、非常高興。」他們兩人也歡迎羅斯托夫一家人和佩隆斯卡婭。

兩個身穿白色連身裙的少女，烏黑的髮稍間插著同樣的玫瑰花，同樣地行著屈膝禮，可是女主人的目光不由自主地在身材纖細的娜塔莎身上停留得較久。她看看她，在身為女主人的微笑之外又特別對她一人嫣然一笑。望著她，女主人也許想起了自己少女時代那一去不復返的金色年華和自己的第一次舞會。男主人也目送著娜塔莎，並詢問伯爵，他的女兒是哪一位？

「太美了！」他親親自己的指尖說。

站在大廳裡的來賓紛紛簇擁在門口等候皇上。伯爵夫人的位置在人群的前幾排。娜塔莎聽到有幾個人問到她，覺得有人在看她。她懂得，那些注意她的人是喜歡她的。她對這結果略感安心。

「有些人和我們一樣，也有不如我們的。」她想。

佩隆斯卡婭一一向伯爵夫人介紹舞會上那些重要人物的身分。

「那是荷蘭公使，看見了嗎，頭髮花白的。」佩隆斯卡婭說，她指著有一頭濃密銀灰鬈髮的小老頭，他被幾個女人圍繞著，不知怎麼逗得她們笑聲不斷。

「那就是彼得堡的女皇，別祖霍夫伯爵夫人。」她指著剛進來的海倫說。

「好漂亮！跟瑪麗亞．安東諾夫娜[78]比毫不遜色；您看，老的少的都跟在後面討好她。又漂亮又聰明。聽說，親王……為她神魂顛倒呢。這兩個並不漂亮，身邊圍著的人卻更多。」她指著穿過大廳的一位貴婦和她那長相不出色的女兒。

78 亞歷山大一世的情婦。

「這是有百萬陪嫁的待嫁女孩，」佩隆斯卡婭說。「這些就是追求她的人了。」

「這是別祖霍夫伯爵夫人的兄長阿納托利．庫拉金。」她指著一個美男子——近衛重騎兵團的軍官說，他從她們面前經過，抬頭越過他們朝什麼地方看著。「真漂亮！是吧？聽說，家人要他娶那個有錢的女孩，您的表親。德魯別茨基也在對她獻殷勤。什麼，這就是法國公使啊？」伯爵夫人問科蘭古的身分，她這麼回答道。「您看看，他那趾高氣揚的樣子。不過很可愛，法國人都很可愛。在社交界沒有比他們更可愛的了。啊，她來了！不，還是我們的瑪麗亞．安東諾夫娜最漂亮！衣著多樸素。美極了！」

「而這個人，戴眼鏡的胖子，是世界共濟會的會員，」佩隆斯卡婭指著皮埃爾說。「他和妻子一站在一起，簡直顯得像是古怪的小丑！」

皮埃爾搖晃著肥胖身軀，分開人群，向左右頻頻點頭致意，他的態度隨興而和善，如同走在市場上的人群中似的。他在人群裡擠來擠去，顯然是在找人。

娜塔莎興奮地看著被佩隆斯卡婭稱為古怪小丑的皮埃爾那張熟悉的臉，知道他是在人群中尋找他們，尤其是在找她。皮埃爾曾答應她會參加舞會，並為她介紹舞伴。

不過，還沒有走到他們身邊，皮埃爾便停在一名身穿白色軍服、身材不高、非常英俊的黑髮男子身邊，那人站在窗前，正和一個戴著幾枚勳章、佩著綬帶的高個男人交談。娜塔莎立刻認出身穿白色軍服、身材不高的年輕人：那是安德烈，她覺得，他看起來年輕多、快樂多了，當然也好看多了。

「看吧，又是熟人，安德烈，看見了嗎，媽媽？」娜塔莎指著安德烈公爵說。「記得嗎，他曾在我們的快樂莊園過夜。」

「啊，你們認識他？」佩隆斯卡婭說。「他教我無法容忍。現在所有人為他瘋狂。太傲氣了，簡直目中無人！和他父親一個樣。他和斯佩蘭斯基攀上關係，正起草什麼方案。你們看看，他對女士們的態度！她在對他說話，他卻別過臉去，」她指著他說。「要是他對我也像對這些女士，我就要他好看。」

十六

突然一陣騷動，人群交頭接耳了起來，一下子向前湧動，一下子又紛紛散去，於是在分成兩列的隊伍之間，皇上在奏樂聲中走了進來。男女主人緊隨其後。皇上頻頻左右頷首，步伐輕快，彷彿想盡快擺脫這迎接的最初時刻。樂隊正演奏〈波洛涅茲舞曲〉[79]，專為舞曲所填寫的歌詞促使這首舞曲在當時家喻戶曉。歌詞的開頭是：「亞歷山大、伊莉莎白，我們對你們無限崇敬。」皇上進入客廳，人群湧向門口；其中幾人愀然變色，匆匆進去又匆匆退回。人群又從客廳門口閃開，皇上正在客廳裡和女主人談話。一個年輕人神色慌張地接近女士們，請她們向後退。有些女士彷彿全然忘了上流社會的所有禮節，也顧不上愛惜高貴的衣裙，一逕地往前推擠。男士們開始走近女士，成雙成對地結為舞伴，準備大跳波洛涅茲舞。

所有人讓開，皇上微笑著，腳步不合音樂節拍地牽著女主人的手，邁出客廳的門。跟隨在後的，是男主人和M．A．納雷什金娜，然後是公使們、大臣們和各軍種的將軍，佩隆斯卡婭不停地報出他們的姓名。女士們大多有了男舞伴，已經或即將跳起波洛涅茲舞。娜塔莎意識到，她和母親以及索尼婭留在少數女士之中，被擠到牆邊，沒有人邀請她們跳舞。她垂著纖細的手臂站著，微微隆起的胸部均勻地起伏不定，她屏住呼吸，閃亮驚恐的眼睛望著面前，帶著準備承受極大歡樂和極大痛苦的那種表情。無論皇上或佩隆斯卡婭所指點的那些重要人物，都無法引起她的注意，她心裡只有一個想法：「難道就沒有人來邀請我，難道我不能在第一輪賓客中跳舞，難道這些男人都不注意我，他們現在好像看不見我似的，即使看到我，那表情也像在說：『啊！這不是她，那又何必看呢！』不，這不可能！」她想。「他們應該知道，我多麼想跳舞，我跳起舞來有多麼出色，他們和我跳舞將感到無比快樂啊。」

持續了好久的〈波洛涅茲舞曲〉在娜塔莎聽來，已流露出悲傷的韻味，彷彿只是一種回憶了。她想哭。佩隆斯卡婭離開她們。伯爵在大廳的另一邊。伯爵夫人、索尼婭和她站在這群陌生人之中，猶如身在森林裡，沒有人注意她們，也沒有人需要她們。安德烈公爵和一名女士從她們面前走了過去，顯然沒有認出她們。美男子阿納托利不住微笑，正對一名挽手而行的女士說話，她看了娜塔莎一眼，目光就像人們看到一堵牆壁。鮑里斯兩次走過她們面前，每一次都別開臉。沒有跳舞的貝格帶著妻子來到她們面前。

在這裡，在舞會上的這種家庭聚會使娜塔莎備感難堪，似乎除了舞會的場合，就沒有其他地方可以話家常了。薇拉正對娜塔莎炫耀自己的綠色連身裙，她不想聽，也沒看她。

最後，皇上在自己最後一個舞伴的身邊站住（他已和三個人跳舞），音樂聲停了；熱心的副官跑上前來，請羅斯托夫一家再往什麼地方讓一讓，而他們已站在牆邊了，這時大廳的長廊裡響起華爾滋舞曲那清晰細膩、引人入勝而富於節奏感的音樂聲。皇上面帶微笑，抬頭看了眼大廳。一分鐘過去了，還是沒有人出場。主持舞會的副官來到別祖霍夫伯爵夫人面前，向她提出邀請。她微笑著抬起一隻手，放在副官肩上，但並未正眼直視他。主持舞會的副官是舞蹈高手，他緊摟舞伴，自信、從容而有節奏地繞著周邊跳起滑步，在大廳的一角提起她的左手，讓她轉了一圈，在愈來愈急促的音樂聲中，只聽副官輕靈的雙腳發出馬刺有節奏的清脆碰撞聲，每過三個節拍，在旋轉中，他舞伴的天鵝絨連身裙便如火焰噴發般地飄然揚

79〈波洛涅茲舞曲〉，波蘭波洛涅茲舞蹈的配樂。

起。娜塔莎看著他們，禁不住想哭，因為不是她在跳華爾滋的首輪。

安德烈公爵身穿白色上校軍服（騎兵的）、長襪和皮鞋，顯得興奮而愉快，他站在圈子的前幾排，離羅斯托夫不遠。菲爾戈夫男爵正和他談論定於明天召開的第一次國務會議。安德烈公爵做為斯佩蘭斯基的親信和法制委員會工作的參與者，可以提供有關明天會議的可靠資訊，而關於這次會議一時眾說紛紜，莫衷一是。不過，他沒認真聽菲爾戈夫說話，時而看看皇上，時而看看那些想跳舞卻仍猶豫不決的男士。

安德烈公爵正觀察這些在皇上面前膽怯的男士和由於渴望受到邀請而屏息凝神的女士。

皮埃爾走到安德烈公爵面前，抓住他的手。

「您很常跳舞吧。這裡有一個我很保護的人，羅斯托夫的二小姐，您去邀請她吧。」他說。

「在哪裡？」鮑爾康斯基問。「對不起，」他轉頭對男爵說，「這個話題我們換個地方再詳談，在舞會上應該要跳舞啊。」他朝皮埃爾所指的方向走去。娜塔莎失望發呆的神情引起安德烈公爵的注意。他認出她，並猜到她的心聲，明白她還是新手，想起了她在窗邊所說的話，於是面露愉快的來到羅斯托夫伯爵夫人面前。

「請允許我向您介紹我的女兒。」伯爵夫人紅著臉說。

「我有幸是府上的熟人，如果伯爵夫人沒有忘記的話。」安德烈公爵說，恭敬地深深鞠躬，與佩隆斯卡婭所形容的粗魯評語完全相反，他走近娜塔莎，並在邀請她跳舞的話說完之前，便抬起手，想摟她的腰。娜塔莎臉上那隨時準備絕望和狂喜的屏息發呆神情，頓時綻放充滿幸福和感激的孩子氣微笑。

「我早就在等你了。」驚喜交集的少女那淚水盈盈的微笑彷彿如此表達，她抬起手放在安德烈公爵的肩上。他們是進入舞池的第二對舞伴。安德烈公爵是當時最優秀的舞者之一。娜塔莎的舞技極好。她的一雙小腳穿著緞帶舞鞋，輕快而瀟灑自如地舞動著，她的臉上洋溢著幸福的雀躍之情。她裸露的脖子和手臂細瘦，比起海倫的肩膀不算漂亮。她的肩膀瘦削，胸部平坦，手臂纖細；不過，海倫彷彿由於千百雙眼睛自她身上滑過而被塗上了一層清漆，而娜塔莎看來仍是初次裸露肩膀的少女，她一定會恥於裸露，倘若不是有人堅持必須如此的話。

安德烈公爵喜歡跳舞，而且想盡快擺脫其他人紛紛向他提起的高深政治話題，盡快打破由於皇上在場而形成的尷尬氛圍，便跳起舞來，他之所以選中娜塔莎，是因為皮埃爾的介紹，也因為她是第一個進入他眼簾的漂亮女人；可是一旦摟住她那苗條、靈活、顫動的腰肢，且她離他那麼近地動彈起來，離他那麼近地嫣然微笑，她的魅力便像美酒，他頓時感到醉意：當他喘息著放開她，駐足觀望跳舞的人們時，他感到自己更有精神、更年輕了。

十七

在安德烈公爵之後前來邀請娜塔莎的，包括鮑里斯和那個首先進入舞池、擅長跳舞的副官以及其他年輕人，於是娜塔莎讓出多餘的舞伴給索尼婭，她充滿活力，滿面緋紅，整晚不停地跳舞。對舞會上引人注目的事，她什麼也沒有發覺，什麼也沒有看到。她不僅未發現皇上和法國公使交談了許久，猶為親切地和一名女士說話，未發現一位親王和一名女士的舉止言談，也沒有發現海倫多受歡迎，以及某人對她關懷備至；她甚至沒有看見皇上，後來只是因為氣氛更活躍了，才發現皇上早已離開。晚宴前，安德烈公爵又和娜塔莎跳了法國花步舞[80]。他向她提及他們在快樂莊園林蔭道上的初次相遇，她月夜難眠，他在無意中聽到她在說話。娜塔莎聽到這段回憶，臉上泛起一陣紅暈，她竭力為自己辯解，彷彿被安德烈公爵無意中偷聽到的話裡，會流露出什麼見不得人的地方。

安德烈公爵和所有成長於上流社會的人一樣，喜歡在上流社會遇到沒有上流社會共同烙印的人物。娜塔莎便是如此，包括她的驚奇、快樂和羞怯，甚至說法語時出錯之處。在她面前，他的態度和談吐特別溫柔細心。坐在她身旁，與她交談最普通、最無關緊要的話題時，安德烈公爵欣賞的是她眼睛和微笑裡所閃現的愉悅光彩，這光彩和談話的內容無關，而是發自她內心深處的幸福感。在她受到邀請、站起身來、在大廳裡翩翩起舞的時候，他特別欣賞她那含羞不語的優雅姿態。跳法國花步舞的過程中，結束一種類型的舞步之後，娜塔莎向座位走去時仍氣喘吁吁。又有男士來邀請她。她累了，喘不過氣來了，看來很想拒絕，可是立刻又抬手放在男士的肩上，對安德烈公爵回眸一笑。

「我倒是很想好好休息，陪您坐一會兒，我累了；可是您看到了，有人邀請我，我很高興有人邀請，我感到幸福，我愛所有的人，我和您都了解這種心情啊。」那微笑還說了很多、很多。舞伴離開她後，娜塔莎穿過大廳，邀請兩位女士表演幾種舞步。

「如果她先請表姊，然後再請另一位女士，那麼她將成為我的妻子。」安德烈公爵望著她，出乎意料地對自己說。她先向表姊走了過去。

「有時會萌生多麼荒唐的念頭啊！」安德烈公爵想。「但是有一點是肯定的，這個女孩這麼可愛、特別，她一旦在這裡跳舞了，不出一個月便會結婚的……這樣的女孩子在這裡實在罕見。」當娜塔莎整理著胸前的玫瑰花，在他身旁坐下時，他又想。

法國花步舞即將結束時，身穿藍色燕尾服的老伯爵來到跳舞的人們面前，他邀請安德烈公爵到家裡來做客，又問女兒開心嗎？娜塔莎沒有回答，只是微微一笑，這微笑彷彿在埋怨：「還用問嗎？」

「開心極了，從來沒有這麼開心過！」她說，安德烈公爵發覺，她那瘦削的雙臂很快地抬了抬，想擁抱父親，不過馬上又垂了下來。娜塔莎感受到從未有過的幸福。她充滿一種極度的幸福感，也因而更顯得善良而高尚，不相信世上會有邪惡、不幸和痛苦。

皮埃爾在這次舞會上第一次因為妻子在上流社會所占有的地位而備受屈辱。他面色陰沉，精神渙散。

80 法國花步舞，十八世紀流行交際舞，舞步多變。

在他的前額上橫著一條很深的皺紋，他站在窗邊，透過眼鏡望著，對任何人一律視而不見。

娜塔莎前往晚宴時，從他面前經過。

皮埃爾陰沉和苦惱的神情使她大感吃驚。她在他對面停住腳步。她想幫助他，和他分享自己幸福的心情。

「太開心了，伯爵，」她說，「不是嗎？」

皮埃爾心不在焉地微微一笑，顯然不明白這些話的意思。

「是的，見到妳很開心。」他說。

「他們怎麼會有什麼不滿呢？」娜塔莎想。「尤其是像皮埃爾這麼好的人。」在娜塔莎的心目中，所有參加舞會的人都一樣善良、親切、出色、相親相愛：任誰也不會傷害別人，所以人人都應該感到幸福才對。

十八

第二天，安德烈公爵想起昨天的舞會，不過沒有多想。「是的，舞會很精采……還有……羅斯托夫小姐非常可愛。她身上散發出一種清新、特別、不屬於彼得堡的氣質，她因而顯得與眾不同。」這就是他對昨天的舞會所想的一切，他喝了茶便坐下工作。

不過，由於疲倦或失眠，這一天不適合工作，安德烈公爵什麼也做不成，一直挑剔自己的工作，這是他工作上的缺點，因此一聽到有人來訪，便感到慶幸。

來訪的是比茨基，他在各種不同的委員會工作，連流於彼得堡上流社會，熱烈崇拜新思想和斯佩蘭斯基，是彼得堡交友廣闊的消息人士，他這種人選擇思潮，就像挑選衣物一樣趕時髦，因此總像是各類思潮最早一開始的宣導者。他一摘下帽子，便急切地跑進來見安德烈公爵，而且立即談論起來。他剛打聽到，今天上午皇上召開的國務會議的詳細情況，於是興致勃勃地談論起這件事。皇上談話的內容非比尋常，唯有立憲君主才能有如此精采的談話。「皇上直截了當地說，國務會議和參政院是國家組織；他說，執政不應以個人意願為基礎，而要以堅定的原則為基礎。皇上說，財政要改革，決算要公開。」比茨基說道，對某些詞語加重語氣，並意味深長地睜大雙眼。

「是的，今天這個事件是一個時代的開始，是我國史上偉大時代的開始。」他下結論道。

安德烈公爵聆聽關於召開國務會議的描述，他曾迫切期待這次會議的召開，並寄予厚望，然而他感到驚訝的是，眼下這次會議如期召開了，非但沒有使他有所觸動，他反而覺得，這件事太無足輕重。他聽著比茨基興高采烈的描述，暗懷譏諷。他不禁有了個極簡單的想法：「皇上在國務會議上所說的話，與我和比茨基有什麼關係，與我們有什麼關係？難道這一切能使我更幸福、更高尚？」

這個簡單的論斷致使安德烈公爵原先對當前改革的所有關切全化為烏有。就在這一天，安德烈公爵應邀前往斯佩蘭斯基住所，如主人在邀請他時所說，「在友情的圈子裡」共進晚餐。在他如此欣賞的人的住所和友情的圈子裡的餐會，曾經是安德烈公爵嚮往的，尤其是他至今仍未親眼目睹家庭日常生活中的斯佩蘭斯基；可是現在他不想去了。

不過，在約定的午餐時間，安德烈公爵已進入位於塔夫里切斯基花園旁、占地不大的斯佩蘭斯基私宅，在這座小小的住宅裡，鑲木地板的飯廳異常乾淨（乾淨得令人想起修道院），他遲到了一會兒，五點鐘一到便看到這個友情圈子的全體成員都已經在飯廳裡了，他們都是斯佩蘭斯基的密友。除了斯佩蘭斯基的幼女（她有一張和父親一樣的長臉）和她的女家庭教師，未見其他女性。受邀的客人包括熱爾韋[81]、馬格尼茨基和斯托雷平[82]。安德烈公爵在前廳便聽到大聲喧嘩和響亮且音節分明的大笑聲，像極了舞臺上的笑聲。似乎是斯佩蘭斯基正音節分明地發出有節奏的笑聲：哈、哈、哈。安德烈公爵從未聽過斯佩蘭斯基的笑聲，因而這位國家要人這種響亮、尖細而怪異的笑聲令他大為驚訝。

安德烈公爵走進了客廳。所有人都站在兩扇窗子之間，靠近一張擺著冷盤的小餐桌。斯佩蘭斯基身穿佩戴一枚星章的灰色燕尾服，看得出還穿著白色西裝背心，繫著高高的白領結，猶如出席著名的國務會議，他神情愉快地站在餐桌旁。客人們圍繞在他身邊。馬格尼茨基面向斯佩蘭斯基說笑。斯佩蘭斯基聽著，馬格尼茨基還沒說完，他就笑了起來。在安德烈公爵走進飯廳之際，馬格尼茨基的話又被一陣笑聲所淹沒。斯托雷平咀嚼著乳酪麵包，發出高昂的男低音，馬格尼茨基輕聲嘻笑，斯佩蘭斯基正音節分明地尖聲高笑。

斯佩蘭斯基仍然笑著，向安德烈公爵伸出白皙細緻的手。

「見到您很高興，公爵，」他說。「等一下……」他轉身對馬格尼茨基說，打斷了他的話。「我們今天約定：聚餐只圖高興，絕口不談公事。」於是他又轉向那個講笑話的人，隨即又笑了起來。

安德烈公爵帶著驚訝和失望的沮喪聽著他的笑聲、看著笑聲不絕的斯佩蘭斯基。安德烈公爵覺得，這不是斯佩蘭斯基，而是另一個人。斯佩蘭斯基過去令安德烈公爵感到神祕而富於魅力的一切，頓時蕩然無存，他完全看透他了，已無魅力可言。

餐桌上的談話沒有片刻停頓，如同可笑趣聞的彙集。馬格尼茨基還沒有把故事講完，另一個人便自告奮勇，要講一個更可笑的趣聞。笑話不是涉及官場就是涉及官員。他們似乎早已斷定，那些人是何等渺小，因而對他們唯一可能的想法便是溫和的嘲諷。斯佩蘭斯基提到，在今天上午的國務會議上，曾徵求一名耳背大臣的意見，該大臣回答說，他也是那個意見。熱爾韋說了一個財務審查的案子，引人注目的是所有當事人都那麼愚蠢。口吃的斯托雷平插話，開始激烈地抨擊舊體制的弊端，談話隨即嚴肅了起來，馬格尼茨基開始取笑斯托雷平的激烈態度。熱爾韋插話說了個笑話，於是談話又恢復到原來的輕鬆愉快。

顯然，斯佩蘭斯基樂於在繁忙之後，和朋友一起休息、消遣，所有客人也都明白他的想法，盡力讓他

81 熱爾韋（一七七三—一七三二），斯佩蘭斯基的親戚，任職於外交部和財政部。

82 斯托雷平（一七七八—一八二五），作家，參政員。

感到放鬆，自己也有所放鬆。可是安德烈公爵覺得，這種輕鬆愉快極其壓抑且沉悶。斯佩蘭斯基尖細的說話聲令他不快，不停歇的笑聲中，一種虛假的腔調莫名的激起安德烈極大的反感。安德烈公爵沒有笑，也深恐自己在這個圈子裡顯得落落寡合。不過，誰也沒有注意，他和輕鬆愉快的氣氛是那麼格格不入。所有人似乎都很盡興。

他幾次想加入談話，可是他的話總是被彈了出來，就像軟木塞被彈出水面一樣；因而很難和他們一起說說笑笑。

他們的談吐沒有所謂不好或不妥之處，內容也都很幽默，也很可能會引人發笑；然而，不僅欠缺笑談中的那種詼諧，他們甚至根本不知道有這種東西存在。

晚餐後，斯佩蘭斯基的女兒和女家庭教師站了起來。斯佩蘭斯基抬起白皙的手親切地撫愛女兒，又吻了吻她。他這個姿態也令安德烈公爵大感不自然。

男人們遵循英國人的方式，留在餐桌旁享受波爾圖葡萄酒。聊起人們一致讚賞的拿破崙在西班牙的戰事[83]，談話間安德烈公爵反駁他們的看法。斯佩蘭斯基微微一笑，顯然為了扭轉談話的方向，說了一個與話題無關的趣聞，好一會兒，大家盡皆默然無語。

斯佩蘭斯基在餐桌旁略坐片刻，栓好酒瓶，說了一句：「現在美酒難得。」把酒瓶遞給僕人，站了起來。所有人也站了起來，依舊熱絡地交談並朝客廳走去。有人向斯佩蘭斯基遞交信使送來的兩封信。他接過信到書房去了。他一走，歡聲笑語當下沉寂，客人們審慎地輕聲交談起來。

「好，現在朗誦！」斯佩蘭斯基從書房出來說道。「他才華橫溢！」他對安德烈公爵說。馬格尼茨基立刻擺好姿勢，朗誦起他以打趣彼得堡某些名人而創作的法語諧趣詩，引起了陣陣掌聲。安德烈公爵在朗誦結束後，上前向斯佩蘭斯基告辭。

「這麼早您去哪裡？」斯佩蘭斯基問。

「我答應參加一個晚會……」

他們沉默了一會兒。安德烈公爵在近處望著那雙鏡子般讓人看不透的眼睛，不禁覺得可笑，他怎麼會對斯佩蘭斯基以及和他相關的計畫抱有期望呢，怎麼會認為，斯佩蘭斯基的所作所為具有重大意義呢。在他離開斯佩蘭斯基之後，那做作的、令人不快的笑聲仍在他的耳邊久久迴響。

一回到家，安德烈公爵回憶起四個月來在彼得堡的生活，並重新審視。他回憶著自己的忙碌、探索，以及他起草的軍事條例方案的遭遇，雖已被採納為備案，卻遭到封殺，唯一的原因是另一個很糟的方案已經擬定，並呈報給皇上；他回憶著貝格擔任委員的那個委員會會議；回憶在這些會議上，如何挖空心思、沒完沒了地討論開會的形式和流程，卻草率地回避實質問題。他想起自己參與的立法工作，想起自己那麼熱心地將《羅馬法典》和《法蘭西法典》的條文逐一譯成俄文，不禁感到慚愧。然後他生動地回憶起鮑古恰羅沃，自己在鄉下的作為和梁贊之行，回憶起農民和村長德龍，他把在彼得堡期間，一一闡述的人權和他們相對照，他深感不解，他怎麼會花那麼多的時間在這些毫無意義的事情上。

83 一八〇七年，拿破崙出動重兵入侵西班牙，翌年五月宣布其兄長約瑟夫・波拿巴為西班牙國王。他的侵略行動遭到西班牙人民的頑強抵抗。

十九

第二天，安德烈公爵出門拜訪他還沒去過的幾戶人家，其中包括在最近一次舞會上恢復交往的羅斯托夫。按照禮節，安德烈公爵理應到羅斯托夫住所，此外，他想見見那個讓他留下愉快回憶的、特別的、生氣勃勃的女孩。

娜塔莎是最先遇見他的人之一。她穿著居家的藍色連身裙，安德烈公爵覺得，比穿舞會衣裙的她更美了。她和羅斯托夫一家都像見到老朋友一樣純樸而親切地歡迎安德烈公爵。過去，安德烈公爵曾嚴厲指摘這個家庭，如今他卻感覺，這是一個由非常純樸且善良的人所組成的家庭。老伯爵的親切好客在彼得堡顯得獨特，他的盛情使安德烈公爵無法拒絕共進一餐的邀請。「是的，這是一群善良可愛的人，」鮑爾康斯基想，「不言而喻，他們一點也不了解他們所擁有的瑰寶——娜塔莎；不過，這些善良的人們構成完美的背景，正好襯托出這個別具詩意、充滿生命活力、極其可愛的女孩！」

安德烈公爵感到，娜塔莎是一處令他感到陌生的特殊世界，充滿了他所不解的種種歡樂，而這個陌生的世界，早在當時、在快樂莊園的林蔭道上和月夜的窗口，便激起了他的好奇。現在這個世界已不再引起他的好奇，因為已不是陌生的世界了；而進入這個世界後，他在其中為自己找到全新的喜悅。

午餐後，娜塔莎在安德烈公爵的請求下，走到古鋼琴旁唱起歌來。安德烈公爵站在窗邊和女士們談話，一邊聽著她的歌唱。一句歌詞唱到一半，安德烈公爵沉默了，意外地感到喉嚨哽咽，他從來不知道自己會如此動情。他望著歌唱中的娜塔莎，心裡油然升起一種全新的幸福感受。他感到幸福，同時又悲從中來。他絕對沒有哭的理由，但就是想哭。為什麼？因為往日的愛情？因為小公爵夫人？因為自己種種失落的遭遇？……因為自己對未來的希望？是又不是。他之所以想哭，主要是因為他深切地意識到一種可怕的對立，一方面是他心裡無限偉大而無法說清的嚮往，一方面是狹隘的激情感受，他自己是這種人，甚至她也是。在她唱歌的時候，這種對立使他既苦惱又陶醉。

娜塔莎一唱完便來到他面前，問他喜不喜歡她的歌聲？她問了這句話，話一出口，才明白過來，她不該問得這麼直接，因而感到難為情。他望著她微微一笑說，他非常喜歡她的歌聲，正如喜歡她的一切表現。

安德烈公爵待到很晚才離開羅斯托夫住所。他一如往常躺下就寢，卻無法入睡。他時而點燃蠟燭，坐在被窩裡，時而起來，時而又躺下，絲毫不為失眠所苦：他的心靈充滿歡樂和新穎的感受，彷彿他是從窒悶的斗室來到遼闊的大地。他根本沒有想到，他愛上了娜塔莎；他並沒有想她；他只是想像著她的身影，接著，他的生活便向他展現了嶄新的面貌。「既然生活，生活裡的一切及其所有的歡樂都向我敞開胸懷，那我何必畏懼，何必在這狹小閉塞的圈子裡掙扎奔忙呢？」他對自己說。於是他長期以來第一次為自己計畫未來的幸福。他暗自決定，他要關心兒子的教育，為他物色一名教師，把孩子託付給他；然後辭職前往國外，看看英國、瑞士、義大利。「趁我還覺得精力充沛時，我要充分利用自己的自由。」他對自己說。「皮埃爾說得對，要成為幸福的人，必須相信幸福是可能的，而我現在相信了。『任憑死人埋葬他們的死人』[84]，活著的人應當好好生活，做一個幸福的人。」他想。

84 見《新約・馬太福音》第八章第二十一至二十二節。

二十

一天早上，阿道夫．貝格上校來訪，皮埃爾正如認識莫斯科和彼得堡所有人一樣也認識他，上校身穿一塵不染的嶄新軍服，像皇上亞歷山大．巴甫洛維奇那樣，鬢角梳理得向前翹起。

「我剛從您的夫人住處前來，很不幸，我的請求未能得到應允；我希望，伯爵，在您這裡，我會幸運一些。」

「有什麼事嗎，上校？我願效勞。」

「我現在，伯爵，已經在新居安頓好了。」貝格告訴他，想必覺得這句話聽起來令人高興，「所以我想為我和妻子的朋友們舉行一場小小的晚會。（他露出更愉快的微笑。）我想請伯爵夫人和您賞光，到舍下喝茶和……用餐。」

只有別祖霍夫伯爵夫人才會覺得，和什麼貝格之流交往有失身分，狠心地拒絕他的邀請。貝格那麼清楚地表明，為什麼他要在家裡舉行規模不大的上流人物聚會，為什麼他會為此而感到高興，以及為什麼他對賭博和其他陋習吝惜金錢，卻為了上流人物的聚會不惜破費，以致皮埃爾不好拒絕，便答應赴會。

「不過，請不要遲到，伯爵，恕我斗膽請求；在八點差十分來吧，斗膽請求您了。我們會湊個牌局，我們的將軍也會來。他對我很好。我們將共進晚餐，伯爵。請務必光臨。」

這一天，皮埃爾改掉遲到的習慣，不是在八點差十分到達，而是八點差一刻便到了。

貝格夫婦準備了晚會所需要的一切，也準備好接待客人。貝格和妻子坐在整潔明亮，擺設著半身塑像、繪畫和新式家具的書房裡。貝格一身嶄新的排扣軍服坐在妻子身邊，向她解釋，隨時可以也應當結交地位比自己高的人，唯有如此，才能從交往中得到樂趣。

「妳可以學到些什麼，也可以提出某些要求。妳看看我，我是從最低的級別做起的（貝格不是用年齡，而是用皇上的恩賞來衡量自己的生活）。我的戰友們至今什麼也不是，而我已是候補團長，且有幸成為您的丈夫（他站起來親薇拉的手，不過走過來時不忘把地毯翹起的一角拉平）。我是依靠什麼得到這一切的呢？主要是善於擇友。不言而喻，做人要品德高尚，盡忠職守……」

貝格抱著對軟弱女性的優越感微微一笑，認為自己這可愛的妻子畢竟是軟弱的，不可能充分理解男人身為一個男人的優越之處。同時，薇拉也抱著高尚善良的優越感對丈夫微微一笑，在薇拉看來，他畢竟和所有男人一樣，無法正確地理解生活。貝格以自己的妻子為本，認為所有女人都是軟弱而愚蠢的。薇拉根據對丈夫的評判，把這種評語應用在所有人身上，認為所有男人都以為只有自己最行，其實什麼也不懂，既高傲又自私。

貝格站起來小心翼翼地擁抱妻子，唯恐弄皺了他高價買來的鑲花邊披肩，在她的雙唇之間吻了一下。

「只是有一件事，我們不能太早生小孩。」他下意識脫口而出。

「好的，」薇拉回答道，「我也不想。我無法放棄社交生活。」

「尤蘇波娃公爵夫人也有一條一樣的披肩。」貝格指著鑲花邊的披肩說，面露幸福、愉快的微笑。

這時僕人稟報別祖霍夫伯爵到了。夫妻倆得意地相視一笑，各自把這次來訪視為自己個人的榮幸。

「這就是善於交往的結果，」貝格想，「就是舉止得體的結果！」

「不過，請注意，在我和客人應酬的時候，」薇拉說，「你不要干擾我，因為我知道對每個人要有不同的態度、對什麼人該說什麼話。」

貝格也微微一笑。

「那可不行：有時男人之間要有男人的話題啊。」他說。

皮埃爾被迎進新客廳，可是客廳裡沒有地方可坐，坐在任何一處都會破壞對稱、整潔和秩序，貝格為了貴客，只好破壞扶手椅或沙發的對稱，只是仍猶豫不決，索性任由客人自便選擇座位。貝格的為難，不難理解。皮埃爾卻破壞對稱，將一把椅子拖到自己身邊，於是貝格和薇拉的晚會開始了，他們互相干涉，爭搶著和客人應酬。

薇拉心想，對皮埃爾應當談談法國大使館，立刻就這個話題談了起來。貝格心想，男人的話題也是需要的，便打斷妻子的話題，觸及了與奧地利作戰的問題，又不由自主地從一般性的話題跳到他個人對建議他出征奧地利的想法，以及他不接受這個建議的種種原因。儘管談話不和諧，而且薇拉因為男性話題的介入而心裡有氣，可是夫妻倆都很滿意並覺得，雖然只有一位客人，但晚會開始得很成功，這個晚會和任何其他晚會都像兩滴水一樣相似，有談話、有茶、有幾根點燃的蠟燭。

不久，貝格的老戰友鮑里斯來了。他對貝格和薇拉的態度帶有幾分優越感和庇護意味。在鮑里斯之後，一位女士和上校來了，然後是將軍本人，然後是羅斯托夫一家人，於是毫無疑問，晚會已經和所有晚會完全一樣了。貝格和薇拉看著客廳裡的一切，聽著斷斷續續的交談聲、衣衫的簌簌聲和寒暄聲，忍不住露出了滿意的微笑。一切都和別人舉辦的晚會一樣，特別像那麼一回事的是將軍，他讚賞新居，拍拍貝格的肩膀，以父親般的獨斷專行吩咐擺開波士頓牌桌。將軍坐到羅斯托夫老伯爵身旁，視他為僅次於自己的貴賓。老年人和老年人在一起，年輕人和年輕人在一起，女主人在茶桌旁，茶桌上銀盤裡盛裝餅乾，這些餅乾和帕寧[85]家的晚會上一樣，一切都和別人的晚會毫無二致了。

85 帕寧是俄國古老的貴族世家之一。

二十一

皮埃爾身為最尊貴的客人之一，應當與羅斯托夫老伯爵、將軍和上校同桌打牌。皮埃爾在波士頓牌桌上正好坐在娜塔莎對面。從舞會那天以後，她身上所散發的不尋常變化令他大為驚訝。娜塔莎默默不語，非但不像在舞會上那樣漂亮，而且若不是她那謙和而淡漠的神色，便會顯得很難看。

「她怎麼了？」皮埃爾看了她一眼心想，她坐在茶桌旁姊姊的身邊，不情願地回答著身旁鮑里斯的問話，也不正眼看他。皮埃爾打出一副同花順，搭擋高興地看他吃掉五張牌，他在收進那五張牌瞬間，聽見了寒暄聲和有人走進房間的腳步聲，於是又看了她一眼。

「她又怎麼了？」他更是驚訝了，禁不住反問自己。

安德烈公爵帶著關懷和溫柔的神情站在她面前，正對她說話。她抬起頭來，臉上泛起了紅暈，看來正竭力抑制急促的呼吸而望著他。一種內心已然熄滅的火焰又在她的身上閃耀出燦爛的光彩。她整個人完全變了。她不再難看，又變成那個舞會上的她。

安德烈走到皮埃爾身邊，皮埃爾在朋友臉上也注意到一種全新、洋溢著青春氣息的神采。

皮埃爾打牌時換了幾次座位，有時背對娜塔莎，有時面對她，而在打六圈牌的過程中一直留心觀察她和安德烈。

「他們之間正在發生某種非常重要的事。」皮埃爾想，一種快樂又苦澀的心情令他激動不已，老是忘記打牌。

打完六圈後，將軍站起來說，沒法再玩了，皮埃爾總算能自由行動了。娜塔莎在一旁和索尼婭和鮑里斯說話。薇拉面帶微妙的笑容和安德烈公爵交談。皮埃爾走近朋友身邊問道，談的不是秘密吧，說著便在他們旁邊坐了下來。薇拉發覺安德烈公爵對娜塔莎有好感，認為在晚會上，在真正的晚會上，對感情的微妙暗示是不可或缺的，因此在只有安德烈公爵一人時，便看準時機，和他談起一般的感情和自己的妹妹。和這麼聰明的客人（她認為安德烈公爵是聰明人）在一起，她必須發揮自己的交際藝術。

皮埃爾來到他們面前，發覺薇拉自鳴得意地談興正濃，安德烈公爵似乎煩躁不安（這種情形很少發生在他身上）。

「您是怎麼想的呢？」薇拉面帶微妙的笑容說道。「您，公爵，是那麼洞察入微，那麼善於在頃刻之間了解人們的性格。您對娜塔莎有什麼看法呢，她能對自己的戀情始終不渝嗎？她能像其他女人（薇拉暗指自己），一旦愛上一個人便永遠忠實於他嗎？我認為這才是真正的愛情。您認為呢，公爵？」

「我對您的妹妹缺乏了解，」安德烈公爵帶著嘲諷的微笑回答道，他想用這微笑掩飾內心的煩躁，「還不能回答如此微妙的問題；再說，我注意到，女人愈是不為人所愛，愈是會始終不渝。」他補充道，看了看這時來到他們身邊的皮埃爾。

「是的，您說得對；在現代，」薇拉接著說（她提到了現代，一般地說，智力有限的人喜歡談現代，他們自以為發現了並評估了現代的特點，以為人的本性是隨著時代的不同而變化的），「在現代，女孩擁有太多自由，以致被人追求的快感往往泯滅她真正的感情，而娜塔莎，不得不承認，對追求是非常敏感的。」她又扯到娜塔莎身上，安德烈公爵頗為不快地皺了皺眉頭；他想站起來，可是薇拉帶著更意味深長的微笑，繼續說了下去。

「我想，誰也不曾像她那樣受到追求，」薇拉說，「直到最近，她也從來沒有認真喜歡過誰，您是知道的，伯爵，」她轉向皮埃爾，「甚至我們可愛的表兄弟鮑里斯，他當初，只在我們之間說說而已，如今已深深地陷入了溫柔夢鄉……」她說，指的是當時一種詮釋愛情的流行詞彙。

安德烈公爵皺眉一聲不吭。

「您和鮑里斯不是好朋友嗎？」薇拉問他。

「是的，我認識他……」

「他想必對您提過少年時期和娜塔莎的戀愛吧？」

「少年時期的戀愛？」安德烈公爵突然出人意表地脹紅了臉，問道。

「是的。您知道，在表兄妹之間這種親密的關係常常會發展為愛情。表親關係是很危險的。不是嗎？」

「啊，那當然，」安德烈公爵說，他頓時不自在地興奮起來，和皮埃爾開玩笑說，他和莫斯科那幾位五十歲的表姊交往時可得小心了，便在笑談間挽起皮埃爾的手臂，把他帶到一旁。

「怎麼了？」皮埃爾問，驚訝地望著朋友耐人尋味的興奮之情，並且注意到他在起身時投向娜塔莎的眼神。

「我必須，我必須和你談一談，」安德烈公爵說。「你知道我們的女手套[86]（他說的是共濟會發給新入會的兄弟，讓他贈予心愛女人的女手套）。我……不過，我們以後再談吧……」安德烈公爵眼裡閃著異樣的光芒，步履匆匆地向娜塔莎走去，在她身旁坐了下來。皮埃爾看到，安德烈公爵問了她什麼，她驀地臉上泛起紅暈，回答了他。

可是這時貝格來到皮埃爾面前，殷切地請求他參入將軍和上校之間關於西班牙戰事的爭論。貝格感到很滿意、很幸福。快樂的微笑始終洋溢在他的臉上。晚會一切順利，和他見識過的其他晚會完全一樣。一切有模有樣的。既有女士們低聲細語的談話，也有牌局，也有在牌桌上嗓門愈來愈大的將軍，還有茶壺和餅乾；不過還缺少一樣，那也是他在他希望仿效的晚會上總能看到的一幅景象——男人們高談闊論，就某個重要而深奧的話題爭論不休。將軍開始了這類談話，於是貝格找來皮埃爾。

86 在本書手稿中，安德烈公爵是共濟會會員，曾履行入會儀式。定稿中刪去這個情節，這句話卻保留了下來。

二十二

第二天，安德烈公爵前往羅斯托夫住所用餐，因為羅斯托夫老伯爵邀請他，他在他們家度過了整整一天。

所有人心裡都明白，他是為誰而來的，他也並不掩飾，整天想方設法和娜塔莎待在一起。不僅在驚慌而又感到幸福和喜悅的娜塔莎心裡，甚至全家都因為眼看就要發生一件大事而惶惶不安。在他和娜塔莎談話的時候，伯爵夫人以憂鬱嚴肅又挑剔的目光審視安德烈公爵，只要他一回看她，她便又膽怯地假裝談起一些無關緊要的話題。索尼婭和他們在一起時，既怕離開娜塔莎，又怕礙眼。當娜塔莎和他單獨相對時，她一臉蒼白，忐忑不安地期待著。她感覺到，他有話要對她說，然而又不能不有所顧忌。

晚上安德烈公爵離開後，伯爵夫人走到娜塔莎面前，悄聲問道：「怎麼樣？」

「媽媽！看在上帝分上，現在什麼也不要問我。我沒辦法說。」娜塔莎說。

儘管如此，這天晚上時而激動時而驚慌的娜塔莎，兩眼凝然不動地在母親的被窩裡躺了好久。她有時對她說，他是怎麼讚揚她，有時提到他說要去國外，有時談到他曾問她，他們今年在哪裡度過夏天，有時說到他曾向她問起鮑里斯。

「可是這種、這種心情我還從未經歷過啊！」她說。「只是我在他面前感到惶恐，在他面前我總是感到惶恐，這意味著什麼呢？意味著有真感情，是嗎？媽媽，您睡著了？」

「沒有，寶貝，我自己也很惶恐呢，」母親回答說。「去睡吧。」

「反正我也睡不著。睡覺多無聊呀！媽媽，媽媽，這種心情我還從未經歷過呢！」她說，對她在自己心裡所意識到的感情既訝異又不安。「我們哪裡想得到啊！……」

娜塔莎覺得，早在快樂莊園第一次看到安德烈公爵的那一刻，她就愛上他。她當時看中的這個人（對這一點她是堅信不疑的），也正是這個人如今再次與她相遇，而且對她似乎不無好感，這種奇特、突如其來的幸福令她震驚。「想不到他偏偏在這時，在我們住在這裡的時候來到彼得堡，想不到我們竟會在這次舞會上不期而遇。這都是命運。這一切導致今天這個結果，看來是命中注定的。早在那時，我一見到他，就有一種異樣的感覺。」

「他還對妳說了些什麼？這是什麼詩？妳念給我聽聽……」母親若有所思地說，她問的是安德烈公爵在娜塔莎的紀念冊裡所寫的詩。

「媽媽，找一個喪妻的男人，不難為情嗎？」

「好了，娜塔莎。妳向上帝禱告吧。婚姻是注定的。」

「親愛的，媽媽，我太愛您了！我太高興了！」娜塔莎流著幸福和激動的淚水，摟著母親叫道。

與此同時，安德烈公爵正在皮埃爾住處，對他訴說自己對娜塔莎的愛慕，決意要娶她。

這一天，別祖霍夫伯爵夫人舉行盛大的招待會，出席的包括法國公使、近來已是伯爵夫人住處的常客的親王以及眾多服飾華麗的男女賓客。皮埃爾在樓下，他在各個大廳徘徊，他那心無旁鶩、神情恍惚、臉色陰沉的樣子使所有人感到詫驚。

自從參加舞會以來，皮埃爾覺得，憂鬱症很快便會在他身上發作，拚命想加以制止。親王和他的妻子交往不久，他便意外地榮任宮廷高級侍從，從這時起，他在交際場合開始感到壓抑和羞慚，心裡更常出現過去那種人生空虛的陰暗想法。就在這時，他發覺他愛護的娜塔莎和安德烈公爵之間的感情，他的處境和朋友的處境太過反差，他更是黯然神傷。他竭力避免想到妻子，也避免想到娜塔莎和安德烈公爵。他又覺得，比起永恆來，一切是多麼渺小。他的面前又出現了同樣的問題：為什麼？於是他強迫自己日夜鑽研共濟會著作，希望驅趕正在逼近的惡魔。十一點多鐘，皮埃爾從伯爵夫人那套豪華房間出來，在樓上煙霧瀰漫的低矮房間裡，他坐在書桌前，穿著破舊的睡衣抄寫蘇格蘭真本文件，這時有人走進他的房間。那是安德烈公爵。

「噢，是你，」皮埃爾懶散地、心情低落地說。「我在工作。」皮埃爾指著筆記本說，臉上淨是一副逃避痛苦的神情，身遭不幸的人往往帶著這種神情看待的工作。

安德烈公爵神采煥發，臉上洋溢著新生的喜悅站在皮埃爾面前，並未發覺他悲涼的面容，帶著幸福的人那種自私心態朝他微微一笑。

「喂，親愛的，」他說，「我昨天就想對你說的，今天正式跟你說吧。我從來不曾有過這樣的感受。我戀愛了，我的朋友。」

皮埃爾突然沉重地嘆息一聲，沉重的身軀癱在沙發上，倒在安德烈公爵身邊。

「你愛上了娜塔莎．羅斯托夫，是嗎？」他說。

「是的，是的，還能有誰？我是絕不會相信的，然而這種感情真的戰勝了我。昨天我很痛苦、很難受，可是我不會拿這種痛苦交換世界上的任何東西。我不曾真正地生活過，直到現在才開始生活，可是我的生活中不能沒有她。不過她會愛我嗎？……對她來說，我的年紀大了些……你怎麼不說話？……」

「我？我？我曾對你說過嗎？」皮埃爾突然說，他站起身來，開始在房裡來回走動。「我一直是這麼想的……這個女孩是一塊瑰寶，……一位世間少見的女孩……親愛的朋友，我求你了，不要空談，不要猶豫不決，娶她、娶她、娶她吧……我相信，沒有比您更幸福的人了。」

「那她呢？」

「她愛你。」

「你別亂說……」安德烈公爵面帶微笑，看著皮埃爾說。

「她愛您，這我很清楚。」皮埃爾憤怒吼了起來。

「不，你聽我說，」安德烈公爵按著他的手說。「你了解我的情況嗎？我需要有個人聽我傾訴一切。」

「好，好，你說，我很榮幸。」皮埃爾說，果然，他的面容變了，面色舒展開來，高興地聽著。安德烈公爵從裡到外成為另一個完全不同的新人。他的苦悶、他對生活的蔑視、他的失望哪裡去了？皮埃爾是他唯一推心置腹的人。也因此，他對他坦白自己的心事。有時他輕鬆而大膽地勾畫未來的長遠計畫，說他不能因為父親的任性而犧牲幸福，一定要讓他同意這門親事並且愛她，否則便自主行事，有時他對支配他的那種感情感到驚訝，彷彿那是一種奇怪而陌生、由不得他做主的體驗。

「要是有人對我說，我會這麼愛一個人，我簡直不會相信。」安德烈公爵說。「這完全不是我曾經歷過的那種感情。對我來說，整個世界分成兩半：一半是她，這裡有的是幸福、希望、光明；另一半是沒有她的所在，那裡只有淒涼和黑暗……」

「黑暗和鬱悶，」皮埃爾重複道，「是的，是的，我理解。」

「我不能不愛光明，這不是我的錯。我很幸福。你理解我嗎？我知道，你是為我高興的。」

「是的，是的。」皮埃爾連聲贊同，一雙感動而憂鬱的眼睛望著朋友。他愈是覺得安德烈公爵前景光明，就愈是覺得自己的前途一片黯淡。

二十三

結婚必須得到父親的同意，因此安德烈公爵第二天去見父親了。

父親聽了兒子的想法，表面平靜，內心卻是惱怒。他無法理解，在一個人生命已接近尾聲之際，竟有人企圖改變他的生活，在他的生活中注入某種新事物。「只要讓我依自己的願望度過餘生，別人想做什麼，就隨他去吧。」老頭對自己說。不過，他對兒子運用了他在重要場合常用的交際手腕，他以平靜的語調對這件事議論一番：

首先，這門婚事在門第、財產和聲望上都不盡理想。其次，安德烈公爵已不再年輕，體力漸衰（老頭尤其強調這一點），而她非常年輕。第三，有一個兒子，把他交給一個小女孩實在教人心疼。第四，也是最後，老頭子譏諷地望著兒子說：「我請你將婚事推遲一年，到國外去一趟，養好身體。現在依你原先的計畫，為尼科連卡公爵找個德國家庭教師。之後，如果愛情、衝動、固執，隨你怎麼說吧，依然那麼強烈的話，那你就結婚。這是我最後的建議，注意，最後的建議……」公爵說完了，他的語調表明，什麼也無法改變他的決定。

安德烈公爵很清楚，老公爵希望，他或他未來的未婚妻經不住一年的考驗，或者他，老公爵自己，會在這段期間死去，於是決定遵從父親的意志：先去求婚，並將婚期推遲一年。

在羅斯托夫住所度過最後一晚的三個星期之後，安德烈公爵回到彼得堡。

向母親表明心意的第二天，娜塔莎整天等待安德烈，他卻遲遲沒有來。第二天、第三天也一樣，皮埃爾也沒有來，娜塔莎不知道安德烈公爵去見父親了，因而無法理解他何以一去不回。

就這樣過了三個星期。娜塔莎身邊也不想去，無聊又沮喪地在幾個房間裡如影子般晃蕩，晚上則瞞著大家偷偷哭泣，也沒有每晚到伯爵夫人那裡去了。她時常面紅耳赤地發脾氣。她覺得，大家都知道她的失望，在嘲笑她、憐憫她。她內心的痛苦那麼劇烈，而虛榮心所引起的痛苦更加劇了她的不幸。

有一次，她來到母親面前，想對她說些什麼，卻不期然哭了起來。她的眼淚意味著一個受委屈的孩子不知道自己為什麼會受到懲罰而流下的淚水。

伯爵夫人開始安慰娜塔莎。娜塔莎起初靜靜聆傾聽母親的話，倏地打斷她道：

「別說了，媽媽，我不要多想，也不願再想！就這樣，來了一趟，就不再來了，就不再來了……」

她的聲音在發顫，幾乎哭了出來，不過她忍住了，且平靜繼續說道：

「我完全不想結婚了。而且我怕他；我現在完全、完全平靜下來了……」

這次談話的第二天後，她穿上舊的連身裙，這件連身裙她特別熟悉，因為每天早上一穿上，便會為她帶來愉快的心情，而也從這天早上起，她恢復了舞會後久違的日常生活。她喝茶之後，來到最喜愛的、共鳴效果很好的大廳，練習歌唱。練習完第一課，她站在大廳中央，重複一遍她特別喜歡的樂句，愉悅地聆聽那美妙的（彷彿出乎她的意料）歌聲，歌聲悠揚婉轉地在整個大廳的空間回蕩，又慢慢地消失，於是她頓時開心了起來。「那件事何必多想，這樣也很好。」她對自己說，又開始在大廳裡來回，她並非只是單純的在木質地板上規律走動，而是每一步都用腳跟（她穿著心愛的新皮鞋）和足尖交替著地，也像聆聽自己的嗓音那般，愉悅地傾聽著那有節奏的腳跟踩地聲和足尖輕微的吱吱聲。經過鏡子時她朝裡看了一眼。「她就是我呀！」她看見自己，臉上的表情如此表達。「嘿，真好。我誰也不需要了。」

僕人想進來收拾大廳。可是她不願意，隨即把門關上，繼續自己的步伐。她在這天早上再次恢復了她向來自戀和自我欣賞的個性。「這個娜塔莎真美！」她又用某個概括的男性第三者的話談論自己。「漂亮，嗓音動聽，年輕，她不妨礙任何人，就不要打擾她了。」不過，儘管別人不去打擾她，她也無法確實平靜下來，而且也馬上意識到這一點。

前廳的大門開了，有人問：在家嗎？接著傳來了腳步聲。娜塔莎瞅著鏡子，卻沒有看見自己。她正仔細聆聽前廳的聲音。在她看見自己的時候，她的臉色是蒼白的。那是他。她如此斷定，儘管從關著的門裡只能勉強聽到他模糊的嗓音。

娜塔莎面色蒼白，驚慌失措地跑進客廳。

「媽媽，安德烈來了！」她說。「媽媽，這太可怕了，這是我難以承受的！我可不願……受折磨！我該怎麼辦？」

伯爵夫人還沒有來得及回答她，安德烈公爵便神色不安且嚴肅地走進了客廳。他一看到娜塔莎，頓時容光煥發。他親了親伯爵夫人和娜塔莎的手，在沙發旁坐下……

「我們很久沒有……」伯爵夫人一開口，安德烈公爵旋即打斷她，以便回答她的問題，顯然，他急於說出他需要說的話。

「這段時間我一直沒有來，因為我在父親的住處：我有很重要的事必須和他討論。直到昨夜我才回來，」他看了娜塔莎一眼說。「我需要和您談一談，伯爵夫人。」他沉默片刻後加上一句。

伯爵夫人垂下眼沉重地嘆了一口氣。

「我願意仔細聆聽。」她說。

娜塔莎知道，她應當迴避，不過她辦不到：喉嚨哽咽說不出話來，於是她不顧禮節，坦誠地直視安德烈公爵。

「現在？就在此刻！……不，這不可能！」她想。

他又看了她一眼，這目光促使她確信，她的判斷沒有錯。是的，現在，就在此刻將決定她的命運。

「妳先離開吧，娜塔莎，待會兒我再找妳。」伯爵夫人說。

娜塔莎神色驚慌，央求地看了看安德烈公爵，又看了看母親，無奈地出去了。

「伯爵夫人，我是來向令嬡求婚的。」安德烈公爵說。

伯爵夫人脹紅了臉，不過什麼也沒說。

「您來求婚……」伯爵夫人莊重說道。他沉默注視她。「您來求婚……（她顯得侷促不安）我們很榮幸，而且……我會答應您的求婚，我很榮幸。至於我的丈夫……我希望……不過這要由她本人決定……」

「得到您的同意後，我再對她說……您同意嗎？」

「是的，」伯爵夫人說，並向他伸出手，當他低頭湊近她的手時，她懷著陌生又親切的複雜情感將嘴唇貼近他的前額上。她想愛他如子；然而她覺得，他是一個令她感到陌生又害怕的人。

「我相信，我的丈夫會同意的，」伯爵夫人說，「不過您的父親……」

「我已經告訴父親自己的想法，他也同意了，不過提出了一個必須遵守的條件，一年之後才能結婚。這正是我想告訴您的。」安德烈公爵說。

「的確，娜塔莎還小，不過——太久了吧！」

「不這樣不行啊。」安德烈公爵嘆了一口氣說。

「我請她來見您。」伯爵夫人說，隨即離開房間。

「主啊，保佑我們吧。」她念叨著，到處尋找女兒。索尼婭說，娜塔莎在臥房。娜塔莎坐在床上，臉色發白，冷冷地看著聖像，迅速地劃著十字，一面低語著什麼。一見到母親，她跳起來朝她撲了過去。

「怎麼樣？媽媽？……怎麼樣？」

「去吧，去見他吧。他向妳求婚。」伯爵夫人說，娜塔莎覺得她太過冷淡。「去吧……去吧。」母親望著女兒奔跑的背影憂傷而責備地喃喃自語，長嘆了一聲。

娜塔莎記不得她是怎麼走進客廳的。一進門見到他，她停住腳步。「難道眼前這個陌生人就是我的一切？是的，一切：唯有他是我在世上最親的親人了。」安德烈公爵走上前去，垂下了眼。

「我對您一見鍾情。我能懷抱希望嗎？」

他看了她一眼，她臉上的嚴肅和迷戀之情令他大為驚訝。她的表情傳達著：「何必問呢？對不可能不知道的事情為什麼要懷疑呢？在你的心情無法用語言形容的時候，為什麼要說話呢？」

她走過去站在他面前。他握著她的手親吻了一下。

「您愛我嗎？」

「是的，是的。」娜塔莎似乎惱怒地說道，大聲地嘆息了一聲，又一聲，接著一聲更比一聲急促，隨即號啕大哭。

「怎麼哭了？您怎麼了？」

「啊，我太幸福了。」她回答說，含淚微微一笑，她身體前傾，沉吟一秒鐘彷彿在問自己，這麼做可以嗎？隨即親吻了他。

安德烈公爵握著她的手，看著她的眼，在自己的心裡卻找不到以前對她的那種愛了。他的心情突然起了變化：原來在憧憬中的詩意和神祕之美都沒有了，取而代之的，是對她的女性的、孩子氣的軟弱的愛憐，是面對她的忠誠和信任而感受到的懼怕，是沉重而又快慰地意識到，將他和她永遠結合在一起的義務。此刻的感情雖然不像原來那般甜美而富有詩意，卻更加嚴肅、強烈。

「媽媽對您說了嗎，一年以後才能結婚？」安德烈公爵仍然看著她的眼睛問道。

「難道這就是我，那個小女孩（大家都提到我時，都這麼說），」娜塔莎想，「難道現在，從此刻起，我就是這個陌生的、親愛的、連我的父親也敬重的聰明人的妻子了？難道這是真的嗎？難道真的是這樣：現在已不能再把生活當兒戲，我已是大人，我的肩上已負有責任，要對自己的一言一行負責？對了，他問我什麼來著？」

「不。」她回答說，其實她沒有聽清楚他的問題。

「請原諒我，」安德烈公爵說，「您還這麼年輕，而我已是飽經滄桑的人了。我為您擔憂。您不了解自己啊。」

娜塔莎聚精會神地聽著，竭力想明白他話裡的意思，依舊沒有竟會過來。

「在我的幸福被往後推遲的這一年裡，不論我多麼痛苦，」安德烈公爵繼續說道，「您要在這段時間裡考慮清楚。我請求您在一年以後創造我的幸福；然而您是自由的：我們的婚約要保密，要是您哪一天確信，您不愛我了，或者愛上了……」安德烈公爵帶著不自然的微笑說。

「為什麼您要這麼說呢？」娜塔莎打斷他的話。「您知道嗎？您第一次到快樂莊園來，從那天起，我便愛上了您。」她說，堅信她說的是事實。

「足足一年的時間，您會想清楚的……」

「足足一年！」娜塔莎突然說，頓時才明白過來，婚期要推遲一年。「為什麼要一年呢？為什麼要一年呢？……」安德烈公爵向她解釋推遲的原因。娜塔莎聽不進去。

「一定要這樣嗎？」她問。安德烈公爵什麼也沒有回答，但他的臉色表明，要改變這個決定是不可能的。

「這太可怕了！不，這太可怕了，太可怕了！」娜塔莎連聲說道，她又哭了起來。「要等一年，我會死的：不行，這太可怕了。」她朝未婚夫的臉上看了一眼，她看到了同情和困惑不解的表情。

「不，不，我一定可以做到！」她倏然止住淚水說道，「我感到非常幸福！」

父母親走進了房間，為未婚夫婦祝福。

從這天起，安德烈公爵開始以未婚女婿的身分出入羅斯托夫的家庭。

二十四

沒有舉行訂婚儀式，也沒有向任何人透露安德烈和娜塔莎的婚約；這是安德烈公爵所堅持的。他說，推遲婚期是因他而起，他理應承擔所有責任。他說，他將遵守諾言，永不反悔，但是他不願讓娜塔莎有所束縛，因而給予她完全的自由。萬一半年後她不愛他了，完全可以拒絕他。不言而喻，無論是父母或是娜塔莎都不想聽這種話；可是安德烈公爵堅持己見。安德烈公爵天天待在羅斯托夫住所，但不以未婚夫的身分和娜塔莎交往：他對她以您相稱，而且只親她的手。在求婚的那一天以後，安德烈公爵和娜塔莎之間形成了和以前截然不同的親近、純樸關係。他們好像在此之前並不相識。他和她都喜歡回憶在訂婚之前，他們對彼此的看法；如今他們都覺得，自己完全變了個人似的：那時有些做作，現在變得純樸而真誠。一開始，家人和安德烈公爵之間的相處顯得有些不自在；他像是來自陌生世界的人，娜塔莎花了好長時間安撫家裡的人漸漸習慣安德烈公爵，並驕傲地對他們說，他只是看起來比較特別，其實他和大家是一樣的，她說她不怕他，誰也不必怕他。幾天以後，家人和他相處習慣了，有他在場時，也毫不拘謹地按照原來的方式生活，他更是參與其中。他和伯爵談經營管理，和伯爵夫人及娜塔莎談服飾，和索尼婭談畫冊以及繡十字花紋的底布。有時當著安德烈公爵的面，羅斯托夫也驚訝表示，這一切是怎麼發生的，而這一切顯然是有預兆的：安德烈公爵到快樂莊園來、他們一家來到彼得堡、保母在安德烈公爵初到快樂莊園時便留意到娜塔莎和安德烈公爵有相似之處、一八〇五年安德烈和尼古拉之間所發生的衝突，此外，家人還注意到了很多其他預兆。

有未婚夫和未婚妻在場時，家裡總是籠罩著一種沉默和慵懶且富於詩意的氣氛。大家坐在一起時往往默默不語。有時人們站起身來離開了，未婚夫和未婚妻單獨留下，也還是默然相對。他們很少談到自己未來的生活。一談起這話題，安德烈公爵便感到難過和愧疚。娜塔莎體諒他的心情，她經常猜到他的心事，總是以體諒的態度面對。有一次，娜塔莎問起他的兒子。安德烈公爵臉紅了，現在他時常會有這種反應，娜塔莎特別愛他這一點，他說兒子不會和他們在一起生活。

「為什麼？」娜塔莎驚訝說道……

「我不能把他從爺爺身邊帶走，再說……」

「我會很愛他啊！」娜塔莎說，同時立刻猜到他的心思，「不過我知道，您是不願落人口實。」

老伯爵有時走到安德烈公爵面前親他，徵求他對彼佳的教育或尼古拉的工作意見。伯爵夫人望著他們，便感動地不住嘆息。索尼婭時刻擔心礙事，總想找藉口讓他們獨處，然而他們並不需要如此刻意安排。安德烈說話的時候（他很會講故事），娜塔莎自豪地聆聽；她說話的時候，卻總是又驚又喜地發覺，他正凝眸注視她。她困惑地自問：「他在我身上尋找什麼呢？他是在用這種目光探索什麼吧？要是我身上沒有他這目光所尋求的一切，那會有什麼結果呢？」有時她處於她所特有的那種興奮心境，這時她特別愛聽安德烈公爵的笑聲，愛看他笑的模樣。他不常笑，可是一旦笑起來，總是那麼開懷，每一次在這開懷的笑聲過後，她就覺得自己和他更親近了。娜塔莎是十分幸福的，要不是想到眼前漸漸臨近的分別令她惶恐不安的話。

在離開彼得堡的前夜，安德烈公爵把皮埃爾帶來了，舞會以後他還沒有到羅斯托夫住所來過。皮埃爾顯得心不在焉、侷促不安。他正和伯爵夫人談話。娜塔莎和索尼婭坐在棋桌旁，招呼安德烈公爵過來，他來到她們身邊。

「你們早就認識皮埃爾了吧？」他問。「你們喜歡他嗎？」

「是的，他這個人很不錯，不過有點可笑。」

於是她像平時談起皮埃爾一樣，說起他神不守舍的笑話，甚至是別人捏造出來的那些笑話。

「您知道嗎？我把我們的祕密告訴了他，」安德烈公爵說。「我從小就認識他。他心地善良。我請求您，娜塔莎，」他突然嚴肅說道，「我就要離開了。天知道會發生什麼事。您可能不再愛……好了，我知道我不該說這種話。只說一句，我不在的時候，您不管發生什麼事情……」

「會發生什麼事呢？……」

「不論遇到什麼難事，」安德烈公爵繼續說道，「我請求您，索尼婭小姐，不管發生什麼事情，都只向他一人尋求忠告和幫助。這是一個最魂不守舍、可笑的人，卻是心地最善良的人。」

無論父母或是索尼婭，甚至安德烈公爵本人也沒有料想到，和未婚夫的分別對娜塔莎造成多大的影響。這一天，她面色緋紅，情緒焦躁，目光呆滯地在屋裡來回，淨做一些毫無意義的瑣事，彷彿全然不知道在等待她的是什麼。她沒有哭，即使是在他最後一次親她的手告別的那個時刻。

「您不要走！」她只對他這麼說了一句，那語調使他不得不凝神思索，他是否真該留下來，而且此後那語調更是令他久久難忘。他離開後，她也沒有哭；她不哭，卻一連幾天坐在房裡，對什麼也莫不關心，只是有時說：「唉，他為什麼要走啊！」

不過，他離開兩個星期後，出乎周圍人們的意料，她精神完全恢復了過來，變得和從前一樣了，然而，精神面貌卻有所變化，猶如孩子們在久病之後帶著不同的面容自病榻上走下來一般。

二十五

鮑爾康斯基老公爵在兒子離開後的這最後一年，健康狀況大不如前，脾氣也更暴躁了。他比從前更容易動怒，而他的無故怒氣大多發洩在瑪麗亞公爵小姐身上。他似乎正竭力挑剔她最難以忍受的痛處，盡可能在精神上殘酷地折磨她。瑪麗亞公爵小姐有兩個熱愛的對象，也是兩大快樂之源，那便是姪子尼科連卡和宗教，兩者都成了公爵集中攻擊和嘲笑的話題。不管談什麼，他都把話題引向老處女們的迷信和對孩子的寵愛和嬌慣。「你是想把他（尼科連卡）教育成像妳一樣的老處女吧；那可不好，安德烈公爵需要的是兒子，不是老處女。」他說。或者轉向布里安娜小姐，並當著瑪麗亞公爵小姐面前問她，喜歡不喜歡我們的神父和聖像，並加以取笑……

他無止境地刺痛瑪麗亞公爵小姐，可是女兒甚至從來不必勉強自己原諒他。難道他對她的態度，會有錯嗎？父親愛她啊（這一點她畢竟還是清楚的），難道他會對她不公平嗎？再說什麼叫公平？公爵小姐從來不去想公平這個崇高字眼。人類所有複雜的準則，對她來說，都可以歸結成簡單明瞭的準則——愛和奉獻的準則，這個準則教導我們的，是懷有仁愛之心為人類受苦受難的那個人，而他就是——上帝。別人公平或不公平與她有何關係呢？她自己應當懂得受苦和愛，這是她所奉行的準則。

冬天，安德烈公爵到童山來了幾次，他心情愉快，謙和而溫柔，瑪麗亞公爵小姐很久沒有看到他這般神情了。她猜想，一定發生了什麼事，可是在瑪麗亞公爵小姐面前，他對自己的愛情隻字不提。臨行前，安德烈公爵和父親談了好久，瑪麗亞公爵小姐意識到，在臨行之前，這兩人對彼此都頗有怨言。

安德烈公爵離開後不久，瑪麗亞公爵小姐寫信給彼得堡的朋友朱麗．卡拉金娜，瑪麗亞公爵小姐，像所有女性一樣，幻想朋友嫁給自己的哥哥，而這段期間，朱麗正在為自己的哥哥服喪，他是在土耳其陣亡的。

不幸，看來是我們共同的命運，我親愛溫柔的朱麗。

您所失去的一切，實在太可怕了，我無法為自己提出任何解釋，只能說這是上帝的特殊恩惠，他由於愛您而考驗您和您優秀的母親。啊，我的朋友，宗教，唯有宗教，我不說能給我們安慰，但至少幫助我們擺脫絕望；唯有宗教能向我們解釋，沒有它的幫助人便無法理解的現象：為什麼那些善良的、高尚的、能在生活中找到幸福的人、那些非但不會有害於任何人，反而是別人的幸福所依靠的人——卻被召喚到上帝那裡，而留在人世的，淨是那些兇惡的、有害的或成為自己和別人累贅的人。我第一次看到並使我終生難忘的死亡——我親愛的嫂嫂之死，讓我留下了不可磨滅的印象。我和您一樣，您問命運，為什麼您優秀的哥哥會死，我也問，為什麼麗莎這樣的天使會死，她不僅沒有傷害過誰，而且在她的心裡除了善念之外，從來沒有其他想法。而現在呢，我的朋友？從那時起五年過去了，我雖然見識短淺，卻也漸漸明白，為什麼她會死，為什麼她的死亡正是造物主無限仁慈的表現、祂的所有作為，儘管我們大多無法理解，卻是祂對自己造物無限愛的表現。我時常想，也許是她過於天使般的純潔，因而無力承擔母親的責任。她是無可挑剔的年輕妻子；也許她無法承擔成為一個無可挑剔的母親。現在，她不僅給我們，尤其是給安德烈公爵留下了最純潔的惋惜和回憶，而且她在天堂想必將得到一個我不敢奢望的位置。不過，我不能只說她一人了，她可怕的早逝儘管引起沉痛的哀悼，卻對我和哥哥都有極其有益的影響。當時，在失去親人的時候，我是不可能有這些想法的；當時，我會驚駭地驅趕這些想法，而現在這是明明白白、無可置疑的了。此刻我寫這封信給您，只是為了讓您信服《福音書》上的一項真理，那已是我生活的準則：沒有上帝的旨意，一根頭髮也不會掉下來。而祂的旨意只決定於對我們無限的愛，因此我們所遭遇的一切都是為了我們的福祉。您問，我們會不會在莫斯科過冬？雖然渴望見到您，可是我想不會，也不願。您一定會感到驚訝，其中的原因竟是拿破崙。原因是，我父親的身體明顯地日漸衰弱；他聽不得不同意見，變得愛發脾氣了。您知道，這怒氣主要是針對政治問題。他無法忍受，拿破崙居然和歐洲各國君主，特別是和我們皇上、偉大的葉卡捷琳娜的孫子平起平坐！您知道，我對政治問題向來漠不關心。不過，從我父親的話裡以及他與米哈伊爾・伊萬諾維奇的談話中，我得知世界上所發生的一切，似乎在全世界只有童山既不承認他是偉人，更不承認他是法蘭西皇帝。這是我父親所不能容忍的。我覺得，我的父親是由於自己的政治觀點，同時預見到，他不論對誰都直言不諱的作風會引發衝突，所以談起前往莫斯科就悶悶不樂。他治療期間所得到的改善，一定會在有關拿破崙的爭論中再次復發，而這種爭論是不可避免的。無論如何，這很快就會有結果的。我們的家庭生活一切如常，只是安德烈不在家。我已經對您說過，他最近的變化很大。他在遭逢不幸後，只有現在，只有在今年才振作起來。他又成了我從孩提時代便熟悉的哥哥：善良、溫柔，有一顆我認為無與倫比的美好心靈。我覺得，他終於明白了，他的人生並沒有結束。不過，在精神上發生變化的同時，他的身體卻很虛弱。他比以前更削瘦，更神經質了。我為他擔心，卻樂見很他出國，這是醫生們早就勸過他的。我希望這能助他恢復健康。您對我說，在彼得堡人們說他是最勤奮、最有教養、最聰明的年輕人之一。請原諒我為家族而感到的自負——對這一點我是從不懷疑的。他在這裡為所有人，上至貴族下至農夫所做的好事不可勝數。他到彼得堡後只接受他應得的。我感到不解，一般來說，消息怎麼會那麼快就從彼得堡傳到莫斯科呢，尤其是您在信中告訴我的這種流言蜚語——關於哥哥和羅斯托夫伯爵小姐結婚的假消息。我不認為安德烈會在什麼時候娶某個女子為妻，尤其是她。理由之一，我知道，雖然他很少談到已故妻子，但喪妻之痛深深埋藏在他心裡，任何時候也不會下決心為她找個後繼者，為我們的小天使找個後母。之二，因為據我所知，這個女孩完全不是能吸引安德烈公爵愛慕的那類女性。我不認為安德烈會選她為妻，坦白說，我也不這麼希望。我聊得太久了，第二張信紙也要寫完了。再見，我親愛的朋友；但願您得到上帝神聖而堅強的庇護。致我親愛布里安娜小姐。

瑪麗

二十六

仲夏，瑪麗亞公爵小姐意外地接到安德烈公爵自瑞士寄來的信，他在信裡告訴她一個出她意料的消息。安德烈公爵坦承自己和羅斯托夫伯爵小姐的婚約。他的信洋溢著對未婚妻的熱愛和對妹妹溫柔的友情和信任。他說，他從來不曾像現在這樣愛過誰，如今他終於懂了、認識了生活。他請求妹妹原諒他，在回到童山期間未對她有所透露，只對父親談起過。他沒有對她說，是因為瑪麗亞公爵小姐一定會請求父親同意這門親事，非但於事無補，反而會激怒父親，於是她將承受父親宣洩不滿的後果。而且，他說，當時事情的發展還未像現在這麼確定。「那時，父親規定我以一年為期，如今六個月過去了，預定期限已過去一半，而我的決心比過去任何時刻都更堅定。要不是醫生挽留我繼續進行礦泉水治療，我早已回到國內了，可是現在，我不得不把歸期再推遲三個月。妳了解我，知道我和父親的關係。我對他沒有任何要求，我過去和現在都自行其是，不過，他和我們在一起也許已時日無多了，要我違背他的意志行事、惹他生氣，那等同於催毀我人生其中一半的幸福。我準備寫封信給他，內容大致和這封信相同，請妳在適當時機把信轉交給他，並通知我，他對這個問題的態度，我可否抱有希望，他會同意把結婚期限再縮短三個月。」

經過再三猶豫、彷徨、祈禱之後，瑪麗亞公爵小姐把信交給父親。第二天，老公爵平靜地對她說：

「妳寫信告訴哥哥，請他再等一等，等我死了……不用很久的——他很快就能得到解脫……」

公爵小姐想提一點不同意見，可是父親不讓她說，嗓門愈是提高：

「娶她吧，娶她吧，親愛的……門第那麼高貴！……又都是聰明人，啊？家境又好，啊？不錯。尼科連卡有個後母可真好。妳寫信告訴他，明天結婚也行。尼科連卡的後母就是她了，我就娶布里安娜為妻！……哈哈哈，他也不能沒有後母啊！只有一點，我的家裡不需要再有女人了；請他結婚就搬出去。也許妳也搬到他那裡去？」他向瑪麗亞公爵小姐說。「去吧，趕緊去，趕緊去……趕緊去！……」

在這次大動肝火之後，針對這件事，公爵便再也不提一句。不過，對兒子意志薄弱的滿腔怒火都在父女關係中表現出來了。原來嘲笑她的藉口又增加了一個，就是關於後母和他鍾情於布里安娜小姐的話題。

「為什麼我不可以娶她？」他對女兒說。瑪麗亞公爵小姐感到困惑和驚訝的是，她發覺，父親近來真的愈來愈經常把法國小姐召喚到自己身邊。瑪麗亞公爵小姐在寫給安德烈公爵信中談到，父親對他的來信的態度；但是她安慰哥哥，讓他抱有希望，父親終究會接受的。

尼科連卡和他的教育，安德烈和宗教是瑪麗亞公爵小姐的安慰和快樂；不過此外，因為人人都需要有個人希望，所以瑪麗亞公爵小姐在心靈深處也懷抱著在生活中給予她主要安慰的隱私幻想和希望。使她得到安慰的這些幻想和希望來自信神的人們——那些瞞著公爵祕密造訪她的修士和雲遊派教徒。瑪麗亞公爵小姐隨著年齡的增長、隨著生活閱歷和觀感的日益豐富，那些在這塵世中追求享樂和幸福的人們的短視愈來愈困擾她；他們操勞、受苦、競爭並互相傷害，只是為了追逐這種不可能實現的虛幻以及不道德的幸福。「安德烈公爵愛妻子，她死了，他不甘心，想把自己的幸福和另一個女人結合起來。父親不願意，因為他希望安德烈有一個更顯貴、更富有的伴侶。他們在爭執、忍受痛苦和折磨，並且為了得到轉瞬即逝的幸福而毀滅自己的靈魂，自己永恆的靈魂。我們不僅知道，而且上帝之子基督來到人間也曾對我們說，塵世生活是轉瞬即逝的，只是一種考驗，我們卻是執迷不悟，想在塵世生活中找到幸福。為何沒有人明白呢？」瑪麗亞公爵小姐想。「誰都不明白，除了這些卑微篤信上帝的人們，他們揹著行囊從後門進來見我，唯恐被公爵看到，不是為了免受他的責罰，而是為了他免於造孽。背井離鄉、拋開追逐塵世幸福的一切煩惱，以便無牽無掛，身穿麻布短衫、隱姓埋名地到處漂泊，不危害他人並為他人祈禱，既為驅趕他們的人祈禱，也為庇護他們的人祈禱：沒有比這種生活更崇高的真理和生活了！」

其中一個雲遊派女教徒叫費多西尤什卡，是個五十歲的矮小、溫順麻臉女人，她已經戴著苦行僧的鐐銬，赤腳行走了三十多年。瑪麗亞公爵小姐特別喜歡她。有一天，在黑暗的房間裡，在一盞小油燈下，費多西尤什卡描述了自己的生平，瑪麗亞公爵小姐突然強烈地感受到，唯有費多西尤什卡找到正確的生活道路，以致決心也去雲遊四方。費多西尤什卡睡著後，瑪麗亞公爵小姐思考良久，不管多麼奇怪，她終於決定，她應當雲遊四方。她把自己的想法告訴聽取懺悔的阿金菲神父，神父讚揚了她的意向。以饋贈女教徒為藉口，瑪麗亞公爵小姐為自己準備了雲遊派女教徒的全套服裝：短衫、樹皮鞋、束腰長衫和黑頭巾。瑪麗亞公爵小姐經常走到神聖的衣櫥前，猶豫不決地站在那裡考慮，她付諸實現計畫的時機是否已經到了。

聽著雲遊派女教徒們講故事的時候，她常常為她們樸實的話語激動不已，她們只是如常地說著，在她聽來卻充滿了深刻的涵義，以致她有好幾次準備拋開一切，從家裡逃出去。在自己的想像中，她已經看到自己和費多西尤什卡穿著粗布短衫，拿著一根棍子，肩揹行囊，大步走在塵土飛揚的大路上，沒有嫉妒、沒有人間愛憎、沒有願望，長途跋涉參見各地聖徒，最後到達沒有悲傷、沒有嘆息、永遠無上幸福的極樂世界。

「我每到一個地方就祈禱；不等住慣了產生感情便再往前走。我要一直走到兩腿癱軟，然後倒下，死在什麼地方，終於來到那個永遠安息的所在，那裡沒有悲傷、沒有嘆息！……」瑪麗亞公爵小姐想。

可是她一見到父親，特別是小尼科連卡，她覺得自己的意圖減弱了，她悄悄地哭泣，覺得罪孽深重，因為她愛父親和姪子遠勝愛上帝。

第四章

一

《聖經》說，不勞動、遊手好閒，是人類的祖先在墮落之前享有極樂生活的條件。墮落後的人仍然保留遊手好閒的習性，可是對人類的詛咒始終存在，不僅因為我們必須汗流浹背才能餬口，也因為我們的天性決定了，我們是不可能遊手好閒且心安理得的。總有一道隱密的聲音說，遊手好閒是有罪的。如果有人能找到一種生存狀態，在遊手好閒之餘，同時覺得自己是有用的人、是在履行自己的職責，那麼他便找到最初的極樂生活。某個階層正享有這種生存狀態，因為他們遊手好閒是理所當然且無可指責的，這個階層就是軍人。這種理所當然且無可指責的遊手好閒正是軍旅生活的主要魅力所在。

尼古拉．羅斯托夫充分享受這種極樂生活，一八〇七年後，他繼續在巴甫洛格勒團服役，並接替傑尼索夫擔任該團一個騎兵連的連長。

尼古拉變成作風粗魯、心地善良的小伙子。莫斯科的熟人們會認為他有點兒格調不高，可是他受到自下屬到長官等所有戰友的愛戴和尊敬，他也很滿意自己的生活。最近，也就是在一八〇九年，他不時發現，家裡的來信經常抱怨家境日益敗落，說他該是回到家庭，體恤年邁雙親、承歡膝下的時候了。

看到這些來信，尼古拉深感恐懼，因為這意味著要他脫離眼前這種日常瑣事的紛擾，以及安逸。他覺得，遲早又要被捲入生活的漩渦，面對家業的衰敗和整頓，面對管家的帳目、爭吵、陰謀、人際關係，面對社會，面對索尼婭的愛情和自己的承諾。這一切都太難、太複雜，於是他以冷淡的古典式信件答覆母親，開頭是親愛的媽媽，結尾是您順從的兒子，對何時回家卻避而不談。一八一〇年，他接到家書，獲悉娜塔莎和安德烈已經訂婚，以及由於老公爵不同意，婚期不得不延遲一年。這封信冒犯、惹惱了尼古拉。首先，他捨不得娜塔莎出嫁，家裡的人他最愛的莫過於娜塔莎；其次，他從自己驃騎兵的觀點來看，很惋惜自己當時不在場，否則他會讓這個安德烈明白，和他結為姻親絕不是什麼了不起的榮耀，如果他愛娜塔莎，就不要任由性情乖戾的父親擺布。他曾有片刻的猶豫，是否要請假，回家看看已訂婚的娜塔莎，可是他立刻多所顧慮，他想起索尼婭，想起惱人的事，於是尼古拉再次放棄回家的念頭。可是這一年春天，他接到母親瞞著伯爵寫來的信，這封信總算使他決定立即動身。她在信中寫道，要是尼古拉不回去重整家業，整座府邸就要拍賣，一家人只能沿街乞討了。伯爵太軟弱，太信任德米特里，又太善良，以致所有人都矇騙他，家境每況愈下。「我求你，馬上回來吧，如果你不希望我和你一家人都陷於不幸的話。」伯爵夫人寫道。

這封信對尼古拉影響很深。他的理智告訴他，這時應該做什麼。

應該回去了，即使不退役，也要請假。為什麼應該回去，他不知道。不過，他午後睡了一覺後便吩咐為灰馬戰神備好鞍，這匹公馬久未騎乘，十分兇悍，他騎乘渾身冒汗的公馬回來後，便對拉夫魯什卡（傑尼索夫的僕人留在尼古拉身邊）和晚上來的戰友們宣稱，他已請假，即將返家。他做出令人不解且艱難的決定，他即將離開，也不向司令部打聽他尤其關切的問題：他是否將被提升為騎兵上尉或是否會因為最近的演習而獲頒安娜勳章；他決定馬上就走，不等把三匹駕轅的黑鬃黑尾的棗紅馬賣給戈盧霍夫斯基伯爵，這位波蘭伯爵一直在討價還價，尼古拉打賭能以兩千盧布賣出去；儘管難以理解他怎麼不參加舞會，而驃騎兵為普沙傑茨卡小姐所舉行的這場舞會，是要和槍騎兵為他們的鮑爾若佐夫斯卡小姐所舉辦的舞會一爭高下——他知道，他應該離開這明朗美好的世界，前往一處荒唐混亂之地。一個星期過後，休假被批准了。驃騎兵們，不僅有同團的戰友，還包括同一個旅的戰友，每人出十五個盧布為尼古拉餞行，有兩支樂隊奏樂、兩組合唱團合唱；尼古拉和巴索夫少校跳了特列派克舞；醉醺醺的軍官們抬起尼古拉往上拋、擁抱他，這才放開他；第三騎兵連的士兵再一次抬起他往上拋，並高喊烏拉！後來，所有人將尼古拉安置在雪橇馬車上，一直送到第一個驛站。

來到半路，從克列緬丘格到基輔，尼古拉一如往常的心思仍留在後頭——留在騎兵連裡；越過一半路程之後，他開始忘記自己的三匹棗紅馬、自己的連副和鮑爾若佐夫斯卡小姐，他不安地反問自己，他在快樂村會遇到什麼情況。他離家愈近，感受就愈強烈、遠為強烈地（彷彿精神上的感應也服從於引力和距離的平方成反比的定律）想到家庭。抵達快樂莊園前的最後一站，他給了車夫三盧布酒錢，像孩子一樣氣喘息吁吁地奔上門口臺階。

在相逢的喜悅和不符預期以及心中的不滿（一切都還是老樣子，何必急著趕回來呢！）等情緒過去之後，尼古拉漸漸融入原來的家庭生活。父母還是一樣，只是顯得蒼老一些。不同的是，他們流露出某種不安，有時有所糾紛，這是過去從未發生過的，尼古拉很快就知道，糾紛起因於經濟狀況的艱難。索尼婭已經二十歲。她不會更漂亮，也不會比現在更有所長進；然而這樣便已足夠。她一見尼古拉回來，便洋溢著幸福和愛，這個女孩忠貞不渝的愛情使他感到欣慰。最令尼古拉驚訝的是彼佳和娜塔莎。彼佳長大了，十三歲了，是個快樂、聰明、活潑的少年，他已經在變聲了。尼古拉久久望著娜塔莎，驚喜地笑著。

「妳完全變了。」他說。

「怎麼，變醜了嗎？」

「相反，顯得莊重了。是公爵夫人啦？」他悄聲說。

「對，對，對。」娜塔莎雀躍說道。

娜塔莎對他說了自己和安德烈公爵的戀愛故事，他到快樂莊園的來訪，並把最後一封來信拿給他看。

「怎麼樣，你開心嗎？」娜塔莎問。「我現在那麼安心、那麼幸福。」

「我很高興，」尼古拉回答道。「他是個很好的人。怎麼，妳很愛他？」

「怎麼對你說呢，」娜塔莎回答道，「我愛過鮑里斯，愛過音樂老師，愛過傑尼索夫，可是這一次完全不同。我的心情很平靜、堅定。我知道，沒有比他更好的人了，現在我覺得安心、輕鬆自在。和過去完全不一樣……」

尼古拉向娜塔莎表示，他對婚期推遲一年感到不滿；可是娜塔莎激烈地反駁哥哥，向他說明，不這樣不行，違背父親的意志進入一個家庭會引起非議的，她寧願像現在這樣。

「妳一點也不懂。」她說。尼古拉不吭聲了，並同意她的看法。

哥哥望著她，經常感到不可思議。她完全不像一個和未婚夫久別的熱戀中的未婚妻。她仍像過去那樣平靜、安詳、快樂。這令尼古拉感到驚訝，甚至對安德烈的求婚抱有疑慮。他不相信她的終身大事就這麼決定了。他始終覺得，協議中的婚姻有不妥之處。

「為什麼要延期？為什麼不舉行訂婚儀式？」他想。有一次，和母親談妹妹的事，他不但吃驚，在某種程度上亦感到欣慰，原來母親在內心深處對這門親事有時也同樣抱有疑慮。

「你看看他寫的，」她說，她暗懷妒意地把安德烈公爵的信指給他看，身為母親的對女兒未來幸福的夫妻生活總懷有這種妒意，「他說，他不能早於十二月回來。是什麼情況使他耽擱了？大概是生病了！身體很虛弱。你不要對娜塔莎說。你別看她一副喜滋滋的樣子：這是因為她正度過出嫁前最後的少女時光，可是我知道，每次收到他的來信，她有何感受。不過，但願一切順利。」她每次都這麼結束談話，「他是個很好的人。」

二

尼古拉剛回來的時候，心情相當沉重，甚至悶悶不樂。他苦惱的是，他眼看就要被捲入無聊的家務，母親便是要他管理家務才喚他回來。為了盡快卸下重擔，他在回家的第三天，也不回答娜塔莎詢問他要去哪裡的問題，便蹙眉且怒氣衝衝地來到德米特里的偏屋，威脅他交出全部帳目。所謂全部帳目指的是什麼，驚慌失措的德米特里感到茫然，尼古拉更是懵然無知。和德米特里的談話與核對未進行多久。等在偏屋外走道上的村長和一個農民代表，既恐懼又竊喜地聽到小伯爵似乎嗓門愈來愈高地吼叫起來，而且咄咄逼人，駭人聽聞的粗話便像連珠砲似的流瀉而出。

「強盜！忘恩負義的畜生！……我砍了你這個狗崽子……我可不像爸爸那麼好說話……什麼都偷啊……混蛋。」

後來那兩個人恐懼和竊喜的興頭絲毫不減，目睹小伯爵臉紅脖子粗、兩眼充血的攫住德米特里的衣領將他拖了出來，一開口便順勢用膝蓋和大腿在他的屁股上俐落地往前一頂，大吼：「滾！別讓我再看見你，混蛋！」

德米特里飛快地自六級臺階上跌落下來，跑進了花壇。（這座花壇是犯錯的人的避難所。每每德米特里自城裡喝醉酒回來，也是躲在這座花壇上，快樂莊園許多村民也都知道，想躲避德米特里時，這個花壇是安全的藏身之處。）

德米特里的妻子和幾個小姨子神色驚慌地從房間向穿堂探頭張望，只見房裡一把潔淨的茶壺正在沸騰，以及管家高高的床上鋪漿過的被單，被單是以拼布縫製而成的。

小伯爵未理睬她們，氣喘吁吁地邁著堅定的步伐，經過她們前往正屋去了。

伯爵夫人立刻從女僕口中得知偏屋裡發生的事，一方面感到安心，現在他們的境況一定能有所好轉，另一方面又擔心兒子能否挑起這副擔子。她踮著腳幾次走到他的房門口，只聽他正一菸斗一菸斗不停地抽。

第二天，老伯爵把兒子叫到一旁，怯生生地含笑對他說：

「你知道嗎？親愛的，你不該發火啊！德米特里全對我說了。」

「我就知道，」尼古拉想，「在這個荒謬的世界，我對任何事情都無法理解。」

「你大發雷霆，說他沒有記下這七百盧布，其實這筆帳已填入次頁，你沒有往下看。」

「爸爸，他是壞蛋和小偷，我知道。我做過的事已無法挽回。如果您不樂意，往後我對他就什麼也不說了。」

「不，親愛的，（伯爵也很尷尬。他覺得自己沒有管好妻子的莊園，對不起孩子，可是不知如何是好。）不，我請你繼續管理，我老了，我……」

「不，爸爸，要是我做了什麼讓您不痛快的事，請原諒我吧；我還不如您呢。」

「讓這些農民哪，金錢哪，轉頁記帳什麼的都見鬼去吧，」他想。「過去我對下賭注還在行，對轉頁記帳卻一竅不通。」他對自己說，於是從此不再過問家事。不過，伯爵夫人有一天把兒子叫去並對他說，她手邊有德魯別茨基公爵夫人的一張兩千盧布的支票，問尼古拉想怎麼處理。

「這樣，」尼古拉回答道。「您說，這事讓我決定；我不喜歡德魯別茨基公爵夫人，也不喜歡鮑里斯，不過他們曾和我們友好相處，而且家境貧寒。那就這樣吧！」他當即把支票撕了，老伯爵夫人對這舉動感動得熱淚盈眶，忍不住哭了起來。此後尼古拉對任何家務都不再過問了，只熱中於他感到新鮮的獵犬活動，而最開始大量投入獵犬活動的，就是老伯爵。

三

已是秋寒時節，清晨的嚴寒把連綿秋雨淋濕的土地結成了冰，田間的幼苗長芽了，那嬌嫩的綠色和一條條被牲口踐踏過的越冬褐色麥田、春播淺黃色麥田以及一壟壟紅豔的蕎麥之間，界線格外分明。群峰和樹林在八月末仍是散布在秋播作物的黑土地和麥田之間的片片綠洲，如今卻猶如在碧綠的嫩苗環繞下的金黃、鮮紅島嶼。灰兔的毛褪了一半（正在換毛），一群群小狐狸開始離巢四散溜達，幼狼比狗的體型還大。這是最適當的狩獵季節。熱中打獵的青年獵手尼古拉的獵犬都累瘦了，腳掌也蹭傷了，獵手們一致決定讓狗休息三天，並定於九月十六日打獵，從杜布拉瓦開始，那裡有一個未受驚動的狼窩。

九月十四日的情況就是這樣。

這一天，獵手們整天待在家。寒氣刺骨。不過傍晚起烏雲密布了起來，天氣轉暖。九月十五日，尼古拉早上穿著睡衣向窗外一望，對打獵來說，那是絕佳的早晨，天空彷彿正逐漸隱退，烏雲緩緩向地面沉落，微風不起。空中唯一移動中的，是煙塵或霧氣的微粒由上而下悄無聲息的降落。花園裡掛在枯枝上晶瑩的露珠滴落在適才飄落的樹葉上。菜園裡的土壤如罌粟般濕潤黑亮，在不遠處融入灰濛濛的潮濕霧靄。尼古拉走到濕漉漉、滿是汙泥的臺階上；空氣中散發著枯萎的樹葉和犬隻的氣味。長著黑色斑點的寬臀母犬米爾卡有一雙鼓起的烏黑大眼，一見到主人便站起來，向後伸腰像灰兔似的伏在地上，隨即突然跳起來，徑直在他的鼻子和鬍子上舔了一下。另一條母犬是俄國獵犬[87]，從花間小路上看見主人，便拱起脊背猛地撲上臺階，豎起尾巴在尼古拉的大腿上蹭來蹭去。

「噢謔！」這時響起了獵人一聲無法模仿的吆喝，極深沉的男低音和極尖細的男高音兼而有之；從屋角轉出了馴犬師和狩獵長丹尼洛，他留著烏克蘭式的齊眉髮型，一頭灰白，滿臉皺紋，拿著一條彎成弧形的短柄長鞭，一副只有獵手才有的獨立不羈、藐視一切的神氣。他在少爺面前摘下切爾克斯人的皮帽，藐視地看了他一眼。這種藐視並不是對少爺的冒犯：尼古拉知道，這個藐視一切、目中無人的丹尼洛畢竟是他的手下和獵手。

「丹尼洛！」尼古拉說，他把持不定地覺得，一看到這打獵的好天氣、這些獵犬和他的這個獵手，就有了不可遏止的打獵心情，這種見獵心喜的心情使他忘記所有計畫，像一個戀人在情人的面前的表現。

「您有什麼吩咐，大人？」一道像東正教大祭司那麼低沉的聲音問道，這聲音由於經常吆喝獵犬追逐野獸而有些嘶啞，兩隻閃閃發亮的黑眼自緊皺的雙眉下看了住口不語的少爺一眼。「怎麼，按捺不住了？」那兩隻眼睛彷彿在說。

「天氣真好，啊？放馬追逐？」尼古拉搔著米爾卡的耳後說。

丹尼洛沒有回答，只是眨了眨眼。

「天亮時我曾派烏瓦爾卡去聽聽動靜，」片刻的沉默後他低沉說道，「他說，她搬到快樂莊園的禁伐區去了，那裡聽得見狼嗥的聲音。」(「搬到」的意思是說，那頭母狼已經帶著幼狼跑進快樂莊園的樹林，那裡離家兩俄里，是一處不大的隔離區。)

「那就去吧？」尼古拉說。「你帶烏瓦爾卡來見我。」

「遵命！」

「先不要餵狗。」

「是。」

五分鐘後，丹尼洛和烏瓦爾卡就站在尼古拉的大書房裡了。儘管丹尼洛個子不高，他在房裡給人的印象就像是看見一匹馬或一頭熊站在地板上，處於家具和人類生活環境之中。這一點丹尼洛自己也感覺到了，因而他總是緊挨著門，盡量低聲說話，一動不動，以免打擾主人的安寧，並且盡快把話說完，以便到外面的廣闊天地去，從天花板下來到天空底下。

尼古拉詳細詢問過後，並從丹尼洛口中得知獵犬的狀況還不錯（丹尼洛自己也想去打獵），便吩咐備馬。可是丹尼洛剛想出去，娜塔莎卻快步走進房間，她還沒有梳洗打扮，只裹著保母的一條大披巾。彼佳和她一起跑了進來。

「你要去打獵吧？」娜塔莎說。「我就知道！索尼婭說你們不會去打獵。可是我知道，今天的天氣這麼好，你們是不可能不去的。」

「我們要出發了，」尼古拉極不情願地回答說，今天他準備慎重其事地進行一場獵狼活動，不想帶著娜塔莎和彼佳。「我們是去獵狼，妳會無聊的。」

「你知道，這是我最喜歡的活動。」娜塔莎說。「怎麼可以這樣？自己去打獵，吩咐備馬了，卻瞞著我們，什麼也不說。」

「對俄羅斯人來說，任何障礙都不算什麼，我們也去！」彼佳叫道。

---

87 一種身軀細長強健、細腿長、尖長臉的獵犬，奔跑極快。

「你不可以去，媽媽說過了，你不可以去。」尼古拉對娜塔莎說。

「不，我去，一定要去。」娜塔莎堅決地說。「丹尼洛，吩咐下去，為我們備馬，叫米哈伊洛帶上我的獵犬出發。」她轉頭對狩獵長說。

丹尼洛本來就覺得留在房裡有些失禮，很難為情，而和小姐打交道，對他來說更是無比難堪。他垂下眼，急忙離開，彷彿一切和他無關，同時竭力避免在無意中讓小姐受到什麼傷害。

四

老伯爵一直保留一支龐大的狩獵隊伍，如今全交給兒子管理，九月十五日這一天，他一時興起，自己也準備去打獵。

一個小時過後，這支隊伍全體在門口集合。尼古拉神情嚴峻，表示現在他無暇顧及瑣事，從娜塔莎和彼佳的面前走了過去，對他們的要求未加理睬。他檢視隊伍的各個部分，派幾名獵手帶一群獵犬到前面去包抄後路，他騎上紅褐色頓河馬，吹起口哨呼喚一群獵犬，穿過打穀場來到田野，馳往快樂村禁伐區。老伯爵的馬由伯爵的馬夫牽著，那是一匹鬃毛和馬尾雪白的赤紅騸馬，名叫維夫梁卡；他自己乘坐輕便馬車直奔他指定的野獸出沒的小徑留守。

獵犬共計五十四隻，隨之騎馬出動的是六名馴犬師和獵犬管理人。帶著俄國獵犬的，除了幾位主人外，還有八人，四十多隻俄國獵犬跟在他們後面匆匆奔走、搜尋，因此和主人們的狗群加在一起，出獵的共有約一百三十隻狗和二十個騎馬的獵手。

每隻狗都認識自己的主人、知道自己的名字。每個獵手都知道自己的職責、崗位和任務。一走出圍牆，喧嘩聲和談話聲頓時停止，全都在通往快樂莊園樹林的大路和田野上從容而安靜地拉長隊伍。

馬匹在田野上猶如走在毛毯上，在穿過大路時，有時發出馬蹄踏在水窪裡的聲音。霧靄持續不易覺察地向地面徐徐降落。野外無風，天氣暖和，靜悄悄的。偶爾傳來獵手的口哨聲、馬的響鼻聲、短柄長鞭的抽打聲或走錯位置的狗的一聲尖叫。

大約走了一俄里，從大霧裡迎著尼古拉打獵隊伍的，是另外五個帶著一群獵犬的騎手。走在前面的是一個蓄著灰白大鬍子、精力充沛勃、儀態優雅的老者。

「您好，大叔！」尼古拉對走上前來的老者問候道。

「就說嘛！……我就知道，」大叔說道（他是羅斯托夫的遠房親戚，一個不富有的近鄰），「我就知道，你是按捺不住的，你來了很好。就說嘛！（這是叔叔愛說的一句口頭禪。）你馬上到禁伐區去，我的吉爾奇克來報告，伊拉金一家已經帶著狩獵隊守候在科爾尼基了，他們哪，就說嘛！會在你的眼皮底下把幼狼都奪走。」

「我就是要去那裡。我們把狗集合在一起，如何？集合在一起就……」

他們把獵犬集合在一起，於是大叔和尼古拉並排而行。娜塔莎裹著頭巾，頭巾下露出目光炯炯、英姿煥發的面容，她縱馬馳來，緊跟在後的有彼佳和獵手米哈伊洛，以及保母派在她身邊的騎術教練。彼佳笑容滿面，催促地鞭打馬匹，拉扯韁繩。娜塔莎靈巧且自信地騎著阿拉伯黑馬，單手穩當且毫不費勁地猛然勒住疾馳中的黑馬。

大叔不以為然地看了看彼佳和娜塔莎。他不喜歡把嬌縱的習氣和嚴肅的狩獵活動攪和在一起。

「您好，大叔，我們也去。」彼佳叫道。

「好是好，你們可不要把狗踩死了。」大叔嚴厲說道。

「尼古拉，特魯尼拉是聰明的狗啊！牠認得我了。」娜塔莎說的是她心愛的獵犬。

「首先，特魯尼拉不是一般的狗，而是獵犬。」尼古拉想，嚴厲地看了娜塔莎一眼，要讓她懂得，此刻他們之間必須保持應有的距離。娜塔莎明白了他的意思。

「大叔，您不要以為我們會妨礙誰，」娜塔莎說。「我們會待在自己的位置，絕不亂動。」

「很好，伯爵小姐，」大叔說。「可不要從馬上跌下來，」他又補充道，「因為，不用多說！馬鞍上沒有扶手。」

大約一百俄丈開外的快樂莊園禁伐區裡，一處占地不廣的樹林已遙遙在望。馴犬師們正靠近樹林。尼古拉和大叔最後商定從何處放出獵犬，指定了一處地點給娜塔莎，她必須守候在那裡，任何野獸來到這處，無論如何是逃不開的，他自己則從峽谷上方策馬迂迴而去。

「喂，大姪子，你是要過去對付那條老狼吧。」大叔說，「記住，不可大意。」

「走著瞧吧，」尼古拉回答說。「卡拉伊，走！」他叫道，用這聲呼喚回應大叔。卡拉伊是一條年邁醜陋，兩腮長滿長毛的公狗，因單獨捕獲一條強壯的老狼而師出有名。所有人都已就定位。

老伯爵了解兒子打獵時的急躁脾氣，急急忙忙地趕路以免遲到，馴犬師們還沒有到達指定位置，而顯得輕鬆、面色紅潤、雙頰顫動的羅斯托夫老伯爵乘著兩匹黑馬拉的輕便馬車已經從麥草地來到守候地點，他理一理皮襖，帶上狩獵用具，騎上光鮮、肥胖、溫順而善良的維大梁卡，牠的毛色和他的頭髮一樣，也是灰白的了。兩匹黑馬和輕便馬車被帶走了。羅斯托夫老伯爵雖然不是熱中此道的獵手，但是深知打獵的規矩，他駛向叢林，在林邊勒住了馬，整理一下轡繩，覺得自己已準備好了，便微笑著環顧四周。

他的近侍謝苗．切克瑪律勒馬站在他身旁，這是一個身材已經發胖的老騎手。謝苗牽著三隻捕狼的兇猛大獵犬，不過牠們也像主人和他的馬一樣發胖了。兩隻被解開皮帶的機靈老犬躺在那裡。相距百步的樹林邊上站著老伯爵的另一名馬夫米季卡，他是一個剽悍的騎手和狂熱的獵人。按照老習慣，老伯爵在打獵前用銀酒盅喝了一杯獵人露酒，吃了些下酒菜，又喝了半瓶波爾多紅葡萄酒。

由於喝酒和騎馬，老伯爵臉上有些泛紅；濕潤的眼睛特別有光彩，他裹著皮襖坐在馬鞍上，那模樣好像一個準備跟大人出遊的孩子。

雙頰瘦削的謝苗安排好自己的事情後，不時望望和睦相處了三十年的老爺，知道他心情愉快，正期待一次愉快的談話。又有第三個人小心翼翼地（看來有人告誡過他了）騎馬從樹林裡過來，停在老伯爵後方。這是身穿家常女式衣衫、頭戴尖頂帽的白鬍子老頭。他是小丑[88]娜斯塔西婭・伊萬諾夫娜。

「喂，娜斯塔西婭・伊萬諾夫娜，」伯爵對他眨眼低聲說，「你是要把野獸嚇跑嗎，丹尼洛會要你好看的！」

「我自己……也是有鬍子的。」娜斯塔西婭・伊萬諾夫娜說。

「噓！」伯爵教他別作聲，一面轉向謝苗。

「你看見娜塔莎了嗎？」他問謝苗。「她在哪裡？」

「她和彼佳留在札羅夫荒草地旁邊，」謝苗微笑著回答道。「儘管是女孩子，興致也那麼高！」

「謝苗，你看她騎馬的姿態，很驚訝吧？」伯爵說。「男人也不過如此！」

「怎麼會不驚訝呢？又勇敢又靈巧！」

「尼古拉在哪裡？在利亞多夫高地，是嗎？」伯爵仍小聲地問道。

「是的，大人。他知道要在哪裡守候。他的騎術那麼高明，我和丹尼洛都嘖嘖稱奇。」謝苗說道，他知道怎麼討好老爺。

「他很會騎馬，騎馬的姿態如何啊？」

「那簡直像一幅畫！幾天前，他在札瓦爾津荒草地上捕獵一隻狐狸。為了不讓牠逃進密林，他開始在林邊疾馳攔截，太厲害了！馬是價值千金的駿馬，騎者更是無價的高手！是呀，這樣的年輕人哪裡找啊！」

「哪裡去找啊……」老伯爵重複了一遍，彷彿在惋惜，謝苗的話怎麼這麼快就講完了呢。「哪裡去找啊。」他說，一邊翻開皮襖前襟，取出了鼻菸壺。

「前幾天，他佩戴所有勳章做完日禱出來，米哈伊爾．西多雷奇就……」謝苗還沒把話說完，便聽見寂靜的田野清楚傳來狩獵的聲音和兩三隻獵犬的低吠。他低下頭傾聽，並對主人默默做了個警示的手勢。「他們發現了一窩幼狼……」他小聲說道，「就在利亞多夫高地上。」

老伯爵忘了斂起笑容，遙望前面的狹長林帶，拿著鼻菸壺卻沒有嗅聞。緊接著是獵犬的吠叫聲，又傳來丹尼洛吹響捕狼的低沉號角聲；他的一群獵犬和前面的三隻狗會合，於是可以聽到時高時低的犬吠，帶著只有在獵狼時才會發出的那種低沉吼聲。馴犬師不再對獵犬厲聲吆喝了，一逕的命令牠們「上，上！」丹尼洛時而低沉、時而刺耳的嗓音壓倒所有的聲音。他的嗓音猶如充斥整座樹林、又傳到樹林之外，遠遠地在田野回蕩。

老伯爵和他的馬夫默默聽了幾秒鐘，確信獵犬已分為兩群：一群較大，吠得特別兇猛，且距離愈來愈遠了；另一群獵犬在伯爵附近，沿著樹林的邊緣飛奔，在這一群裡可以聽到丹尼洛正發出「上！上！」的命令聲。那兩群狗分分合合，但是都漸漸跑遠了。謝苗嘆了口氣，彎下腰，想整理一下皮帶，這條皮帶不

88 俄國貴族之間流行在自家培養一些丑角，以男性為主，但以女性名字自稱，並穿著女裝。

慎纏住一隻小公狗。老伯爵也嘆了口氣，發覺自己拿著鼻菸壺，便掀開壺蓋，取出一小撮鼻煙。

「回來！」謝苗對小公狗吼了一聲，牠跑到林子外邊去了。老伯爵渾身一顫，失手掉了鼻菸壺。娜斯塔西婭．伊萬諾夫娜立刻下馬撿回。

老伯爵和謝苗紛紛看著他。突然，一如往常，追逐獵物的聲音轉瞬間又來到很近的地方，彷彿狗群狂吠的齜牙裂嘴和丹尼洛「上！上！上！」的唆使聲就在他們面前。

老伯爵朝四周觀望，看見米季卡在右邊，正瞪大眼望著老伯爵，同時舉起帽子向前方指了指，要他注意另一邊。

「當心！」他大聲喊道，顯然，他早就迫不及待地想對他說出這句話了。於是他放開獵犬，騎馬朝老伯爵疾馳而來。

老伯爵和謝苗騎馬跑出樹林，目睹自己左邊有一匹狼，輕柔地搖晃身子，從他們左邊正悄悄地向他們適才守候的那片林子飛快地竄了過去。那些兇悍的獵犬一聲尖叫掙脫了皮帶，從馬腿旁向那匹狼猛撲過去。狼停下腳步，彷彿患了喉炎似的，笨拙地轉過腦門向那群獵犬張望一下，依舊輕柔地搖晃著身子，向前一跳，又一跳，尾巴一搖在林子裡消失了。就在這時，一隻、兩隻、三隻獵犬發出號哭似的吠聲自對面的林子裡驚慌地竄了出來，牠們在田野，就在那匹狼剛才溜走的地方猛追過去。獵犬後的榛樹叢分開了，只見丹尼洛那匹由於滿身是汗而皮毛發黑的栗色馬。丹尼洛蜷縮著騎在長長的馬背上，身子前傾，帽子丟了，一頭灰白的亂髮，通紅的臉上汗水淋漓。

「上，上！……」他叫道。在看到老伯爵的時候，他的眼裡彷彿有電光一閃。

「真是！」他叫了一聲，舉起短柄長鞭朝老伯爵做了一個威脅的手勢。

「把狼放跑了！什麼獵手！」他似乎不屑於和內疚、驚慌失措的老伯爵再多說什麼，抱著對老伯爵的滿腔怒火，在栗色騸馬的凹陷、汗濕的兩肋上狠狠地抽了一鞭，跟在獵犬後疾馳而去。老伯爵像受罰一樣站在那裡四處張望，想用微笑在謝苗的心裡引起對他處境的同情。但謝苗已不在那裡了：他騎馬繞過灌木叢，想搶在前面不讓狼逃進禁林。帶著俄國獵犬的獵手們也飛快地從兩邊包抄過去。可是狼已經鑽進了灌木叢，沒有任何一個獵手能攔得住牠了。

五

尼古拉．羅斯托夫這時正站在自己的崗位上等候野獸。根據時遠時近的狩獵活動，根據他所熟悉的獵犬吠聲，根據馴犬師們時遠時近的說話聲和不斷提高的嗓門，他意識到樹林裡正在發生的狀況。他知道，樹林裡有幼狼和老狼；他知道獵犬分成兩群，正在某處追捕獵物，只是情況並不順利。他時刻等待野獸朝自己這個方向來。他有過千百種設想，揣摩野獸會從哪個方向出現、怎麼跑過來，以及他該如何追捕。希望變成了失望。他多少次向上帝祈禱，但願狼會朝著他的方向跑過來；他祈禱時的心情既熱切又愧疚，人們為了無謂的小事而激動地祈禱時往往懷有這類心情。「唉，對祢來說，這有什麼難的呢，」他對上帝說，「祢就為了我這麼做吧！我知道，祢是那麼偉大，求祢辦這種事真是罪過；不過，祢務必幫忙，讓老狼朝我這裡來，並且讓卡拉伊當著大叔的面死死地咬住狼的咽喉，瞧，他在那裡看著呢。」在這半個小時，尼古拉千百次地以執著、緊張、焦躁的目光掃視樹林的邊緣地帶，那裡有兩棵罕見的橡樹高聳於白樺樹幼林之上，掃視著邊緣被水沖塌的峽谷，以及右邊灌木叢中隱約可見的大叔的皮帽。

「不，不可能有這種好運，」尼古拉想，「什麼大不了的事啊！不會有的！無論是在賭桌上或是在戰場上，不管做什麼，我總是倒楣。」奧斯特利茨戰爭和多洛霍夫在他的想像中清晰而迅速地交替閃現。「一生中只要有一次能捕獲一匹老狼，我便別無所求了！」他想，他繃緊神經運用聽力和視力，向左張望，再向右張望，傾聽狩獵活動最細微的動靜。他又向右看了一下，只見空曠的田野上有什麼東西正向他迎面而來。「不，這不可能！」尼古拉想，不禁長吁一聲，一個人在長久的期盼終於實現的時候往往會如此長長嘆息。天大的運氣來了，而且來得那麼簡單，沒有喧囂、沒有炫耀、沒有徵兆。尼古拉不敢相信自己所見，懷疑了一秒多鐘。狼正朝前奔跑，沉重地跳過路上的一道深溝。那是一匹成狼，脊背灰白，吃得飽飽的肚子有些脹紅。牠從容不迫地跑著，顯然牠相信，沒有任何人會看見牠。尼古拉屏住呼吸，回頭望望獵犬。牠們或臥或立，沒有看見狼，什麼也沒有察覺。老卡拉伊勾著頭，齜著黃牙，正氣衝衝地尋找跳蚤，上下牙在後腿上磕碰作響。

「上，上！」尼古拉噘起嘴唇，小聲叫道。那些獵犬一抖鐵鍊站了起來，並豎起耳朵。卡拉伊搔完後腿，也站起來了，牠豎起耳朵，輕輕搖了搖尾巴，尾巴上掛著一片片糾結的狗毛。

「放狗？不放？」尼古拉一見老狼離開樹林向他跑來，便這麼問自己。突然，狼的嘴臉大變；牠渾身一震，瞥見了牠大概從未見過的一雙人類眼睛，於是頭微微轉向獵手，立定不動——後退或前進？「唉！管他呢，前進！……」看來牠似乎這麼對自己說，於是，牠往前走了，不再回頭張望，牠輕柔、從容、卻也堅定不移地縱步向前。

「上，上！」尼古拉使勁地大聲喊道，他的駿馬也拚命往坡下疾馳，跳過大大小小的水窪，企圖攔截那匹狼；獵犬跑得更快，紛紛趕到前面去了。尼古拉沒有聽見自己的叫喊聲、沒有意識到他在縱馬狂奔、沒有看見那些狗、也沒有看見他經過的地方；他眼裡只有那匹狼，牠加快了速度，依原來的方向在窪地裡奔跑。首先出現在野獸近旁的是寬臀黑色斑點的母犬米爾卡，牠開始接近那頭野獸。近了、更近了……終於追上牠。狼只是微微地瞟了牠一眼，米爾卡竟沒有像平常那樣更勇猛地撲上前去，反而翹起尾巴，兩條前腿猛然支撐著地面站住了。

「上，上！」尼古拉命令道。

紅毛的柳比姆從米爾卡後面竄了出來，向狼猛撲過去，一口咬住牠的後腿，可是就在這一剎那牠又驚駭地往旁邊跳開了。狼蹲下身子，齜一齜牙，又站起來往前跑，所有狗都在一俄尺之外緊追不捨，卻未敢靠近牠。

「要逃掉了！不，這可不行。」尼古拉想，他的嗓子啞了，卻仍在叫喊著。

「卡拉伊！快上！……」他叫道，一邊在用眼睛尋找那隻老公狗，這是他唯一的希望了。老卡拉伊使出全身力氣，盡可能伸直身子，眼睛瞟向狼，費勁地從牠旁邊橫衝過去，可是狼連跑帶跳的速度比狗快，顯然，卡拉伊想截住牠是失算了。尼古拉已經看到前面不遠處有一片樹林，狼跑到那裡就一定能順利逃脫。前面出現了一群獵犬和一個騎著馬幾乎是迎面馳來的獵手。還有希望。陌生的狗群中有一隻尼古拉不曾見過、體型細長的深褐色小公狗從前面飛快地向狼衝上去，差點將牠撞倒。狼以其出人意料的速度爬起來，撲向深褐色公狗，只聽喀嚓一聲──鮮血淋漓、肋部撕裂的公狗尖叫起來，一頭栽倒在地。

「卡拉尤什卡！老伙計！……」尼古拉要哭了。

後腿上掛著一綹綹毛的老公狗，乘機攔截狼的去路，離開牠只有五步的距離了。狼似乎感覺到危險，牠瞥了卡拉伊一眼，尾巴更深地夾在兩腿之間，正要奮力逃跑。就在這時，卡拉伊不知怎麼的──霎時已撲在狼的身上，並和牠一起如陀螺般地滾進牠們前面的水坑裡。

尼古拉看到水坑裡一群狗和狼纏鬥，看到狗的身子底下露出狼的灰白毛皮，一條伸得筆直的狼腿和抿著耳朵驚慌喘息的狼頭（卡拉伊咬住了牠的喉嚨）──在尼古拉目睹這一切之際，那是他一生中最幸福的時刻。他已經抓住鞍橋，準備下馬刺死狼，突然，從這一大群獵犬之中伸出了狼頭，隨後狼的兩條前腿撲在水坑的坑沿上。狼的牙齒咯咯作響（卡拉伊已不再咬住牠的喉嚨），後腿一使勁跳出了水坑，又夾起尾巴擺脫一群獵犬，往前移動。卡拉伊豎起身上的毛，困頓地爬出了水坑，牠大概身上有傷，不是摔傷，就是被咬傷了。

「我的天！怎麼會這樣？……」尼古拉絕望地大聲叫道。

大叔的一名獵手從另一邊馳來攔截這匹狼，他的獵犬又擋住了狼的去路，把牠圍在當中。

尼古拉和他的馬夫、大叔和他的那個獵手包圍野獸，一面發出唆使聲、吆喝聲，每當那匹狼蹲下時便準備下馬，每當那匹狼抖動身軀、向那片能使牠得救的禁伐區逃走時，他們便策馬追趕。

在這次圍獵開始的時候，丹尼洛一聽見唆使獵犬的聲音，便從林子裡來到樹林的邊緣地帶。他看見卡拉伊咬住了狼，便勒住馬，以為事情已經結束了。但是當他看到獵手們並沒有下馬，狼抖擻一下又開始逃走時，丹尼洛便催動栗色馬，不是撲向那匹狼，而是筆直地馳往禁伐區，和卡拉伊一樣，為的是攔截那匹狼。由於他採取這個策略，當大叔的獵犬第二次圍住狼的時候，他及時趕到。

丹尼洛默默縱馬奔馳，左手握著一把出鞘的短刀，那短柄長鞭如同連枷一樣不斷落在栗色馬的剽悍兩肋上。

在栗色馬喘著粗氣從他身邊走過之前，尼古拉未看見丹尼洛，也沒有聽到他的聲音，這時他聽見有人倒下，看到丹尼洛已經倒在狗群之間，撲在狼的臀部，努力想抓住牠的耳朵。顯然，獵手、獵犬和狼全都明白，一切結束了。野獸驚恐地抿起耳朵，竭力想站起來，可是獵犬緊緊地纏住牠。丹尼洛欠起身來，又再次撲倒，彷彿要躺下休息似的，以全身的重量壓在狼身上，並抓住牠的兩隻耳朵。尼古拉想刺死牠，不過丹尼洛低聲說：「不要，我們把牠的嘴捆上。」於是他改變姿勢，單腳踩在狼的脖子上。拿一根棍子塞在狼的嘴裡，把嘴捆上，好像為牠戴上了嚼口似地，再捆住牠的腿，於是丹尼洛把牠的身子從一側到另一側反覆翻動了一兩次。

大家帶著幸福和疲憊的神情，把活捉的成狼抬到馬背上，嚇得那匹馬急忙閃避，直打響鼻，於是在獵犬對狼的吠叫聲中，把狼帶往全體集合的地點。獵犬捕到了兩匹幼狼，俄國獵犬捕到了三匹。獵手們各自帶著自己的獵物和故事相聚在一起，大家都走過去看那匹成狼，成狼垂下嘴裡咬著一根木棍的寬腦門，無神的大眼望著將牠圍在中間的成群獵犬和人。有人碰到牠時，牠抖動著被捆住的腿，以野性又呆滯的眼神望著大家。

老伯爵亦走上前來碰碰那匹狼。

「噢，多強壯，」他說。「是一匹成狼吧，啊？」他問站在他身旁的丹尼洛。

「是的，大人。」丹尼洛連忙摘下皮帽回答說。

老伯爵想起了他無意中放走的狼，以及他和丹尼洛的衝突。

「老弟，你很愛生氣啊。」老伯爵說。丹尼洛一聲不吭，只是羞怯地露出孩子般溫順而單純的微笑。

六

老伯爵回家去了。娜塔莎和彼佳留在狩獵隊裡，並允諾很快就回去。狩獵隊繼續往前走，因為時間還早。中午獵犬被放進峽谷，那裡到處是茂密的幼林。尼古拉站在已收割的莊稼地裡，看見自己的所有獵手。

尼古拉面前是一片綠油油的麥田，他的一名獵手就在那裡，站在窪地裡一株突出的榛子灌木後。獵犬一放出來，尼古拉就聽到他熟悉的犬隻沃爾托恩追捕獵物時特有的聲音；其他狗都和牠一起行動，時而寂然無聲，時而又開始追逐。片刻後，小樹林裡發出捕捉狐狸的呼叫聲，所有獵犬一窩蜂地沿著溝渠，朝麥田的方向追過去，離尼古拉愈來愈遠了。

他看見幾個戴紅帽、管理獵犬的獵手縱馬沿著草木茂盛的峽谷邊緣奔馳，甚至看得見那些獵犬，時刻都在等候狐狸在對面那片綠油油的麥田上出現。

站在窪地裡的那名獵手動起來了，他放出獵犬，這時尼古拉看到一隻火紅的古怪狐狸，拖著蓬鬆的尾巴在麥田裡急促逃竄。獵犬向牠追了上去。牠們距離更近了，狐狸開始在獵犬之間繞圈子，牠愈來愈頻繁地繞著圈子，用蓬鬆的尾巴環繞著自己，這時誰家的白狗飛身撲了上去，一隻黑狗也跟著撲上去了，於是全攪成一團，其餘獵犬尾部朝不同方向猶豫地站成了星形。兩名獵手騎馬來到獵犬周遭：一個戴著紅色皮帽，另一個是陌生人，身穿綠色的束腰長衫。

「這是怎麼了？」尼古拉在想。「這個獵手是從哪裡冒出來的？他不是大叔的人。」

兩名獵手奪下狐狸，沒有把牠拴在馬鞍的後鞍橋上，而是徒步站在原地。兩匹馬拖著韁繩、馱著空鞍站在他們附近，幾隻狗躺在那裡。兩名獵手揮舞著手臂，並拉扯著狐狸。那裡響起了號角聲，這是打架的信號。

「這是伊拉金的獵手，不知為什麼在和我們的伊萬爭論。」尼古拉的馬夫說。

尼古拉派馬夫喚來妹妹和彼佳，自己則騎馬向馴犬師們正在集合獵犬的地方走去。幾名獵手馳往爭執的地點。

尼古拉下馬，和騎馬趕來的娜塔莎和彼佳停留在獵犬附近等候消息，觀看事態的發展如何。那個爭執的獵手騎馬從林邊出來了，他帶著拴在馬鞍後的狐狸來到少爺面前。他遠遠就摘下皮帽，以恭敬的語氣說話；但是他面色蒼白，喘著粗氣，臉上帶著惡狠狠的表情。他的一隻眼睛被打傷了，自己大概還未察覺呢。

「你們那裡怎麼了？」尼古拉問。

「莫名其妙，他想從我們的獵犬嘴裡搶走狐狸！那可是我的灰色母犬捕捉到的。你評評理吧！他伸手來抓狐狸！我拿起狐狸狠狠地打了他一下。瞧，掛在鞍上呢。不然你去問問他？」獵手亮出短刀說道，大概他覺得是在對敵人說話吧。

尼古拉沒有和他談下去，先請妹妹和彼佳等他，便策馬向那名敵對的伊拉金狩獵隊所在之處馳去。

得勝的獵手騎馬來到一群獵手中間，被讚賞他和問長問短的人們團團圍住，高談闊論自己的功勞。

事情是這樣的，伊拉金和羅斯托夫向來不和，而且雙方目前正在打官司。他在傳統上屬於羅斯托夫的區域打獵，而適才似乎又刻意吩咐自己的人馬前來羅斯托夫打獵的樹林附近，並且允許自己的獵手搶奪別人的獵犬捕獲的獵物。

尼古拉從未見過伊拉金，可是他的判斷和情緒一向偏激，風聞這個地主蠻橫霸道，便對他滿懷仇恨，將他視為兇惡的敵人。此刻的他，既憤怒又激動，騎著馬去找他，手裡緊握短柄長鞭，決心以最堅決且危險的行動對付敵人。

他剛剛從樹林的低窪處上來，便看到一個肥胖的貴族地主，頭戴海狸皮便帽，騎乘黑色駿馬，在兩名馬夫的陪伴下朝他迎面而來。

尼古拉發現，他敵視的伊拉金原是一名儀表端正、彬彬有禮、特別希望和年輕伯爵結識的貴族。伊拉金來到尼古拉面前，微微舉起便帽，說他對發生的事深感遺憾；並保證他一定吩咐下去，對膽敢搶奪他人獵物的獵手加以懲處，他請伯爵不要見外，並邀請他到自己的領地打獵。

娜塔莎擔心哥哥做出什麼可怕的事，不安地在不遠處跟隨著他。她一看到兩個敵人友好地鞠躬致意，便向他們走了過去。伊拉金在娜塔莎面前更是高舉海狸皮便帽，微微一笑說，伯爵小姐對狩獵的愛好和美貌都宛如狄安娜[89]，而他對她的美貌仰慕已久。

伊拉金為了彌補獵手的過錯，誠懇地邀請尼古拉前往一俄里外他為自己保留的山麓，據他說，那裡遍地是野兔。尼古拉同意了，於是擴大一倍的狩獵隊伍便動身前去。

前往伊拉金的山麓必須經過一片田野。獵手們齊頭並進。主人們走在一起。大叔、尼古拉和伊拉金都

---

89 狄安娜，羅馬神話中的月亮和狩獵女神。

盡力不讓人察覺，悄悄打量著對方的獵犬，忐忑不安地在其中尋找可以和自己的獵犬一爭高下的對手。

伊拉金的獵犬中有一隻狗非常漂亮，尼古拉猶為驚訝。那是一隻長著紅色斑點的純種小母犬，體型狹長，肌肉強健，細長的臉上有一雙凸出的黑眼睛。他曾聽說伊拉金的獵犬奔跑快捷，認為這隻漂亮的母犬正是米爾卡的對手。

伊拉金談起當年的收成，就這個嚴肅話題交談的過程中，尼古拉指了指那紅色斑點的母犬。

「您這隻母犬真漂亮！」尼古拉語調從容地說。「跑得快不快？」

「這一隻嗎？是的，這是一隻好狗，打獵還行。」伊拉金語氣平淡地談到紅色斑點的葉爾札，這隻狗是他一年前以三戶家僕向鄰居換來的。「這麼說，您莊園裡的糧食產量也不如預期？」他接著原先的話題。他認為，禮節上對年輕伯爵應當有所回應，便環視他那些獵犬，並挑中了米爾卡，牠寬寬的體態引起了他的注意。

「您這隻黑色斑點的狗真漂亮，體型很勻稱！」他說。

「是的，跑起來還可以。」尼古拉回答道。心裡想：「看著吧，只要田野裡跑出一隻大灰兔，我就讓你瞧瞧這隻狗的真本事！」他回頭對馬夫說，哪一名獵手能找到躲著的兔子，就賞他一盧布。

「我不明白，」伊拉金接著說道，「有些獵手怎麼會眼紅別人的獵物和獵犬。我對您說說我自己吧，伯爵。您知道嗎？我覺得騎馬漫遊，心情特別愉快；有這樣的人結伴同遊……於願足矣（他又對娜塔莎摘下海狸皮便帽）；至於帶回多少獵物，對我來說是無所謂的！」

「這倒是。」

「我也不會因為捕獲獵物的是別人的狗而不是我的狗就不高興——我只是想欣賞捕獵的過程，不是很好嗎，伯爵？再說，我認為……」

「快上——逮住牠！」這時響起吆喝聲，帶著俄國獵犬的獵手拉長聲音叫喊。他站在莊稼地裡的土丘上，舉起短柄長鞭，又拉長聲音重複一遍：快——上——逮住牠！（這聲音和舉起的短柄長鞭說明，他看見自己前面有一隻躲著的野兔。）

「啊，好像發現了野兔，」伊拉金從容地說。「也好，我們打獵去，伯爵。」

「好，應該過去了，怎麼，一起去？」尼古拉回答道，一面注視著葉爾札和大叔那條紅色魯加依，他還從來沒有機會讓這兩個對手和自己的狗公平地比試過。「要是把我的米爾卡比下去了，那可怎麼辦！」他心裡想，與大叔和伊拉金向野兔那裡並轡馳去。

「是大兔子嗎？」伊拉金朝發現野兔的獵手走過去問道，不無擔心地環顧四周，吹著口哨呼喚伊爾札……

「您呢，米哈伊爾．尼卡諾雷奇？」他問大叔。大叔騎著馬，臉色陰沉地雙眉緊鎖……

「我何必湊熱鬧！你們的狗——沒話說的！——都是用整個村莊的代價買來的，價值千金啊。你們比試自己的狗吧，我就在這裡觀看！」

「魯加依！去呀，去呀！」他叫道。「魯加依！」他又叫了一聲，不由自主地用暱稱流露出自己對紅色公狗的喜愛和寄予厚望。娜塔莎看在眼裡，感覺到這兩個老頭和哥哥隱藏在內心的激動，自己也激動起來了。

獵手舉著短柄長鞭站在土丘上，主人們騎馬緩步向他走去；遠在地平線上行動的獵犬無不拐彎離開野兔；主人之外的獵手們也騎馬離開了。一切行動都緩慢而謹慎。

「野兔的頭朝哪個方向？」尼古拉向發現野兔的獵手大約走了一百步，問道。可是獵手還來不及回答，灰兔彷彿感覺到寒氣逼近似的，待不住，便跳了出來。一群獵犬戴著鏈條，狂吠著向坡下的野兔撲去；沒有拴皮帶的俄國獵犬從四面八方向那群獵犬和野兔衝了過去。所有緩緩行進的獵手們都大呼「站住！」一把獵犬趕到一處，帶俄國獵犬的人則高喊「快上！」並引導著方向，他們都在田野上奔馳起來。舉止安詳的伊拉金和尼古拉、娜塔莎、大叔全都縱馬飛馳，自己也不知道要往哪裡去，眼裡只看見那些獵犬和野兔，唯恐狩獵過程哪怕有一剎那的工夫逃過他們的視線。只見這隻野兔既老練又敏捷。牠跳起來以後沒有馬上逃跑，而是轉動耳朵，傾聽突然從四面八方傳來的呼喊聲和馬蹄聲。牠跳了十次左右，並不快，誘使獵犬跟過來，最後牠選定了方向、意識到了危險，於是抿起耳朵急忙逃跑。牠是躲在莊稼地裡的，可是前面就是一片麥田，泥濘難行。發現野兔的獵手的兩隻狗離牠最近，首先盯上牠，緊追不捨；可是還遠未追上牠，伊拉金那紅色斑點的葉爾札就從牠們後面飛快地跑了過去，近到只有一隻狗等身距離，便瞅準了野兔的尾巴以驚人的速度撲了上去，以為抓住牠了，便就地一滾。野兔弓起背，逃得更快了。黑色斑點的米爾卡從葉爾札後面衝到前頭，很快就要趕上牠了。

「米爾卡，親愛的！」響起了尼古拉興奮烈的喊聲。米爾卡似乎立刻就能一擊而中，逮住野兔，米爾卡趕上牠，卻衝過了頭。灰兔往旁邊一縱，躲過一劫。漂亮的葉爾札又追上牠，有一會兒緊貼著野兔的尾巴，彷彿在打量怎樣能不再出差錯，撲住一條後腿。

「葉爾札！親愛的！」響起了伊拉金帶著哭腔的大叫聲。葉爾札未聽見他的祈求。在牠眼看就要抓住灰兔的瞬間，灰兔一閃，奔上莊稼地和麥田之間的地帶。葉爾札和米爾卡又齊頭並進，急忙跟了上去；在這個地帶上灰兔跑起來輕鬆多了，兩隻狗無法迅速追上。

「魯加依！魯加依！幹得好！」這時又有一道新的聲音叫喊起來，於是大叔那隻駝背的紅色公狗伸展身軀，弓著背，漸漸趕上前面兩隻狗，衝到牠們前頭，奮不顧身地撲向野兔，把牠撞到麥田裡，在泥濘的麥田裡又一次更兇猛地撲了過去，陷入齊膝深的泥濘，只見牠就地一滾，背上沾滿汙泥，和野兔滾在一起。其餘狗參差不齊地圍繞。片刻後，所有人盡皆站在那一群狗旁邊。只有幸福的大叔下馬割下野兔的一條小腿。他抖動野兔，讓血流出來，不安地四處張望，目光遊移，手足無措，他在說話，自己也不知道在對誰說，也不知道在說些什麼。「幹得好……看看這些狗……全被牠打敗了，價值千金的也好，只值一盧布的也好——幹得好！」他喘著氣說，惡狠狠地環顧四周，彷彿在責罵什麼人，彷彿人人都是他的敵人，人人都欺負他，現在他才總算出了口氣。「看看你們那些價值千金的狗吧——幹得好！」

「魯加依，來，兔子腿！」他說，把割下沾著泥土的一小截兔腿丟了過去。「這是你應得的，幹得好！」

「牠跑得太累了，獨自追趕了三次。」尼古拉說，他不聽別人說話，也不管他的話別人是否在聽。

「在半路上攔截，算什麼呀！」伊拉金的馬夫說。

「牠一撲空，任何一隻看家犬也能追上去逮到啊。」這時伊拉金說道，由於奔馳和氣惱而滿面通紅，吃力地喘著粗氣。同時，娜塔莎興高采烈，扯開嗓子尖聲大叫，震得耳朵嗡嗡作響。她的尖叫所表達的，正是其他獵手們七嘴八舌所要表達的意思。這尖叫聲非常怪異，若是其他時候，她自己一定會因為這粗野地尖叫而感到羞愧，別人聽了也會大為驚訝。大叔自己把灰兔拴在馬鞍後的皮帶上，靈巧而俐落地把牠拋到馬屁股後面，彷彿這麼一拋是在責備所有人，而且帶著不願和任何人說話的樣子，騎上栗色馬揚長而去。除了他，所有人顯得心情抑鬱而沮喪地散去，此後很久才恢復原來那種假裝平靜的神態。過了好久，他們仍不時地看看紅色的魯加依，牠滿身汙泥，駝著背，帶著勝利者泰然自若的神氣小跑著跟在大叔的馬後面，身上的小鐵片輕微地叮噹作響。

「除了在打獵的時候，我平時和其他狗沒有什麼兩樣。哼，到時你可留心了！」尼古拉覺得那隻狗正神氣說道。

好久以後，大叔騎著馬來到尼古拉面前和他談起話來。在發生了這一切情況之後，大叔仍屈尊來和他談話，令他受寵若驚。

七

傍晚，伊拉金和尼古拉道別時，尼古拉離家已經很遠了，只好接受大叔的建議，把狩獵隊的人員、馬匹和獵犬都留在他的米哈伊洛夫卡莊園過夜。

「要是您順路到舍下去——好樣的！」大叔說，「那就再好不過了；看，天氣陰沉沉的，你們好好休息一下，之後再讓伯爵小姐乘坐輕便馬車回去。」大叔說，大叔的邀請被接受了，隨即派一名獵手到快樂莊園要來輕便馬車；尼古拉、娜塔莎和彼佳先騎馬前往大叔住所。

五、六個大大小小的男僕跑到大門口的臺階上迎接老爺。幾十個老老少少的婦女和女孩從臺階後的門廊裡探頭張望騎馬到來的獵手們。娜塔莎，一個女人，還是貴族小姐，竟然騎在馬上，激起了大叔家的僕人們極為好奇，以致其中許多人都毫不羞怯地走到她面前，瞅著她的眼，當著她的面對她品頭論足，好像她不是一個人，而是供展覽、聽不懂人話的怪物。

「阿琳卡，妳看呀，她側身坐在馬上呢！自己坐著，只有衣裳的下襬在擺動……妳看，還有小號角！」

「我的老天爺，還有刀呢！」

「看哪，一個韃靼女人！」

「妳怎麼沒有從馬上跌下來呢？」一個膽子較大的女僕說，她已經向娜塔莎直接發問了。

大叔在臺階旁下馬，那是一座小木屋，花園裡草木茂盛，他掃視一下家裡那些人，以命令的口氣吩咐閒人走開，好好去準備接待客人和獵手們。

大家紛紛散去。大叔扶娜塔莎下馬，牽著她的手走上晃晃悠悠的木板臺階。用原木搭建、不曾粉刷的屋子裡不大乾淨——看不出居住的人要求保持整潔、清除斑斑點點的汙漬，卻也並未顯雜亂。門廊裡散發著新鮮蘋果的香氣，牆壁上懸掛著整張的狼皮和狐皮。

大叔領客人們穿過前廳，來到放置折疊桌和幾把紅色木椅的小廳，然後到了擺放樺木圓桌和沙發的客廳，接著來到書房，這裡有一張破沙發，鋪著破舊的地毯，掛著蘇沃洛夫將軍的畫像、主人的父母和他本人身穿軍服的畫像。書房裡散發著一股強烈的菸草味和狗的氣味。

在書房裡，大叔請客人們坐下，像在家裡一樣不要拘束，自己轉身便出去了。魯加依帶著背上沒有清洗的汙泥進書房，躺到沙發上，用舌頭和牙齒清除身上的汙穢。書房通往走廊，走廊裡有一架屏風，上面的帷幔已經破了，屏風後傳來女人們的嬉笑和低語聲。娜塔莎、尼古拉和彼佳脫掉外衣坐在沙發上。彼佳枕在手臂上立刻睡著了；娜塔莎和尼古拉默默地坐著。他們的臉上紅撲撲的，覺得很餓，也很高興。他們彼此對看一眼（打獵後，在房間裡，尼古拉認為不必在妹妹面前表現男人的優越感了）；娜塔莎對哥哥眨了眨眼，兩個人忍了不久，便放聲大笑起來，還來不及為大笑找個藉口。

等了一會兒，大叔穿著後身打褶的短上衣、藍長褲和小皮靴進來了。娜塔莎曾在快樂莊園見到過大叔這身打扮，感到既驚訝又可笑，現在卻覺得這是一套真正得體的服裝，絲毫不亞於常禮服和燕尾服。大叔也很高興；他對兄妹兩人的笑聲不僅不見怪（他不可能想到人家是在嘲笑他的生活），反而自己也和他們一起無緣無故地呵呵大笑。

「看看這個年輕的伯爵小姐——好樣的——這樣的女孩我還沒見過！」他說，一面把長柄菸斗遞給尼古拉，又以習慣性的動作將一根截短的菸斗握在三指之間。

「整天騎在馬上，男人也累了，她卻若無其事！」

大叔進來不久，聽腳步聲，一個赤腳女僕走來打開了門，隨即進來一個體態豐滿、面色紅潤、四十歲開外的漂亮女人，她雙下巴，嘴唇豐滿，紅潤的雙手捧著擺滿食物的大托盤。她以殷勤、莊重的態度，和藹可親的眼神和舉止環視客人，面帶親切的笑容向他們恭敬地點頭致意。儘管她非常豐腴，胸脯和肚子向前隆起，感覺頭往後仰，身為大叔女管家的她行動卻異常輕快。她來到桌前，放下托盤，白胖的雙手把酒瓶、冷盤和其他食物靈巧地擺放在桌上。隨後便走開，面帶微笑地站在門邊。「我就是那個她呀！現在你了解大叔了吧？」她的出現猶如向尼古拉宣示這件事。怎麼會不了解呢？不僅尼古拉，連娜塔莎也了解了，了解了他皺眉、幸福且得意微笑的涵義，在阿尼西婭・費多羅夫娜進來時，可見他微微綻開雙唇。用托盤端來的是草藥酒、果子露酒、蘑菇、脫脂牛奶黑麵餅、鮮蜂蜜、冒泡的蜜酒、蘋果、生胡桃、炒胡桃和蜂蜜胡桃。隨後阿尼西婭・費多羅夫娜又送來蜜糖果醬、火腿和剛出爐的烤雞。

這些都是阿尼西婭・費多羅夫娜一手包辦、採集和烹調的。所有餐點香氣撲鼻，美味可口，深具阿尼西婭・費多羅夫娜的特色。一切散發著芬芳、純潔、潔白的氣氛，有愉悅的微笑韻味。

「吃呀，伯爵小姐。」她勸說著，一邊為娜塔莎遞上這個、那個。娜塔莎來者不拒，覺得她從未見過或吃過這麼美味的脫脂乳汁麵餅、甜美果醬、蜂蜜胡桃和烤雞。阿尼西婭・費多羅夫娜出去了。尼古拉和大叔邊吃邊喝著櫻桃酒，談論過去和今後的狩獵活動，談論魯加依以及伊拉金的獵犬。娜塔莎挺直身子炯炯有神地坐在沙發上聽著。她幾次想喚醒彼佳，要他吃點什麼，可是他含糊嘀咕幾句，顯然還沒清醒過來。娜塔莎在這全新的環境裡如此愉快、愜意，唯恐來接她的馬車來得太快。在偶然出現的冷場之後，一如初次在家裡接待熟人的主人，大叔似乎正回答客人心裡的想法，說道：

「我就這樣度過自己的晚年了……人一旦死了，好樣的！什麼也不會留下。何必造孽！」

這麼說的時候，大叔的面容意味深長，甚至是一種美。尼古拉不覺想起了父親和鄰居們所談到的大叔的種種好處。大叔是全省遠近聞名、最高尚、最無私的怪人。人們請他調解家庭糾紛、擔任遺囑執行人、向他吐露私事、選他擔任法官和其他職務，但是他對社會工作總是堅決拒絕，每到春、秋兩季便騎乘栗色騸馬在田野散步，冬天待在家裡，夏天則躺在草木茂盛的花園裡。

「為什麼您不工作呢，大叔？」

「工作過，放棄了。不行啊，好樣的，我什麼也不懂。這是你們的事情了，我腦子不夠用啦。至於打獵就不同了——那可是好樣的！把門打開啊，」他叫道。「怎麼關上了！」走廊（大叔把門廊叫作走廊）盡頭那扇門通往單身獵人室，這是對獵人們的下房的稱呼。一雙赤腳啪嗒啪嗒地走了過去，一隻看不見的手打開了獵人室的門。走廊裡傳來巴拉萊卡[90]的清晰樂音，看來是專業的琴師正在演奏。娜塔莎早就凝神傾聽了，這時她走到走廊裡，想聽得更清楚一些。

「那是我的車夫米季卡……我買了一把很好的巴拉萊卡給他，我愛聽。」大叔說。大叔有一個規矩，他每一次打獵回來，米季卡必須在單身獵人室彈奏巴拉萊卡。大叔喜歡聽這類音樂。

「多好，真的，很好。」尼古拉帶著一種不自覺的高傲說道，彷彿不好意思承認，他非常欣賞這首樂曲。

「什麼很好？」娜塔莎感覺到哥哥說話時的那種語氣，不滿地說。「不是很好，而是美妙極了！」正如她覺得大叔的蘑菇、蜂蜜和果子露酒都是世界上最好的，這時她也覺得，這首樂曲是音樂美的極致。

「再彈啊，請你再彈。」巴拉萊卡的樂音一停下來，娜塔莎便朝門外說。米季卡調好琴弦，以一連串的滑音和頓音彈起了〈芭勒娘舞曲〉[91]。大叔偏著頭，面帶不易覺察的微笑，坐在那裡聽。〈芭勒娘舞曲〉的旋律重複了一百遍。幾次重新調好琴弦，又奏響同樣的音符，聽眾百聽不厭，對他的演奏只是還想聽、還想聽。阿尼西婭進來了，肥胖的身軀斜倚在門框上。

「請聽吧，伯爵小姐，」她微笑著對娜塔莎說，這笑容和大叔的微笑非常神似。「他演奏得極其出色。」她說。

「這一段可不該這麼彈，」大叔突然做了個有力的手勢，說道。「這裡的演奏要華麗，好樣的，要華麗。」

「您也會彈奏樂器嗎？」娜塔莎問。大叔笑而不答。

「你去看看，阿尼西婭，琴弦壞了嗎，那把吉他？好久沒玩了，好樣的！生疏啦。」

阿尼西婭．費多羅夫娜愉悅地邁開輕快的腳步，執行主人的吩咐，拿來吉他。

大叔誰也不看，吹掉灰塵，以瘦骨嶙峋的手指敲一下琴蓋，調好琴弦，在扶手椅上坐好。他握著琴頸稍高之處（張開左臂，有點舞臺表演的架勢），朝阿尼西婭．費多羅夫娜眨了眨眼，他不是彈奏〈芭勒娘舞曲〉，而是起了個清亮、純淨的和絃，隨即舒緩、悠閒卻又堅定地開始以相當緩慢的節奏演奏一首名曲〈坐落著橋的大街上〉。陡然，歌曲的旋律應和著節拍，以一種沉靜的歡樂（阿尼西婭．費多羅夫娜全心全

---

90 巴拉萊卡，俄羅斯民間的一種三弦琴。

91 芭勒娘舞曲，俄羅斯民間歌曲，用以伴奏民間舞蹈芭勒娘舞。

意沉浸在歡樂中）在尼古拉和娜塔莎的內心迴響。阿尼西婭．費多羅夫娜羞紅了臉，禁不住以頭巾掩面，笑盈盈地走出書房。大叔繼續以純淨、細膩、堅定的力道演奏這首歌曲，以充滿靈感的眼神凝視阿尼西婭．費多羅夫娜離開的地方。他的臉上微微隱含笑意，在歌曲進一步展開、節奏加快之際，在一串連續滑音的某些音節上有點兒出神，一側的白鬍子底下更是笑意盈盈。

「太好了，太好了，大叔！再來，再來！」一曲剛結束，娜塔莎便叫喊起來。她從座位上跳起身來，摟著大叔親了親他，「尼古拉，尼古拉！」她回頭望著哥哥，彷彿在問：這是怎麼回事呀？

尼古拉也很喜歡大叔的演奏。大叔又彈起這首歌曲。阿尼西婭．費多羅夫娜的笑臉再次出現在門口，在她後方還簇擁著其他人的笑臉。

去汲取清涼的甘泉，
他在喊，女孩，妳等一等[92]。

大叔邊演奏，邊彈出一串俏皮的滑音，雙肩一抖鬆開了手。

「再來呀，再來呀，親愛的大叔。」娜塔莎以懇切的聲音呻吟般哀求道，彷彿不答應她的這個請求，她就活不下去了。大叔站了起來，他身上彷彿出現兩個人，一個人對快活的樂天派嚴肅而揶揄地一笑，而這個樂天派做了一個質樸而道地的民間舞起舞動作。

「來吧，姪女！」大叔叫道，向娜塔莎揚起適才彈過和絃的那隻手。

娜塔莎甩開身上的披巾，跑到大叔前頭，雙手叉腰，做了個雙肩擺動的動作，挺立在那裡。

她，這個在法國女僑民的教養下長大的伯爵小姐，是何時、何地、如何從她呼吸的俄羅斯空氣中吸收了這種精神的呢？是從哪裡學到這些早該因披巾舞而被淘汰的動作的呢？然而這種精神和這些動作正是道地不可模仿、無法鑽研的俄羅斯精神和動作，完全符合大叔對她的期待。當她挺立在那裡，帶著傲然的狡黠以及快樂的神氣得意地微微一笑時，尼古拉和所有在場的人一開始唯恐她做不來的擔憂便煙消雲散，於是只顧著欣賞她了。

她做到了，而且恰如其分地、那麼恰到好處地做到了，阿尼西婭・費多羅夫娜立刻為她遞上她跳舞時所需的手絹，她望著這個苗條、優雅、如此陌生且在養尊處優的環境中接受教育的伯爵小姐，不禁含淚而笑，她竟能領會阿尼西婭、阿尼西婭的父親、嬸嬸、母親以及所有俄羅斯人內心所蘊藏的一切。

「好啊，伯爵小姐，好樣的！」跳舞後，大叔高興地笑道。「哎喲，姪女！但願能為妳物色一個好夫婿才好，好樣的！」

「已經物色到了。」尼古拉微笑著說。

「哦？」大叔驚訝地說，疑問地望著娜塔莎。娜塔莎帶著幸福的微笑肯定地點了點頭。

「是個非常出色的人！」她說。不過她的話一出口，心裡便勾起一種全新的思緒。「尼古拉說：『已經物色到了』，他說話時的微笑意味著什麼呢？他對這件事是高興還是不高興？他似乎以為，安德烈對我們的這種快樂不會讚賞、不會理解。不，他一定會理解的。現在他在哪裡呢？」娜塔莎想，她的臉色突然凝

92 原編者的注釋指出，這句歌詞意思不明。其源於一首民歌，但重新改編，因此，必須兩者同時來看，原歌詞是：他在喊：「女孩，妳等一等，我的美人，等我一會兒！我們一起去汲水，去汲取清涼的甘泉。」

重起來了。不過僅僅維持了一秒鐘。「不想這些，不許想。」她對自己說，又坐到大叔身邊，請他再彈點什麼。

大叔又彈了一首歌曲和一支〈華爾滋舞曲〉；然後沉默了一會兒，清清嗓子，唱起了自己心愛的獵歌：

傍晚，下了一場初雪，

紛紛揚揚，好大的雪……

大叔唱歌，如同一般人，天真地認為，歌曲的意思全在歌詞裡，曲調會自然而然形成，不存在沒有歌詞的曲調，曲調只是要讓聲音動聽罷了。正因如此，大叔這種像鳥鳴一樣自然流露的曲調才特別悅耳。大叔的歌唱使娜塔莎如醉如痴。她決定，從此不再學習豎琴，今後只彈奏吉他。她向大叔要來吉他，立即彈起這首歌曲的幾個和絃。

九點多鐘，一輛敞篷馬車、一輛輕便馬車和三名騎手被派來接娜塔莎和彼佳。被派來的人說，伯爵和伯爵夫人不知道他們人在何處，很不放心。

彼佳像死人一樣被抬著安置在敞篷馬車裡；娜塔莎和尼古拉坐上了輕便馬車。大叔把娜塔莎裹得嚴嚴實實的，溫情脈脈地與她告別。他徒步送他們到橋頭，這裡要繞開橋涉水而過，因此吩咐幾名騎馬的獵手在前面帶路。

「再見了，親愛的姪女！」黑暗中傳來他的叫喊，這不是娜塔莎原來所熟悉的聲音，而是他唱著「傍晚，下了一場初雪」的聲音。

他們經過的一座村莊正閃著點點燈光，愉快地散發著煙味。

「大叔多麼令人著迷啊！」他們一出村子，來到大路上時娜塔莎說。

「是呀，」尼古拉說。「妳會冷嗎？」

「不，我很好，很好。我覺得很好。」娜塔莎似乎有點兒困惑地說道。他們久久默然無語。

這是一個黑暗潮濕的夜晚。看不見馬匹，只聽到在看不見的泥濘中踐踏的馬蹄聲。

這稚氣、善感的心靈裡發生了什麼呢？那麼貪婪地捕捉並吸納生活中無限紛繁的印象。她的心靈是怎麼容納這一切的呢？不過她感到非常幸福。離家不遠了，她驀地哼起民歌的曲調：「傍晚，下了一場初雪」，她一路上都在捕捉這首民歌的曲調，終於捉到弦律了。

「捉到弦律了嗎？」尼古拉問。

「你剛才在想什麼呢，尼古拉？」他們喜歡這麼詢問對方。

「我嗎？」尼古拉說，一邊在回想。「妳知道嗎？起初我在想，那條紅色公狗魯加依很像大叔，假如牠是人，牠也會把大叔留在自己身邊，即使不是因為奔跑快捷，也會因為他好而留下他。大叔這個人多好啊！是吧？那麼妳在想什麼呢？」

「我？等一等，等一等。對了，我起初想，我們這麼坐在馬車裡，以為正在回家，可是天知道我們在這黑暗中駛向何方，突然我們到了，卻發現我們不是在快樂莊園，而是來到了仙境。後來我又想……不，沒有了。」

「我知道，想必是想到他了。」尼古拉說，娜塔莎從他的話語裡聽出他在微笑。

「不，」娜塔莎回答道，其實她也同時想到了安德烈公爵，想到他會多麼喜歡大叔。「我還反覆地想，一路上都在反覆地想，阿尼西婭的表現真好，真好……」娜塔莎說。接著尼古拉聽到她一串清脆悅耳、沒來由的幸福笑聲。

「你知道嗎？」她突然說，「我知道，我永遠不會像現在這樣幸福、安心了。」

「這可是胡說、傻話、胡扯，」尼古拉說，心想：「我的娜塔莎多麼可愛呀！我沒有也不會有另一個一樣的朋友了。她為什麼要結婚呢？但願能和她永遠像朋友一樣生活下去！」

「尼古拉真可愛！」娜塔莎想。

「啊！客廳裡還亮著燈呢。」她指著自家的窗戶說，那些窗戶在濕潤、溫馨的夜色裡閃爍著美麗的光彩。

八

羅斯托夫老伯爵辭去了首席貴族一職，因為這個職務導致他的開銷太大。即便如此，他的經濟狀況依然未見好轉。娜塔莎和尼古拉常看到父母私下不安地談論，聽到他們在商量要出售羅斯托夫家族世代相傳的豪宅和莫斯科近郊的一座莊園。不擔任首席貴族，就不需要接待那麼多人了，快樂莊園的生活比前幾年平靜；可是這座豪宅和附屬房舍仍住滿了人，餐桌上仍然有二十多人用餐。這些人或是住慣了，如同家庭成員一樣，或是一些似乎應當住在伯爵家裡的人。這些人是樂師迪姆勒夫婦、舞蹈教師約格爾一家、一向住在這裡的老太太別洛娃小姐，還有很多其他人：彼佳的幾個教師、小姐們從前的女家庭教師以及只是覺得住在老伯爵住處比住在自己家裡更舒適或更省錢的一些人。雖不若從前那般門庭若市，可是生活方式依舊，伯爵和伯爵夫人無法想像此外還能有不同的生活。他們仍保留著狩獵隊，尼古拉更加以擴編，馬房裡仍然有五十四馬和十五名馬夫；仍然在命名日互贈貴重物品、舉行盛大宴會招待全縣的貴賓；老伯爵照舊玩惠斯特牌和波斯頓牌，將牌展成扇形放在牌桌上展示，每天都故意讓鄰居們贏幾百盧布，他們都將和羅斯托夫老伯爵打牌視為最有利可圖的投資。

老伯爵在這般境況中，彷彿落入巨大的羅網，他不願相信，他已經落入羅網而無法自拔，卻又每一步都更加深陷其中，既沒有能力衝破羅網的束縛，也沒有能力謹慎地、耐心地著手解開。伯爵夫人的內心感覺到，她的孩子們就要破產了，她覺得這不是老伯爵的錯，因為他就是這種人，而他自己也意識到了，他和孩子們即將破產並因此感到痛苦（儘管正加以掩飾），於是她開始尋求擺脫困境的辦法。出於她的婦人之見，她覺得唯一的解決方式是——尼古拉迎娶一名富有女性。她覺得這是最後的希望，萬一尼古拉拒絕她為他物色的配偶，那麼擺脫困境的機會便永遠失去。這個女性便是朱麗・卡拉金娜，她的父母都是非常高尚的好人，她自幼便是羅斯托夫所熟知的女孩，現在由於最後一個兄弟亡故而成為富有的女繼承人，且待字閨中。

伯爵夫人直接寫信給朱麗那住在莫斯科的母親，提出兩家結親的想法，並且得到善意的回應。她回信說，她本人是同意的，不過一切要取決於女兒的意願。她也邀請尼古拉前往莫斯科。

伯爵夫人幾次含淚對兒子說，現在兩個女兒都有了歸宿，她唯一的願望就是看到他結婚。她說，這樣她死也瞑目了。後來又說，她看上一個非常優秀的女性，並試探他對婚姻的意見。

有幾次她在談話中誇獎朱麗，並建議他到莫斯科度假，放鬆一下。尼古拉猜到母親話裡的意思，有一次便請她開誠布公地把話說清楚。她對他說，現在恢復家業的希望就寄託在他和卡拉金娜的婚姻上了。

「那麼，萬一我愛上一個沒有財產的女孩，難道您，媽媽，要我為了財產而犧牲愛情和名譽嗎？」他問母親，他只顧表明自身的高尚，而不明白這個問題有多殘忍。

「不，你沒有明白我的意思，」母親說，不知如何辯解。「你沒有明白我的意思，尼古拉。我希望你幸福。」她又說，她覺得她說的不是真話，思緒亂了。她哭了起來。

「媽媽，您不要哭，您只要告訴我，您希望這樣，您知道，為了讓您安心，我願意付出一生、付出一切，」尼古拉說。「我願意為您犧牲一切，甚至犧牲愛情。」

可是伯爵夫人不願這麼說：她不要兒子有所犧牲，她寧願自己為他有所犧牲。

「不，你沒有明白我的意思，我們不要談了吧。」她擦拭淚水說。

「是的，也許我真心愛著一個貧窮的女孩。」尼古拉自言自語，「怎麼，為了財產我就必須犧牲愛情和名譽？我無法理解，媽媽怎能對我說這種話。因為索尼婭貧窮，」他想，「我就不能愛她，不能對她那忠貞不渝的愛情有所回應？和她在一起，比和一個聽任擺布的朱麗在一起更幸福。我無法改變自己的感情啊。」他自言自語。「如果我愛索尼婭，那麼對我來說，我的感情便勝於一切、高於一切。」

尼古拉沒有去莫斯科，伯爵夫人也不再向他提起這門親事，她憂鬱地、有時甚至惱怒地看著兒子和沒有嫁妝的索尼婭日益親近。她責備自己不該如此，可是她忍不住抱怨，要對索尼婭找碴，常常沒來由地打斷她的話，埋怨她，還稱呼她「您，我親愛的」。善良的伯爵夫人最感到氣惱的是，索尼婭這個貧窮的黑眼睛表姪女是那麼溫順、善良，對自己的恩人是那麼感恩戴德，而且忠貞不渝地以自我犧牲的精神愛戀著尼古拉，簡直找不出可以責備她的理由。

尼古拉的假期即將結束。娜塔莎收到未婚夫安德烈公爵的第四封信，是從羅馬寄來的，信中說，他早就可以踏上歸途了，可是在溫暖的氣候中傷口突然裂開，以致他不得不把歸期推遲到明年年初。娜塔莎仍然愛戀未婚夫，仍然因為這份愛情而安心，仍然對生活的種種樂趣如此敏感；可是在與他別後第四個月的月末，她變了，有時愁緒縈懷，揮之不去。她憐憫自己、憐惜獨自虛度她覺得自己是那麼善於愛和被愛的這段光陰。

羅斯托夫一家人都悶悶不樂。

九

聖誕節假期[93]到了，除了隆重的日禱，除了鄰人和家僕鄭重、乏味的祝賀，除了人人身上的新衣，沒有任何特別的活動慶祝假期，而在零下二十度無風的嚴冬，白天陽光燦爛奪目，冬季的寒夜繁星閃爍，總覺得需要有什麼活動來慶祝這段時光。

假期節的第三天，家裡的人午餐後都各自回到房間，這是一天中最乏味的時刻。尼古拉訪客回來，在休息室睡著了。老伯爵在書房裡休息。客廳裡索尼婭坐在圓桌旁描花樣。伯爵夫人正把一副牌分別擺開。小丑娜斯塔西婭．伊萬諾夫娜面帶愁容和兩個老婦人坐在窗前。娜塔莎走進房間，來到索尼婭面前，看看她在做什麼，然後走到母親面前默默地站著。

「妳怎麼像遊魂似的走來走去？」母親說。「妳要做什麼？」

「我要他，此時此刻就要他，」娜塔莎說，她眼睛閃亮，沒有笑容。伯爵夫人抬起頭，凝神看了女兒一眼。

「不要看我，媽媽，不要看我，我要哭了。」

「妳坐，陪我坐坐吧。」伯爵夫人說。

「媽媽，我要他，我怎麼這麼苦悶呢，媽媽？……」她語氣哽咽，淚水奪眶而出，她為了掩飾淚水很快轉身離開了房間。她來到休息室，站了一會兒，想了想，到女僕的房間去了。一個老女僕正在那裡數落一個氣喘吁吁的年輕女僕，她剛冒著嚴寒自僕人家中跑過來。

「玩夠了吧，」老太太說，「玩也要看是時機啊。」

「讓她去吧，康得拉季耶夫娜，」娜塔莎說。「妳去吧，瑪夫魯莎，去吧。」

放走瑪夫魯莎後，娜塔莎經過大廳前往前廳去了。一個老頭和兩個年輕的僕人在玩牌。一見小姐進來，他們停止玩牌，站了起來。

「我派他們做些什麼呢？」娜塔莎想。

「對了，尼基塔，請你走一趟……」娜塔莎說，心裡想，「我派他到哪裡去呢？」接著說：「對了，請你到家僕那裡去拿一隻公雞來；對了，米沙，你去拿一些燕麥來。」

「您是吩咐我拿點燕麥嗎？」米沙呵呵地說。

「去呀，快去。」老頭肯定地說。

「費多爾，你去找些石灰給我。」

經過餐具室時，她吩咐把茶壺送上去，儘管還完全不到時候。

管理餐具的福卡是全家最愛生氣的一人。娜塔莎喜歡指使他，在他身上試試自己的權威。他不信她的話，就跑去問，是不是真的需要茶壺？

「瞧這個伯爵小姐！」福卡說，皺著眉頭假裝生氣。

家裡誰也不像娜塔莎那樣指使那麼多僕人，指派那麼多差事給他們。她看到僕人卻不指使他們，心裡

---

93 聖誕節至主顯節（十二月二十四日至次年一月六日）是基督教聖誕節假期。

就不舒坦。她似乎想試試，有沒有人會對她生氣，對她綳著臉，不過，僕人們對誰的吩咐也不像對娜塔莎的吩咐那般樂呵呵地照辦。「我做什麼好呢？我到哪裡去呢？」娜塔莎在走廊裡慢慢地走著，心裡想。

「娜斯塔西婭．伊萬諾夫娜，我會生出什麼樣的孩子呢？」她問小丑，他穿著女式短棉襖，正朝她迎面走來。

「妳會生出跳蚤、蜻蜓、蟈蟈。」小丑回答道。

「我的天哪，我的天哪，總是那一套！唉，有什麼地方好去呢？怎麼辦呢？」於是她沿著樓梯噔噔地快步跑上去找約格爾，約格爾和妻子住在樓上。兩個家庭女教師坐在他住處，桌上放著幾碟葡萄乾、胡桃和杏仁。女教師們正討論哪裡的生活費用比較低，是莫斯科還是奧德薩？娜塔莎一坐下，神情抑鬱，若有所思地聽她們談話，聽了一會兒便站了起來。

「馬達加斯加島，」她說。「馬——達——加——斯——加——，」她把每個字清楚地重複了一遍，紹斯太太問她在說什麼，她不理會，走出了房間。

弟弟彼佳也在樓上：他正和一個小叔叔準備夜裡要燃放的焰火。

「彼佳！彼佳！」她對他喊道。「來揹我下去。」彼佳跑過來，背對著她彎下了腰。她縱身撲在他身上，雙手摟著他的脖子，於是他揹著她連蹦帶跳地跑了起來。「不，讓我下來吧……馬達加斯加島。」她說，隨即從他身上跳下來，下樓去了。

娜塔莎彷彿巡視了自己的王國，考驗了自己的權威，深信人人都很馴服，可是仍然感到興味索然，她來到大廳，拿起吉他，坐在櫃子後一處黑暗的角落，撥弄起低音弦，彈出歌劇中一個她記在心裡的樂句，她曾在彼得堡和安德烈公爵一起聽過這部歌劇。旁人會覺得，她在吉他上彈奏出來的是一些毫無意義的聲音，然而這些聲音卻在她的想像中勾起了對往昔的種種回憶。她坐在小櫃子後面，望著從餐具室的門縫漏進來的一抹光線，聽著自己的彈奏回憶。她沉湎於回憶之中。

索尼婭拿著一只高腳玻璃杯，穿過大廳來到餐具室。娜塔莎透過餐具室的門縫細看她，於是她記起，她曾看過餐具室的門縫中漏進來的光線，以及索尼婭拿著高腳玻璃杯走過來的景象。「這情景曾經有過的呀，一模一樣。」娜塔莎想。

「索尼婭，這是什麼？」娜塔莎用幾根手指撥弄一根粗弦，大聲問道。

「啊，妳在這裡！」索尼婭驚訝說道，她走過去仔細地聽著。「不知道。這是《暴風雨》？」她膽怯地回答，深恐猜錯了。

「嗯，她當時也是這樣一驚，也是這樣走過來，怯生生地微微一笑，」娜塔莎想，「我當時也……這樣想過：她缺少一些悟性。」

「不，這是《運水夫》[94]中的合唱，聽出來了嗎？」於是娜塔莎哼著合唱的曲調，好讓索尼婭聽清楚。

「妳要去哪裡？」娜塔莎問。

「換掉杯子裡的水。我要馬上把花樣描好。」

「妳總是在忙，我卻做不到，」娜塔莎說。「尼古拉在哪裡？」

「好像在睡覺。」

「索尼婭，妳去叫醒她，」娜塔莎說。「就說我叫他來唱歌。」她坐了一會兒，她想，這一切都發生

---

94 即《二日》（一八〇〇），義大利作曲家凱魯比尼（一七六〇—一八四二）的歌劇，又譯《運水夫》。

過，可是這能說明什麼呢，她找不到答案，也絲毫不覺得遺憾，再次自想像中飛到當時，當時她和他在一起，而他含情脈脈地望著她。

「噢，他快點回來吧。我很擔心，萬一有一天我不再這麼思念他了！重要的是：我仍滿懷憧憬啊，是呀！現在這種心情是會消逝的。不過，也許他今天就會回來，馬上就會回來。也許，他已經來了，就在客廳裡坐著。也許，他昨天就來了，只是我忘了。」她站起身來，放下吉他，到客廳去了。家裡的人、男女教師和客人們都坐在茶桌旁了。僕人們站在茶桌周圍——而安德烈公爵並不在座，生活一切如常。

「噢，她來了，」老伯爵看見娜塔莎進來，說道。「來，坐到我身邊來。」但娜塔莎停在母親身旁，望望周圍，彷彿在尋找什麼。

「媽媽！」她說。「把他給我，給我，媽媽，趕快，趕快。」她又勉強忍著，沒有痛哭失聲。

她在桌旁坐下，聽著長輩們和尼古拉的談話，他也來到茶桌旁。「天哪，天哪，還是這些面孔、一樣的談話，爸爸還是這麼端著茶杯，用嘴吹涼熱茶！」娜塔莎想，駭然地感覺到，她的心裡湧起對家裡所有人的厭惡，因為他們都是老樣子。

喝茶後，尼古拉、索尼婭和娜塔莎到休息室去了，到他們心愛的那個角落去了，他們總是在那裡傾訴隱衷。

「你是否有過，」他們在休息室坐下來以後，娜塔莎對哥哥說，「你是否有過這樣的心情，覺得一切都不會再有了——一切；覺得那一切曾經有過的美好都不會再有了？於是，不是感到乏味，而是憂傷？」

「怎麼沒有！」他說。「有一回，一切都好，大家都很盡興，而我突然想，這一切教人厭煩，這些人都死掉算了。有一次，我沒有參加團裡的遊藝會，那裡正在演奏音樂……而我突然覺得乏味……」

「噢，這我知道。知道，知道，」娜塔莎附和道，「我還很小的時候，有過這麼一次。記得嗎？有一天，我為了幾個李子受到懲罰，你們都在跳舞，而我坐在教室裡號啕大哭。哭得那麼傷心，我一輩子也忘不了。我很憂傷，而且憐惜所有人，也憐惜自己，憐惜所有、所有人。重點是，我是無辜受罰。」娜塔莎說，「你記得嗎？」

「記得，」尼古拉說。「我記得，後來我走到妳面前，想安慰妳，知道嗎，說來有點不好意思。我們當時太可笑了。我那時有一個小玩偶，想要送給妳。記得嗎？」

「你記得嗎？」娜塔莎若有所思地微笑道，「那是好久好久以前了，我們都還那麼小，小叔把我們叫到書房，那還是在老屋裡，天色很暗——我們去了，突然發現那裡站著……」

「站著一個黑奴，」尼古拉接著說，愉快地微笑著，「怎麼不記得。我現在也不知道，是真的有一個黑奴，還是我們做的夢，還是聽別人說的。」

「他是灰濛濛的，記得嗎，有一口雪白的牙齒——站在那裡看著我們……」

「妳記得嗎，索尼婭？」尼古拉問。

「是的，是的，我也記得一些。」索尼婭怯生生地回答說。

「關於這個黑奴，我問過爸爸和媽媽，」娜塔莎說。「他們說，從來沒有什麼黑奴。可是你記得啊！」

「當然，我現在還記得他的牙齒。」

「好奇怪，真像一場夢。我喜歡這樣。」

「妳記得嗎？我們在大廳裡拿雞蛋滾著玩，突然，來了兩個老太婆，在地毯上旋轉起來。這是真的嗎？記得嗎，好有趣呀，當時……」

「是的。你還記得嗎？爸爸穿著藍色皮大衣在臺階上放了一槍？」他們笑意盈盈，洋溢著回憶的樂趣，這不是老年人傷感的懷舊，而是青春年華富於詩意的追憶，他們回憶著最早期那夢境與現實交融的種種印象，心情愉悅地輕輕地笑著。

索尼婭一如往常落在他們後面，儘管這些都是他們共有的回憶。

索尼婭不記得他們回憶中的很多往事了，她所記得的也沒有在她心裡引起他們所感受到的詩情畫意。她只是因他們快樂而快樂，竭力迎合快樂的氛圍。

她只是在他們回憶索尼婭初來的情景時才加入談話。索尼婭說，她當時很怕尼古拉，因為他上衣上有幾條絲帶，而保母對她說，要把她縫在絲帶裡。

「我還記得，有人對我說，你是在大白菜底下出生的，記得我當時不敢不信，可是我知道這是假話，尷尬極了。」

這麼閒聊著的時候，女僕從休息室的後門探出頭。

「伯爵小姐，公雞送來了。」女僕小聲說。

「不用了，波莉婭，請他拿走吧。」娜塔莎說。

在休息室的談話過程中，迪姆勒走進房間，來到放在屋角的豎琴前。他取下琴套，豎琴發出了一聲走調的音響。

「愛德華·卡爾雷奇，請您彈一首我愛聽的菲爾德[95]先生的《夜曲》。」從客廳傳來了老伯爵夫人的聲音。

迪姆勒彈了個和絃，轉身對娜塔莎、尼古拉和索尼婭說：

「年輕人真乖呀！」

「我們在談哲理呢。」娜塔莎回頭看了一下說，又繼續談話。現在談的是夢。

迪姆勒演奏了起來。娜塔莎悄無聲息地踮腳走到桌前，把蠟燭拿了出去，回來後靜悄悄地在自己的位子上坐下。房間裡，特別是他們坐的沙發上光線很暗，不過一輪明月的銀輝透過窗戶灑落在地板上。

「你知道嗎？我在想，」娜塔莎湊近尼古拉和索尼婭說，這時迪姆勒一曲彈罷，坐著輕撥琴弦，看來拿不定主意，是就此收手還是再彈新曲，「要是這樣回憶、回憶，一直回憶下去，結果會記起我出世前的事。」

「這是輪迴觀念，」索尼婭說，她總是認真學習，什麼都記得。「埃及人相信，我們的靈魂以前是在

95 菲爾德（一七八二—一八三七），愛爾蘭鋼琴家及作曲家。

動物身上，以後又回到動物身上。」

「不，告訴妳，我不相信我們曾經是動物。」娜塔莎依然小聲說道，雖然音樂聲已經停止了，「我知道，我們一定是什麼地方的天使，也到過這裡，所以全都記得……」

「我可以加入你們的談話嗎？」迪姆勒走過來輕輕地說，在他們身旁坐了下來。

「既然我們曾經是天使，那麼我們怎麼會降格了呢？」尼古拉說。「不，這是不可能的！」

「沒有降格，誰對你說降格了？……我怎麼知道，我以前是什麼呢，」娜塔莎深信不疑地反駁道。

「要知道靈魂是不朽的……也就是說，既然我會永遠活著，那麼我以前也活著、永恆地活著，直到現在。」

「不錯，不過我們對永恆是難以想像的。」迪姆勒說，他帶著溫和、蔑視的微笑來到年輕人面前，現在也像他們一樣，低聲而嚴肅地說話。

「永恆為什麼難以想像？今天存在，明天存在，永遠存在，因而昨天也存在，前天也存在……」

「娜塔莎！輪到妳了。唱首歌給我聽。」傳來伯爵夫人的聲音。

「媽媽！我不想唱。」娜塔莎說，不過同時站了起來。

他們，包括不再年輕的迪姆勒，都不想停止談話，不想離開休息室，可是娜塔莎已經站起來，而且尼古拉也坐在古鋼琴前。娜塔莎和平時一樣，站在大廳中央，選在共鳴最好的位置。娜塔莎唱起母親最愛的一首歌曲。

她說她不想唱，但是她在此之前和在此之後都未曾像這天晚上唱得這麼好了。老伯爵在書房裡和德米特里談話，一聽到她的歌聲，便像即將下課急著出去玩的學生，前言不搭後語地向管家吩咐幾句便默然不語，德米特里站在伯爵面前，也默默地含笑聽著。尼古拉目不轉睛地看著妹妹，和她一起換氣。索尼婭聽著她的歌聲心想，她和她的朋友之間的差距是多麼大啊，哪怕想多少有點表妹那樣的魅力也不可能。老伯爵夫人帶著幸福、憂傷的微笑，淚水盈盈地坐著，時而搖搖頭。她想到娜塔莎，想起自己的青春歲月，也想到娜塔莎和安德烈公爵未來的這段婚姻，總覺得其中隱含某種不確定。

迪姆勒坐到伯爵夫人身旁，閉目聆聽。

「不，伯爵夫人，」他終於說，「這是歐洲的天才，她沒有什麼可學的了，這柔和、這溫婉、這力道……」

「噢！我多麼為她擔心啊，我多麼擔心。」伯爵夫人說，忘了她在和誰說話。她母性的敏感正對她說，娜塔莎的感情太豐富了，因此她是不會幸福的。娜塔莎還沒有唱完，十四歲的彼佳便風風火火地跑了進來，說化妝表演的那些人到了。

娜塔莎驀地停住。

「傻瓜！」她朝弟弟叫道，隨即倒在椅子上放聲大哭，久久止不住。「沒什麼，媽媽，真的沒什麼，只是彼佳嚇到我了。」她說，努力想露出笑容，卻還是淚流不止，不住地哽咽。

家僕們化妝成狗熊、土耳其人、酒店老闆、貴婦人，看起來既可怕又可笑，帶來一陣寒意以及歡樂，起初他們膽怯地擠在前廳；後來一個接一個的擁進大廳；最初還有些靦腆，不久便愈來愈放膽、和諧地唱起歌、跳起民間舞和輪舞，玩起聖誕節假期的遊戲。伯爵夫人認出其中幾人，朝化妝表演的人們笑了笑，到客廳去了。老伯爵笑顏逐開地坐在大廳裡，讚賞地看著眾人的表演。幾個年輕人不見了。

半小時後，大廳的化妝人群中出現了一名身穿裙撐的老夫人——那是尼古拉。一個土耳其女人，是彼佳。雜技中的丑角是迪姆勒，而驃騎兵是娜塔莎，切爾克斯人是索尼婭，兩人皆以軟木炭畫上鬍子和眉毛。

未化妝的人一陣驚訝、辨識而出和讚歎之後，幾個年輕人覺得，他們的裝扮太精采，還想在其他人面前好好表演。

尼古拉想用三駕雪橇載著大家在平坦的大路上奔馳，建議帶上十名家僕到大叔家去。

「不，你們何必去給一個老頭添麻煩！」伯爵夫人說。「何況他的住處空間不大，也施展不開。要去，就到梅柳科夫卡家去。」

梅柳科夫卡是個寡婦，家裡有大大小小幾個孩子以及男女家庭教師，離羅斯托夫住所僅四俄里。

「對，親愛的，好主意，」老伯爵興奮附和道。「我馬上去化妝，跟你們一起去。我要讓帕舍塔好好活動活動。」

不過，伯爵夫人不肯讓他去，這些天他一直腿疼。於是決定老伯爵不去了，若是路易莎．伊萬諾夫娜（紹斯太太）陪著，小姐們也可以到梅柳科夫卡家去。平時向來膽怯、靦腆的索尼婭比誰都懇切地請求紹斯太太和她們一起出門。

索尼婭化妝的效果比任何人都好。那鬍子和眉毛特別適合她。大家都對她說，她非常漂亮，因而她一反常態地顯得興致勃勃、充滿活力。內心有道聲音正對她說，她的命運會在今天決定，錯過今天再也沒有機會了，於是，一身男裝的她完全變成了另一個人。紹斯太太同意了，半小時後掛著鈴鐺的四輛雪橇在冰雪上刺耳的呼嘯而來，駛近臺階。

娜塔莎率先表現出節期的歡樂情緒，這情緒彼此感染，愈來愈強烈地感染了所有人，終於達到歡樂的最高點，人們熱烈交談、彼此招呼，笑鬧著一一登上幾輛雪橇。

兩輛雪橇是平常使用的，另一輛是老伯爵用奧廖爾的步行馬駕轅的；最後一輛則是尼古拉自用的，駕轅的是一匹長毛亂蓬蓬的矮小黑馬。尼古拉穿著老太婆的衣裳，上面披驃騎兵的束腰外套，拉緊轠繩站在雪橇中間。

夜色晴朗，他看見金屬和馬匹的眼睛在月色下的反光，馬兒驚恐地回頭張望在昏暗的廊簷下喧鬧的乘客。

尼古拉的雪橇上坐著娜塔莎、索尼婭、紹斯太太和兩個年輕的女僕。老伯爵的雪橇上坐著迪姆勒夫婦和彼佳；化妝表演的家僕分乘其餘兩輛。

「你先走，札哈爾！」尼古拉對父親的馬夫叫道，由此他就可以在大路上急速超越他。

老伯爵的雪橇載著迪姆勒和一些化妝的人出發了，彷彿凍在雪地上的滑木吱吱作響，鈴鐺發出低沉的鈴聲。兩匹邊套馬緊挨著車轅，馬蹄深陷，翻出像白糖一樣密實的晶亮白雪。

尼古拉跟著第一輛雪橇動身了；其餘兩輛也在後面發出起動聲和滑木的吱吱聲。一開始是在小路上小跑。經過花園時，光禿的樹木陰影橫在路上，遮蔽了明亮的月光，不過，過了圍牆以後，鑽石般閃亮、帶有藍瑩瑩反光的雪原遍地沐浴在明媚的月色下，四野蒼茫，寂然無聲。前面的雪橇在坑窪處顛了一下，又一下；隨後的雪橇也同樣地顛簸著，於是雪橇一輛接一輛放肆地打破冰雪般凝固的寂靜，漸漸拉開了距離。

「兔子腳印，腳印很多！」嚴寒、凝固的空氣中響起了娜塔莎的聲音。

「看來是的，尼古拉！」索尼婭的聲音說。尼古拉回頭看了索尼婭一眼，又彎下身，想湊近看清她的臉。貂皮圍脖中露出一張畫有黑眉毛、黑鬍子鮮豔可愛的臉，在朦朧的月光下顯得若近若遠。

「這就是從前的那個索尼婭。」尼古拉想。他湊得更近些，瞅著她微微一笑。

「您在幹麼，尼古拉？」

「沒什麼。」他說，又轉身朝向馬匹。

駛上平坦的大路，路面被滑木滑得溜光，馬歸上的防滑鐵留下的印跡在月光下隨處可見，這時馬匹自動拉緊韁繩，加快了速度。左邊的邊套馬彎著脖頸跳躍時不斷地扯動挽索。轅馬擺動身子，搖晃耳朵，似乎在問：「開始了嗎？或者還早？」前面，札哈爾的黑色三駕雪橇在白雪上清晰可見，他已遠遠地跑在前頭，鈴鐺聲漸漸遠去。可以聽到從他的雪橇上傳來的吆喝聲，以及化妝家僕們的哄笑聲和說話聲。

「喂，來吧，親愛的馬！」尼古拉叫道，他拉一拉韁繩，並揚起握著皮鞭的手。只見迎面的風勢似乎更強勁了，兩匹繃緊挽索、不斷加速的邊套馬，身上的肌肉正急劇顫動，由此便可以明白，三駕雪橇疾馳如飛。尼古拉回頭看了一眼。其餘雪橇正緊緊追趕，他們吆喝、尖叫著，揮舞著皮鞭驅使轅馬快跑。他的轅馬在軛下頑強地微微晃動身子，無意減速，若有需要，甚至可以跑得更快、更快。

尼古拉趕上第一輛雪橇。他們從一座山岡上下來，行駛在河邊草地上車馬走出來的一條寬闊的大路上。

「我們在哪裡？」尼古拉想。「大概是在科索伊草地。可是不對呀，這是個陌生的地方，我從來不曾見過。這不是科索伊草地，也不是焦姆卡山，天知道是哪裡！這是一個新奇如神話般的地方。嘿，管他的！」於是他向馬吆喝一聲，開始超越第一輛雪橇。

札哈爾勒住馬，回過頭來，連眉毛也結了霜。

尼古拉正在放馬奔馳，札哈爾向前伸直兩條胳膊，嗨的一聲也放開了自己的馬。

「嘿，當心哪，少爺。」他說。兩輛雪橇並駕齊驅，加速飛馳而去，馬腿在奔馳中迅速交替邁進。

「不對呀，少爺。」他對尼古拉高聲吼道。尼古拉正放馬飛奔，趕到札哈爾前頭。馬蹄濺起的細碎乾燥雪花紛紛灑落在乘客臉上，他們的耳邊響著急驟的、有節奏的馬蹄聲，飛快奔跑的馬腿和漸漸被超越的雪橇影子迅速交錯而過。四面八方傳來滑木在雪地上的呼嘯聲和女性的尖叫聲。

尼古拉再次勒住馬，向四周張望。周圍仍被月光照得透亮、遍地撒滿星光的神話般雪原。

「札哈爾叫我左轉；為什麼要左轉呢？」尼古拉想。「難道我們走對了，難道這就是梅柳科夫卡的住處？天知道我們在哪裡，天知道我們怎麼了，事情的經過太離奇，卻很順利。」他回頭朝雪橇上看了一眼。

「你看，他的鬍子和眼睫毛全白了。」坐在雪橇上那些奇怪的、美麗而陌生的人中，一個有細細鬍鬚和眉毛的人這麼說道。

「這個人好像是娜塔莎，」尼古拉想，「那是紹斯太太；也許不是，而這個有鬍子的切爾克斯人，不知道是誰，可是我喜歡她。」

「你們冷不冷？」他問。他們沒有回答，都笑了起來。後面雪橇上的迪姆勒正大聲說話，想必他的話很可笑，可是聽不清在說什麼。

「是的，是的。」只聽人們笑著回答道。

這真是一座神話般的樹林，林中的陰影和鑽石般的光芒交相輝映，有排列得整整齊齊的大理石臺階，還有神話般的建築物那銀白屋頂和一些野獸的嗥叫。「倘若這真的是梅柳科夫卡的住所，那麼更難以理解的是，我們在不知所以然的情況下，卻來到了梅柳科夫卡的住所。」尼古拉想。

不錯，這是梅柳科夫卡的住所，男女僕人們手持蠟燭，喜形於色地跑到臺階上來。

「都是些什麼人？」臺階上有人問。

「伯爵家化妝表演的人，一看到那些馬我就知道了。」幾個聲音回答道。

十一

佩拉格婭·丹尼洛夫娜·梅柳科夫卡是肩寬體胖、精力充沛的女人。她戴著眼鏡，身穿對襟無鈕外衣，坐在客廳裡，女兒們環繞在她的周圍，她總是想方設法不讓她們感到寂寞無聊。她們正緩緩地傾倒熔化的蠟油，注視著漸漸顯現的影像[96]，此時，前廳響起了客人到來的嘈雜喧嘩聲和腳步聲。

驃騎兵們、貴婦人們、巫婆們、丑角們、狗熊們在前廳不住咳著，抹去臉上的結霜，一一湧進大廳，大廳裡的人急忙點燃蠟燭。丑角迪姆勒和貴婦人尼古拉跳起了民間舞蹈。化妝的人們被大呼小叫的孩子們圍在中央，他們蒙著臉、改變自己的聲音在女主人面前鞠躬致意，散開站在房間四周。

「哎喲，認不出來。啊，這是娜塔莎吧！你們來看，她像誰呀！真的，她很像某一個人。愛德華·卡爾雷奇多帥！我沒有認出來！他的舞跳得真好！啊，天哪，還有個切爾克斯人呢；真的，很像索尼婭。這又是誰呢？啊，真教人高興！尼基塔、瓦尼亞，去準備飯菜吧。剛才我們還安安靜靜地坐著呢！」

「哈哈哈！……驃騎兵，看看那個驃騎兵！活脫脫一個假男孩，那兩條腿！我一看就忍不住笑……」

這時響起了好幾個人的聲音。

梅柳科夫卡家中的年輕女孩們最喜愛的娜塔莎和她們躲到後面房間去了，並吩咐下人送去軟木炭、各式長衫和男裝，女孩們從一扇敞開的門伸出赤裸的手臂接了過去。十分鐘後，梅柳科夫卡所有年輕人都加入化妝的人群中了。

佩拉格婭・丹尼洛夫娜吩咐為客人騰出座位，準備好款待他們主僕的飲食，也不摘下眼鏡，面帶含蓄的笑容，在化妝的人群中走來走去，湊近瞅著他們的臉，卻是誰也認不出來。她不僅未認出羅斯托夫的人和迪姆勒，而且怎麼也認不出自己的女兒以及她們身上正穿著她丈夫的長衫和制服。

「她是誰家的？」她望著化妝成喀山韃靼人的女兒，向自家的家庭女教師問道。「好像是羅斯托夫的哪個。喂，驃騎兵先生，您是哪個團的呀？」她問娜塔莎。「是土耳其人吧，為土耳其人送些水果軟糖，」她對招待客人的侍者說，「他們的法律不禁止這類零食。」

佩拉格婭・丹尼洛夫娜有時望著舞者跳出古怪而逗笑的舞步，只見那些人斷定沒有人能認出他們，一點也不覺得丟臉。佩拉格婭・丹尼洛夫娜用手絹蒙著臉，克制不住老太太的笑，和善的笑了出來，笑得連她那肥胖的身軀直打戰。

「是我的亞歷山卓，是亞歷山卓！」她說。

跳過俄羅斯民間舞和輪舞之後，佩拉格婭・丹尼洛夫娜把所有僕人和主人都召集到一起，圍成一個大圓，拿來一枚戒指、一根繩索和一盧布，一起玩起遊戲。

一個小時後，所有人身上的衣裳都皺了，顯得淩亂不堪。汗水淋漓的興奮臉上，軟木炭畫的鬍子和眉毛塗抹得髒兮兮的。佩拉格婭・丹尼洛夫娜總算認出化妝的人了，她不住地讚歎服裝設計得那麼好，尤其適合女孩們，感謝大家讓她無比快樂。客人們被邀請到餐廳共進晚餐，在大廳裡則為僕人另外安排了招待。

---

96 民間迷信。把蠟油倒進水中，根據蠟所凝結成的跡象解讀命運。

「不，在浴室裡算命，這真可怕！」一位寄居在梅柳科夫卡住所的老女人說。

「為什麼？」梅柳科夫卡的長女問。

「您就不敢去，這是需要勇氣的……」

「我敢去。」索尼婭說。

「您對她說說某一位小姐的遭遇吧。」梅柳科夫卡的二女兒說。

「情況是這樣的，有個小姐去了，」老女人說，「她帶了一隻公雞、兩副餐具——這是規定，接著坐了下來。坐下不久，只聽突然有車來了……一輛雪橇帶著鈴鐺聲駛到近處；她聽見走路的腳步聲。他進來了，完全是人的形象，簡直就是一名軍官，他走來和她一起坐在餐具前。」

「啊！啊！」娜塔莎叫道，嚇得瞪大了眼。

「那他怎麼樣，也會說話？」

「是的，跟人一樣，一切有模有樣，於是他開始、開始安慰她，而她應當陪他說話，直到公雞啼叫；可是她膽怯了；她就是膽怯，雙手捂著臉。他一下子把她抱了起來。幸好這時有幾個女僕跑了過來……」

「嘿，何必嚇唬她們呢！」佩拉格婭．丹尼洛夫娜說。

「媽媽，您自己不是也算過命嗎……」其中一個女兒說。

「在穀倉裡要怎麼算命呢？」索尼婭問。

「就說現在吧，如果到穀倉去，就仔細聆聽。你們會聽到某種聲音：要是有人在敲敲打打，這是不祥之兆，要是在裝糧食，那就是好預兆；不過有時……」

「媽媽，您說說您在穀倉裡遇見什麼？」

佩拉格婭．丹尼洛夫娜笑了。

「說什麼呢，我已經忘了……」她說。「你們不是沒人敢去嗎？」

「不，我敢去；佩拉格婭．丹尼洛夫娜，您讓我去吧，我敢去。」索尼婭說。

「嗯，可以，只要妳不害怕。」

「紹斯太太，我可以去嗎？」索尼婭問。

不管是剛才在玩戒指、繩索或盧布遊戲時，或是像現在這麼聊天時，尼古拉都寸步不離索尼婭，他以一種全新的眼光望著她。他覺得，今天，由於用軟木炭畫的這些鬍子，他才第一次完全認識她。這天晚上，索尼婭確實很愉快、很活躍、也很美麗，尼古拉從未看過這個面向的她。

「原來這才是真正的她啊，我真是傻瓜！」他心裡想，望著她那神采奕奕的眼睛和幸福的、喜悅的、在鬍子下露出小酒窩的微笑，這微笑是他從未見過的。

「我什麼也不怕，」索尼婭說。「現在就去，可以嗎？」她站了起來。其他人教她安靜地聽好，並告訴索尼婭穀倉的位置，接著把一件皮襖遞給她。她把皮襖披在頭上，看了尼古拉一眼。

「這個女孩多美呀！」他想。「我還猶豫什麼呢！」

索尼婭走進走廊，到穀倉去了。尼古拉急忙走到大門臺階上，藉口他怕熱。的確，擠滿人的屋裡卻是悶熱。

外面還是那靜悄悄的寒氣，還是那月亮，只是月色更加明亮。光線那麼強烈，雪原上閃爍如繁星，簡直不想直視天際，真正的星星反而無法引起注意了。天空黑暗而寂寥，歡樂屬於人間。

「我是傻瓜，傻瓜！我還在等什麼呢？」尼古拉想，於是他跑下臺階，轉過屋角，踏上通往後門的小徑，他知道索尼婭要經過這裡。半路上有幾處高高的木柴堆，上面有積雪，柴堆投下陰影；幾株光禿禿的老菩提樹把陰影從柴堆的上面和側面縱橫交錯地投射在雪地和小徑上。小徑通往穀倉。穀倉原木牆壁和覆雪的屋頂彷彿寶石雕成，在月光下不停閃爍。花園裡有一棵樹發出凍裂的響聲，一切又歸於寂靜。胸中呼吸的彷彿不是空氣，而是青春永駐的活力和歡樂。

靜悄悄的臺階上響起了腳步聲，最後一級積雪的臺階發出了清脆的咯吱聲，老女人的叮囑猶言在耳：

「一直走，沿著這條小徑一直走，小姐。只是不可以回頭看！」

「我不怕。」索尼婭回答道，於是索尼婭穿著窄小皮鞋的一雙小腳一路上咯吱咯吱地朝尼古拉的方向走來。

索尼婭裹著皮襖走過來。她相距兩步才看到他；她看到的他也不是她所認識的、總是對他稍顯懼怕的那個人了。他穿著女式衣衫，一頭亂髮，面帶幸福的、索尼婭從未見過的微笑。索尼婭快步跑到他面前。

「完全不同，卻又依舊是她。」尼古拉望著她在月光下熠熠生輝的臉蛋這麼想。他把雙手伸進她蒙在頭上的皮襖，擁抱她、摟緊她、親吻了她的嘴唇，嘴唇上有鬍子，鬍子散發著軟木炭的氣味。索尼婭對準嘴唇吻了他，又抽出雙手捧著他的面頰。

「索尼婭！……」「尼古拉！……」他們只說了這麼一聲，又跑到穀倉，再各自從原來的臺階返回。

十二

紹斯太太向佩拉格婭．丹尼洛夫娜告別時，一切都看在眼裡的娜塔莎調整了座位，她讓紹斯太太和她坐上迪姆勒的雪橇，而索尼婭和尼古拉以及其他女孩們坐在一起。

尼古拉不再爭先恐後，平穩地行駛在回家的路上，一直在那奇異的月光下注視著索尼婭、在那閃爍不定的光線中、在眉毛和鬍子下尋覓著過去的和現在的索尼婭，他決定和她永不分離。他凝神注視，當他辨認著舊時的她和另一個她、回憶和親吻的感覺交融在一起的軟木炭氣味時，他深吸著寒冷的空氣，望著後退的田野和明亮的天空，又覺得自己置身在神話般的仙境了。

「索尼婭，妳開心嗎？」他有時問道。

「開心，」索尼婭回答說。「你呢？」

半路上尼古拉讓車夫暫時勒住馬，跑到娜塔莎的雪橇旁，踏上一側的彎槓待了一會兒。

「娜塔莎，」他用法語小聲地對她說，「我對索尼婭下定決心了。」

「你對她說了嗎？」娜塔莎問，開心得眉開眼笑。

「哎喲，妳畫的鬍子和眉毛好怪呀，娜塔莎！妳開心嗎？」

「我非常開心，非常開心！我可是對你很生氣的。我雖然沒有對你說，可是我覺得，你以前對她的態度很不好。她的心地如此善良，尼古拉，我真高興！我有時很惹人嫌，可是只有我一人得到幸福，而索尼婭沒有，我會感到很不公平，」娜塔莎接著說道。「現在我太開心了，好了，你快到她身邊去吧。」

「不，等一會兒，唉，妳的樣子好可笑！」尼古拉說，他直端詳著她，在妹妹身上，他也發現了某種新的、非凡的、迷人而溫柔的特點，這是他以前所沒有看到的。「娜塔莎，有點兒像神話一樣，啊？」

「是呀，」她回答道，「你這麼決定實在太好了。」

「要是我以前對她的態度和現在一樣，」尼古拉想，「我早就會問她該怎麼辦了，我會一切遵從她的指示，那就好了。」

「這麼說，妳很高興，我也做得很好？」

「啊，太好了！為這件事，不久前我還和媽媽爭吵過。媽媽說，她在勾引你。怎麼能這麼說呢！我和媽媽差點吵起來。我永遠不允許任何人說她的壞話，或對她有不好的看法，因為她只有優點。」

「太好了？」尼古拉說，他再一次端詳妹妹的表情，想了解這話的真實性。接著他皮靴咯吱一響，跳下彎桿，向自己的雪橇跑去。坐在雪橇上的仍是那個面帶幸福微笑的切爾克斯人，臉上畫著鬍子，一雙炯炯有神的眼睛從貂皮圍脖中望著他，這個切爾克斯人就是索尼婭，這個索尼婭必定是他未來的幸福、多情的妻子。

小姐們回到家裡，對母親描述了他們在梅柳科夫卡住所是如何度過這段時光，之後，便回房間去了。她們脫去衣物，不過未擦去軟木炭畫的鬍子，坐了好久，談論自己的幸福。她們提到婚後生活，她們的丈夫也會和睦相處，她們一定會幸福。娜塔莎的桌上放置著杜尼亞莎昨天送來的幾面鏡子。

「只是這夢想何時成真呢？我擔心，只怕永遠……這夢想太美好了！」娜塔莎說著站起來，走到鏡子前。

「妳坐下，娜塔莎，也許妳能看見他。」索尼婭說。娜塔莎點燃幾根蠟燭，坐了下來。

「我看見一個有鬍子的人。」娜塔莎看著鏡子裡自己的臉說。

「不要笑，小姐。」杜尼亞莎說。

娜塔莎在索尼婭和女僕的協助下，把一面鏡子放在合適的位置上；她的表情嚴肅了起來，默默不語。她坐了很久，望著那些鏡子裡漸漸隱晦的一列燭光，一心一意地想像（根據她聽到過的那些故事），在這面漸漸朦朧的方形鏡子裡，她將看到一口棺材，看到他，安德烈公爵。儘管她很想把哪怕極微小的斑點看作人或棺材的形象，卻什麼也沒看到。她不斷地眨眼，最後離開了鏡子。

「為什麼別人看得到，我卻什麼也看不到呢？」娜塔莎說。「哎，妳坐到這裡來，索尼婭；妳今天一定要看到，」她說。「不過是替我看……我今天好擔心啊！」

索尼婭坐到鏡子前，調整好位置，便看了起來。

「如果是索尼婭，就一定看得到，」杜尼亞莎小聲說道，「但您一直在笑！」

索尼婭聽到她的話，還聽到娜塔莎小聲說：

「我也知道她看得到；她去年就看過了。」

約三分鐘之久，所有人一逕保持沉默。「一定！」娜塔莎小聲說，不過沒有把話說完……突然，索尼婭推開手裡拿著的鏡子，用一隻手捂著眼。

「唉，娜塔莎！」她說。

「看到了嗎？看到了嗎？看到什麼了？」娜塔莎叫道。

「我說嘛。」杜尼亞莎扶著鏡子說。

索尼婭什麼也沒有看到，只想眨眨眼站起來，這時她聽到娜塔莎說「一定」……她不想欺騙杜尼亞莎和娜塔莎，一味坐著太難受。她自己也不知道，在她用手捂上眼睛的時候，怎麼會脫口叫了一聲。

「看到他了嗎？」娜塔莎一把抓住她的手問道。

「是的。等一等……我……看到他了。」索尼婭不由自主地說道，還沒弄清娜塔莎所說的他是指誰，是尼古拉，還是安德烈。

「為什麼我不能說看到了呢？別人就看得到！誰會知道我是不是真的看到？」索尼婭的腦子裡閃過這個念頭。

「是的，我看見他了。」她說。

「怎麼樣？怎麼樣？他站著還是躺著？」

「不，我看見……有時什麼也沒有，突然，我看見他躺著。」

「安德烈躺著？他病了嗎？」娜塔莎目不轉睛地望著她問道。

「不，相反，相反，他神情愉快，還把頭轉向我。」當她在這麼說的時候，她反而覺得，好像真的看到她所說的景象。

「後來呢，索尼婭？」

「我看不清楚，有一個藍色的和紅色的東西……」

「索尼婭，他什麼時候回來？什麼時候我才能見到他啊！天啊，我多麼為他也為自己擔心啊，這一切太可怕了……」娜塔莎喃喃自語了起來，完全不理會索尼婭的安慰，在床上躺了下來，蠟燭熄滅之後又過了很久，她仍睜著眼，一動不動地透過結滿霜花的窗子望向那寒冷的月光。

十三

聖誕假期過去不久，尼古拉對母親坦承了他對索尼婭的愛慕，並決意娶她為妻。伯爵夫人早已察覺索尼婭和尼古拉之間的發展，並等著他向她坦承。靜靜聽完他的話後，她便告訴兒子，他愛娶誰就娶誰；但是她和他的父親絕不會為這門親事祝福。尼古拉第一次感覺到，母親對他不滿，雖然她那麼愛他，不過她是不可能讓步的。她派人喚來丈夫，態度冷淡，看也不看兒子；他來了，伯爵夫人想當著尼古拉的面把事情簡短而冷淡地告訴他，可是她忍不住了，氣憤地流著眼淚走出房間。老伯爵語氣和緩地規勸尼古拉，要求他放棄自己的想法。尼古拉回答說，他不能違背諾言，於是父親嘆了口氣，顯得不知所措，便不再開口，直接去找伯爵夫人了。老伯爵在和兒子的所有衝突中，總是因為家境每況愈下而對兒子感到內疚，所以他不能因為兒子拒絕和富有的女人結婚，選中沒有嫁妝的索尼婭而生氣。在這種情況下，他只是更痛切地想起，要不是家道中落，對尼古拉來說，不可能有比索尼婭更適合的妻子了，而家境的衰落只能歸咎於他和手下德米特里以及自己的積習難改。

父母親沒有再和兒子談起這件事；不過幾天以後，伯爵夫人喚來索尼婭，以兩人都沒有料想到的冷酷口吻責備表姪女引誘兒子、忘恩負義。索尼婭垂下眼，默默聽著伯爵夫人殘酷無情的斥責，她不明白，究竟她要怎麼做。她願意為自己的恩人犧牲一切。自我犧牲是她喜愛的想法；可是在當前的情況下，她無法理解，她應該為誰犧牲以及犧牲什麼。她不能不愛伯爵夫人和羅斯托夫一家人，也不能不愛尼古拉，她不可能不知道，他的幸福決定於這份愛情。她沉默不語，滿懷憂傷，無言以對。尼古拉覺得，他再也無法忍受，便去找母親坦白自己的態度。尼古拉又是懇求母親寬恕他和索尼婭，同意他們結婚，又是威脅母親說，如果索尼婭再受到折磨，他就立刻和她祕密結婚。伯爵夫人用兒子從未見到過的冷淡態度回答他說，他是成年人了，安德烈公爵可以不經父親同意就結婚，他也可以，但是她永遠不會承認這個女陰謀家是自己的孩子。

女陰謀家這個字眼讓尼古拉憤怒至極，他提高嗓門對母親說，他想不到她竟然強迫他出賣自己的感情，既然如此，他要最後一次說……不過他沒來得及說出那句決定性的話語，母親盯著他，滿臉驚恐地等著他說，那句話一出口，說不定就會成為他們之間永難磨滅的痛苦回憶。他沒來得及說完，是因為娜塔莎面色蒼白、神情嚴肅地從門口進來了，她一直在門口偷聽。

「尼古拉，你在鬼扯什麼，你住口，住口吧！我叫你住口！」她幾乎是在大聲吵嚷，為的是把他的聲音壓下去。

「媽媽，親愛的，這並不是因為……親愛的媽媽、可憐的媽媽。」她對母親說，母親覺得自己正站在懸崖邊緣，驚恐地望著兒子，可是由於固執、由於正在氣頭上，她不願也不可能妥協。

「尼古拉，我以後再向你解釋，你出去……您聽我說，親愛的媽媽。」她對母親說。

她的話沒有什麼意義；但是這些話產生了她預期的效果。伯爵夫人沉痛地啜泣起來，臉埋進女兒的懷裡，尼古拉站了起來，猛地抱著頭走出了房間。

娜塔莎開始進行調解，母親終於答應不再為難索尼婭，尼古拉也答應不背著父母採取任何行動。尼古拉決意安排好團裡的事務便退役，之後回來和索尼婭結婚，尼古拉與父母不和，愁眉不展，心事重重，但是他覺得自己正處於熱戀時間，並在一月初動身回部隊去了。

尼古拉一走，羅斯托夫家裡顯得比以往沉悶。伯爵夫人由於心情抑鬱而病倒了。

索尼婭很悲傷，因為尼古拉的離別，也因為伯爵夫人和她談話時難免出現的敵視語氣。伯爵比任何時候都更為家道中落而操心，比任何時候都更需要決斷。最後，他只好出售莫斯科的住宅和莫斯科近郊的一座莊園，而為了出售住宅，還得到莫斯科一趟。可是伯爵夫人的病情使他不得不一天又一天地推遲日期。

娜塔莎在和未婚夫分別的初期，心情很輕鬆，甚至愉快，如今卻日益焦躁了起來，她幾乎不耐煩了。她一想到就這麼白白地虛度美好年華，而這段光陰本來可以奉獻給對他的愛，她便感到無止境的苦澀。他的來信往往令她生氣。她感到委屈，在她只為思念他而活著的時候，他卻正享受真正的生活，遊歷新的地方，與他感興趣、新結識的人們交往。他的來信愈是引人入勝，她就愈是氣憤。而寫信給他非但無法安慰她，反而是一種枯燥的、虛與委蛇的義務。她不擅長寫信，因為她在書信中無法真實地表達她慣於以嗓音、微笑和眼神所表達的情意的千分之一。她寫給他的內容淨是單調乏味，自己也覺得這些信沒有什麼意思，還要伯爵夫人為她的信糾正拼寫錯誤。

伯爵夫人的健康狀況未見好轉；可是莫斯科之行不能再拖延了。要置辦嫁妝、要出售住宅，而且安德烈公爵想必要先到莫斯科，因為這個冬天鮑爾康斯基老公爵住在那裡，而娜塔莎相信，他已經從國外回來了。

伯爵夫人留在鄉下，老伯爵在一月底帶著索尼婭和娜塔莎前往莫斯科了。

第五章

一

皮埃爾在安德烈公爵和娜塔莎論及婚嫁後，並非出於什麼明顯的原因，卻突然覺得，不能再像以前那樣生活了。無論他對恩師所揭示的真理曾經抱有什麼堅定信念，無論他醉心於內心自我修養的一開始是多麼愉快，畢竟當初他是那麼熱忱地投入——在他幾乎同時得知安德烈公爵和娜塔莎訂婚以及約瑟夫·阿列克謝耶維奇身故的消息後，往日那種生活所具有的魅力對他來說突然消失殆盡。生活只剩下毫無生趣的空虛：一所豪宅和一個受到某位要人恩寵的靚麗妻子、整個彼得堡的社交以及公務上乏味的形式主義。皮埃爾意外感覺到，往日這種生活是那麼令人生厭。他停止寫日記了，他迴避會中的弟兄，又開始出入俱樂部、酗酒並和那些單身漢為伍，完全恢復了以往的生活態度，以致海倫認為有必要嚴詞責備。皮埃爾覺得她是對的，為了不敗壞妻子的名聲，他索性前往莫斯科。

在莫斯科，他才剛駛進奴僕成群的豪宅，一見到幾名憔悴或日漸憔悴的公爵小姐，他便意識到自己回到家了，他回到靜靜的港灣。他在穿過城市時望見伊韋爾小教堂[97]，聖像的金質衣飾前點燃無數根蠟燭，他看到那積雪的克里姆林宮廣場、那些馬車夫、西夫采夫·弗拉熱克[98]那些簡陋的小屋，他看到莫斯科那

97 伊韋爾小教堂位於沃斯克列先斯基門（今涅格林斯基門）附近。
98 西夫采夫·弗拉熱克是當時貧民聚居的小巷。

些一無所求、安度晚年的老人，他看到那些年邁的婦女、莫斯科的貴婦人、莫斯科的舞會、莫斯科的英國俱樂部——他在莫斯科如同穿著睡衣那樣安心、溫暖、習慣、舒適。

莫斯科整個上流社會，上至老太太，下至孩子們，都把皮埃爾當作久盼的客人一樣接待，永遠為他準備好一個位置。對莫斯科的上流社會來說，皮埃爾是最可愛、善良、聰明、和藹、慷慨的怪人，是心不在焉、誠懇率真的老派俄羅斯貴族老爺。他的錢袋永遠空空如也，因為口袋向所有人敞開。

籌款演出、蹩腳的繪畫作品、雕像、慈善團體、吉卜賽人、學校、募捐餐會、宴會、共濟會員、教會、書籍——他是有求必應、來者不拒，要不是有兩名向借他很多錢的朋友將他置於自己的監護下，他會把所有財產都送掉。俱樂部的午宴、晚會也少不了他。只要他兩瓶瑪律戈酒[99]下肚，接著在他常坐的沙發上一靠，所有人便聚攏過來，開始聊天、爭論、笑語喧嘩。哪裡有人爭吵，他的一個和善微笑、一句玩笑話就能讓人和好如初。共濟會的餐廳裡要是沒有皮埃爾在場，就會顯得無精打采，舉座不歡。

當他在單身漢的晚餐之後，帶著和善甜蜜的微笑，答應享樂伙伴們的請求，站起身來準備和他們一起離開時，青年們便會興高采烈的歡呼。他也在舞會上跳舞，倘使男舞伴人數不夠的話。年輕的夫人小姐都喜歡他，因為他並不特別向哪一位夫人小姐獻殷勤，而是對她們一視同仁地和藹可親，尤其是在晚餐之後。「這個人妙極了，他是沒有性別的。」她們這麼形容他。

皮埃爾是老老實實地在莫斯科安度餘年的退役宮廷高級侍從，這種人在莫斯科數以百計。

七年前，他剛從國外回來的時候，要是有人對他說，他不必有什麼追求和顧慮，他的人生道路早已展開，而且是命中注定的，不管他如何努力，凡是處於他這種地位的人結局都一樣，他聽了會十分震驚。他是無法相信的。難道他不是曾一心一意地時而想在俄羅斯建立共和國，時而想成為拿破崙，時而想成為哲學家，時而又想成為軍事家戰勝拿破崙嗎？難道他不是認為有可能且熱切地想改造罪惡的人類，並使自己的修養達到最高境界嗎？難道他不曾開辦學校、醫院，讓農奴自由？

結果呢，還不是造就了眼前的他——一個不忠實的妻子的富有丈夫、退役的宮廷高級侍從、嗜吃貪杯、敞開衣服罵政府、莫斯科英國俱樂部的成員以及莫斯科上流社會中惹人喜愛的一員。有很長一段時間，他無法容受這種想法：他就是七年前，自身所深惡痛絕的那種角色——住在莫斯科的退役宮廷高級侍從。

有時他聊以自慰地想，他只是暫時這麼過日子；可是另一種想法緊接著令他感到膽寒，曾經有多少人也是暫時地，像他一樣齒髮俱全地走進這種生活和俱樂部，然而離開這種生活時，早已齒危髮禿了。

一想到自己的處境而自傲時，他覺得，自己全然不同於自身所鄙視的那些宮廷高級侍從，他們庸俗而愚蠢，並心安理得地滿足於現況，「而我至今也心有不甘，總想為人類有所貢獻。」自傲時，他總是這麼說服自己。「不過，也許那些和我處境相同的人也和我一樣，曾經掙扎過、探索過一種全新的人生道路，也和我一樣迫於環境、社會、門第以及人所無法抗拒的本能力量而與我殊途同歸。」謙卑時，也又會這麼對自己說，而在莫斯科生活了一段時間以後，他不再心存鄙視了，而是開始喜愛、尊重、憐惜那些和自己同病相憐的人，一如對待自己。

皮埃爾不若以往，偶爾會絕望、憂鬱和厭世；不過，從前時而激烈發作的這種病症潛入內心且頃刻不離了。「為什麼？為什麼？世界上的事情怎麼會是這樣呢？」他一日數次困惑自問，不由自主地琢磨起生

99 瑪律戈酒，一種法國葡萄酒。

活中種種現象的意義；但是他憑經驗知道，這些問題是沒有答案的，於是拿起書本，或匆匆跑到俱樂部，或跑去找阿波隆．尼古拉耶維奇閒聊城裡的流言蜚語。

「海倫從來就什麼也不愛，只愛自己，她是世界上最愚蠢的女人之一，」皮埃爾想，「卻被人們奉為智慧和風雅的極致，對她崇拜得五體投地。拿破崙一直受到世人的蔑視，直至成為大人物，而從此時起，他也就成了可憐的丑角——弗蘭茨皇帝卻要把自己的女兒送給他當妾室[100]。西班牙人透過天主教教會舉行感恩祈禱，因為他們在六月十四日戰勝了法國人，而法國人也在同一個天主教教會舉行感恩祈禱，因為他們在六月十四日戰勝了西班牙人。共濟會中的弟兄們以鮮血起誓，願為他人犧牲一切，卻不願為貧民交出一盧布的捐款，甚至煽動阿斯特列亞反對嗎哪派[101]，並為了得到一條真正的蘇格蘭毯子和手抄本[102]而費盡心機，而這份手抄本連抄寫者也不明其意，對任何人都沒有幫助。我們不停宣講寬恕和愛他人的基督教教義，基於這個教義，我們在莫斯科建造了無數教堂，可是就在昨天，一個逃跑的家奴被鞭打致死，而這個愛與寬恕的教義的僕人、一名神父，居然讓士兵在行刑前親吻十字架。」皮埃爾如此想道，而這些普遍的、人所皆知的虛偽，不管他多麼習以為常，卻彷彿是一種新的現象，每一次都使他感到震驚。「我了解這種虛偽和混淆，」他想，「可是我該怎麼把我所了解的一切說給他們聽呢？我說過，卻總是發覺，他們在內心深處也和我一樣了解這種虛偽，只是竭力對它視而不見。或許理應如此吧！可是我呢，我該怎麼辦呢？」皮埃爾想。他感覺到，他擁有很多人、特別是很多俄羅斯人都擁有的一種不幸能力，能看到並相信愛和真的內在力量，卻把生活中的惡和假看得太清楚，以致無法認真地參與生活。一切工作領域，在他看來，都結合了惡和欺騙。不管他想成為什麼人，不管他想做什麼，惡和假總是將他推開，阻擋他從事任何活動的道路。可是，人總得活下去啊，總得有事可做啊。處於生活中這些無法解決的問題的壓力下太可怕了，於是他投入各種娛樂，只是為了忘卻這些問題。他出入各種社交場合，飲酒作樂，購買繪畫作品並加以布置，且多數時間都在看書。

他拿到什麼書就看，他看書的情況如下：晚上回家，僕人還在幫他脫外衣，他便拿起書在看了，看了書去睡覺，睡覺起來到客廳和俱樂部去閒聊，從閒聊到縱酒作樂、找女人，縱酒作樂以後又去閒聊、看書、喝酒。喝酒愈來愈成為他的生理需求和精神需求。儘管醫生們都對他說，他身軀肥胖，喝酒有危險，他依然經常縱酒。只有不知不覺地往自己的嘴裡灌下幾杯酒，他才覺得舒坦，感到體內有一股愉快的暖意，對身邊所有人表現得溫情脈脈，傾向於對所有想法只是做出膚淺的反應，而不深究其實質。只要喝下一兩瓶酒，他便模糊地認為，生活中曾使他不寒而慄、那亂成一團的可怕死結，並不若他想像中可怕。午餐和晚餐之後腦袋裡嗡嗡作響，在閒聊、聽別人談話和看書的時候，他總是不斷地意識到這個死結，並自某個側面看見死結。不過在酒的作用下，他對自己說：「沒關係，我一定能解開這個死結——我已經成竹在胸了。不過眼下沒有時間——我以後再好好想一想。」然而，這個以後總是遙遙無期。

清晨空著肚子時，原來的問題依舊那麼難以解決、那麼可怕，於是皮埃爾急匆匆抓起書本，要是有人

100　拿破崙於一七九六年和約瑟芬結婚，一八〇九年離異；一八一〇年，他迎娶奧地利皇帝弗蘭茨之女瑪麗亞・路易莎為妻。不確定作者何以稱妾室。

101　阿斯特列亞和嗎哪派分別是彼得堡共濟會的兩個分會的名稱。「嗎哪」一詞源出《舊約・出埃及記》，是以色列人經過曠野時神賜的一種食物。

102　共濟會的每個分會都有一條上面繪有象徵性圖形的毯子，各個分會都想得到古老且最受尊重的共濟會組織所授予的毯子，以及列舉共濟會典禮和決議的手抄本。

來訪他更是開心。

皮埃爾有時想起他曾聽過的故事，士兵在掩護下躲避敵軍火力而無所事事時，總是竭力想找點事做，為的是更若無其事的忍受危險。於是皮埃爾覺得，所有人都像那些躲避現實的士兵，為了躲避現實，有的貪圖功名、有的打牌、有的起草法律條文、有的找女人、有的玩物喪志、有的愛馬、有的操弄政治、有的打獵、有的喝酒、有的從事國務工作。「事無巨細，全都一樣；只要能夠避開現實就好！」皮埃爾想。「只要對它，對這個可怕的它視而不見！」

二

初冬，鮑爾康斯基老公爵和女兒來到莫斯科。自己的過去、自己的智慧和特立獨行，尤其是由於當時擁戴亞歷山大一世皇帝的狂熱有所降溫，反法的愛國主義思潮當時在莫斯科高張，鮑爾康斯基老公爵瞬間成為莫斯科人猶為敬重的人物和對政府不滿的反對派核心。

這一年來，老公爵衰老不少。他身上出現了一些明顯的衰老跡象：對近事健忘，卻對遙遠的過往記憶猶新，以及在接受莫斯科反對派領導角色時，那種孩子氣的虛榮心。儘管如此，當這位老人，尤其是在晚上，身穿皮襖，頭戴撲粉假髮出來喝茶，受到他人的觸動而急促談起往事或更加急促且尖銳地評論時局時，在座的客人不由得肅然起敬。對造訪者而言，那整座古老府邸和窗間那些高大立鏡、革命前的老式家具、那些頭戴撲粉假髮的僕人，以及跨世紀的嚴厲又睿智的老人本人以及崇敬他的溫順女兒、美麗的法國女人，構成了一幅莊嚴而悅目的景象。但是造訪者沒想到的是，在他們見到主人的這兩、三個小時之外，一天還有二十二小時，府邸裡不為人知的家庭生活。

近來，在莫斯科的家庭生活使瑪麗亞公爵小姐非常苦惱。在莫斯科，她失去最高尚的樂趣：與修士們交談或獨處，這些樂趣使她在童山時富有活力和朝氣，而在都市生活中，她得不到任何益處和快樂。她從來不出入社交場合；大家都知道，在沒有父親的陪伴下，老公爵不准她獨自出門，而他又由於健康因素而深居簡出，所以也就沒有人邀請她參加午宴和晚會。瑪麗亞公爵小姐徹底放棄結婚的希望。她目睹鮑爾康斯基老公爵如何冷淡又惱怒地接待那些偶爾登門拜訪、有可能成為她的未婚夫的年輕人，並導致他們遠離自己。瑪麗亞公爵小姐沒有朋友：這次來到莫斯科，她對兩個最親近的朋友感到失望。一個是布里安娜小姐，她本來就不是她能完全推心置腹的知己，如今公爵小姐對她感到不快，是基於某種原因而漸漸疏遠她；另一個是朱麗，她住在莫斯科，瑪麗亞公爵小姐整整五年和她維持信件往來，當瑪麗亞公爵小姐和她重逢之後，竟與她格格不入。朱麗這時由於弟兄都已身故而成為莫斯科最富有的未婚女性之一，正是她在上流社會最得意的時期。她為年輕男人所包圍，以為他們終於認識到她的優點。朱麗處於上流社會的小姐容顏漸衰的人生階段，她認為結婚的最後時機已經來臨，終身大事不在此時解決便沒有機會了。瑪麗亞公爵小姐每逢星期四便帶著憂傷的微笑想起，她現在不能寫信給任何人了，因為朱麗就在這裡，每週都和她見面，而和這個朱麗相處毫無樂趣可言。她彷彿一個僑居異國的老僑民拒絕娶一名女士為妻，因為幾年來他一直去她的住所消磨夜晚，要是娶了她，那就不知道該到哪裡消磨夜晚了；她因為朱麗在這裡，不能寫信給她而深感惋惜。瑪麗亞公爵小姐在莫斯科沒有人可以說話、沒有對象可以傾訴苦惱，而這個時期她又增加了許多新的苦惱。安德烈公爵回來結婚的日期近了，他曾請託她勸說父親同意，可是她非但未能完成他的託付，反而讓事態變得更棘手，一提起羅斯托夫伯爵小姐，老公爵便怒不可遏，而他多數時間本來就情緒惡劣。瑪麗亞公爵小姐近來新添的苦惱是，要為六歲的姪子上課。在自己對待尼科連卡的態度上，她驚恐地發覺自己也有父親愛發脾氣的特質。她多少次對自己說，為姪子上課不許急躁，可是幾乎每一次拿著教鞭坐下教授法語字母時，她便急切地想把自己的知識灌輸給孩子，而孩子已經在擔心，唯恐姑姑又要大發脾氣，只要孩子的注意力稍有鬆懈，她便發抖、著急、怒火中燒、提高嗓門，有時扯著他的小胳膊，罰他站在牆角。把他拉到牆角以後，她自己也哭了，為自己兇狠、惡劣的天性而難過，於是尼科連卡陪著她放聲大哭，未得到允許便走出牆角，來到她面前，從她臉上拉開淚濕的雙手、安慰她。不過公爵小姐最最苦惱的還是父親的脾氣，他的脾氣總是針對女兒，而且最近簡直達到殘忍的境界。倘若他夜夜強迫她跪地祈禱，倘若他打她、強迫她挑柴擔水，她絕不會覺得自己處境艱難；可是這個有愛心的暴君，正因為愛她而折磨自己和她，這是最殘忍的，他不僅會有意侮辱她、貶低她，而且會向她證明，她一無是處，永遠是她不對。近來他又有了一個新的招術，更令瑪麗亞公爵小姐深受折磨——那就是他和布里安娜小姐更親近了。他在得悉兒子要結婚之初，立刻萌生一個玩笑念頭，說如果兒子結婚，那麼他也要和布里安娜結婚，看來他很喜歡這個想法，最近他經常只是為了侮辱她（瑪麗亞公爵小姐這麼認為）而對布里安娜小姐特別溫柔，以向布里安娜示愛來表達對女兒的不滿。

在莫斯科的某一天，老公爵當著瑪麗亞公爵小姐的面（她覺得，他是故意的）親吻了布里安娜小姐的手，並且把她拉過去擁抱她、愛撫她。瑪麗亞公爵小姐勃然大怒，從房裡跑了出去。幾分鐘後，布里安娜小姐來到瑪麗亞公爵小姐的房間，面帶微笑的以她那悅耳的嗓音愉快地說著什麼。瑪麗亞公爵小姐急忙擦乾眼淚，步態堅決地走到布里安娜面前，不知不覺地對眼前這個法國女人氣急敗壞地叫嚷起來：

「這是可惡、卑鄙、毫無人性地利用他人弱點……」她沒有把話全說出來。「從我這裡滾出去。」她叫道，接著失聲痛哭。

第二天，公爵一句話也沒有對女兒說；不過她注意到，在午餐桌上他吩咐從布里安娜小姐那一頭開始上菜。午餐快結束時，侍者又依老習慣從公爵小姐這一頭上咖啡，公爵突然大發雷霆，拿手杖朝菲力浦扔了過去，並立即下令將他送去當兵。

「不聽……我說了兩次！……就是不聽！她是家裡最重要的人；她是我最好的朋友。」公爵吼道。

「要是妳不知節制，」他怒道，這才第一次對瑪麗亞公爵小姐說話，「膽敢再像昨天那樣……在她面前放肆，我會讓妳明白，誰是家裡的主人。滾！我不要看到妳；向她道歉！」

於是瑪麗亞公爵小姐為自己、也為求救於她的侍者菲力浦向布里安娜小姐和父親道歉。

在這種的時刻，瑪麗亞公爵小姐心裡彷彿湧動著一種受難者的自豪。而在某些時候她赫然驚覺，她所責怪的這位父親竟兀自在尋找眼鏡，他在眼鏡旁不停摸索，卻完全看不到，或者對剛才發生的事轉眼即忘，或者搖搖擺擺地拖著軟弱無力的雙腿，每當這種時候，他便會回頭看看，是否有人看到他衰弱的步態，更糟的是，餐桌上若沒有客人讓他興奮起來，他會突然打起瞌睡，鬆開手裡的餐巾，把頭顫巍巍地歪垂在盤子上。「他老了，身體不行了，我卻還要責怪他！」她帶著自我厭惡的心情想道。

三

一八一一年，法國醫生梅蒂維埃於莫斯科迅速竄起，他高大英俊，深具法國人那種和藹可親性格，莫斯科人人都稱讚他醫術高明。上流社會的家庭接待他，不把他當作醫生，而是與他平等交往。

鮑爾康斯基老公爵向來嘲笑醫學，近日則在布里安娜小姐的規勸下同意接待這位醫生，也對他漸漸習慣了。梅蒂維埃每週來探望公爵一、兩次。

聖尼古拉節是公爵的命名日，全莫斯科重要人士都登門祝賀，可是他吩咐不接待任何人；依照他的吩咐，只邀請少數幾個人參加午宴，他把名單交給瑪麗亞公爵小姐。

一早前來祝賀的梅蒂維埃覺得身為醫生違反命令不算失禮，他對瑪麗亞公爵小姐這麼說之後，便進去見老公爵。而今天的情況是，在這個命名日的早晨，老公爵的心情惡劣至極，整個早上他在府裡吃力地來回，對所有人吹毛求疵，假裝不明白別人的話，也得不到別人的理解。瑪麗亞公爵小姐太了解這種情形了，那憂心忡忡的低聲嘮叨通常會以一陣突發的狂怒收場，因此一整個早晨，她彷佛走在子彈上膛的槍口下，等待著那不可避免扣動扳機的槍聲。早上在醫生到來之前，好不容易相安無事。瑪麗亞公爵小姐讓醫生進去之後，便拿著書坐在客廳的門邊，好觀察書房裡所發生的一切。

她先聽到梅蒂維埃的聲音，然後是父親的聲音；然後兩個聲音同時說起話來，書房門打開了，門口出現一頭蓬鬆黑髮的梅蒂維埃那驚慌、完美的身影和老公爵穿戴睡衣睡帽的身影，他氣得面容扭曲，垂下一雙眼。

「你不明白？」公爵吼道。「而我明白！法國間諜！拿破崙的奴才、間諜，從我家滾出去，滾，我說的！」於是他砰的一聲關上門。

梅蒂維埃聳起肩膀，走到布里安娜小姐面前，她是聽到叫嚷聲後從隔壁房間跑來的。

「公爵有些不適，大動肝火加上腦充血。您別擔心，我明天再來。」梅蒂維埃說，用一根手指貼著嘴唇，示意別出聲，連忙離去。

門後傳來穿著便鞋的腳步聲和吵嚷聲：「間諜、叛徒，到處是叛徒！在自己家裡也得不到片刻安寧！」

梅蒂維埃離開後，老公爵將女兒叫去，全部怒氣一股腦渲洩在她身上。她的罪過是放一個間諜進來。他說過、對她說過，要她擬好名單，名單上沒有的人不准進來。為什麼放這個混蛋進來！全是她的錯。「和她在一起，得不到片刻的安寧，想安安靜靜地死也不行。」他說。

「不，大小姐，分開住，分開住，您要明白這一點，要明白！我已經忍無可忍了，」他邊說邊走出書房。彷彿怕她會自我安慰似的，他又轉身來到她面前，勉強裝出平靜的樣子，補充道：「您不要以為我只是在說氣話，我現在很平靜，而且仔細想過了；一定要這樣——分開住，您為自己找個安身之處吧！」可是他忍不住了，他帶著一個心裡愛著對方的人才會有的那股狠勁，顯然自己也難受，揮舞著兩記拳頭對她大聲嚷道：

「哪怕有個傻瓜來娶走她也好！」他砰地關上門，把布里安娜小姐叫了進去，於是他在書房裡安靜下來了。

下午兩點，應邀赴宴的六位重要人物到齊了。這些客人是著名的拉斯托普欽伯爵、洛普欣公爵[103]和他的姪子、老公爵的老戰友恰特羅夫將軍以及兩個年輕人——皮埃爾和鮑里斯．德魯別茨基，他們都在客廳裡等他。

幾天前才到莫斯科度假的鮑里斯，希望被介紹給鮑爾康斯基老公爵，他很善於奉迎，立刻博得他的好感，老公爵從來不在住所裡接待單身年輕人，只為他破例。

老公爵的住所不屬於所謂的「上流社會」，然而這裡卻有這麼一個小圈子，儘管在城裡默默無聞，可是在此受到接待卻是最值得驕傲的。鮑里斯了解到這一點是在一個星期前，當時總司令邀請拉斯托普欽伯爵在聖尼古拉節前去赴宴，拉斯托普欽竟對總司令說，他不能去：

「這一天，我總是要去親吻鮑爾康斯基老公爵那把老骨頭。」

「啊，對，對，」總司令回答說。「他還好吧？……」

高大的老式客廳陳設著老式家具，午宴前在此聚會的幾位猶如召開莊嚴的法庭會議。所有人皆沉默，即使說話也是低聲細語。尼古拉．安德烈伊奇．鮑爾康斯基老公爵出來了，神情嚴肅，寡言少語。瑪麗亞公爵小姐比平時更安靜，也更膽怯。客人們不大樂意和她說話，因為看得出她沒有心情顧及他們的談話。只有拉斯托普欽伯爵時而談談城裡的流言，時而說一些政治新聞以免冷場。

洛普欣和老將軍偶爾加入談話。鮑爾康斯基老公爵聽著，如同大法官在聽彙報，只是偶爾哼一聲或簡

103 洛普欣公爵（一七五三—一八二七），葉卡捷琳娜二世時代曾任雅羅斯拉夫爾和沃洛格達總督，亞歷山大一世在位時，於一八〇三年至一八一〇年間，任司法大臣兼國務會議主席和大臣委員會主席。

短插上一句，表示他注意到了。談話的語調表明，他們誰也不贊成目前在政界所發生的一切。所談及的事件顯然說明，情況愈來愈糟；不過，在任何談話和議論中，令人吃驚的是，每每在評論中可能涉及皇帝陛下時，發言者便會住口或者被制止。

餐桌上話題轉到最近的政治新聞、談起拿破崙入侵奧爾登堡大公的領地和俄國發給歐洲各國宮廷反對拿破崙的抗議書。

「拿破崙在歐洲的行徑就像海盜在虜獲的船隻上一樣，」拉斯托普欽伯爵說，重複著他說過好幾次的這句話。「君主們長期容忍或一錯再錯更令人錯愕。現在輪到教皇了，拿破崙已經肆無忌憚地要推翻天主教的領袖[104]，卻沒有人敢開口抗議。只有我們的皇上對侵占奧爾登堡大公的領地提出抗議。而且還……」拉斯托普欽伯爵住口不說了，感到他已經處於不得大發議論的時機。

「他們曾建議以其他領地代替奧爾登堡公國，」鮑爾康斯基老公爵說道。「正如我把農奴從童山遷往鮑古恰羅沃和梁贊的莊園一樣，他把大公們遷來遷去。」

「奧爾登堡大公以驚人的毅力和平靜忍受著自己的不幸。」鮑里斯說，態度謙恭地加入談話。他之所以這麼說，是因為他路過彼得堡時曾有幸拜見這位大公。鮑爾康斯基老公爵看了年輕人一眼，似乎想對此發表一些看法，不過又改變主意，認為他太年輕，還不夠格。

「我看過我國有關奧爾登堡事態的抗議，這個抗議書的表達方式很差勁，我相當吃驚。」拉斯托普欽伯爵隨口說道，猶如一個人在評論他非常了解的問題。

皮埃爾天真又震驚地看看拉斯托普欽，不明白為什麼抗議書的表達方式會令他感到不安。

「抗議書怎麼寫還不是一樣嗎，伯爵？」他說，「只要內容強有力不就行了。」

「親愛的，既然擁有五十萬大軍，要有出色的文體是很容易的。」拉斯托普欽伯爵說。皮埃爾明白了，為什麼抗議書的表達方式會令拉斯托普欽伯爵不安。

「看來出了很多咬筆桿的，」老公爵說，「在彼得堡，所有人都在寫，不只是寫抗議書——大家都在起草法律。我的安德烈也在彼得堡為俄國起草了厚厚的一部法律。現在所有人都在寫！」他不自然地笑了起來。

談話停頓了一會兒；老將軍清清嗓子，想引起注意。

「最近在彼得堡的軍事閱兵中發生的一件事，你們聽說了嗎？新任法國公使的表現如何啊？」

「怎麼？對了，我聽到一件事；他在皇上面前說了失禮的話。」

「皇上要他注意擲彈兵師和分列式，」將軍接著說，「公使似乎完全未加留意，竟然說，在法國，我們是不拘這種小節的。皇上什麼也沒說。下一次閱兵時，據說皇上一次也沒有理會他。」

眾人沉默；這件事涉及皇上，是不能發表任何議論的。

「太放肆！」老公爵說。「你們認識梅蒂維埃吧？我今天把他轟出去了。他來過，有人讓他進來見我，儘管我再三叮囑不要讓任何人進來。」老公爵說，悻悻地看了女兒一眼。接著，他說起自己和法國醫生的對談，以及他認定梅蒂維埃是間諜的理由。儘管這些理由極其不充分且含糊，但是誰也沒有提出異議。

104 一八〇九年，拿破崙頒布法令，將教皇國和羅馬城併入自己的帝國。教皇不願臣服拿破崙，於一八〇九年六月，被押往法國，軟禁至一八一四年春。

熱菜之後上了香檳酒，客人們紛紛自座位上起身，向老公爵祝酒。瑪麗亞公爵小姐也朝他走了過去。他以冷冷的憤怒目光看了看她，滿是皺紋的面頰湊過去讓她親一下。他臉上的表情再再向她表明，他並未忘記早上的談話，他的決定沒有改變，只是因為有客人在座，他才姑且不提。

當他們走進另一座客廳享用咖啡時，老頭全坐在一起。

鮑爾康斯基老公爵總算比較活躍了，他談起對當前戰爭的看法。

他說，只要我們尋求和德國人結盟、干預歐洲事務，而締節蒂爾西特和約[105]其實已形同捲入歐洲紛爭，我們和拿破崙的戰爭就只能說是不幸了。我們不必為奧地利而戰，也不必為反對奧地利而戰。我們的所有政策都在東方，而對付拿破崙只要做到一點——陳兵邊境並執行強硬政策，他就永遠不敢像在一八〇七年那樣，侵犯我國邊界。

「我們怎麼能和法國人作戰呢，伯爵！」拉斯托普欽伯爵說。「難道我們能對自己的導師和上帝訴諸武力嗎？看看我們的年輕人吧，看看我們的那些女士吧。我們的上帝是法國人，我們的天國是巴黎。」

他說話的聲音更加響亮起來了，顯然是要讓所有人都聽得到。

「服裝是法式的，思想是法式的，情感是法式的！您把梅蒂維埃卡著脖子轟出去，因為他是法國人和壞蛋，而我們的那些女士卻跟在他後面爬行。昨晚我參加一個晚會，五名女士中就有三人是天主教徒，經教皇准許，她們週日在網狀底布上刺繡十字圖案。這些女士幾乎是裸體坐著，一副在為澡堂當招牌，恕我直言。唉，看著我們的年輕人，公爵，真想把彼得大帝的古老大棒從珍品陳列室拿出來，用我們俄羅斯的方式打斷他們的肋骨，讓他們清醒清醒。」

大家都不說話了。老公爵面帶微笑望著拉斯托普欽，讚賞地搖搖頭。

「好了，再見，公爵大人，您可不能生病啊。」拉斯托普欽說，他像平素那樣舉止敏捷地站起身來，一面把手伸向公爵。

「再見，親愛的，您真像古斯里琴[106]，總是教我聽得入迷！」老公爵說，握著他的手不放，又把面頰湊過去讓他親吻。別人也都隨著拉斯托普欽站了起來。

105 蒂爾西特和約，一八〇七年六月二十五日，亞歷山大一世和拿破崙一世在蒂爾西特簽訂的和約。俄國同意建立華沙大公國和參加大陸封鎖。

106 古斯里琴，俄羅斯傳統絃樂器。

四

瑪麗亞公爵小姐坐在客廳裡聽著老頭們的閒談和議論，卻茫然不知所云；她只是在想，客人們是不是發覺了她父親對她的敵視態度。她甚至沒有發現，席間鮑里斯始終特別關注她、向她獻殷勤，這已是他第三次來到他們家了。

瑪麗亞公爵小姐心不在焉地把疑問的目光投向皮埃爾，他是最後離開的客人，在公爵出去以後，他拿著禮帽，面帶微笑來到她面前，於是他們單獨留在客廳裡。

「可以再坐一會兒嗎？」他說，他那肥胖的身軀在瑪麗亞公爵小姐身旁的一把扶手椅裡落座。

「啊，可以。」她說。「您沒有察覺什麼吧？」她的目光在問。

皮埃爾在餐後心情很愉快。他望著自己前方，文靜地微笑著。

「您早就認識這個年輕人嗎，公爵小姐？」他問。

「誰？」

「鮑里斯。」

「不，不久前認識的……」

「怎麼樣，您喜歡他嗎？」

「是的，他是令人愉快的年輕人……您為什麼這麼問呢？」瑪麗亞公爵小姐說，一邊繼續想著早上和父親的談話。

「因為我觀察過：年輕人從彼得堡到莫斯科來度假，往往只有一個目的，就是要娶一位富有的女人。」

「這是您觀察的結果？」瑪麗亞公爵小姐說。

「是的，」皮埃爾接著含笑說道，「這個年輕人目前的表現一直如此，哪裡有富有的待嫁女人，哪裡就有他。他的心事我看得一清二楚。他現在猶豫不決，拿不定主意該向誰表白，是您，或是進攻朱麗・卡拉金娜小姐。他對她是很有好感的。」

「他常到他們住所去？」

「是的，常去。您知道追求女孩子的新花招嗎？」皮埃爾興奮笑道，看來是一種善意嘲諷的好心情，他在日記中常因這種心情而自責。

「不知道。」瑪麗亞公爵小姐說。

「如今想取悅莫斯科的女孩，一定要顯得憂鬱。在她面前他是很憂鬱的。」皮埃爾說。

「是嗎？」瑪麗亞公爵小姐說，她望著和善的皮埃爾，仍不停地尋思著自身的苦惱。「我會好受一些，」她在想，「如果能和誰談談自己的感受的話，我倒是很想對皮埃爾傾訴一切。他是那麼善良而高尚。我會好受些的。他一定會為我想辦法！」

「您願不願嫁給他呢？」皮埃爾問。

「唉，天啊，伯爵！有些時候我多願意嫁給任何人，」瑪麗亞公爵小姐突然出乎自己的意料之外，語帶哽咽說道。「唉，多麼難受啊，愛一個親人卻又感到……不能（她的聲音仍然在顫抖）為他做些什麼，只有你知道無法改變的痛苦。那就只剩下一條路了——搬出去，可是我能去哪裡呢？」

「您在說什麼呀，您怎麼了，公爵小姐？」

可是公爵小姐話沒有說完就哭了起來。

「我不知道，今天我是怎麼了。您別記在心上，忘了我說的話吧。」

皮埃爾的愉快心情沒了。他關切地詢問公爵小姐，請她把一切都說出來、把自己的痛苦都告訴他；可是她只是反覆地說，請他忘掉她所說的話吧，她已經不記得說了些什麼了，說她沒有痛苦，唯一的痛苦是他知道的，那就是安德烈公爵的婚姻有可能使父子反目。

「您聽說羅斯托夫的情況嗎？」她問，試著改變話題。「我聽說他們很快就要到莫斯科來了，我也每天都在等安德烈回來。我希望他們能在這裡見面。」

「對於這件事，他現在是什麼態度呢？」皮埃爾問，所說的他自然是指老公爵。瑪麗亞公爵小姐搖搖頭。

「可是有什麼辦法呢？離一年的期限只剩幾個月了。而這種情況是不可能不發生的。我但願哥哥能避免最初幾分鐘的難堪。我希望他們盡快來到這裡。我希望能和她友好相處……您認識他們很久了吧？」瑪麗亞公爵小姐說，「請您直言不諱地告訴我，她是個什麼樣的人，您對她的看法如何？不過要說出全部實情；因為您知道，安德烈違背父命行事，是冒著極大風險的，所以我想知道……」

模糊的直覺告訴皮埃爾，她這些有所保留的說法，以及反覆要求他說出全部實情，正表明瑪麗亞公爵小姐對未來的嫂子是懷有敵意的，並希望皮埃爾不要贊成安德烈公爵的選擇；不過皮埃爾說的主要是他的感覺，而不是他的想法。

「我不知道怎麼回答您的問題，」他說，他臉紅了，自己也不知道為什麼。「我完全不了解，她是什麼樣的女人；我無法具體評論她。她很有魅力。為什麼呢，我不知道；關於她，我能說的就是這些。」瑪麗亞公爵小姐嘆了口氣，她臉上的表情在說：「這正是我預料得到並感到擔心的啊。」

「她聰明嗎？」瑪麗亞公爵小姐問。皮埃爾沉吟了起來。

「我想，她不大聰明，」他說，「不過，我覺得她還是聰明的。她從來不自作聰明……是呀，她很有魅力，我再也說不出什麼了。」瑪麗亞公爵小姐又不以為然地搖了搖頭……

「啊，我很希望能夠愛她！您轉告她一聲吧，如果您在我之前能見到她的話。」

「我聽說，他們這幾天就要到了。」皮埃爾說。

瑪麗亞公爵小姐對皮埃爾說了自己的想法，等羅斯托夫一家人一到，她就要親近未來的嫂子，並想方設法讓老公爵接受她。

五

鮑里斯想在彼得堡娶個富有的女人未能如願，於是他抱著這個目的來到莫斯科。在莫斯科，鮑里斯在兩位最富有的女人朱麗和瑪麗亞公爵小姐之間舉棋不定。儘管他覺得，瑪麗亞公爵小姐雖然相貌平平，還是比朱麗更具吸引力，不知怎麼，他反而不好意思追求瑪麗亞。在老公爵命名日當天，最後一次與她相見時，對他想同她談到感情問題的所有試探，她的回答總是文不對題，顯然完全沒有聽他說話。

反觀朱麗，倒是很樂意接受他的殷勤，儘管她採取的是她所特有的一種方式。

朱麗年屆二十七。在弟兄都亡故之後，她變得非常富有。她根本談不上漂亮；但是她認為，她不僅依舊漂亮，甚至比從前更具吸引力。她之所以會產生這種錯覺，是因為她成了非常富有的未婚女性，其次，隨著年齡的增長，隨著她對男人的危險性愈來愈小，男人們可以更自在地與她交往，不必承擔任何責任地享用她的晚宴、晚會以及在她住所裡的聚會和活躍的社交。十年前，多數男人是不敢每天拜訪一個有十七歲小姐的家庭，唯恐有損她的名聲，也深怕自己受到束縛。如今不同了，他大可每天與她交往，但並非將她視為待嫁少女，而是沒有性別的舊識。

卡拉金家庭是莫斯科這個冬季最愉快、最好客的家庭。除了招待晚會和宴會，卡拉金家每天賓客滿座，特別是男賓，他們在午夜十一點多鐘享用晚餐，一直待到兩點多。朱麗不放過任何一次舞會、戲劇或娛樂活動。她的打扮總是最時髦的。儘管如此，朱麗似乎對一切都感到失望，逢人便說，她不相信友誼、不相信愛情、也不相信人生有什麼歡樂，只期盼死後能得到安寧。她習於某種姿態，好像一個女人遭遇過極大的失望，彷彿失去了愛人，或是被他殘酷地欺騙了。雖然她根本從未經歷過，人們還是將她視為這類女性，於是連她自己也相信，她在生活中曾遭受過許多痛苦。這種憂鬱並不妨礙她尋歡作樂，也沒有妨礙那些年輕人在她身邊愉快地消磨時間。每一名前來的客人都對女主人的憂鬱盡到表示同情的義務，然後便忙於高雅的談話、跳舞、智力遊戲和舉行卡拉金家時興的限韻詩競賽[107]。僅少數幾人，包括鮑里斯在內，對朱麗的憂鬱感同身受，於是她同這些年輕人更常單獨談話，感嘆塵世生活的空虛，並在他們面前翻閱自己的紀念冊，其中淨是感傷的繪畫、格言和詩句。

朱麗對鮑里斯猶為親切：憐惜他過早對生活失望，竭盡所能地給予他友誼的安慰，儘管她自己也在生活中忍受過諸多痛苦，她特地為他翻閱自己的紀念冊。鮑里斯在紀念冊上為她繪製了兩棵樹並題詞道：「鄉村的樹啊，你們幽暗的粗枝將黑暗和憂鬱向我抖落。」

他在另一處畫上一口棺材，寫道：

死亡是救星，死亡是安寧。
噢！苦難中別無避風的港灣。

朱麗稱讚道，寫得真美。

107 限韻詩比賽是一種文學遊戲，按限定的韻腳作詩，十七世紀上半葉興於法國，後傳入俄國。這類詩作內容多屬詼諧詩。

「憂鬱的微笑隱含某種無限迷人的魅力！」她對鮑里斯說了一句從書裡逐字抄來的話。

「這是陰影中的一線光明，悲哀和絕望之間的一抹輕愁，指向心靈得到慰藉的機緣。」

做為回應，鮑里斯為她寫了一首詩：

多愁善感的心靈的有毒的美食。
妳呀，沒有妳，幸福對我是不可能的奢望，
溫柔的憂鬱啊，妳來吧，來給我安慰，
來吧，撫慰我在黑暗的孤獨中的憂傷，
把隱祕的甜蜜融入我的淚，
我感到淚水在我的臉上流淌。

朱麗為鮑里斯彈奏起淒婉的豎琴夜曲。鮑里斯為她朗讀《可憐的麗莎》[108]，激情令他窒息，因而一再中斷朗讀。在上流社會相遇的時候，朱麗和鮑里斯彼此視對方為在冷漠的茫茫人海中唯一的知己。

德魯別茨基公爵夫人經常造訪卡拉金住所，陪朱麗的母親打牌，順便探問朱麗究竟有什麼嫁妝（嫁妝是奔薩的兩個莊園和下諾夫哥羅德的幾處森林）。德魯別茨基公爵夫人懷著聽從上天安排和深受感動的心情，看著把兒子和富有的朱麗聯繫在一起所萌生的那種微妙的、淡淡的哀愁。

「我們可愛的朱麗還是那麼美麗和憂鬱。」她對朱麗說。

「鮑里斯說，他在府上才能得到內心的寧靜。他經歷過那麼多的失望，又那麼多愁善感。」她對那位母親說。

「噢，親愛的，近來我是多麼依戀朱麗啊，」她對兒子說，「我簡直無法形容！誰又能不愛她呢？這是一個天仙般的女孩！噢，鮑里斯，鮑里斯！」她沉默了一會兒。「我很同情她的母親，」她接著說，「今天她讓我看了來自奔薩的報告和信件（那裡有他們的一個大莊園），太可憐了，凡事都得靠她獨自處理，所有人都在欺騙她！」

鮑里斯露出難以覺察的笑意聽母親詳述。他溫和地嘲笑她不帶惡意的狡獪。不過他仔細傾聽，有時甚至仔細地向她打聽奔薩和下諾夫哥羅德兩處莊園的情況。

朱麗早就在等待那神情憂鬱的仰慕者向她求婚了，而且也準備接受他的求婚；不過，這位仰慕者內心對她、對她急於嫁人的迫切心情、對她的矯揉造作的厭惡感，以及對放棄追求真正愛情的恐懼感仍阻礙著他。他的假期即將結束。每一天，他幾乎都是整天待在卡拉金住所，每一天暗自琢磨之際，鮑里斯都在說服自己，明天一定要向她求婚。可是一見到朱麗，望著她那羞怯的臉和幾乎撲滿粉的下巴、望著她那濕潤的眼睛和臉上隨時希望由憂鬱一轉而成為對夫婦幸福生活的狂喜的那種表情，鮑里斯總說不出口那決定命運一句話；儘管他早就在想像中認定自己是奔薩和下諾夫哥羅德莊園的主人了，而且也為莊園的收入有所安排。朱麗看出鮑里斯的猶豫，有時會想，他是討厭她的；可是女性的自我欣賞立刻安慰她，於是她對自己說，是愛情使他羞於啟齒。不過，她的憂鬱漸漸轉為惱怒，在鮑里斯離開前不久，她執行了一個決定性的手般。就在鮑里斯的假期即將結束之際，阿納托利．庫拉金來到莫斯科，不言而喻，也出現在卡拉金住

108 俄國作家卡拉姆津（一七六六—一八二六）的作品，內容描寫農民女兒愛上貴族的不幸故事。

處的客廳裡，朱麗的憂鬱一掃而空，她開心且幾乎是無微不至地關心庫拉金。

「親愛的，」德魯別茨基公爵夫人對兒子說，「我得到可靠消息，庫拉金公爵要兒子到這裡來，就是要他娶朱麗。我很愛朱麗，我會為她感到惋惜的。你怎麼想呢，親愛的？」德魯別茨基公爵夫人說。

一想到被人愚弄，整整一個月在朱麗身邊扮演憂鬱角色的努力白白浪費掉了，眼看他在想像中已經分配好，而且完全安排好的奔薩莊園收入全落到別人手裡，更遑論是落到愚蠢的阿納托利之手，鮑里斯便深感屈辱。他抱著堅定的決心前往卡拉金住處求婚。朱麗帶著愉悅的無憂無慮接待他，對他隨意談起她昨天在舞會上有多盡興，又問他何時動身。儘管鮑里斯是下定決心來表白的，盡力表現得溫柔一些，卻是氣憤地說起女人反覆無常。他說，女人很容易就能從悲傷走出，她們的心情總是因人而異，端看是誰在追求她們。朱麗聽了極其不悅，她說，這倒是真的，女人需要多彩多姿的生活，老套的表現人人都會感到乏味。

「對於這一點，我要奉勸您一句……」鮑里斯企圖諷刺她，卻在這時他萌生受辱的感覺，他可能就此離開莫斯科，目的非但沒有達到且白費工夫（這種情形是他從未經歷過的）。他說了一半就閉口了，他垂下眼，未正視她那氣惱又猶豫不決的臉色，說道：「我到這裡來，完全不是要和您吵架……正好相反……」他看了她一眼，想知道是否可以說下去。她的氣惱瞬間煙消雲散。一雙不安的、祈求的眼睛帶著熱切的期待注視著他。「將來我總有辦法少見到她的，」鮑里斯想。「既然已經有了開始，就要貫徹到底！」他突然脹紅了臉，抬眼直視她，說：「我對您的感情，您是知道的！」多餘的話不必再說了：朱麗的臉上煥發勝利和得意的神采；但是她要求鮑里斯必須說完該說的話，要說他愛她，除了她，永遠不再愛上任何女人。她知道，憑著奔薩的莊園和下諾夫哥羅德的森林，她可以提出這要求，她的要求果然得到令人滿意的結果。

未婚夫婦不再提及把黑暗和憂鬱向他們抖落的那兩棵樹了，他們訂定計畫，要在彼得堡布置豪華的住宅，禮貌性的拜訪親友，並為豪華的婚禮進行一切必要的準備。

六

一月底，羅斯托夫老伯爵帶著娜塔莎和索尼婭來到莫斯科。伯爵夫人仍然病懨懨的，經不起舟車勞頓，可是又不能再等下去，因為安德烈公爵隨時都有可能回到莫斯科；何況需要置辦嫁妝、出售莫斯科近郊的莊園，還要趁老公爵在莫斯科期間，把他未來的兒媳帶給他看看。羅斯托夫在莫斯科的住宅未做好生火取暖的準備；此外，他們來這裡也只是暫住；加上伯爵夫人沒有同來，於是羅斯托夫老伯爵決定，待在莫斯科期間就借住在瑪麗亞．德米特里耶夫娜．阿赫羅西莫娃住所，她早就向伯爵表示過，歡迎他前去做客。

瑪麗亞．德米特里耶夫娜住在老馬廄街，已經很晚了，羅斯托夫一家四輛帶篷雪橇駛進了庭院。瑪麗亞．德米特里耶夫娜獨居。她唯一的女兒已出嫁，幾個兒子都在服兵役。

她依然身姿挺拔，為人直爽、乾脆、灑脫地對所有人表達意見，彷彿整個人的表現意在指責他人的軟弱以及盲目迷戀，認為這些表現是不可容忍的。從清早起，她便穿著保暖的上衣打理家務，然後每逢節日，便出門參加午前日禱，日禱後再前往城堡和監獄處理事情，至於是什麼事，她從未對任何人說過，平常她則精心打扮，在自家接待各階層的求告者，每天都有這類人前來見她，然後共進午餐。豐盛而美味的餐桌上總有三、四位客人；午餐後會有一場波士頓牌局；夜晚再喚人為她閱讀報紙和新書，自己則織毛衣。她很少破例外出，一旦外出，不外乎走訪城裡的一些顯要。

她還沒有睡下，羅斯托夫已經抵達，前廳門的滑輪吱扭一聲，羅斯托夫和他們的僕役帶著一股寒氣陸續走了進來。瑪麗亞．德米特里耶夫娜的眼鏡架在鼻尖上，昂起頭站在大廳門口，帶著嚴厲的氣勢望著進來的人。人們或許會以為，她對來客很氣惱，要立刻趕他們出去，然而事實上，她正關切地吩咐下人們，如何安置客人和他們的行李。

「是伯爵的？拿到這裡來；」她指著幾只箱子說，沒有和任何人打招呼。「小姐的，拿過來，往左轉，喂，你們在巴結什麼呀！」她朝幾個女僕喊道。「去把茶壺燒開！胖了，更好看了，」她說，把拽著風帽、臉凍得紅通通的娜塔莎拉到身邊，「呵，妳身上冰涼！快把外衣脫了。」她對正想上前行吻手禮的伯爵叫道。「不會凍壞了吧。喝茶時上朗姆酒！索尼婭，你好。」她對索尼婭說，這句用法語說的問候語，表明她對索尼婭有點兒看不起，不過依然親切。

所有人脫去外衣，在旅途後梳洗打扮一下，一一來喝茶了。瑪麗亞．德米特里耶夫娜依序親吻了所有人。

「我由衷地高興，你們能來我家暫住，」她說。「早就該來啦。」她意味深長地看了看娜塔莎說……「老頭在這裡，日復一日地等著兒子。應該，應該去和他見見面。不過，這事我們以後再說。」她補充了一句，打量了一下索尼婭，表示有她在座，她不想談。「現在你聽著，」她轉向伯爵，「明天你有什麼打算？要派人邀請誰呢？申升？」她扳了一根手指，「愛哭的德魯別茨基公爵夫人，這就兩個了。她和兒子在這裡。他要結婚了！還有皮埃爾，是吧？他和妻子也在這裡。他躲著她，她又跟著追來了。星期三他是在我這裡吃午飯的。至於她們，」她指了指兩位伯爵小姐，「明天我帶她們到伊韋爾小教堂去，再順路去找奧貝爾舍爾瑪[109]。妳們大概都得訂製新衣服吧？不要學我，如今時興的衣袖如何，就自己去看吧！前兩天年輕的伊琳娜．瓦西里耶夫娜公爵小姐來，兩條手臂上就像套著木桶一樣。如今天天都有新時尚。你自己有什麼事要處理呢？」她嚴肅地問伯爵。

「事情都湊到一起來了，」伯爵回答道。「要為兩個女孩買些衣裳，還要找那個買主，他想買莫斯科的莊園和住宅。承蒙您的好意，我想抽一天時間到馬林斯科耶，這兩個小丫頭就丟給您了。」

「好，好，您放心。交給我就像交給監護人一樣。我會帶她們到需要去的地方，會責備她、疼愛她。」瑪麗亞．德米特里耶夫娜說，用她的大手碰碰心愛的教女娜塔莎的面頰。第二天一早，瑪麗亞．德米特里耶夫娜帶著兩位小姐前往伊韋爾小教堂，又去找奧貝爾舍爾瑪，她很怕瑪麗亞．德米特里耶夫娜，總是以低於成本價賣衣服給她，只想快快將她打發走。瑪麗亞．德米特里耶夫娜幾乎訂購了所有嫁妝。回來後，她支開所有人，只留娜塔莎，然後把自己寵愛的教女叫到的扶手椅旁。

「好了，現在我們說說話吧。我先祝賀妳和妳的未婚夫。妳找了一個好青年！我為妳高興；他這麼大（她比劃著離地一俄尺高）時我就認識他了。」娜塔莎高興得臉也紅了。「我喜歡他和他的家庭。現在妳聽我說。妳知道，老頭鮑爾康斯基老公爵很不希望兒子結婚。一個執拗的老頭！當然啦，安德烈公爵不是孩子，不理會他也行，可是勉強進入一個家庭總不大好。要和睦、要有愛心。妳是聰明的女孩子，知道該怎麼做。妳要善意地、聰明地處理這個問題。一切都會好的。」

娜塔莎沒有作聲，瑪麗亞．德米特里耶夫娜以為她是害羞，其實娜塔莎是不悅，她不喜歡他人干預她和安德烈公爵的愛情問題，她覺得，這個問題和人世間的一切問題完全不同、那麼特別，在她看來，沒有人能理解。只有安德烈公爵是她相知相愛的人，他愛她，這幾天一定會來帶她走。此外，她什麼也不需要。

「妳明白嗎？我早就認識他了，我也喜歡妳的小姑瑪麗亞，俗話說，大姑小姑刁鑽的潑婦，可是她呀，連蒼蠅也不願得罪。她請我安排妳們兩人見面。妳明天和父親去見見她，妳要好好地討好她，妳比她小啊。等妳的那位回來，妳已經和他的妹妹和父親熟了，也得到他們的喜愛。對吧？這樣不是很好嗎？」

「這樣很好。」娜塔莎不情願地回答道。

109 奧貝爾舍爾瑪，本名為奧貝爾沙爾瑪的時裝店女店主，她在莫斯科很有名，生意興隆，人們戲稱她為奧貝爾舍爾瑪，舍爾瑪和沙爾瑪諧音，意為騙子、機靈鬼。

七

第二天，羅斯托夫老伯爵聽從瑪麗亞・德米特里耶夫娜的勸告，帶娜塔莎去拜訪鮑爾康斯基老公爵。老伯爵在這次拜訪前顯得悶悶不樂，因為他內心極為忐忑。兩人最後一次見面是民兵徵收期間，當時，老伯爵曾發出赴宴邀請，卻得到嚴厲的斥責，原因是兵員不足。這件事羅斯托夫老伯爵至今記憶猶新。反觀娜塔莎，則穿上最好的服飾，極其愉悅。「他們不可能不愛我，」她想，「大家都愛我啊。而且我很願意順從他們，我很願意愛他們，因為他是父親，她是妹妹啊，他們沒有理由不愛我！」

馬車抵達弗茲德維任卡大街上一座古老沉悶的住宅，接著他們走進門廊。

「求上帝保佑妳吧。」老伯爵半開玩笑半認真地說道；不過娜塔莎發覺，父親急匆匆地走進前廳，膽怯地悄聲詢問，公爵和公爵小姐在不在家。在通報他們到訪之後，公爵的僕役之間起了一陣騷亂。趕去通報的僕人，在大廳裡被另一名僕人攔住了，他們正小聲地議論著什麼。一個年輕的女僕跑進大廳，匆忙地說著什麼，她提到公爵小姐。最後，一個年老的僕人悻悻地出來對客人說，公爵無法接待，公爵小姐請他們過去。第一個迎著客人出來的是布里安娜小姐。她極其有禮地迎接父女兩人，陪他們去見公爵小姐。公爵小姐既激動又驚慌，臉上布滿通紅的斑點，腳步沉重地出來迎接客人，徒勞地想裝出輕鬆自在的神情。一見面，公爵小姐就不喜歡娜塔莎，她覺得她打扮得太華麗、太輕佻地喜形於色、太愛慕虛榮。瑪麗亞公爵小姐並未察覺，早在她見到自己未來的大嫂之前，就已經對她懷有惡意了，因為她不由自主地嫉妒起她的年輕美貌和幸福，嫉妒哥哥的愛情。除了對她這種不可遏止的反感，瑪麗亞公爵小姐此刻之所以激動不安，還因為在得知羅斯托夫父女來訪之際，老公爵不停吵嚷，拒不接見，他讓瑪麗亞公爵小姐去接待，如果她願意的話，而且不准讓他們去見他。瑪麗亞公爵小姐決定接待，可是時刻都在擔心，老公爵會做出什麼乖張的舉動，因此羅斯托夫父女的來訪令她十分焦躁。

「您看看，親愛的公爵小姐，我為您帶來我的小歌唱家了。」伯爵說，同時不住地點頭致意，又回頭張望，深恐公爵會進來似的。「我很高興，妳們總算彼此認識了。可惜、可惜，公爵還是身體欠安。」伯爵又說幾句客套話，便站了起來。「如蒙允許，公爵小姐，我要把我的娜塔莎留在您身邊十來分鐘，我要出去一趟，就幾步遠，到狗市廣場找安娜．謝苗諾夫娜，然後回來接她。」

羅斯托夫老伯爵想出這個辦法，是為了讓未來的小姑和大嫂有充分認識的機會（他後來是這麼告訴女兒的），還為了避免和他所害怕的老公爵相遇。這一點他沒有告訴女兒，但是娜塔莎明白父親的恐懼和不安，因而覺得自己蒙受羞辱。她為父親感到羞愧，更為自己臉紅而生氣，索性以挑戰的目光看了公爵小姐一眼，意味著她誰也不怕。公爵小姐對伯爵說她很高興，只是請他在安娜．謝苗諾夫娜住所裡多待一會兒，羅斯托夫老伯爵便離去了。

瑪麗亞公爵小姐想和娜塔莎單獨談談，幾次向布里安娜小姐投以不安的目光，她卻置之不理，一步也沒離開房間，只顧著談莫斯科的娛樂活動和戲劇演出。方才客廳裡發生的那慌亂的一幕，父親的不安和公爵小姐的不自然語調再再令娜塔莎深感屈辱，她覺得，公爵小姐接待她時是假意敷衍。因此她對一切都感到不快。她不喜歡瑪麗亞公爵小姐。她覺得她容貌醜陋、做作又冷漠。娜塔莎突然無精打采，不知不覺以一種漫不經心的語調應對，這語調致使瑪麗亞公爵小姐和她更疏遠了。沉悶而做作的談話進行了五分鐘，這時響起了穿著便鞋快步走來的腳步聲。瑪麗亞公爵小姐頓時面露驚恐，房間的門開了，老公爵戴著白睡帽、穿著睡衣走了進來。

「啊，女人，」他說，「女人，伯爵小姐……是羅斯托夫伯爵小姐，我沒說錯吧……請原諒、請原諒……我不知道啊，女人。真糟糕，我不知道您賞光來到舍下，就這麼一身打扮順便來看女兒了。請原諒……真糟糕，我不知道。」他極不自然地又說了一遍，在「真」這個字眼上加重語氣，而且令人極度反感的是，瑪麗亞公爵小姐垂下眼站在那裡，既不敢看父親，也不敢看娜塔莎。娜塔莎站起來行了禮，也不知如何是好。只有布里安娜小姐愉快地微笑著。

「請原諒！請原諒！真糟糕，我不知道。」老頭嘟囔道，他對娜塔莎從頭到腳打量了一番後，便走了出去。之後，布里安娜小姐率先打破沉默，談起了公爵的健康。娜塔莎和瑪麗亞公爵小姐默默地彼此相覷，完全無法說出她們本來應該說的話，而且時間愈久，彼此就愈沒有好感。

待伯爵回來，娜塔莎不顧禮貌地笑顏逐開，急著要離開：這時她幾乎恨起這個老氣、冷漠的公爵小姐了，她竟然將她置於如此尷尬的境地，而且在她們相處的半個小時裡，一句也不提安德烈公爵。「要知道，在這個法國女人面前，我不可能先談他啊。」娜塔莎想。同時瑪麗亞公爵小姐也基於同樣的理由而苦惱，她知道，她應當對娜塔莎說說話，但她就是做不到，既因為布里安娜小姐在一旁礙事，也因為她自己也不知怎麼，談這門親事於她是那麼難以啟齒。老伯爵正要走出房間的時候，瑪麗亞公爵小姐快步走到娜塔莎面前，握住她的雙手，沉重地嘆息一聲說道：「您等一下，我要……」娜塔莎嘲笑地望著瑪麗亞公爵小姐，自己也不知道有什麼好嘲笑的。

「親愛的娜塔莎，」瑪麗亞公爵小姐說，「您要知道，我很開心哥哥找到幸福……」她住口不說了，因為她感到自己言不由衷。娜塔莎注意到這個停頓，也猜到了停頓的原因。

「公爵小姐，我認為，現在不便談這些。」娜塔莎說，表面上矜持而冷淡，卻感到淚水湧上喉頭。

「我說了些什麼呀，我做了些什麼呀！」她一走出房間便這麼想道。

這天，為了等娜塔莎吃午飯，所有人都等了很久。她坐在房裡像孩子一樣號啕大哭，擤著鼻涕，唏噓不已。索尼婭站在她身旁，親吻著她的頭髮。

「娜塔莎，妳怎麼哭了呢？」她說。「他們和你有什麼關係？一切都會過去的，娜塔莎。」

「不，要是妳知道，這有多麼氣人……好像我……」

「別說了，娜塔莎，妳沒有錯，不要這樣?妳親親我吧。」索尼婭說。

娜塔莎抬起頭，親了親自己閨中好友的嘴唇，淚濕的臉緊貼著她。

「我沒法說，我不知道。誰也沒有錯，」娜塔莎說，「是我錯了。可是這一切太恐怖了。唉，他為什麼還不回來！」

她哭紅著眼，出來吃飯了。瑪麗亞・德米特里耶夫娜知道老公爵是怎麼接待羅斯托夫父女的，假裝沒有注意到娜塔莎心灰意冷的臉色，只顧在餐桌上與老伯爵和其他客人高聲說笑。

八

這天晚上，羅斯托夫父女前去觀賞歌劇，門票是瑪麗亞·德米特里耶夫娜買來的。

娜塔莎不想去，可是又不能拒絕瑪麗亞·德米特里耶夫娜的好意，她這是特意為她安排的。她打扮好，來到大廳等候老伯爵，她照照大鏡子，看到漂亮的自己，而且是非常漂亮，更覺憂傷了，不過這是甜蜜和多情的憂傷。

「我的上帝！要是他在這裡，我就不會像以前那樣了，不會再愚蠢地有所顧忌了，我會煥然一新，大方地擁抱他，緊緊地依偎在他身上，要他用那雙探究的、好奇的眼睛看著我，他過去常常以那好奇的眼神看我，我要他像當時一樣笑容滿面，他的那雙眼睛啊，此刻彷彿就在我的眼前！」娜塔莎想。「他的父親和妹妹和我有什麼關係：我愛的只有他，我愛他、愛他、愛他的那張臉和那雙眼睛，還有他的微笑，那充滿男子氣概又孩子氣的微笑……不，最好不去想他，不想，要忘掉，這個時候就要完全忘掉。我受不了這樣的等待，忍不住要哭了。索尼婭怎麼能夠這麼平心靜氣地愛著尼古拉，耐心地等了那麼久呢！」她望著穿好衣裳、拿著扇子走進來的索尼婭想。「不，她是個完全不一樣的女人。我是做不到的！」

娜塔莎感到自己此時柔情似水、一往情深，能愛和被愛仍心猶不足：她要的是現在、此刻就擁抱心愛的人，彼此情話綿綿，她的心裡正有說不盡的情話呢。當她乘坐馬車，坐在父親身邊，若有所思地望著結滿冰花的車窗外的閃爍街燈時，她覺得自己更為情所困、憂思更甚，也忘了自己身在何處。在長長的一列馬車之中，只聽車輪緩緩地在雪地上吱吱作響，他們的馬車駛近了劇院。娜塔莎和索尼婭提著衣裙急忙跳下馬車；老伯爵也由僕人們攙扶著下車，三人身在入場的男女觀眾和出售節目單的小販之間走向樓下兩側的包廂。一扇扇虛掩的門裡已經傳來音樂聲。

「娜塔莎，妳的頭髮。」索尼婭低聲說。引座員彬彬有禮地疾步趕到小姐們前面，打開包廂的門。音樂聲更響亮了，眼前出現了一排排燈火輝煌的包廂和袒肩露臂的太太小姐，池座裡笑語喧嘩，閃動著男士們光彩熠熠的禮服。正要走進隔壁包廂的女士用女性嫉妒的目光朝娜塔莎打量了一番。幕還沒有升起，樂隊正演奏序曲。娜塔莎整理衣裙，和索尼婭一起走過去坐了下來，望著對面一排排明亮的包廂。幾百隻眼睛都盯著她那裸露的手臂和頸項，這種久已不曾體驗過的感覺令人又愉快又厭煩地驀然向她襲來，勾起了與這種感覺有關的無數回憶、憧憬和激動。

兩位姿色出眾的女人娜塔莎和索尼婭，以及很久沒有在莫斯科露面的羅斯托夫老伯爵吸引了所有人的目光。何況大家都隱約知道，娜塔莎和安德烈公爵已經訂婚，也知道從那時起，羅斯托夫便一直住在鄉下，於是紛紛好奇地望著俄國最佳適婚青年之一的未婚妻。

娜塔莎在鄉下變得更漂亮了，人人都這麼對她說，而這天晚上，她由於心情激動而顯得特別美。她的勃勃朝氣和美貌以及對周圍冷若冰霜的態度，再再令人驚喜萬分。她的一雙黑眼望著人群，無意尋找任何人，裸露到臂肘以上的纖手支在絲絨欄杆上，顯然正不自覺地隨著序曲的節奏時握時鬆，揉著手裡的節目單。

「妳看，那是阿列寧娜，」索尼婭說，「好像是和母親在一起。」

「天啊！米哈伊爾・基里雷奇又胖了！」老伯爵說。

「你們看，我們的德魯別茨基公爵夫人戴著一頂女式高帽！」

「那是卡拉金一家人，和他們在一起的是朱麗和鮑里斯。儼然一對未婚夫妻。」

「鮑里斯向她求婚了！當然，我今天才知道。」申升走進羅斯托夫的包廂說。

娜塔莎順著父親的視線望了過去，看到了朱麗，她通紅的胖脖子上掛著珍珠項鍊（娜塔莎知道，脖子上是撲粉的），一臉幸福地和母親並肩而坐。在她們之後可以看到鮑里斯，他的頭髮梳理得又平整又光潔，微笑著把漂亮的臉龐側耳湊近朱麗的嘴邊。他緊皺眉頭看向羅斯托夫，面帶微笑對未婚妻說著什麼。

「他們在討論我們，討論我和他！」娜塔莎想。「他大概是想平息未婚妻對我的妒意。真是瞎操心！但願他們知道，我和他們中的任何一個都毫無瓜葛。」

德魯別茨基公爵夫人頭戴綠色女式高帽，帶著順從天意的幸福神情坐在後面，他們的包廂籠罩著未婚夫婦的那種氛圍，這是娜塔莎所熟悉和眷戀的。她轉頭不看他們，突然，她在早晨拜訪時所遭遇的所有屈辱一一在心中浮現了。

「他有什麼理由不接納我進入他們的家庭呢？唉，最好不去想，在他回來之前不要想！」她這麼對自己說，並打量起池座裡相識和不相識的人們。在池座前排的正中央，多洛霍夫背對欄杆站著，臂肘支在欄杆上，鬈曲蓬鬆而又濃密的頭髮向上梳起，身穿波斯服裝。他站在劇院最顯眼的地方，很清楚自己會把整個大廳的注意力吸引到身上，自在地站在那裡，就像在自家的房間一樣。莫斯科一些儀表出眾、風度翩翩的年輕人都聚集在他身邊，看來他是其中的佼佼者。

羅斯托夫老伯爵笑著碰一碰臉上泛紅的索尼婭，指著她從前的愛慕者。

「認出他了嗎？」他問。「他是從哪裡冒出來的，」老伯爵轉頭問申升，「他不是銷聲匿跡了嗎？」

「不錯，」申升回答道。「他去了高加索，後來逃跑了，據說在波斯當上一個有領地的大公的大臣，在那裡打死了波斯國王的一個兄弟；嘿，莫斯科的太太小姐們都為他瘋狂了！波斯人多洛霍夫，可了不起了。現在我們這裡句句不離多洛霍夫：用他的名字起誓，請人到他那裡去就像請人赴鱘魚宴一樣珍貴。」申升說。「多洛霍夫和阿納托利．庫拉金讓所有的太太小姐神魂顛倒。」

此時，一位身材修長的漂亮太太走進相鄰的包廂，粗大的辮子、裸露的白皙肩膀和頸項，其上是兩串碩大的珍珠，她在座位上折騰了好久，寬厚的絲綢衣衫簌簌作響。

娜塔莎不由自主地望著那脖子、肩膀、珍珠、髮式，欣賞著肩膀和珍珠之美。當娜塔莎第二次看她時，她回過頭來，目光和羅斯托夫老伯爵相遇，向他點頭微笑。那是別祖霍夫伯爵夫人、皮埃爾的妻子。在上流社會交遊廣闊的羅斯托夫老伯爵向她探過身去說：

「您很早就來莫斯科了吧，伯爵夫人？」他說。「一定到府上去，一定去，親吻您的小手。聽說謝苗諾娃[110]的表演非常精采，」羅斯托夫老伯爵說。「彼得．基里洛維奇伯爵是從來不會忘記我們的。他在這裡嗎？」

「在這裡，他是想來拜訪的。」海倫說，留心地看了娜塔莎一眼。

羅斯托夫老伯爵重又入座。

「她很漂亮吧？」他小聲地對娜塔莎說。

---

110 大概是指尼姆福朵拉．謝苗諾娃（一七八八或一七八七—一八七六），俄國戲劇和歌劇女演員。著名戲劇女演員葉卡捷琳娜．謝苗諾娃（一七八六—一八四九）是她的姊姊。

「好美！」娜塔莎說。「真令人著迷！」這時響起序曲最後幾個和絃，樂隊指揮敲了敲指揮棒。遲到的男人們在池座裡紛紛入座，幕升起來了。

幕一升起，包廂和池座頓時鴉雀無聲，所有男人，不問老少，身穿禮服或燕尾服的，以及裸露肌膚上寶石璀璨的婦女，都聚精會神地注視著舞臺。娜塔莎也開始觀賞演出了。

九

舞臺中央鋪著平整的薄木板，兩旁立著用染色硬紙板製作的樹木，後面的木板上展開一幅巨幅繪畫。舞臺中間坐著幾個身穿紅衫白裙的少女。一名豐腴的少女穿著白色連身裙，獨自坐在低矮的板凳上，板凳後面釘著一塊綠色硬紙板。她們都在歌唱。一曲終了，白衣少女走到前臺提詞者小間附近，一個穿著緊身絲綢長褲、佩戴羽飾和短劍的男子，邁開粗壯的雙腿向她走了過來，開始歌唱並伸展雙臂。

身穿緊身長褲的男子獨唱一曲，然後是她的獨唱。然後兩人靜默著，音樂聲響起，於是男子開始以手指輕輕敲擊白衣少女的手，顯然又是在等候節拍，以便開始和她的男女聲合唱。他們合唱完畢，劇院裡響起全體觀眾的鼓掌聲和喝彩聲。扮演一對戀人的兩位演員在舞臺上微笑著張開雙臂，鞠躬謝幕。

娜塔莎過慣了鄉村生活，加上心情沉重，對她來說舞臺上的這一切是荒誕而離奇的。她無法跟上歌劇的劇情，甚至對音樂聽而不聞：她看到的只是染色的硬板紙和奇裝異服的男男女女，他們在耀眼的燈光下詭異地走動、說話、唱歌。她知道，這一切只是舞臺上的表演，可是這一切是那麼稀奇古怪、虛假、不自然，以致娜塔莎有時為演員感到臉紅，有時又在心裡嘲笑他們。她環顧周圍，想在他們身上發現她心裡的那種嘲笑和困惑；然而所有人盡皆專注在舞臺上的演出，流露出讚賞的神情，不過娜塔莎覺得，這種讚賞是假裝出來的。「也許在劇院裡就應當如此吧！」娜塔莎想。她輪流地時而看看池座裡一排排頭髮光潔的後腦，時而看看包廂裡袒肩露臂的女人們，尤其是鄰座的海倫，她完全褪去外衣，帶著文靜、泰然自若的微笑，目不轉睛地望著舞臺，感受著照亮整座大廳的燦爛燈光和散發著人們體溫的溫暖空氣。娜塔莎漸漸進入了久已不曾有過的陶醉狀態。她不記得她是誰了，不記得身在何處以及眼前所發生的一切。她望著、想著，腦海裡突然閃過一些毫無關聯且極其怪誕的念頭，她時而想跳上欄杆唱出那位女演員剛才唱過的一首詠歎調，時而想用扇子碰一碰坐得離她不遠的小老頭，時而想探過身朝海倫搔癢。

有一次，在舞臺上靜悄悄地等候唱詠歎調時，入口的門吱響了一聲，羅斯托夫的包廂所在的一側池座地毯上響起了一名遲到男子的腳步聲。「這就是他，阿納托利！」申升小聲地說。別祖霍夫伯爵夫人微笑著轉向進來的人。娜塔莎循著別祖霍夫伯爵夫人的視線望過去，看到一位非常英俊的副官，他自信且彬彬有禮地走過他們的包廂。這是阿納托利，她早就在彼得堡的一次舞會上見過他，也還記得他。眼前的他身穿佩戴肩章和肩飾的副官制服。步伐矜持而英武，這麼走路或許會令人發噱，要不是他的容貌俊美，加上他那漂亮的臉蛋總洋溢著和善的得意和快樂。儘管臺上正在演出，他卻從容不迫，馬刺和馬刀輕輕地叮噹作響，他昂著灑了香水的漂亮臉蛋，輕盈地走在過道的傾斜地毯上。他看了娜塔莎一眼，走到妹妹身邊，一隻緊裹著手套的手搭在她包廂的邊上，向她擺頭示意，又俯下身去，指著娜塔莎在打聽什麼。

「她非常可愛啊！」他說，顯然是在講娜塔莎，與其說她是聽見了，不如說她是根據他唇部的動作猜到的。然後他走到第一排，坐在多洛霍夫身旁，友好而漫不經心地用肘部捅了他一下，反觀其他人對待這個多洛霍夫總是那麼曲意逢迎。他愉快地對他眨眨眼，微微一笑，一條腿撐在欄杆上。

「這兩兄妹好像！」老伯爵說。「兩個人都那麼好看。」

申升壓低嗓門對伯爵講述阿納托利在莫斯科的一段私情，娜塔莎正因為他說她可愛而在留神傾聽。

第一幕的演出結束了。池座的觀眾紛紛站了起來，人們熙熙攘攘，出出進進。

鮑里斯來到羅斯托夫的包廂，很自然地接受祝賀，他揚起眉毛，帶著心不在焉的微笑轉告娜塔莎和索尼婭，他的未婚妻邀請她們參加婚禮，隨即離去。娜塔莎帶著愉悅和嫵媚的微笑與他交談，向她曾經愛戀過的鮑里斯表示祝賀。她處於一種陶醉的心情，覺得一切都是簡單而自然的。

衣著袒露的海倫坐在她身旁，對所有人都同樣地微笑著；娜塔莎也對鮑里斯露出那同樣的微笑。

那些最顯赫、最聰明的男士們擠滿海倫的包廂，並從池座一側圍繞著她的包廂，他們似乎爭先恐後地要向所有的人表明，他們是她的相識。

幕間休息時，阿納托利一直和多洛霍夫站在舞臺前沿的欄杆前面，望著羅斯托夫的包廂。娜塔莎知道他在談論她，因而感到高興。她甚至轉一轉身，向他展示她自以為姿態最優美的側面。第二幕開始前，皮埃爾的身影在池座裡出現了，羅斯托夫父女來到莫斯科以後還不曾見過他。他神色憂鬱，比娜塔莎最後一次見到他時更胖了。他誰也不理會，走到前幾排。阿納托利上前對他說著什麼，一面望著羅斯托夫的包廂並指給他看。皮埃爾看到娜塔莎頓時活躍起來，急忙沿著一排排座位朝他們的包廂走了過去，手扶欄杆笑容可掬地和她談了很久。和皮埃爾談話時，娜塔莎聽到，在別祖霍夫伯爵夫人的包廂裡有一個男人的聲音，不知怎麼，她知道那就是阿納托利。她回頭一看，與他的目光相遇。他面帶一絲笑意直視她，他的眼神是那麼喜悅而親切，她不由得感到莫名，她離他那麼近、這麼看著他，也深信自己博得了他的青睞，卻又與他素不相識。

第二幕的舞臺上豎立著表示幾座墓碑的硬紙板，巨幅繪畫上有一個洞，意味著月亮，腳燈的燈罩已經揭起，小號和低音提琴奏起了樂曲的低音部，多名身穿僧侶黑法衣的人們自兩邊走了出來。他們開始揮舞手臂，拿著的似乎是短劍；然後又有一些人跑來，拉著那個本來穿著白色連身裙而如今改穿藍色連身裙的女孩。他們沒有立刻拉走她，而是和她一起唱歌，唱了好久之後才拉走她，這時後臺響起三次敲擊鐵器的聲音，於是人們紛紛跪下朗誦祈禱文。這些情節都一再被觀眾的喝彩聲所打斷。

這一幕演出期間，娜塔莎每每向池座望去，都能看到阿納托利將一隻手臂搭在椅背上，兩眼望著她。她看到他如此為她著迷，不覺感到愉快，根本沒有想到這行為有什麼不道德之處。

第二幕結束，別祖霍夫伯爵夫人站起來，轉身對著羅斯托夫父女的包廂（低胸禮服完全展現），伸出戴著手套的手指招呼老伯爵過去，她對進入她的包廂的其他人一概不予理會，只顧親切地微笑著與他交談。

「您要介紹您那兩位可愛的女兒啊，」她說，「全城都在談論她們了，而我卻還不認識她們。」

娜塔莎站起身來，對光彩照人的伯爵夫人行了屈膝禮。這位雪膚花貌的美人的讚賞使娜塔莎喜不自勝，兩頰緋紅。

「我現在也想當個莫斯科人了，」海倫說。「您怎麼不覺得丟臉啊，把這麼美麗的珍珠埋沒在鄉下！」

別祖霍夫伯爵夫人的魅力名副其實。她擅長說一些言不由衷的話，尤其擅長簡單而自然地恭維他人。

「不，親愛的伯爵，請您允許我來關照您的女兒們吧。不過我在這裡待不了多久。您也一樣。我會盡力讓她們生活得快樂。我在彼得堡就時常聽人談起您了，也很想能認識您。」她帶著她那刻板的嫣然微笑對娜塔莎說。「我的少年侍從鮑里斯對我談過您，對我談起您的，還包括我丈夫的朋友安德烈，安德烈．鮑爾康斯基公爵。」她特別加重語氣說道，以此暗示，她很清楚他和娜塔莎的關係。為了更加彼此結識，她邀請兩位羅斯托夫小姐中的其中一人坐到她的包廂觀看接下來的演出，娜塔莎於是走了過去。

第三幕的舞臺上布置了一座宮殿，宮殿裡點著許多蠟燭、懸掛著幾幅繪畫，畫上描繪的是一些蓄鬍騎士。站在前面的大概是沙皇和皇后。沙皇揮舞起右手，開口唱了起來，也許是由於羞怯吧，演唱得其拙劣，隨後坐在深紅色寶座上。先後穿著白色和藍色連身裙的少女，這時只穿一件襯衣，頭髮披散地站在寶座旁。她對皇后吟唱傷感的歌曲；可是沙皇嚴厲地一揮手，一些赤腳的男人和女人自兩旁走了出來，共同起舞。接著傳來小提琴響亮而歡樂的演奏。一名赤腳粗腿、雙臂瘦削的少女隱入幕後，整理裙上的硬腰帶後，便走到舞臺中央開始跳躍，並用單腳飛快地拍擊另一隻腳。池座的觀眾不住鼓掌叫好。然後，一個男人站到舞臺的一角。樂隊的揚琴和小號演奏得更響亮了，於是這個赤腳男人獨自高高躍起並走著細密的碎步。（這個男人是迪波爾，他憑藉這門技藝獲得六萬銀盧布的年收入。）池座、包廂和樓座的觀眾無不拚命鼓掌喝彩，他停下了，微笑著向各方鞠躬致意。接著是其他一些赤腳男男女女的舞蹈，後來沙皇又在音樂的伴奏聲中叫喊了一聲，於是大家隨之歌唱了起來。未想暴風雨襲來，樂隊奏起半音音階和降七度音和絃，人們又一次拉著一個在場的人一齊跑進幕後，同時幕落。觀眾中再度響起震耳欲聾的喧嚷聲和掌聲，人人欣喜若狂地呼喊著：

「迪波爾！迪波爾！迪波爾！」

娜塔莎已經不覺得怪了。她面帶喜悅的環視周圍。

「迪波爾真令人著迷，是吧？」海倫對她說。

「噢，是的。」娜塔莎回答道。

十

中場休息時，海倫的包廂驀地寒氣襲人，門開了，阿納托利為避免遇到他人，彎腰走了進來。

「請允許我向您介紹我的兄弟。」海倫不安地把目光自娜塔莎身上移向阿納托利說道。娜塔莎轉過迷人的臉龐，越過袒露的肩頭對這名美男子微微一笑。阿納托利在近處也像從遠處看上去一樣好看，他坐到她身旁，說他早就盼著這般境遇了，起因還是納雷什金的舞會，在那次舞會上，他有幸見到她，至今難忘。阿納托利和女性相處時，遠比在男人圈裡更顯聰明而自然。他的談吐大膽、毫不做作，娜塔莎又驚又喜，在這個充滿爭議的人身上，非但沒有任何令人畏懼之處，他的微笑反而極其天真、快樂而又和藹可親。

阿納托利問她對演出的印象如何，又對她說，上一次謝苗諾娃在表演時跌倒了。

「您知道嗎？伯爵小姐，」他說，彷彿像是在對相識已久的老朋友說話似的，「我們即將舉行化妝舞會；您應該參加，會很有趣的。都到阿爾哈羅夫家去。請您也來吧，好嗎？」他說。

說話時，他那笑盈盈的眼睛直瞅著娜塔莎的臉、脖子和裸露的手臂。娜塔莎當然知道，他為她傾倒。她因而雀躍不已，可是不知為什麼，有他在座，她覺得忸怩、燥熱，而且惶恐不安。她不看他的時候，覺得他正盯著她的肩膀，於是不由自主地截住他的目光，寧可讓他看著她的眼睛好些。不過，直視他的眼睛，她駭然驚覺，在他和她之間完全沒有羞怯的屏障。而在她和別的男人之間，她總感覺得到這層屏障。

她也不明白，怎麼只過了五分鐘她就覺得和這個人親近得可怕。當她別開臉，深恐他會從後面握住她裸露的手臂、親吻她的頸窩。他們聊著最一般的話題，她卻覺得，他們是那麼親近，這感覺是她和其他男人從未有過的。她回頭望望海倫和父親，彷彿要問他們，這是怎麼回事；可是海倫正和一名將軍談話，未加理會她的目光，而父親則未有所表示，只是像平常一樣，好像在說：「妳快樂，我也就高興了。」

在難堪的沉默時，阿納托利便睜大眼安靜地注視她，此時，娜塔莎為了打破沉默，問他喜不喜歡莫斯科。娜塔莎話一出口便脹紅了臉。她總是覺得，和他說話是一件不大得體的事。阿納托利微微一笑，猶如鼓勵她。

「一開始我不大喜歡，因為一座城市令人喜歡的會是什麼？是美麗的女性，不是嗎？而現在我非常喜歡這座城市了，」他意味深長地看著她說。「您去參加化妝舞會嗎，伯爵小姐？請務必參加。」他說，又把手伸向她的花束，壓低嗓聲說：「您將是最美的。去吧，親愛的伯爵小姐，就將這束花送給我以做為保證吧。」

娜塔莎不明白他話裡的意思，正如他自己也不明白自己在說什麼，但是她覺得，他的曖昧話語隱含著不可告人的意圖。她不知道回答什麼才好，於是把頭轉開，彷彿沒有聽到他的話似的。不過，她剛別開臉便不住的想，他就在後面，離她很近。

「他現在如何呢？他難為情了？生氣了？要不要挽回一下呢？」她問自己，不禁回頭一望。她對他的看了他一眼，於是他的親近、他的自信、他的和藹可親的微笑征服了她。她也像他那樣微笑，直視他的眼。她再次驚覺，在他和她之間沒有任何距離。

布幕再次升起。阿納托利離開了包廂，平靜而快樂。娜塔莎則回到父親的包廂，她已經完全適應她所處的環境了。她覺得，眼前所發生的一切極其自然；先前那些有關未婚夫、瑪麗亞公爵小姐和鄉下生活的想法一次也沒有出現過，彷彿那一切都發生在很久以前，是久已過去的往事。

第四幕出現一個鬼，他正揮舞著一隻手唱歌，直至腳下的地板被抽掉，他掉下去為止。娜塔莎在第四幕中所見的，便是這些：她陷入一種莫名的激動和苦惱，而激動的根源便是阿納托利，她的眼睛不由自主地追隨他的一舉一動。當他們走出劇院時，阿納托利來到他們身邊，喚來他們的馬車，又協助他們上車。在協助娜塔莎上車時，他握住她的手臂。面色緋紅的娜塔莎激動而幸福地回眸相視。他目光炯炯有神，面帶溫柔的微笑望著她。

只是在回家以後，娜塔莎才清楚地細細回想她所經歷的一切，卻也驀地想起安德烈公爵，她大吃一驚，這時大家在觀劇後正圍坐喝茶，她在茶桌上不禁當著大家的面驚叫一聲「噢」，滿臉脹得通紅，跑出房間。「天啊！我完了！」她對自己說。「我怎麼能讓這種情況發生呢？」她想。她雙手捂住脹紅的臉，坐了很久，竭力想給自己一個明確的答案，她的言行究竟說明了什麼，然而她既無法理解她所經歷的一切，也無法理解自己的感受。她覺得一切都那麼卑劣、曖昧而可怕。那裡，在燈火輝煌的大廳裡，赤腳的迪波爾身穿金屬片閃閃發光的上衣，在音樂的伴奏聲中沿著濕潤的地板跳躍，而那些女孩、老頭們，以及衣著袒露、面帶平靜而高傲微笑的海倫都興高采烈地大聲喝采——在那裡，在這個海倫的陰影裡，這一切都是單純而自然的；而此刻獨處，就更難以理解了。「這是怎麼回事？我對他感到恐懼是怎麼回事呢？此刻我所感到的良心譴責是怎麼回事？」她不住惴想。

只有在老伯爵夫人面前，娜塔莎才能在夜晚躲進被窩裡訴說她的所思所想。至於索尼婭，她知道，以其嚴峻而單純的想法，或許什麼也無法理解，或許會對她的自白大感驚訝。娜塔莎盡力想獨自解決困擾著她的問題。

「對安德烈公爵而言，我已經不值得他愛了？」她問自己，又帶著自我安慰的訕笑回答道：「我真傻，怎麼這麼提問題呢？我怎麼了？沒什麼。我什麼也沒做啊，沒什麼好自責的。誰都不會知道，我也永遠不會再與他見面了。」她這麼對自己說。「所以很清楚，什麼也不曾發生，沒什麼好後悔的，安德烈公爵可以愛我這樣的人。不過，這樣的人是什麼人呢？啊，天啊，天啊！為什麼他不在這裡！」娜塔莎有了片刻的寧靜，可是後來本能又對她說，儘管這都是實情，儘管什麼也不曾發生——本能依舊告訴她，從前她對安德烈公爵的那份純情已不復見。於是她又在的想像中重溫她和阿納托利的對話，想像著這個英俊而有膽識的男子在握著她的手臂時的面容、姿態和溫柔的微笑。

十一

阿納托利住在莫斯科，因為父親將他趕出彼得堡，他在彼得堡一年的生活支出是兩萬多盧布，還欠下同樣數目的債務，債主們一一來向父親討債。

父親向兒子宣布，他最後一次為他償還一半債務；條件是他必須前往莫斯科，就任總司令副官之職，這是父親為他謀得的工作，此外，他必須設法在莫斯科攀一門好親。他為兒子提出的人選是瑪麗亞公爵小姐和朱麗．卡拉金娜。

阿納托利同意了，他來到莫斯科，暫時住在皮埃爾住所。起初皮埃爾不大樂意接納阿納托利，不過後來相處慣了，有時和他一起去飲酒作樂，還給他錢花用，名義上是借給他的。

申升說得很對，阿納托利自從來到莫斯科，便引起莫斯科的夫人小姐們的瘋狂，主要是因為他不把她們放在眼裡，顯然，他寧可要吉卜賽女人和法國女演員，據說他和當紅的法國女演員喬治小姐的關係極其親密。他從不放過在多洛霍夫和莫斯科其他同好住處縱酒狂歡，沒日沒夜地喝，酒量無人能及，還出入上流社會所有晚會和舞會。人們傳言他和莫斯科的太太們的一些緋聞，在舞會上他還向某些太太獻殷勤。但是他不願接近未婚女性，特別是那些富有的、多數容貌醜陋的待嫁閨女，更何況，阿納托利其實兩年前已經結婚了，這件事，除了他一些最親近的朋友之外，沒有人知道。兩年前，他的軍團駐紮在波蘭時，一個家境不大富裕的波蘭地主迫使他娶了他的女兒。

阿納托利很快便拋棄了妻子，約定為岳父寄上一筆錢，以換取以未婚者的身分拋頭露面的權利。

阿納托利對自己的處境、對自己和別人一直很滿意。他本能地、由衷地相信，他不可能有不同於現在的另一種生活，他相信自己在生活中從未做過任何壞事。他既不曾考慮自身行為對他人的影響，也不曾考慮自身行為會帶來什麼後果。他相信，正如鴨子被創造出來，注定要在水中生活，他被上帝創造出來，同樣注定在生活中要有三萬盧布的年收入，並且在社會上占有極高地位。他是那麼相信這一點，以致別人看到他時，也就深信不疑，從不拒絕讓他在上流社會占有極高地位，也不拒絕給他金錢，他逢人便借錢，顯然是不打算償還的。

他不是賭徒，至少從來不想贏錢，甚至不為輸錢感到惋惜。他沒有虛榮心。別人對他有什麼看法，他完全無所謂。人們更無法指責他追求功名利祿。他有幾次為了激怒父親而故意毀了自己的前程，並嘲笑所有的榮譽頭銜。他不吝嗇，對誰都有求必應。他只有一個愛好——尋歡作樂、找女人；在他看來，這種愛好沒有任何不高尚之處，他不曾考慮，他的愛好得到滿足會對他人造成什麼後果，因此他由衷認為自己是無可挑剔的好人，真心鄙視痞子和壞人，自傲且問心無愧。

以酗酒打發時間的酒鬼們，如同男性的抹大拉的馬利亞[111]，其內心有一種自以為無罪的感覺，這種感覺和抹大拉的馬利亞一樣，是以指望獲得赦免為基礎。「她的許多罪都赦免了，因為她的愛多；他的許多罪也都赦免了，因為他的歡樂多。」[112]

111 抹大拉的馬利亞是《聖經》中的人物，是個生活荒淫的女人，「曾有七個鬼從她身上趕出來」（《新約．路加福音》第八章第二節），於是她改惡從善，成為耶穌的忠實信徒。

112 前一句引自《新約．路加福音》第七章第四十七節，後一句是仿照前一句杜撰的。

至於多洛霍夫，在流亡和波斯奇遇之後，那一年又出現在莫斯科，過著豪賭和酗酒的奢侈生活，與彼得堡的老友阿納托利過從甚密，並利用他來達到自己的目的。

阿納托利真心喜歡聰明剽悍的多洛霍夫；而多洛霍夫需要阿納托利的名望、貴族身分和上層關係，以便招引富家子弟參加自己的賭局，而又不讓他察覺這一點，他利用阿納托利，且不時找他消愁解悶。除了這意圖之外，支配他人意志的過程更是多洛霍夫的樂趣、習慣和不可或缺的需要。

娜塔莎讓阿納托利留下深刻的印象。他觀賞歌劇後，在晚餐桌上以專業的口吻對多洛霍夫大談她的手臂、肩膀、雙腿和頭髮的美，並宣稱他決心追求她。至於追求她會引起什麼後果，阿納托利不會多加考慮，因而也不會知道，正如他從來都不知道，他的所有行為會有什麼後果。

「她非常漂亮，老弟，卻不是為我們而生的。」多洛霍夫對他說。

「我要告訴姊姊，以她的名義邀請她來共進午餐，」阿納托利說。「如何？」

「你最好等她結婚以後……」

「你要知道，」阿納托利說，「我最愛小女孩，她立刻會激動得暈頭轉向。」

「你為了小女孩，已經惹過一次麻煩了。」多洛霍夫說，他知道阿納托利結婚的事。「謹慎點吧。」

「怎麼，兩次就不行嗎？」阿納托利直爽笑道。

十二

觀賞歌劇的第二天，羅斯托夫父女哪裡也沒去，也沒有人來探訪他們。瑪麗亞・德米特里耶夫娜瞞著娜塔莎，和她父親商量著什麼。娜塔莎猜想，他們是在談論老公爵並商討辦法，這令她感到不安和屈辱。她時刻都在等待安德烈公爵。這一天，她兩次派看家護院的僕人前往弗茲德維任卡，打聽是他是否回來了。他還沒有回來。對他返家的急切期盼和淡淡的哀愁，以及與瑪麗亞公爵小姐和老公爵見面所留下的不愉快回憶，還有她不知緣由的恐懼和不安紛紛湧上心頭。她總覺得，他永遠不會來了，或者在他抵達之前，她會出什麼事。她不能像過去一樣，獨自安心且深情地思念他了。只要想到他，便會勾起對老公爵、對瑪麗亞公爵小姐的回憶，也會回憶起昨天的歌劇演出，並想起阿納托利。她同時得面對新的問題，她是否犯錯了呢，她對安德烈公爵的忠誠是否已遭到破壞，於是她再次發現自己正仔仔細細地回憶他的每句話、每個手勢和臉上表情的細微變化，他會激起她內心那種難以理解的驚慌失措。在家人看來，娜塔莎比平時更為活躍，其實她遠不像過去那般平靜和幸福。

星期天早上，瑪麗亞・德米特里耶夫娜請客人們到位於莫吉利齊的聖母升天教區做午前祈禱。

「我不喜歡那些時髦的教堂，」她說，顯然為了自己的自由思想頗為自豪。「不論在哪裡，上帝只有一個。我們的神父非常出色，履行宗教儀式相當得體且崇高。難道唱詩班像在音樂會上那樣演唱，還談得上神聖嗎？我不喜歡，簡直是兒戲！」

瑪麗亞・德米特里耶夫娜喜歡星期日，每逢這一天，她便會營造節日的氣氛。整座宅邸在星期六便打掃得乾乾淨淨；一到星期日，僕人和她都不工作，所有人都是節日打扮，而且一起參加午前祈禱。主人的餐桌上增添了美味佳肴，賞給僕人們的有酒、烤鵝或烤乳豬。不過，彰顯節日氣氛最明顯的，不若瑪麗亞・德米特里耶夫娜寬寬的嚴肅臉上陣日保持著莊重的神情。

午前祈禱後喝了咖啡，這時，在揭去所有布套的客廳裡，僕人向瑪麗亞・德米特里耶夫娜稟報，馬車準備好了，於是她神情嚴肅、披上出門訪客時才穿戴的考究披肩，站起來宣布，她要去見尼古拉・安德烈伊奇・鮑爾康斯基公爵，和他好好討論娜塔莎的婚事。

瑪麗亞・德米特里耶夫娜離開後，沙爾瑪太太的女時裝師來找羅斯托夫，於是娜塔莎在客廳的隔壁房間裡關上門，慶幸能消愁解悶，於是開始試穿新衣。她穿上用大頭針繚起、尚未縫上衣袖的女裝，接著轉頭照鏡子，確認背部是否合身。此時，她聽到父親和一個女人在客廳裡的熱絡交談聲，她的聲音使娜塔莎臉紅了。那是海倫。娜塔莎還來不及脫下試穿的衣裳，門已經開了，別祖霍夫伯爵夫人走了進來，身穿深紫色的高領絲絨連身裙，和藹而親切地對她微笑。

「啊，我迷人的女孩！」她對面色緋紅的娜塔莎說。「可愛極了！不，這太不像話，我親愛的伯爵。」她對跟進來的老伯爵說。「住在莫斯科怎麼能哪裡也不去呢？不，我是不會放過你們的！今晚喬治小姐在我的住處朗誦，還有一些人前來聚會；要是您不把比喬治小姐還美的兩個孩子帶來，我就不理您了。我丈夫不在家，他到特維爾去了，不然我就讓他來邀請你們。一定要來啊，來吧，八點多鐘。」她朝相識的女時裝師點了點頭，後者向她恭敬地行了屈膝禮。她在鏡子旁的扶手椅上坐下，姿態優美地鋪開絲絨連身裙上的衣褶。她不停地閒聊，態度和藹又親切，對娜塔莎的美貌讚不絕口。她仔細地看了看她的連身裙，讚歎不已，她也很欣賞自己的金屬絲薄羅紗連身裙，這是從巴黎買來的，她還勸娜塔莎也訂製一件。

「不過您穿什麼都好看，我可愛的女孩。」她說。

娜塔莎始終面露喜悅的微笑。受到眼前這位可愛的別祖霍夫伯爵夫人的稱讚，她感到榮幸且神采煥發。她以前總覺得這是一位高不可攀的莊重夫人，如今卻感受到這位夫人是那麼友善。娜塔莎不住高興了起來，她覺得自己幾乎愛上眼前這如此美麗又和藹可親的女人。海倫也真誠地欣賞娜塔莎，希望她愉快。阿納托利央求過她，讓他能和娜塔莎見面，她是為了這件事才到這裡來的。安排阿納托利和娜塔莎見面的想法令她覺得很有趣。

儘管她曾因為娜塔莎奪走鮑里斯而痛恨過她，現在卻毫不介意，她真心地希望娜塔莎一切都好。離開羅斯托夫暫時的居所時，她喚來自己所庇護的人。

「昨天我兄弟來我的住處用餐，我們無不嘲笑他，因為他什麼也不吃，為了您，我可愛的女孩，他不斷唉聲嘆氣。他神魂顛倒，真的是神魂顛倒地愛上您了，我親愛的。」

娜塔莎聽到這些話，臉脹得通紅。

「她臉紅了，她臉紅了，我可愛的女孩！」海倫說道。「您一定要來。即使您心有所屬，我可愛的女孩，這也不是您把自己封閉起來的理由。即使您已是未婚妻的身分，我相信，您的未婚夫也會希望您在上流社會走動，不要一直那麼苦悶。」

「可見，她知道我已訂婚，可見，她和自己的丈夫皮埃爾，和那個為人正直的皮埃爾，」娜塔莎想，「談論過、取笑過這件事，可見，這沒有什麼大不了的。」於是在海倫的說服下，原本覺得害怕的事突然變得簡單而自然。「而且她是一位如此莊重的夫人，她如此和藹可親，看起來是真心喜歡我，」娜塔莎想。「為什麼不可以出門散散心呢？」娜塔莎想，一雙驚訝的、睜得大大的眼睛望著海倫。

午飯前，瑪麗亞．德米特里耶夫娜回來了，她默默不語、愁眉不展，顯然在老公爵那裡遭到挫折。她由於發生了衝突，心情仍顯得十分激動，無法平靜地說明情況。她對伯爵的問題一逕回答說，一切都好，明天再詳談。她聽說別祖霍夫伯爵夫人來過，還邀請他們參加晚會，瑪麗亞．德米特里耶夫娜說：

「我不喜歡和別祖霍夫來往，也勸你們不要和她來往。不過，既然妳已經答應了，那就去吧，散散心也好。」她又對娜塔莎補上一句。

十三

羅斯托夫老伯爵帶著兩個女孩前去拜訪別祖霍夫伯爵夫人。晚會上的人相當多。但那些人，娜塔莎幾乎都不認識。羅斯托夫老伯爵不滿地發現，這些人大多是以行為不檢而聞名的男男女女。喬治小姐被年輕人圍繞著站在客廳的一角。有幾個法國人，其中包括梅蒂維埃，自從海倫來到這裡，他便成了她住所的常客。羅斯托夫老伯爵決定不打牌，要片刻不離地跟在兩個女兒身邊，待喬治的表演一結束便離開。

阿納托利顯然是在門口等待羅斯托夫父女的到來。他向伯爵問好後，便立刻走近娜塔莎，跟在她後方。娜塔莎一看到他，便如同在劇院一樣，由於為他所喜歡而滿是虛榮心得到滿足的得意，又因為在她和他之間沒有道德屏障而滿懷恐懼。

海倫開心地迎接娜塔莎，對她的美貌和衣著打扮大為讚歎。他們抵達後不久，喬治小姐離開房間去化妝了。大廳裡人們擺開椅子，紛紛就座。阿納托利為娜塔莎移近椅子，自己想坐在近旁，卻目不轉睛地看著老伯爵在她身邊坐下了。阿納托利只好坐到後面。

喬治小姐赤裸著有幾個肉窩的粗壯手臂，一側肩頭披著紅色披巾，來到在扶手椅之間為她保留的一處場地，擺出矯揉造作的姿勢站好。

喬治小姐神情嚴峻且陰沉地掃視聽眾，開始朗誦法語詩歌，詩中講述著她對兒子的罪惡愛情。她有時提高嗓音，有時激動地昂頭低聲細語，有時停頓下來，睜眼發出嘶啞的聲音。

「感人至深，太神奇了，妙不可言！」處處響起讚歎聲。

娜塔莎望著肥胖的喬治，卻對她眼前所發生的一切聽而不聞、視而不見，一片茫然；她只覺得自己又完全地、無可挽回地置身於遠離過去的那個奇怪的、瘋狂的世界，在這個世界裡，她分不清什麼是美、什麼是醜、什麼是理智、什麼是瘋狂。她後面坐著阿納托利，她感覺到他的親近，等待著會發生什麼事。

在第一段獨白之後，所有人站了起來圍繞在喬治小姐身邊，向她表示自己的無限欣喜。

「她多麼美呀！」娜塔莎對父親說，父親和別人一起站了起來，穿過人群朝女演員走去。

「看著您，我就覺得她並不美，」阿納托利注視著娜塔莎說道。他是在只有她才能聽得見的時候這麼說的。「您美極了……從我看到您的那一刻起，我就不斷地……」

「我們到那邊去、到那邊去，娜塔莎，」老伯爵說，他是回來喊女兒的。「她好美呀！」

娜塔莎什麼也沒說，她走到父親面前，疑問和驚訝的看著他。

喬治小姐在朗誦幾次之後便離開了，別祖霍夫伯爵夫人請所有人到大廳去。

伯爵想告辭，海倫懇求他不要破壞她即興安排的舞會。羅斯托夫父女留了下來。阿納托利邀請娜塔莎跳華爾滋，跳舞時他緊緊摟著她的腰、握著她的手對她說，她非常有魅力，他愛她。在她和他又跳蘇格蘭舞的時候，當他們單獨在一起時，阿納托利對她一言不發，只是看著她。娜塔莎不禁懷疑，在跳華爾滋時他對她所說的那些話是不是夢裡的幻覺。第一支舞步快結束了，他又輕揉她的手。娜塔莎抬起吃驚的雙眼，可是他那親切的目光和微笑是那麼自信而溫柔，她看著他，本想對他說的話竟說不出口了。她垂下了眼睛。

「不要對我談這種事，我已經訂婚了，愛著另一個人。」她說得很快……她看了他一眼，阿納托利聽了她的話並未窘困，也沒有生氣。

「您不要對我說這些。這與我有什麼關係？」他說。「我說的是，我發瘋似的、發瘋似的愛上您。您令人傾倒，難道是我的錯？……我們絕不能放棄。」

娜塔莎既興奮又忐忑，圓睜著驚慌的眼睛看著四周，顯得異乎尋常地快樂。這天晚上所發生的事，她幾乎什麼也不記得了。他們跳著蘇格蘭舞和古老的德國舞，父親喚她回去，她要求留下來。不論她在哪裡，不論在和誰談話，她都感覺到他向她投來的目光。後來她還記得，她請父親允許她到更衣室去整理一下衣裙，海倫跟著她出來了，笑呵呵地對她說到她兄長的戀情，在狹小的休息室裡，她又遇到阿納托利，海倫不知到哪裡去了，只留下他們兩人，於是阿納托利握著她的手柔聲說道：

「我不能到府上去看您，難道我們就永遠不見面了？我發瘋似的愛您。難道就永遠？……」於是他攔著她的去路，把自己的臉湊近她的臉。

他那男性的閃亮大眼離她那麼近，她什麼也看不見了，只看見這雙眼睛。

「娜塔莎！」他疑問地悄聲細語，她的手被握得生疼。「娜塔莎！」

「我什麼也不明白，我無話可說。」她的眼神彷彿在說。

炙熱的嘴唇緊緊地貼上她的嘴唇，就在這一瞬間，她又覺得自己沒有任何約束了，這時在房間裡聽到了海倫的腳步聲和衣裙的窸窣聲。她回頭朝海倫看了一眼，然後，臉色緋紅、微微顫慄，抬頭驚疑地望了望他，便向門口走去。

「一句話，就一句話，求求您了。」阿納托利說。

她止住了腳步。她多麼需要他說出那句話啊，那句話足以向她解釋剛才的舉動，而她也就可以對那句話有所回應了。

「娜塔莎，一句話，就一句。」他反覆地說，看來不知該說什麼，他反反覆覆地說，直到海倫來到他們面前。

海倫和娜塔莎又回到客廳。羅斯托夫未留下來吃晚飯便離開了。

一回家，娜塔莎一夜未能闔眼；她愛誰，這個難以解決的問題折磨著她：她愛的是阿納托利或是安德烈公爵？她愛安德烈公爵——她記憶猶新，她對他的愛是多麼熱烈。不過，她也愛阿納托利，這是毫無疑問的。「不愛的話，這一切會發生嗎？」她想。「既然我和他分別時能以微笑回應他的微笑，既然我能做到這一步，那就意味著我對他是一見鍾情，意味著他善良、高尚且英俊瀟灑，教人無法不鍾情於他。我愛他，又愛另一個人，我該怎麼辦？」她自言自語，對這些煩惱的問題苦尋不到答案。

十四

迎來了忙碌的早晨。所有人都起床了，人們在活動、在說話，女時裝師再次上門，瑪麗亞・德米特里耶夫娜又出來了，有人在招呼喝茶。娜塔莎睜大眼，似乎想截住每個向她投來的目光，忐忑不安地打量所有人，竭力想表現得一如往常。

早餐後，瑪麗亞・德米特里耶夫娜（這是她一天中最美好的時光）在扶手椅上坐下，喚來老伯爵和娜塔莎。

「哎，我的朋友們，我衡量過各方面的情況，現在就談談我給你們的建議。」她開始說道。「昨天，你們知道，我去見過尼古拉老公爵，哼，我和他談了談……他居然和我吵了起來。任何人都別想吵得過我！我對他毫不客氣，直言不諱！」

「他說什麼了？」老伯爵問道。

「他呀，說什麼？乖戾任性的傢伙……他連聽也不願聽；哼，還有什麼好說的，我們已經讓可憐的女孩受夠了折磨。」瑪麗亞・德米特里耶夫娜說。「我給你們的建議是，正事辦完就回家，回到快樂莊園去……就在那裡等著……」

「噢，不！」娜塔莎大聲叫道。

「不，回去，」瑪麗亞・德米特里耶夫娜說。「就在那裡等著。要是未婚夫現在來到這裡，免不了會有一番爭吵，讓他單獨和老頭把一切談妥，然後再來找你們。」

老伯爵贊同這個主意，他立刻就明白了這個主意很有道理。如果老頭態度軟化了，那最好，以後再到莫斯科或童山去見他；否則違背他的意願結婚，就只能在快樂莊園舉行婚禮。

「這樣最好。」他說。「我真後悔到他那裡去了一趟，還帶著她。」老伯爵說。

「不，後悔什麼呢？既然來了，總不能不去拜會。嘿，他不願見面，那也是他的事。」瑪麗亞·德米特里耶夫娜說，一邊在手提包裡尋找什麼。「嫁妝也準備好了，你們還等什麼呢，要是還缺什麼，我會派人送過去給你們。儘管我捨不得，你們最好還是動身回去吧。」她在手提包裡找到她要找的，便遞給娜塔莎。「這是瑪麗亞公爵小姐的信——寫給妳的。她多麼痛苦啊，可憐的女孩！她擔心妳會覺得她不喜歡妳。」

「可是她就是不喜歡我。」娜塔莎說。

「別瞎說。」瑪麗亞·德米特里耶夫娜回道。

「任何話我都不信：我知道她不喜歡我。」娜塔莎勇敢地說道，她拿起信，臉上流露出冷冷的惱怒及決斷，瑪麗亞·德米特里耶夫娜因而多看了她一眼，皺起了眉頭。

「妳，我的大小姐，不要這樣回答我，」她說。「我說的都是實話。妳寫封回信給她吧。」

娜塔莎沒有搭理，回房間讀瑪麗亞公爵小姐的信了。

瑪麗亞公爵小姐在信中寫道，她因為在她們之間產生了誤解而陷於絕望。不論父親的心情如何，瑪麗亞公爵小姐寫道，她請求娜塔莎相信，她不可能不愛她，因為她是哥哥的意中人，為了他的幸福她願意犧牲一切。

「不過，」她寫道，「您不要以為，我的父親對您反感。他年老多病，應當體諒他；他其實善良、大度，一定會喜歡為他的兒子帶來幸福的女孩。」接著她請娜塔莎指定時間，她想和她再次見面。

讀完信，娜塔莎坐到書桌前回信。「親愛的公爵小姐！」她迅速而無感地寫到這裡便停了下來。在昨天所發生的一切之後，她還能寫些什麼呢？「是的，是的，這一切都發生過了，現在的情況已經完全不同。應當拒絕他？真的應當嗎？這太可怕了！」為了擺脫這些令人煩惱的想法，她到索尼婭身邊去了，和她一起挑選衣服的樣式。

午餐後，娜塔莎回到房間，再次拿起瑪麗亞公爵小姐的信。「難道一切都已經結束？」她想。「難道這一切發生的這麼快，並毀掉過往的一切？」娜塔莎一如以往，滿懷激情地回憶自己對安德烈公爵的戀情，同時感覺到自己愛著阿納托利。她生動地想像自己是安德烈公爵的妻子，想像著在自己的心裡憧憬了多少回和他共同生活的幸福畫面，同時也激情的想像著昨天和阿納托利相見的細節。

「為什麼這種情況不能並存呢？」她有時如此胡思亂想。「唯有如此，我才能獲得完整的幸福，然而現在，我不得不做出選擇，而兩人當中少一個我就不可能幸福。」她想，「把發生的實情告訴安德烈公爵或瞞著他，也都行不通。而和這一個的關係是沒有任何缺憾的。可是難道要永遠告別和安德烈公爵相愛的幸福嗎？他正是我曾在漫長的時日裡魂牽夢縈的人啊。」

「小姐，」女僕走進房間，神祕地悄聲說。「有個人吩咐我轉交。」女僕遞來一封信。「小姐，求您不要說……」女僕又說，娜塔莎不假思索，無感地拆開信封，這是阿納托利的情書。信裡的話她一個字也看不懂，她只明白一點，這封信是她所愛的那個人寫的。「是的，她是愛他的，否則，難道會發生那些情況嗎？難道她的手裡會拿著他的情書？」

娜塔莎捧著這封多洛霍夫為阿納托利代擬的激情情書，她讀著信，在其中找到的，似乎是她自己感受到某些回聲。

「昨晚起，我的命運便已決定：為您所愛或死去。我別無選擇。」信是這麼開頭的。他接著說，他知道她的家庭絕不會把她嫁給他，這是有不可明說的原因的，他往後只能對她一人如實相告，不過，倘若她愛他，只要她說一聲是，世界上就沒有任何力量能夠阻止他們的幸福。愛情將戰勝一切。他要祕密地帶她走，把她帶往天涯海角。

「是的，是的，我愛他！」娜塔莎想，她把信反覆看了二十遍，在每句話裡探索著某種特別深刻的涵義。

這天晚上，瑪麗亞·德米特里耶夫娜要到阿爾哈羅夫家裡去，要兩位小姐和她同行。娜塔莎藉口頭痛留在家裡。

十五

索尼婭很晚才回來，她走進娜塔莎的房間，驚訝於她在沙發上和衣而臥。在她身邊的桌上放著拆開的阿納托利的來信。索尼婭拿起信讀了起來。

她讀信的過程中，不時地望望熟睡中的娜塔莎，想在她的臉上找到她對信件內容的辯白，只是沒有找到。她的臉上是平靜、溫順而幸福的表情。索尼婭捧著胸口，感到窒息，由於恐懼和焦急而面色慘白、渾身戰慄，她在扶手椅上坐下來淚流滿面。

「我怎麼一點也沒有看出來？怎麼到了這個地步？難道她不愛安德烈公爵了？她怎麼能讓阿納托利這麼胡來呢？他是個騙子和惡棍，這是無可置疑的。尼古拉，親愛的、高尚的尼古拉知道了會有何反應啊？難怪她的神色那麼激動、堅決而反常，前天、昨天、今天都是這樣。」索尼婭想。「但是她不可能愛他啊！也許，她不知道這是誰的信，所以才拆開來看。也許，她感到受了侮辱吧。她不可能做出這種事來！」

索尼婭擦乾眼淚，走到娜塔莎面前，又端詳著她的臉。

「娜塔莎！」她悄聲喊道。

娜塔莎醒了，看到了索尼婭。

「啊，回來啦？」

於是她像醒來時常有的那樣，帶著堅決和溫柔的神情擁抱好友。不過，發覺索尼婭惶恐不安的臉色後，娜塔莎流露出不安和懷疑。

「索尼婭，妳讀過信了？」她說。

「是的。」索尼婭輕輕地說道。

娜塔莎微微一笑。

「不，索尼婭，我按捺不住了！」娜塔莎說。「我不能再瞞著妳了。妳知道嗎？我們相愛了！……索尼婭，親愛的，他在信中說……索尼婭……」

索尼婭似乎不相信自己所聽到的，睜大眼瞅著娜塔莎。

「不過，娜塔莎，難道那件事徹底結束了？」

「噢，索尼婭，噢，要是妳能知道，我是多麼幸福啊！」娜塔莎說。「妳不知道什麼是愛情……」

「那麼安德烈呢？」她說。

娜塔莎睜著坦然的大眼望著索尼婭，似乎不明白她的問題。

「怎麼，妳要放棄安德烈公爵？」索尼婭說。

「啊，妳什麼也不懂，別說傻話了，妳聽著。」娜塔莎氣憤地說道。

「不，這是我無法相信的，」索尼婭又說道。「我不懂。妳怎麼愛一個人愛了整整一年，卻突然……要知道，妳只見過他三次啊。娜塔莎，我不相信妳的話，妳是在開玩笑。三天裡把一切都忘了，而且還那麼……」

「三天，」娜塔莎說。「我覺得，我愛他一百年了。我覺得，在他之前我從來沒有愛過任何人。而且我從來沒有像愛他那樣愛過別人。妳是不會明白的。索尼婭，等一下，坐到這裡來吧。」娜塔莎摟著她吻了一下。「我聽說，這種情形是有的，妳大概也聽說過，可是我至今才體驗到這樣的愛情。這和過去是截然不同的。我一見到他，就覺得他是我的主人，而我是他的奴，我不能不愛他。是的，奴！他吩咐我做什麼，我就做什麼。妳是不會明白的。我怎麼辦呢？我該怎麼辦呢，索尼婭？」娜塔莎面帶幸福和驚恐的神情說。

「不過妳想一想吧，妳這是在做什麼，」索尼婭說，「這件事我不能不管。這些祕密書信……妳怎麼能讓他這麼胡來？」她恐懼而厭惡地說道，竭力掩飾厭惡的心情。

「我對妳說過了，」娜塔莎回答道，「我已經沒有自己的意志了，妳怎麼就不明白呢：我愛他呀！」

「那我是不能放任的，我要說出去。」索尼婭叫道，眼淚奪眶而出。

「妳說什麼，千萬不要……要是妳說出去，妳就是我的仇敵。妳是希望我不幸，妳是想拆散我們……」

看到娜塔莎這般恐懼，索尼婭禁不住哭了起來，她是為朋友感到羞恥、惋惜而流淚。

「可是你們之間發生了什麼呢？」她問。「他對妳說了什麼？為什麼他不到這裡來？」

娜塔莎沒有回答她的問題。

「我求妳，索尼婭，不要對任何人說，不要折磨我，」娜塔莎懇求道。「妳要記住，這種事旁人是不能介入的。我對妳坦白了……」

「可是為什麼要這麼神祕呢？為什麼他不到這裡來？」索尼婭問道。「為什麼他不乾脆來向妳求婚？既然如此，妳要知道，安德烈公爵給了妳完全的自由；不過我是不相信這個人的。娜塔莎，妳是否想過，會有什麼不可明說的原因呢？」

娜塔莎驚恐地望著索尼婭。看來，她還是第一次想到這個問題，她不知道該怎麼回答。

「是什麼原因，我不知道。不過，既然他說了，一定是有原因的！」

索尼婭長嘆一聲，不信任地搖了搖頭。

「倘若有原因……」她開始說道。但是娜塔莎猜到她在懷疑什麼，便驚慌地打斷了她的話。

「索尼婭，不可以懷疑他，不可以，不可以，妳明白嗎？」她高聲叫道。

「他愛妳嗎？」

「愛嗎？」娜塔莎重複道，她惋惜好友缺乏悟性而微微一笑。「妳不是看了信、見過他嗎？」

「不過，萬一他不是個正派的人呢？」

「他——不是個正派的人？但願妳能了解他啊！」

「如果他為人正派，那麼他就應該或者宣布自己的想法，或者不再和妳見面；要是妳不願這麼做，那就由我代勞，我來寫信給他，並且告訴爸爸。」索尼婭堅決地說道。

「可是我離開他就活不了！」娜塔莎嚷了起來。

「娜塔莎，我真不懂妳。妳在說什麼啊！妳想想父親、想想尼古拉吧。」

「我誰也不要，我誰也不愛，除了他。你怎麼敢說他不正派？難道妳不知道我愛他嗎？」娜塔莎叫道。「索尼婭，妳走吧，我不想和妳吵架，妳走吧，看在上帝分上，妳走吧：妳看我有多痛苦。」娜塔莎以矜持的惱怒以及絕望的口吻憤恨叫道，索尼婭放聲大哭，跑出了房間。

娜塔莎走到桌前，不假思索地寫好寄給瑪麗亞公爵小姐的信，這封信她琢磨了一早上也沒寫成。在這封信裡，她簡短地對瑪麗亞公爵小姐說，她們之間的一切誤會均已結束；安德烈公爵臨行時給了她自由，她憑藉他的好意請求她忘卻一切並原諒她，倘若她在她面前有什麼過錯的話。但無論如何，她是不會成為他的妻子的。這時她覺得，她說出這一切是那麼輕鬆、簡單且明確。

星期五，羅斯托夫該回鄉下，而老伯爵在星期三和一位買主前往莫斯科近郊的莊園去了。在伯爵離開的那一天，索尼婭和娜塔莎受邀前往阿納托利住所，為了參加一個大型宴會，這是瑪麗亞·德米特里耶夫娜帶她們去的。在這次宴會上，娜塔莎再次遇到阿納托利，索尼婭發覺，娜塔莎悄悄地和阿納托利談話，唯恐被別人聽見，而且在宴會上，她比往常更為興奮。她們回家以後，娜塔莎向索尼婭坦白自己所期待的事。

「妳呀，索尼婭，講了有關他的種種傻話。」娜塔莎開始說道，那溫順的語氣就像孩子想得到稱讚似的。「今天我和他說清楚了。」

「嗯，那好，怎麼呢？他是怎麼說的？娜塔莎，我好高興，妳不生我的氣了。告訴我實情吧。他是怎麼說的？」

娜塔莎沉吟了起來。

「噢，索尼婭，要是妳能像我一樣了解他就好了！他說……他問我，我和安德烈是怎麼約定的。他非常高興，是否解除婚約取決於我。」

索尼婭憂傷地嘆息了一聲。

「但是妳還沒有和安德烈解除婚約吧？」她說。

「也許我已經解除婚約了呢！也許和安德烈已經徹底結束了。為什麼妳把我想得那麼槽呢？」

「我什麼也沒想，我只是不明白，這個人……」

「等等，索尼婭，妳會全明白的。妳會看到他是什麼樣的人。妳不要對我和他有負面的想法。」

「我對任何人都沒有負面的想法：我愛所有的人、憐惜所有的人。可是我該怎麼辦呢？」

索尼婭並未表現出娜塔莎的那種溫柔語氣以及妥協。娜塔莎臉上的表情愈柔和、愈試圖討好，索尼婭的臉色就愈沉重、愈嚴肅。

「娜塔莎，」她說，「妳要求我不要和妳說話，我就不說了，現在是妳提起的。娜塔莎，我不相信他。為什麼要這麼神祕呢？」

「又來了，又來了！」娜塔莎打斷她的話。

「娜塔莎，我為妳感到害怕。」

「害怕什麼呢？」

「害怕妳會毀了自己。」索尼婭堅決地說道，自己也驚訝於就這麼脫口而出。

娜塔莎再次露出憤恨的臉色。

「我就是要毀掉、要毀掉、盡快地毀掉我自己。和妳沒有關係。遭殃的是我，不是妳。妳離開吧，離開我吧。我恨妳！」

「娜塔莎！」索尼婭大聲地呼喊道。

「我恨妳，我恨妳！從此妳永遠是我的敵人！」

娜塔莎跑出了房間。

娜塔莎再也不和索尼婭說話了，總是迴避她。她帶著犯罪感的神情忐忑不安地在幾個房間裡來回，時而處理這個，時而處理那個，卻又立刻拋下。

儘管索尼婭的心情沉重，她依舊緊盯著好友的一舉一動。

在老伯爵預計回來的前一天，索尼婭發覺，娜塔莎整個早上都坐在客廳窗前，似乎在等待什麼，她甚至發現，娜塔莎發了個暗號給一名騎馬路過的軍人，她覺得那個軍人似乎是阿納托利。

索尼婭更是留心觀察好友，她發覺，娜塔莎在午餐時和晚上一直表現得極其反常（她回答問題時文不對題，說話有頭無尾，對每個人喜笑顏開）。

喝茶後，索尼婭看見一個女僕畏縮地在娜塔莎的門口等她。索尼婭讓她進去了，便在門外偷聽，得知又送來一封信。

索尼婭頓時恍然大悟，娜塔莎今晚有個駭人的計畫。索尼婭敲敲她的門。娜塔莎不讓她進去。

「她要跟他私奔！」索尼婭想。「她什麼事都做得出來。今天她的臉上有一種特別可憐又堅決的表情。她和表叔分別時哭過。」索尼婭回憶著。「是的，她一定要和他私奔，我該怎麼辦呢？」索尼婭想，她如今想起一些跡象，清楚說明，娜塔莎有一個可怕的企圖。「伯爵不在。我怎麼辦呢？寫信給阿納托利，要求他做出解釋？可是誰能保證他會回信呢？寫信給皮埃爾？安德烈公爵曾請她在遭遇不幸的時候寫信告訴皮埃爾……不過，她也許真的已經解除和鮑爾康斯基的婚約吧（昨天她曾寄了一封信給瑪麗亞公爵小姐）。可惜表叔不在！」告訴那麼信任娜塔莎的瑪麗亞．德米特里耶夫娜，索尼亞想也不敢想。

「無論如何，」索尼婭站在黑暗的走廊裡想，「現在是稍縱即逝的機會，可以證明我對他們的家庭如此感恩並深愛尼古拉。不，我即使熬三個通宵也絕不走出這個走廊，我要想盡辦法制止她出走，絕不讓恥辱降臨他們的家庭。」她想。

十六

阿納托利最近搬到多洛霍夫住處了。拐騙娜塔莎的計畫幾天來已由多洛霍夫進行了周嚴的準備，就在索尼婭站在娜塔莎門外偷聽、決心保護她的那一天，該計畫將付諸執行。娜塔莎晚上十點將如約出來和阿納托利在後門會面。阿納托利會扶她坐上備好的馬車，帶她前往莫斯科六十俄里外的村莊卡緬卡，那裡請來一名被免去神職的神父，將為他們主持婚禮。在卡緬卡已準備好換乘的馬匹，將送他們前往華沙大道，由此，他們便可乘坐驛站的馬車駛向國外了。

阿納托利既有護照，也有驛馬使用證，以及妹妹給他的一萬盧布和透過多洛霍夫借來的一萬。兩個證婚人坐在進門第一個房間裡喝茶，一個叫赫沃斯季科夫，原是小官吏，多洛霍夫任用他張羅賭局；一個叫馬卡林，是退役驃騎兵，為人善良軟弱，相當欣賞阿納托利。

在多洛霍夫寬敞的書房裡，從牆壁到天花板裝飾著波斯花毯、熊皮和槍枝，多洛霍夫穿著旅行用的齊膝緊身外衣和皮靴，坐在開蓋的老式書桌前，書桌上放著算盤和幾疊鈔票。阿納托利敞著制服，從證婚人所在的房間經過書房到後房去了一下，一個法國僕人帶著幾個人正收拾最後的一些物品。多洛霍夫正在數錢並記帳。

「喂，」他說，「要給赫沃斯季科夫兩千盧布。」

「那就給呀。」阿納托利說。

「馬卡爾卡（他們這麼稱呼馬卡林），這個人為你赴湯蹈火是不求報酬的。好，帳算完了。」多洛霍夫說，把帳單拿給他看。「對嗎？」

「那還用說，當然對。」阿納托利說，看來沒有聽多洛霍夫說話，臉上一直帶著痴迷的微笑望著前方。

多洛霍夫啪的一聲蓋上書桌，面帶嘲諷的微笑轉向阿納托利。

「你知道嗎？放手吧：一切還來得及！」他說。

「傻瓜！」阿納托利說。「別說蠢話了。要是你知道……天曉得這是怎麼了！」

「真的，放手吧！」多洛霍夫說。「我和你說正經的。這種勾當難道是兒戲嗎？」

「唉，又來了，又來鬧我了？你見鬼去吧。」阿納托利皺起眉頭說。「我可沒工夫開這種愚蠢的玩笑。」他離開了房間。

阿納托利出去後，多洛霍夫輕蔑而又寬厚地笑了。

「你等一下，」他朝阿納托利說道，「我不是開玩笑，是說正經的，你過來，過來。」

阿納托利又走進了房間，聚精會神地看著多洛霍夫，顯然是不由自主地服從他。

「你聽著，我對你說最後一遍。我何必和你開玩笑呢？我爭得過你嗎？是誰為你安排一切的，是誰找來了神父，是誰弄來了護照，是誰為你籌到錢的？全是我。」

「是該謝謝你。你以為我不感激你嗎？」阿納托利嘆了口氣，摟住了多洛霍夫。

「我幫助了你，可是我還是應該對你說實話：這事風險很高，仔細想想，也很愚蠢。嗯，你把她帶走，很好。難道人家會放過你嗎？他們會打聽到你結過婚的事。要知道，你會被送上刑事法庭……」

「噢！胡說，胡說！」阿納托利又皺起眉頭說道。「我不是向你解釋過了嗎？」阿納托利像那些愚鈍的人一樣，只在意自己用腦子琢磨出來的推論，於是把他對多洛霍夫重複了一百遍的論斷又重複了一遍。

「我不是向你解釋過了嗎，我認定：若這婚姻是不合法的，」他扳著手指說，「那麼我沒有任何責任；若是合法的，結果也一樣：在國外沒有人會知道這件事，你說，是不是？你就別再嘮叨了，別說了，別說了！」

「真的，放棄吧！否則你會有麻煩……」

「你見鬼去吧，」阿納托利說，抓住頭髮跑到另一個房間去了，立刻又跑回來，雙腳跳上多洛霍夫面前的一把扶手椅蹲了下來。「鬼知道這是怎麼了！啊？你看看，多會跳！」他抓起多洛霍夫的手貼在自己的心口。「啊！多好看的小腳，親愛的朋友，多迷人的眼神！女神啊！」

多洛霍夫凜然一笑，一雙肆無忌憚的眼閃閃發光地看著他，看來又想取笑他。

「喂，錢花光了，那時怎麼辦？」

「那時怎麼辦呢？」阿納托利自問，想到將來他真的感到一籌莫展。「那時怎麼辦？我不知道以後該……胡說什麼呢！」他看了看表。「時候到了！」

阿納托利到後房去了。

「喂，你們好了嗎？還拖拖拉拉的！」他對僕人們嚷道。

多洛霍夫收好錢，喚來僕人，吩咐他拿些吃喝的來，讓大家吃飽好上路，然後到馬卡林和赫沃斯季科夫的房間。

阿納托利用臂肘支撐著躺在書房的沙發上，若有所思地微笑著，低聲地自言自語。

「來吃點東西。喝一杯吧！」多洛霍夫在另一個房間向他叫道。

「我不想吃！」阿納托利回答道，仍然在微笑著。

「來吧，巴拉加來了。」

阿納托利起來，走進了餐廳。巴拉加是駕馭三駕馬車的好手，認識多洛霍夫和阿納托利已有六年，一直以自己的三駕馬車為他們效勞。阿納托利的軍團駐紮特維爾期間，巴拉加曾不止一次在傍晚載著他從特維爾動身，黎明前趕到莫斯科，又在第二天深夜載他離開。他曾不止一次載著多洛霍夫逃脫追捕，不止一次載著他們和那些吉卜賽人和他所謂的小娼婦們在城裡兜風。他不止一次為他們處理事情，或是他在莫斯科撞倒行人和趕車的，總是他稱之為少爺的這兩人救他出來。不止一匹馬在他為他們趕車時累死了。不止一次挨他們打，不止一次被他們用香檳和他愛喝的馬德拉葡萄酒灌得酩酊大醉，他也知道這兩人的不止一項勾當，任何一個普通人早就會為這類勾當付出流放西伯利亞的代價。他們自己縱酒狂歡時，常常強迫巴拉加前來，讓他在那些吉卜賽人面前喝酒、跳舞，經他的手花掉的錢財也遠不止一千盧布。他為他們效勞，一年有二十次等同玩命，為他們而累死的馬比他們付給他的錢更多。但是他愛他們，喜歡這種發瘋似的疾馳，一小時十八俄里，他喜歡在莫斯科撞翻趕車者、踐踏行人，在莫斯科的大街上全速飛馳而過。他喜歡聽後頭那狂野、醉醺醺的呼喊：「快呀！快呀！」儘管已經不可能更快了；他喜歡狠狠地抽打鄉下人的脖子，這個人已經嚇得半死不活閃在一旁了。「這兩人是真正的少爺啊！」他想。

阿納托利和多洛霍夫也喜歡巴拉加，因為他趕車的技巧，也因為他和他們有共同的愛好。巴拉加和別人談價，趕車兩個小時收取二十五盧布，而且他很少親自為人趕車，大多派伙計去。但是對他口中的少爺，他總是親自為他們趕車，而且從來不要求任何酬勞。只是從近侍口中打聽到他們何時有錢時，才會每幾個月於清晨來一次，也沒有喝醉，他只是深深鞠躬，請求解救他。少爺們總是讓他坐下。

「你們要救我啊，多洛霍夫少爺，或您大人，」他說。「我沒有馬了，還是得趕集，可以的話，就借點錢給我。」

阿納托利和多洛霍夫只要身上有錢，總是給他一、兩千盧布。

巴拉加是個淺褐色頭髮、紅臉龐、粗脖子特別紅、身材敦實的翹鼻子男子，大約二十七歲左右，有一雙閃亮的小眼睛和一撮小鬍子。他穿著薄薄的綢內裡藍布長衫，裡面是一件短皮襖。

他朝上座的聖像畫了十字，走到多洛霍夫面前，伸出一隻烏黑的手。

「多洛霍夫少爺！」他鞠躬說道。

「你好啊，老弟。看，他來了。」

「你好，大人。」他對進來的阿納托利說，也伸出了手。

「我跟你說，巴拉加，」阿納托利兩隻手放在他肩上說，「你喜不喜歡我？現在有一件事要你處理……你套的是什麼樣的馬？」

「依來人的吩咐，套的是你們那幾匹烈馬。」巴拉加說。

「嗯，你聽著，巴拉加！就是把三匹馬全累死，也要在三個小時之內趕到。啊？」

「全都累死了，還怎麼趕路呢？」巴拉加擠眉弄眼地說。

「哼，我打爛你的狗臉，不要開玩笑！」阿納托利突然瞪眼吼道。

「什麼開玩笑，」車夫笑笑說。「難道為了兩位少爺，我還捨不得馬嗎？馬能跑多快，我們就跑多快。」

「噢！」阿納托利說。「那就坐吧。」

「怎麼了，坐啊！」多洛霍夫說。

「我站一會吧，多洛霍夫。」

「坐，別光聊天，喝！」阿納托利說，為他斟滿一大杯馬德拉葡萄酒。車夫一見到酒，兩眼閃爍。他假意推遲一下，一口喝乾，用放在帽子裡的綢手絹擦了擦嘴。

「什麼時候走啊，大人？」

「是呀……（阿納托利看看表）馬上就得走了。當心啊，巴拉加。趕得到嗎？」

「那就看車馬好不好，車好怎麼會趕不到呢？我不是用七個小時送你到特維爾嗎？你或許還記得吧，大人。」

「你知道嗎？有一次我從特維爾回來過聖誕節。」阿納托利微笑著對馬卡林回憶道，馬卡林感動地凝神注視阿納托利。「你信不信，馬卡林，我們一路飛馳，簡直喘不過氣來。我們闖進一支車隊，有一回從兩輛大車上跳了過去。」

「那是馬好！」巴拉加接著說起故事。「當時我把兩匹拉邊套的馬駒和淺褐色的轅馬套在一起。」他轉頭對多洛霍夫說道，「你信不信，多洛霍夫，這些烈性的畜生飛奔了六十俄里；想勒也勒不住，手也凍僵了，天太冷。我把韁繩一扔說，接住，大人，自己一下子倒在雪橇上。那可不是在趕馬啊，到達目的地之前根本勒不住。這些剽悍的鬼東西三個小時就跑到了。只是死了一匹，左邊那頭拉邊套的。」

十七

阿納托利走出房間，幾分鐘後又折返，身穿束了銀腰帶的皮襖，頭上剽悍地歪戴著和他漂亮的面龐極其相稱的貂皮帽。他照照鏡子，隨即以在鏡子前的姿勢站在多洛霍夫面前，他舉起酒杯。

「嗨，多洛霍夫，再見了，謝謝你為我所做的一切，再見。」阿納托利說。「嗨，伙伴們，朋友們……」他沉吟良久……「年輕時代……我的年輕時代的伙伴們，朋友們，再見了。」他轉向馬卡林和其他人。

儘管他們都要和他一起離開，可是看來阿納托利仍想在對伙伴們的謝辭中製造一些感傷和莊重的氛圍。他說話的聲音緩慢而洪亮，挺著胸膛，一條腿抖動著。

「請大家舉杯，你也一樣，巴拉加。嗨，我年輕時代的伙伴們，朋友們，我們一起飲酒作樂、享受生活今日一別，何時再能相見？我要去國外了。我們曾在一起享受生活，再見了。弟兄們。祝大家健康！烏拉！……」他說，乾了自己杯中的酒，把杯子往地上一摔。

「祝你健康。」巴拉加說，也乾了酒，拿手絹擦著嘴。馬卡林含淚擁抱阿納托利。

「唉，公爵，和你分手我心裡好難受。」他說。

「出發，出發！」阿納托利叫了起來。

巴拉加要出去了。

「不，你等一等，」阿納托利說。「把門關上，都坐下來。這就對了。」有人關上門，大家都坐下了。

「好了，現在出發，弟兄們！」阿納托利站起來說道。

僕人約瑟夫把行李和馬刀拿給阿納托利，於是大家往前廳走去。

「皮襖呢？」多洛霍夫問。「喂，伊格納什卡！你去找馬特廖娜·馬特維耶夫娜，把皮襖要來，那件斗篷式貂皮外套。我曾聽說，人家是怎麼誘拐婦女的，」他擠擠眼說。「要知道，她會半死不活地急忙跑出來，只穿著家居服；你稍慢一步——她便大聲哭鬧，馬上就冷得受不了，並企圖往回跑，你得立刻用皮襖裹住她，抱她上雪橇。」

僕人拿來女式狐皮外套。

「笨蛋，我對你說的是貂皮的。喂，馬特廖娜，要貂皮的！」他喊得那麼響亮，遠處的幾間屋裡也都響起了他的聲音。

一名漂亮瘦削、蒼白的吉卜賽女人，眼睛烏黑閃亮，烏黑的鬈髮閃著灰藍色光澤，她披著一條紅色披肩，手上拿著貂皮外套跑了出來。

「好吧，我才不小氣呢，你拿去吧。」她說，看來在主人面前有點兒膽怯，又心疼外套。

多洛霍夫未答腔，接過外套，披在馬特廖娜身上，將她裹了起來。

「就這樣，」多洛霍夫說。「然後再這樣，」他說，把領子豎起圍著她的頭，只在臉前敞開一點兒。「然後再這樣，看到嗎？」於是他把阿納托利的頭推到領子留下的空隙前，從那裡可以看到馬特廖娜的燦爛微笑。

「嗯，再見了，馬特廖娜。」阿納托利親著她說。「唉，我在這裡盡情狂歡的日子結束了！代我問候斯焦什卡。好了，再見了！再見，馬特廖娜；妳為我祝福吧。」

「好呀，上帝保佑你，公爵，一切順利。」馬特廖娜對阿納托利說道，帶著她那吉卜賽人的口音。

門口停著兩輛三駕馬車，由兩個年輕的車夫照料著。巴拉加坐上前頭的一輛，他高高抬起兩臂，從容不迫地分別拿著轡繩。阿納托利和多洛霍夫坐上他的車。馬卡林、赫沃斯季科夫和一個僕人坐的是另一輛。

「坐好了嗎？」巴拉加問。

「駕！」他吆喝一聲，一邊把轡繩纏繞在兩隻手上，於是三匹馬拉著車沿著尼基塔林蔭道飛奔而下。

「籲！讓開，喂！……籲！」只聽巴拉加和一個坐在馭座上的伙計叫嚷著。在阿爾巴特廣場三駕馬車蹭到了一輛轎式馬車，只聽劈嚓一聲，有人叫嚷起來，接著三駕馬車沿著阿爾巴特街如飛而去。

巴拉加在博諾文斯科耶大街上來回跑了兩趟，開始勒馬緩行，回來後讓馬停在老馬廄街的十字路口。

一名伙計跳下來抓住貼近馬籠頭處的轡繩，阿納托利和多洛霍夫沿著人行道走了過去。走近門口時，阿納托利吹了一聲口哨。他聽到了回應的口哨聲，隨即一個侍女跑了出來。

「你們進院子吧，否則人家會看見的，她馬上就出來。」她說。

多洛霍夫留在門口。阿納托利跟著侍女進了院子。

加夫里洛迎著阿納托利，他是瑪麗亞·德米特里耶夫娜身材魁梧的跟班。

「請到太太那裡去。」僕人聲音低沉地說道，一邊擋住他退往門口的路。

「什麼太太？你是誰呀？」阿納托利喘息問道。

「請吧，我是奉命帶人。」

「阿納托利！回來！」多洛霍夫高聲喊道。「上當了！回來！」

多洛霍夫本來站在大門的便門旁，這時正和一個看管院子的人扭打起來，因為對方企圖在阿納托利進去後關上便門。多洛霍夫最後使勁推開對方，一把抓住跑來的阿納托利的一隻手，將他拽出便門，和他一起朝三駕馬車逃回去了。

十八

瑪麗亞·德米特里耶夫娜在走廊碰到滿臉淚痕的索尼婭，逼著她說明原委。她搶過娜塔莎的一張便條，看了以後，瑪麗亞·德米特里耶夫娜拿著便條進去找娜塔莎了。

「壞丫頭，不要臉的東西，」她對她說。「我一句話也不想聽！」她推開驚訝又冷漠地望著她的娜塔莎，將她鎖在房裡，隨即吩咐看管院子的人把今晚要來的那些人全放進大門，但是不放他們出去，又吩咐一個僕人帶那些人來見她，然後就坐在客廳裡等著那夥騙子。

加夫里洛來向瑪麗亞·德米特里耶夫娜稟告，來的人都逃走了，她皺眉站了起來，雙手擱在背後，在房裡來來回回地踱步良久，考慮著她該怎麼辦。夜裡十一點多鐘，她摸了摸口袋裡的鑰匙，到娜塔莎的房間去了。索尼婭坐在走廊裡傷心地哭泣。

「瑪麗亞·德米特里耶夫娜，讓我去看看她吧，我求您了！」她說。瑪麗亞·德米特里耶夫娜未搭理她，開門進去了。「可惡，惡劣……在我的家裡，這壞丫頭……只是父親太可憐！」瑪麗亞·德米特里耶夫娜在想，竭力壓抑怒火。「不管多麼困難，我也要吩咐所有人絕口不提，我還得瞞著伯爵。」瑪麗亞·德米特里耶夫娜邁著堅定的步伐走進房間。娜塔莎躺在沙發上，雙手抱著頭，一動不動。她躺著的姿勢和瑪麗亞·德米特里耶夫娜不久前離開時完全一樣。

「妳真行啊，真行！在我家約情人幽會！不要裝睡了。我對妳說話的時候，妳最好聽著。」瑪麗亞·

德米特里耶夫娜碰碰她的手。「我說話的時候，妳要聽著。妳丟盡自己的臉，妳這個壞透了的丫頭。我真想要妳好看，可是我可憐妳的父親。我得瞞著他。」娜塔莎沒有改變姿勢，只是那無聲的、痙攣的、令人窒息的哭泣使她渾身顫抖。瑪麗亞．德米特里耶夫娜回頭看看索尼婭，在沙發上挨著娜塔莎坐下了。

「算他走運，讓他逃掉了；我會找到他的，」她粗聲粗氣地說道。「我說的話妳聽見沒？」她把一隻大手伸到娜塔莎的臉下面，把她扳過來面朝自己。瑪麗亞．德米特里耶夫娜和索尼婭看到娜塔莎的臉都大吃一驚。她的眼睛亮閃閃的，冷漠無情，雙唇緊抿，雙頰下陷。

「別管我……我無所謂……我……要死了……」她說，狠狠地掙脫瑪麗亞．德米特里耶夫娜，再次躺下了，還是維持原來的姿勢。

「娜塔莎！……」瑪麗亞．德米特里耶夫娜說。「我是為妳好。妳躺著吧，就這麼躺著，我不會再碰妳了，妳聽著……我不說妳的不是了。妳自己知道。可是妳的父親明天就要回來了，我該怎麼對他說呢？」

娜塔莎哭得渾身顫抖了起來。

「嗯，他一定會知道的，還有妳的哥哥、未婚夫！」

「我沒有未婚夫，我已經解除婚約了。」娜塔莎叫道。

「反正一樣，」瑪麗亞．德米特里耶夫娜接著說。「要是他們知道了，怎麼，他們會善罷甘休？妳的父親，我是了解他的，他一定會要求和他決鬥，這能有好結果嗎？」

「啊，別管我，為什麼您總是來妨礙我們呢！為什麼？為什麼？誰請您來的？」娜塔莎從沙發上欠起身來吼道，忿忿地看著瑪麗亞．德米特里耶夫娜。

「妳想怎麼樣？」瑪麗亞・德米特里耶夫娜突然高聲吼道，她又火了。「怎麼，難道我們把妳關起來了？有誰妨礙他到家裡來呢？為什麼要來誘拐妳，像誘拐吉卜賽女人一樣？……好吧，就算他把妳帶走了，妳以為就找不到他了？妳父親，還有妳哥哥、未婚夫呢？而他是個壞蛋、無賴，我說的！」

「他比你們誰都好！」娜塔莎突然欠身叫道。「要不是你們添亂……噢，我的天啊，這是怎麼搞的，這是怎麼搞的？索尼婭，為什麼呀？你們走吧！……」於是她絕望地放聲大哭起來，人們這麼痛哭只是因為意識到，正是自己造的苦果。瑪麗亞・德米特里耶夫娜又要說什麼，未想娜塔莎尖叫了起來：「你們走吧，你們走吧，你們都恨我了，看不起我了！」她又撲倒在沙發上。

瑪麗亞・德米特里耶夫娜花了一點時間，持續開導娜塔莎知錯悔改，讓她明白，務必要瞞著老伯爵這件事，而且只要娜塔莎自己忘掉一切，不在任何人面前透露出出事的樣子，不會有人知道的。娜塔莎沒有答話，她也不再哭泣，不過她渾身發冷、顫抖。瑪麗亞・德米特里耶夫娜為她放好枕頭，蓋上兩條被子，親自為她拿來菩提樹花茶[113]，只是娜塔莎完全沒有反應。

「好了，讓她睡吧。」瑪麗亞・德米特里耶夫娜離開房間時說，以為她睡了。但娜塔莎沒有睡，蒼白的臉上一雙呆滯的眼望著正前方。娜塔莎一夜未眠，也不哭，也不與幾次起身來到她面前的索尼婭說話。

第二天早餐前，羅斯托夫老伯爵如期自莫斯科近郊的莊園回來了。他心情很好，因為和買主的交易談妥了，如今已經沒有任何事情要在莫斯科耽擱，和他思念的伯爵夫人離別。瑪麗亞・德米特里耶夫娜迎接他，向他說明娜塔莎昨天身體不太好，曾去請過醫生，不過她今早好些了。這天早上，娜塔莎未出過房門一步。她坐在窗口，緊抿著乾裂的雙唇，眼睛乾澀且呆滯，不安地注視著街道上過往的行人，有人走進房間便急忙回頭。顯然，她在等他的消息，等他親自來或寫信給她。

老伯爵上樓探視她時，一聽見屬於男人的腳步聲，她便不安地回過頭來，她的臉上出現原來那種冷漠甚至憤恨的表情。她甚至沒有起身迎接他。

「妳怎麼了，我的小天使，生病了嗎？」伯爵問。

娜塔莎沉默了一會兒。

「是的，我生病了。」她回答道。

伯爵不安地問她，為什麼她這麼沮喪，是不是和未婚夫之間發生了什麼事，她對他說沒什麼，請他放心。瑪麗亞·德米特里耶夫娜向老伯爵證實娜塔莎的說法，也說並未發生什麼事。老伯爵根據可疑的病情、女兒情緒低落的樣子以及索尼婭和瑪麗亞·德米特里耶夫娜侷促不安的臉色中，他看得很清楚，在他離開的這段期間，肯定有什麼事情發生；可是一想到他心愛的女兒有任何不名譽的事，他就非常恐懼，他非常珍惜眼前這愉快平靜的心情，所以不再追根究柢，盡力讓自己相信，沒有什麼大不了的事，只是因為她健康欠佳，不得不一再推遲歸期而心情抑鬱罷了。

113 菩提樹花茶常用以發汗。

十九

自從妻子來到莫斯科的那一天起，皮埃爾便隨時準備前往他處，只要能不和她待在一起就好。羅斯托夫一抵達莫斯科不久，娜塔莎在他心中留下的印象促使他急忙處理一件事。他到特維爾見約瑟夫・阿列克謝耶維奇的遺孀，她先前已答應將其亡夫的一些文件轉交給他。

皮埃爾回到莫斯科後，立刻收到瑪麗亞・德米特里耶夫娜的一封信，她為了與安德烈・鮑爾康斯基及其未婚妻有關的重要事情而請他去一趟。皮埃爾一直迴避娜塔莎。他覺得，他對娜塔莎的感情超過一個已婚男人對朋友的未婚妻應有的感情。然而，命運卻使他們經常不期而遇。

「發生了什麼事？他們的事又和我有什麼關係？」他一邊暗忖，一邊著裝，準備前往瑪麗亞・德米特里耶夫娜的住所。「安德烈公爵快點回來和她結婚吧！」皮埃爾在前去見瑪麗亞・德米特里耶夫娜的路上想。

在特維爾林蔭道上，有人喊了他一聲。

「皮埃爾！什麼時候到的？」一道熟悉的聲音高聲問道。皮埃爾抬起頭來。阿納托利和他那形影不離的伙伴馬卡林坐在一輛雙套馬的雪橇上一閃而過，兩匹灰色大走馬揚起的白雪濺滿雪橇前部。阿納托利直挺挺地坐著，維持講究儀表的軍人標準身姿，臉的下部圍著海狸皮領，頭略微低著。他面色紅潤，白色羽飾的帽子歪戴著，露出灑滿雪花的油亮鬈髮。

「說實話，這才是真正的聰明人！」皮埃爾想，「除了眼前的快樂什麼也看不到，什麼也不會使他感到不安，所以才能永遠快樂、知足且心安理得。要是能成為和他一樣的人，我願付出一切！」

在阿瑪麗亞．德米特里耶夫娜的前廳，一個僕人為他脫下皮襖時說，德米特里耶夫娜請他到她的臥室去。

皮埃爾打開大廳的門，不期然見到娜塔莎，她坐在窗前，面色蒼白，神情冷漠且惱怒。她回頭看了他一眼，帶著冷冰冰的傲慢走出了房間。

「發生什麼事了？」皮埃爾進門時向瑪麗亞．德米特里耶夫娜問道。

「天大的好事。」瑪麗亞．德米特里耶夫娜回答說。「我在世上活了五十八年，沒見過這樣的醜事。」瑪麗亞．德米特里耶夫娜要皮埃爾保證，對他所了解到的一切絕口不提，這才告訴他，娜塔莎在父母不知情的狀況下，解除了和未婚夫的婚約，撕毀婚約的原因是阿納托利．庫拉金，撮合他們的則是皮埃爾的妻子，娜塔莎想趁父親不在的時候和阿納托利私奔，準備祕密結婚。

皮埃爾張口結舌地聽著瑪麗亞．德米特里耶夫娜對他所說的話，他簡直不敢相信。安德烈公爵深愛的未婚妻，過去那個可愛的娜塔莎．羅斯托夫，竟會放棄鮑爾康斯基而看上已婚的笨蛋阿納托利（皮埃爾知道他結婚的祕密），而且愛得那麼著迷，竟然同意和他私奔！——這是皮埃爾無法理解，更是無法想像的。

他自小就認識的娜塔莎一直維持著可愛的形象，在他的心裡，怎麼也無法將她和卑劣、愚蠢和冷酷無情的印象聯繫在一起。他想起了妻子。「她們都是同樣的貨色。」他自言自語道，覺得並非他一人遭到和壞女人結合在一起的可悲命運。然而，他仍極其同情安德烈公爵，為他的自尊心受到傷害而感到痛惜。他愈是同情朋友，愈是帶著鄙視甚至厭惡的心情想到娜塔莎。方才她在大廳裡還帶著那種冷冰冰的傲慢從他身旁走過。他不知道，娜塔莎的內心充滿了絕望、羞愧和屈辱，臉上無意中流露出平靜的自尊和冷峻，這並不是她的過錯。

「什麼結婚！」皮埃爾聽了瑪麗亞·德米特里耶夫娜的話禁不住說道。「他不能結婚，他是已婚的男人。」

「這就愈來愈糟了。」瑪麗亞·德米特里耶夫娜說。「這小子可真有一套！真是個無賴！她還在等著他呢，已經是第二天了。至少不要讓她再等下去，應該告訴她。」

瑪麗亞·德米特里耶夫娜從皮埃爾口中得知阿納托利結婚的詳情，大罵了一頓以發洩內心的憤怒，然後對皮埃爾說明了請他來的目的。瑪麗亞·德米特里耶夫娜擔心，老伯爵或隨時可能到來的安德烈在了解了她本想加以隱瞞的實情之後，會向阿納托利提出決鬥，因此請他以她的名義命令阿納托利離開莫斯科，不要再讓她看見他。皮埃爾答應完成她的要求，只是現在他才明白，老伯爵、尼古拉和安德烈公爵都面臨的危險。她簡單明確地向他提出自己的要求之後，便讓他到客廳去了。

「小心一點，老伯爵什麼也不知道。你要表現得好像一無所知。」她對他說。「我這就去告訴她，不要再白等了！你要是願意，就留下用餐吧。」瑪麗亞·德米特里耶夫娜對皮埃爾說道。

皮埃爾見了老伯爵。他內心惶恐不安，心灰意冷。這天早上，娜塔莎對他坦承了，她已解除了和安德烈的婚約。

「糟了，糟了，朋友，」他對皮埃爾說，「沒有母親在身邊，這些小丫頭就出事；我真後悔來到這裡。我坦白告訴你吧。你聽說了嗎，她解除了和未婚夫的婚約，沒有徵求過任何人的意見。這件事，可以說，我對這門親事從來就不是很樂意。他是個好人，可是違背父親的意願是不會有幸福的，何況娜塔莎也不是找不到對象。然而，兩人的婚約關係畢竟維持了一段時間，怎麼能不問問父母就走到這一步呢！如今她生病了，天知道是怎麼回事！不行啊，伯爵，帶著女兒離開母親是不行的……」皮埃爾眼見伯爵的心情非常不好，很想轉換話題，可是伯爵又談起自己的傷心事。

索尼婭神色驚慌地來到客廳。

「娜塔莎身體不大好；她在自己的房間裡，很想見您。瑪麗亞．德米特里耶夫娜在她房裡，也請您過去。」

「也對，您和安德烈是好朋友，她想必有什麼話要請您轉告他。」伯爵說。「唉，天哪，天哪！本來一切都好好的！」老伯爵抓著兩鬢稀疏的白髮離開了房間。

瑪麗亞．德米特里耶夫娜對娜塔莎說明阿納托利已婚的事實。娜塔莎不相信，要求皮埃爾親自證實這件事。這是索尼亞陪皮埃爾前去娜塔莎房間的路上告訴他的。

娜塔莎面色蒼白，神情嚴肅，坐在瑪麗亞．德米特里耶夫娜身旁，皮埃爾一進門，她那患熱病似的閃亮目光便帶著疑問盯著他。她沒有笑、沒有向他點頭致意，她只是目不轉睛地看著他，而她的目光只是一逕地問：他是阿納托利的朋友，還是像所有人一樣，是他的敵人？顯然，對她來說皮埃爾本人是不存在的。

「他全都知道，」瑪麗亞．德米特里耶夫娜指著皮埃爾對娜塔莎說。「讓他告訴妳吧，我說的是不是實話。」

娜塔莎像一頭受了傷、被追得精疲力竭的野獸望向漸漸逼近的獵犬和獵人，看看她又看看他。

「娜塔莎，」皮埃爾垂下眼說道，他對她滿懷憐憫，同時對他不得不做的事感到厭惡，「這是不是實話，對您來說並不重要，因為……」

「這麼說，他並不是真的結婚了？」

「不，這是真的。」

「他結婚了，早就結婚了？」她問。「您發誓？」

皮埃爾向她發誓。

「他還在這裡嗎？」她旋而問道。

「是的，我剛才還看到他。」

看來她沒有力氣說話了，只是做了個手勢，要求大家離開她。

二十

皮埃爾未留下吃午飯，當即離開房間，坐車走了。他滿城尋找阿納托利・庫拉金，如今一想到這個人，血液就湧往他的心臟，致使他感到呼吸困難。滑雪場、吉卜賽人那裡、科莫內諾住處——都不見他。皮埃爾去了俱樂部。俱樂部裡一切如常：前來聚會用餐的客人們成群坐在一起，和皮埃爾打招呼，談論著城裡的新聞。一個了解他的交往和習慣的僕人向他問好後告訴他，在小餐廳裡為他留了位子，米哈伊爾・札哈雷奇公爵在圖書室、帕維爾・季莫菲伊奇還沒有來。皮埃爾的一個熟人在談天氣時問起他，是否聽說阿納托利拐騙羅斯托夫的事？城裡都在傳說。這是真的嗎？皮埃爾笑笑說，這是瞎扯，因為他剛才見過羅斯托夫一家。他向大家問起阿納托利；一個說他還沒有來，一個說他今天要來吃午飯。皮埃爾望著冷靜心平氣和的人群覺得矛盾，他們全然未知他心裡的煩惱。他在幾處大廳裡徘徊，待所有人都到來，還是沒等到阿納托利，於是未吃午餐便回家了。

他尋找的阿納托利這一天在多洛霍夫住所用餐，和他商議如何挽回不利的局面。他覺得必須見到娜塔莎。晚上，他來到姊姊住處，和她商議安排這次會面的辦法。皮埃爾白費工夫地跑遍了整個莫斯科，只好回家，近侍卻稟告他，阿納托利・瓦西里公爵在伯爵夫人身邊。伯爵夫人的客廳坐滿了客人。

皮埃爾未向妻子問好，他回到莫斯科後還不曾見過她（此刻他比任何時候都更憎恨她），他進了客廳，一見阿納托利便走到他面前。

「啊，皮埃爾，」伯爵夫人朝丈夫走過去說。「你不知道，我們阿納托利的處境多麼……」她住口不說了，因為她看到丈夫低頭不語、丈夫那臉色、他那閃閃發光的眼睛和他那堅定的步態所呈現的駭人狂怒和威力，她相當熟悉這景象，她在他和多洛霍夫決鬥後曾親身領教過。

「您到哪裡，哪裡就會傳出醜聞、發生禍事。」皮埃爾對妻子說。「阿納托利，我們走，我必須和您談談。」他用法語說道。

阿納托利回頭看了看妹妹，順從地站了起來，準備跟他走。

皮埃爾抓住他的手，把他朝身邊一拽便往外走。

「如果您膽敢在我的客廳裡。」海倫低聲說道，皮埃爾不予理睬，從房裡出去了。

阿納托利跟在他後頭，一如往常邁著英姿勃發的步伐，但他的臉上明顯地流露出忐忑不安的神情。

皮埃爾走進書房，關上門，轉身對著阿納托利，看也不看他。

「您答應羅斯托夫伯爵小姐要娶她為妻，想拐走她？」

「我親愛的，」阿納托利用法語回答道（他們一直用法語交談），「我認為我沒有義務回答用這種口氣提出的問題。」

皮埃爾的臉本來就很蒼白，這時更因狂怒而扭曲。他的大手一把攫住阿納托利的制服衣領，使勁地左右搖晃，直到阿納托利臉上露出恐懼的神情。

「既然我說了，我必須和您談談……」皮埃爾重複了一遍。

「怎麼這樣，無聊。」阿納托利說，一邊摸著衣領上被連同呢子扯下的鈕釦。

「您是無賴和惡棍，我不知道是什麼阻止了我拿這個東西痛快地砸爛您的腦袋。」皮埃爾說，他話說得如此彆扭是因為他在講法語。他拿起沉重的紙鎮，威脅地舉了起來，立刻又急忙放回原處。

「您答應過娶她嗎？」

「我，我，我沒有想過；不過，我從來沒有答應過，因為……」

「您有她的信嗎？您有她的信嗎？」皮埃爾反覆問道，直逼近阿納托利。

阿納托利望了望他，立即把手伸進口袋裡拿出皮夾。

皮埃爾接過遞給他的信，推開擋路的桌子，倒在沙發上。

「我不會對您怎麼樣，不用害怕，」皮埃爾看到阿納托利恐懼的樣子後如此說道。「信留下，這是一，」皮埃爾說，彷彿在複習功課似的，「其次，」他在片刻沉默後接著說道，又站起來踱步了起來，「明天您要離開莫斯科。」

「可是我怎麼能……」

「第三，」皮埃爾不聽他的，繼續說，「關於您和伯爵小姐之間的事，您永遠不能再提一個字。這一點，我知道，我無法禁止您，可是只要您還有一點良心……」皮埃爾幾次在房裡默默踱步。阿納托利坐在桌邊，皺眉咬唇。

「最後，您不可能不懂，除了自己的享樂，還有別人的幸福和安寧，您僅僅由於想取樂而毀掉別人的人生，您大可和我的妻子那樣的女人尋歡作樂吧，和這樣的女人在一起，您有這個權利，她們知道，您想從她們身上得到的是什麼。她們擁有同樣傷風敗俗的經驗，足以對付您。可是答應一個女孩要娶她為妻……欺騙她、誘拐她……您怎麼就不明白，這就如同毆打老人或孩子一樣卑鄙啊！……」

皮埃爾不說了，他看了阿納托利一眼，那已經不是憤怒的目光，而是帶有疑問的目光。

「這一點我不知道。」阿納托利說，他隨著皮埃爾逐漸克服自己的憤怒而神氣起來。「這一點我不知道，也不想知道，」他說話時沒有看他，下巴微微顫抖，「可是您對我說出了這種話：卑鄙啦什麼的，我是正派的人，不允許任何人這麼批評我。」

皮埃爾驚訝地看了他一眼，不懂他想怎麼樣。

「儘管沒有旁人在場，」阿納托利繼續說道，「我也不能……」

「怎麼，您要決鬥？」皮埃爾嘲笑地說。

「至少您可以收回自己的話吧？如果您希望我依您的建議行事的話。」

「收回，我收回，」皮埃爾說，「我請求您原諒我，」皮埃爾下意識地看了看那顆被扯下的鈕釦。「錢嘛，如果路上要用的話。」阿納托利笑了。

皮埃爾在妻子的臉上看慣了這種膽怯又卑鄙的笑容，他禁不住怒不可遏。

「噢，這卑鄙的、沒有良心的一家子！」他說，隨即離開了房間。

第二天，阿納托利便前往彼得堡了。

二十一

皮埃爾前去瑪麗亞・德米特里耶夫娜的住所，主要是為了告訴她，已經依她的要求把阿納托利從莫斯科趕走了。她家裡的人既擔心又焦急。娜塔莎病得很重，瑪麗亞・德米特里耶夫娜暗自對他說，一得知阿納托利已婚的當夜，娜塔莎就吞下砒霜，那是她偷偷弄到的。她吞下一些後，感到相當害怕，便叫醒索尼婭，告訴她，她服毒了。當下採取了解毒的必要措施，現在已脫離險境；但還是非常虛弱，帶她舟車勞頓地回鄉下是不可能了，她已派人去請伯爵夫人來。皮埃爾見到心灰意冷的老伯爵和哭得面容憔悴的索尼婭，可是未能見到娜塔莎。

這一天，皮埃爾在俱樂部享用午餐，只聽到處都在談論試圖誘拐娜塔莎的消息，他堅決駁斥這些傳言，並要大家相信，阿納托利曾向娜塔莎夫求婚遭拒，如此而已，其他淨是無稽之談。皮埃爾覺得，他有義務隱瞞實情，為羅斯托夫恢復名譽。

他懷著恐懼的心情等待安德烈公爵回來，每天都到老公爵住所打聽他的消息。

鮑爾康斯基老公爵透過布里安娜小姐得知城裡的流言蜚語，也看了瑪麗亞公爵小姐收到的那張便箋，娜塔莎解除婚約。他顯得超乎尋常地高興，並迫不及待地等待兒子返家。

阿納托利離開幾天後，皮埃爾收到安德烈公爵的便條，通知他回來了，請皮埃爾到他住所去一趟。

安德烈公爵回到莫斯科後，抵達的第一時間便收到父親轉交的便箋，那便是娜塔莎寫給瑪麗亞公爵小姐解除婚約的便箋。（這張便箋是布里安娜小姐從瑪麗亞公爵小姐手邊偷來，並交給老公爵的），又聽到父親添油加醋的敘述誘拐娜塔莎的事。

安德烈公爵當天晚上回來。皮埃爾第二天一早便前往他住處。皮埃爾料想，安德烈公爵會處於和娜塔莎幾乎一樣的狀態，因而當他進入客廳時，他大為驚訝，因為他竟然聽到自書房傳來響亮的說話聲，安德烈正興奮地談論彼得堡的一起陰謀。老公爵和另一個不知是誰的聲音偶爾打斷他的話。瑪麗亞公爵小姐出來迎向皮埃爾。她嘆息了一聲，看向安德烈公爵的那扇門，看來想表示對哥哥痛苦處境的同情；但皮埃爾從瑪麗亞公爵小姐的臉上看出，她既為所發生的事感到慶幸，也為哥哥能夠承受未婚妻背叛的事實而欣慰。

「他說，這是他意料中的。」她說，「我知道，他的自尊心不允許自己流露情感，但他畢竟承受住了，情況比我預想的要好、好得多。顯然，應該如此……」

「不過，難道一切就這麼徹底結束了？」皮埃爾說。

瑪麗亞公爵小姐驚訝地看了他一眼。她甚至不明白，怎麼會提出這個問題。皮埃爾進了書房，安德烈公爵變好多，顯然更健康一些，但是新皺紋橫在兩眉之間，他穿著便服，站在父親和梅謝爾斯基公爵對面，正激烈地爭論，有力的手勢不時筆劃著。

他們正談論的是斯佩蘭斯基，關於他突然被流放和所謂背叛的消息傳到莫斯科不久。[114]

「現在指責和非難他（斯佩蘭斯基）的人，都是一個月前欽佩他的那些人，」安德烈公爵說，「以及無法理解他的抱負的那些人。指責一個失寵的人是很容易的，可以把別人的所有過錯都歸罪於他；可是我要說的是，如果說本朝有什麼好政策的話，那麼所有的好政策也都是他任內執行的，是他一個人的功勞……」他一看到皮埃爾就住口不說了。他的臉抽搐了一下，當下露出惱怒的表情。「後世會給他公正評價的。」他把話說完，立即轉向皮埃爾。

「哎，你好嗎？還在發胖啊。」他興奮說道，可是新出現的那條皺紋在他的前額上顯得更深了。「是的，我一切都很好。」他回答皮埃爾的問候時說道，又冷然一笑。皮埃爾看得很清楚，他的冷笑意味著：「很健康，不過我的健康誰也不需要了。」他和皮埃爾聊了幾句，提起到過波蘭邊境後的惡劣道路，提到他在瑞士曾遇見皮埃爾的幾個熟人，還談到他從國外帶回來擔任兒子教師的德薩爾先生，然後安德烈公爵又熱絡地介入兩位老者繼續討論的斯佩蘭斯基。

「如果他真的背叛了，而且有證據說明他和拿破崙之間有祕密聯繫，那麼早就把這些證據公之於眾了。」他急切說道。「我個人過去和現在都不喜歡斯佩蘭斯基，但是我喜歡公正。」此際，皮埃爾在朋友身上看到一個他非常熟悉的特質，那就是他需要激動，需要對與己無關的問題爭論不休，僅僅是為了壓抑內心太過沉重的思緒。

梅謝爾斯基公爵離開後，安德烈公爵挽起皮埃爾的手臂，請他到撥給自己用的房間去。房裡有一張臨時搭起的床，幾只打開的手提箱和木箱。安德烈公爵走到其中一個箱子前取出小匣子。從小匣子裡拿出一個紙包。他默默做著這些事，動作明快。他站起身來，清了清嗓子。他臉色陰沉，雙唇緊閉。

「對不起，我要給你添麻煩了，」皮埃爾明白，安德烈公爵要談到娜塔莎了，他寬寬的面龐上禁不住流露出惋惜和同情。皮埃爾的這種表情不經意觸怒了安德烈公爵；他堅決、響亮且不悅地說道：「我收到

---

114 一八一二年三月，斯佩蘭斯基遭誣陷而被解除職務，並流放到下諾夫哥羅德，同年九月，又被流放到比爾姆。

羅斯托夫伯爵小姐拒婚的信，我聽到傳言說，你的大舅子向她求婚或諸如此類的情況。這是真的嗎？」

「是真的，又不是真的，」皮埃爾開始解釋道；但安德烈公爵打斷他的話。

「這是她的信，」他說，「和一幅畫像。」他從桌上拿起紙包交給皮埃爾。「交給伯爵小姐吧……如果你見到她的話。」

「她病得很重。」皮埃爾說。

「她還在這裡？」安德烈公爵說。「那麼庫拉金公爵呢？」他立刻問道。

「他早就離開了。她幾乎快死了……」

「對她的病我感到很遺憾。」安德烈公爵說。他冷淡、惱怒、令人不快地笑了笑，一如他的父親。

「但是庫拉金先生，這麼說來，並不曾屈尊向羅斯托夫伯爵小姐求婚嘍？」安德烈公爵說。他幾次嗤之以鼻。

「他不能結婚，因為他早已結婚。」皮埃爾說。

安德烈公爵又像他父親那樣令人不快地笑了起來。

「那麼他現在人在哪裡，你的那個大舅子，我可以知道嗎？」

「他去了彼得……不過，我不知道。」皮埃爾說。

「哦，這沒有關係，」安德烈公爵說。「請你轉告羅斯托夫伯爵小姐，她過去和現在都是自由的，我對她只有良善的祝願。」

皮埃爾拿起紙包。安德烈公爵彷彿在回想，是不是還有什麼話要對他說，或是在等待著，皮埃爾要說什麼，所以目光凝定地注視著他。

「您聽我說，您記得我們在彼得堡的爭論嗎？」皮埃爾說，「記得關於……」

「我記得，」安德烈公爵急忙回答道，「我說過，對墮落的女人要寬恕，但是我沒有說我能寬恕。我辦不到。」

「難道這是可以相提並論的嗎？……」皮埃爾說。安德烈公爵打斷了他的話。他厲聲吼道：

「是的，再去向她求婚，表現我的寬宏大度，如此等等？……是的，這很高尚，但是我不能步入這位先生的後塵。如果你想做我的朋友，那就永遠不要和我談起這個女……談起這一切。你會代為轉告嗎？」

皮埃爾出去了，他去找老公爵和瑪麗亞公爵小姐。

老頭顯得異常活躍。瑪麗亞公爵小姐表面上一如往常，不過皮埃爾看得出，出於對哥哥的同情，她對哥哥的婚姻破裂心裡是樂見的。看著他們，皮埃爾明白了，他們對羅斯托夫是何等蔑視和憎恨，也明白了，在他們面前甚至提也不能提那個女人的名字，她居然會捨棄安德烈公爵而接受隨便哪一個男人。

享用午餐時，他們談起了戰爭，戰爭日益逼近已是毫無疑問的了。安德烈公爵滔滔不絕，他時而與父親時而又與來自瑞士的教師薩德爾爭論，顯得超乎尋常地活躍，而他如此活躍的原因，皮埃爾看得一清二楚。

二十二

皮埃爾當天晚上就去找羅斯托夫，必須處理好委託給他的事。娜塔莎在睡覺，伯爵在俱樂部，於是皮埃爾把信件交給索尼婭，並到瑪麗亞・德米特里耶夫娜身邊，她想了解安德烈公爵接到消息後的態度。十分鐘後，索尼婭進來找瑪麗亞・德米特里耶夫娜。

「娜塔莎一定要見別祖霍夫伯爵。」她說。

「那怎麼行，把他帶到她那裡去？你們的房間還沒收拾呢。」瑪麗亞・德米特里耶夫娜說。

「不，她已經穿好衣服到客廳去了。」索尼婭說。

德米特里耶夫娜只是聳聳肩。

「老伯爵夫人什麼時候能來啊，我簡直受夠了。你可得注意，不要什麼話都對她說，」她對皮埃爾說道。「罵她吧，又於心不忍，她太可憐了，太可憐了！」

娜塔莎形容消瘦、臉色蒼白而冷峻（毫無皮埃爾料想中的羞慚之態），站在客廳中央。皮埃爾出現在門口時，她不覺慌了，看來是拿不定主意，該迎上去，還是等他過來。

皮埃爾急忙來到她面前。他以為，她會像平時一樣向他伸出手來；可是她走到他近處時卻站住了，她沉重地喘息著，毫無生氣地垂下雙手，那姿勢和她以前來到大廳中央要盡情歌唱時完全一樣，只是神色迥異。

「皮埃爾，」她旋即說道，「鮑爾康斯基公爵曾是您的朋友，他現在也是您的朋友，」她更正道（她覺得，一切已成過去，如今完全不同了），「他當初對我說過，有事可以找您……」

皮埃爾望著她暗自唏唏。他心裡至今仍在指責她、鄙視她；然而此刻對她卻滿懷憐惜，心裡已經容不得指責了。

「他還在這裡，您對他說……請他寬……寬恕我。」她住口不說了，呼吸更加急促，但沒有哭。

「好，我對他說，」皮埃爾說。「不過……」他不知說什麼好。

娜塔莎看來對皮埃爾可能的想法相當震驚。

「不，我知道，一切都結束了。」她急忙說。「不，這是永遠不可能的了。我只是因為對他造成的傷害而感到痛心。您只要告訴他，我請求他寬恕、寬恕，寬恕我的一切……」她渾身震顫，跌坐在椅子上。

皮埃爾的心裡充滿了從未有過的憐惜之情。

「我對他說，再去把一切都告訴他，」皮埃爾說，「不過……我很想知道一件事……」

「想知道什麼？」娜塔莎的眼神詢問著。

「我很想知道，您是否愛過……」皮埃爾不知道該如何稱呼阿納托利，一想起他便覺羞愧，「您是否愛過那個壞人？」

「請您不要叫他壞人，」娜塔莎說。「不過我什麼、什麼也不知道……」她又哭了起來。

皮埃爾的心更是充滿對她的憐惜、柔情和愛。他感覺到淚水在他的眼鏡下流淌，但願沒有人發現。

「我們不要再說了吧，我的朋友。」皮埃爾說。

娜塔莎突然覺得莫名，他的聲音是那麼和藹、溫柔、貼心。

「我們不要再說了，我的朋友，我會把一切都告訴他的；不過我對您有一個要求：您把我當成朋友吧，如果您需要幫助、建議，哪怕只是需要有個人聽您說說心事——不是現在，而是等到您心情開朗的時候，那就想起我吧。」他拿起她的手親了一下。「我會感到幸福的，如果我能……」皮埃爾覺得不好意思了。

「不要和我說這些，我不配！」娜塔莎大聲說道，她想離開房間了，但皮埃爾拉住她的手。他知道，他還有話要對她說。可是話一出口，自己也對這些話感到吃驚。

「住口吧，住口吧，對您來說，整個人生還在前頭呢。」他對她說。

「對我來說？不！對我來說一切都完了。」她羞愧而自卑地說。

「一切都完了？」他反問道。「假如我不是我，而是世上最英俊、最聰明，最優秀的人，而且是自由身的話，此刻我便跪下向您求婚、求愛。」

多日來，娜塔莎第一次流下感激和感動的眼淚，她看了皮埃爾一眼，便走了出去。

皮埃爾也跟在她後面幾乎是跑著來到前廳，他強忍著哽在喉頭的感動和幸福淚水，他的手好幾次無法順利伸進衣袖，終於穿上皮襖，坐上了雪橇。

「現在往哪裡去，老爺？」車夫問。

「哪裡去呢？」皮埃爾自問。「現在能到哪裡去呢？難道去俱樂部或者去訪客？」他覺得所有人都顯得那麼渺小、可憐，比起他所體驗到的那種感動和愛；比起她最後一次含淚看他的那種柔和、高潔的眼神。

「回家吧。」皮埃爾說，他不顧零下十度的嚴寒，在他那歡暢地呼吸著的寬闊胸膛上敞開了熊皮襖。

天氣寒冷而晴朗。在汙穢、半明半暗的街道上方、在黑壓壓的屋頂上方是幽暗的星空。唯有仰望天空，皮埃爾才不會感覺到，和他的心靈昇華的高度相比，塵世的一切是那麼令人感到屈辱而卑微。在進入阿爾巴特廣場時，一片遼闊的幽暗星空展現在皮埃爾眼前。幾乎就在聖母林蔭道的上空中央高懸著一八一二年巨大、明亮的彗星，其周圍布滿了星星，離地面又是特別近，這顆彗星出奇之處在於白色的光輝和向上翹起的長長的尾巴，人們說，這就是那顆預示種種災難和世界末日的彗星。但是在皮埃爾心裡，這顆有著長長光芒尾巴的明亮星星並未引起任何恐怖的感覺。反之，皮埃爾含淚的雙眼愉悅地遙望那顆明亮的星星，彷彿以無法形容的速度沿著拋物線劃過無垠的空間，突然像一支插入土中的箭，在幽暗的天空猛地刺進選定的一個地方，就此不動，有力地向上翹起尾巴，在無數璀璨的星星之間泛起閃爍的白光。皮埃爾覺得，這顆星星和他振奮迎向新生活而綻放的溫柔心靈所經歷的心路歷程是完全契合的。

經典文學

戰爭與和平　第二部

Войнá и миръ

作者　列夫・托爾斯泰（Leo Tolstoy）
譯者　婁自良
社長　陳蕙慧
總編輯　戴偉傑
特約編輯　曹子儀
責任編輯　鄭琬融
行銷企劃　陳雅雯
封面設計　莊謹銘
排版　極翔企業有限公司

讀書共和國集團社長　郭重興
發行人　曾大福
出版　木馬文化事業股份有限公司
發行　遠足文化事業股份有限公司
地址　231 新北市新店區民權路 108-3 號 8 樓
電話　(02) 2218-1417
傳真　(02) 2218-0727
E-mail　service@bookrep.com.tw
郵撥帳號　19588272 木馬文化事業股份有限公司
客服專線　0800-221-029
法律顧問　華陽國際專利商標事務所　蘇文生 律師
印刷　前進彩藝有限公司
二版四刷　2023 年 2 月
定價　新台幣 400 元一冊，四冊不分售。
ISBN　978-986-359-665-3

國家圖書館出版品預行編目

戰爭與和平 / 列夫．托爾斯泰（Leo Tolstoy）著 ; 婁自良譯．-- 初版．-- 新北市 : 木馬文化出版 : 遠足文化發行, 2020.01
面 ; 公分
譯自 : Война и миръ
ISBN 978-986-359-661-5(第一冊 : 平裝)
ISBN 978-986-359-662-2(第二冊 : 平裝)
ISBN 978-986-359-663-9(第三冊 : 平裝)
ISBN 978-986-359-664-6(第四冊 : 平裝);
ISBN 978-986-359-665-3(套書 : 平裝)
880.57　108004897